比较文学与世界文学名家讲堂

王向远 主编

和文汉读

王向远教授讲日本文学

王向远 著

中央编译出版社

作者简介

王向远(1962—),山东人,文学博士,著作家、翻译家。

1996年起,任北京师范大学文学院教授;2001年起,任比较文学与世界文学博士导师,兼任中国东方文学研究会会长、中国比较文学教学研究会副会长等。

主要研究领域:比较文学与翻译文学、东方文学与日本文学、文艺理论与美学、中日关系等。

著有《王向远著作集》(全10卷,400万字,2007年版)及各种单行本著作23种(含合著5种),发表论文200余篇。著作(非重复字数)共计500余万字。

译有《日本古典文论选译》(二卷四册)、《审美日本系列》(四种)、《日本古典诗学汇译》(二卷)及井原西鹤、夏目漱石等日本古今名家名作。译作(非重复字数)约300万字。

《比较文学与世界文学名家讲堂》前言

"比较文学与世界文学"学科,顺应改革开放的时代潮流,在上世纪最后二十年开始起步发展,到现在为止的三十多年时间里,已经有了丰厚的知识产出和思想建树。它的异军突起,是当代中国一道引人瞩目的学术文化景观,是中国走向世界、世界走进中国的鲜明印证,也是当代中国学术文化繁荣的一个重要表征。

三十多年的学科建设和学术发展史已经表明,要在人文研究及文学研究中建立世界观念和视野,要把中国文学置于世界文学背景下加以考察和研究,要把外国文学放在中国文化立场上加以审视和阐发,要连接中外文学,要打通文学研究与其他学科的壁垒,要把细致微观的实证研究与高屋建瓴的理论建构相结合,那必然会走向比较文学与世界文学。

在这里,"比较文学"与"世界文学"两者相辅相成、互为依存。"比较文学"是学术观念、研究范式与研究方法,"世界文学"则是学科资源与研究视野。它在贯中外、跨文化、通古今、越科界的学术视阈与研究方法上的优势,使其无可替代地成为当代中国学术文化中最有时代性、最有包容性、最有创新性的高端学科之一。

事实上,近二十年来,中国的比较文学不仅在中外文学关系史研究等方面生产了大量的新知识,而且逐步建立了既有中国特色又具有理论普适性的学科理论系统,逐步完善了比较诗学、中西比较文学、东方比较文学、翻译文学等分支学科,在学术成果的质与量上已居世界各国之首，还全面进入了大学中文系、外文系文学专业的课程体系，从而使中国比较文学成为当代世界比较文学的重心和中心，代表着世界比较文学兼收并蓄、超越学派的第三个发展阶段。

收在这套《比较文学与世界文学名家讲堂》的作者，在当代中国比较文学学术史上，是继季羡林、乐黛云等老一辈学者之后的第二代学人。这些作者固然只是第二代学者中的一部分，却有相当的代表性。他们现年多在四十五至六十五岁之间，从学术年龄上说大体属于中壮年，都是各大学的教授、博士生导师和学术带头人，大都在1980年代后走上比较文学与世界文学之道，1990年代后崭露头角或脱颖而出，进入20世纪后的十几年里，更成为我国比较文学与世界文学学术界的中坚力量。他们有幸拥有了可以安心治学的环境，赶上了数字化、信息化的新时代。既抬头看世界，又埋头务笔耕，既坚持学术的严谨，也保持思想的活跃，充分展示了中国学者的文化立场，充分发挥了中国学者的学术优势和想象力、思考力、创造力，取得了与时代要求相称的成果。这些成果不仅是个人学术履历的证明，也是对中国学术文化史上的一份奉献，更成为新时代"国人之学"即"国学"的重要组成部分。

《比较文学与世界文学名家讲堂》二十卷，选题上以比较文学与世界文学的学科理论为主，以讲述和示范学术方法为要，涉及比较文学与翻译文学基本理论、比较诗学、东方文学及东方比较文学、西方文学及中西文学关系、世界文学总体研究等方面。各卷均按一定的范围和主题，将作者有原创性、有特色的成果收编起来，将大学讲堂搬到书本上来，以读者为听众，以写代"讲"，以言代"堂"，深入浅出，以雅化俗，汇集中国比较文学第二代学者中的代表人物，以使五指成拳、十指合掌，形成大型丛书的规模效应，得以占书架之一角，入读者之法眼，从一个侧面展示近年来中国比较文学的新进展和新成果。而且，不同作者及著作之间也可以相互显彰、相互映照、相互补充，读者也可以在异中见同、同中见异，在参读和比照中领略五彩缤纷的文学世界和世界文学，得窥比较文学殿堂之门径。

《比较文学与世界文学名家讲堂》的编辑出版，得到了北京师范大学的资助和中央编译出版社的支持，编者和作者深表谢意！

愿"讲堂"满座，愿比较文学与世界文学学术事业更加繁荣！

王向远

2014年4月20日

代自序：中日交恶，中国的"日本学"何为？[①]

去年10月前后，日本右翼政客宣布钓鱼岛"国有化"，曾引起了我国多个城市的抗日浪潮，一些人冲上街头抗日，骚动一时。在那种情况下，一些出版社撤销和无限期推后了"涉日图书"的出版选题，一些报刊杂志不再发表相关的涉日研究论文，相关的学术研讨会也被取消或调整会议主题……。在中日两国政治关系紧张、阴冷的状况下，中国的"日本学"研究何为？这是一个应该思考的问题。

对于日本的历史现状及日本文化有所了解的读者，懂得一些国际关系的读者都明白，国家之间存在领土与领海的纠纷是正常现象。在战争历史问题、在钓鱼岛问题上，日本也不是铁板一块。在政治立场上，日本人至少可以分为右翼、左翼、中间势力三个部分。否定、抹煞侵略战争罪责者有之，反省、道歉、揭露侵略罪责者亦有之；对华不友好者有之，对华友好者亦有之；民族主义者有之，国际主义、世界主义者亦有之。即便在钓鱼岛问题上，日本许多人，包括一些著名学者和资深政治家，也公开承认钓鱼岛是中国固有领土。在作家艺术家中，既有三岛由纪夫那样的右翼作家，也有宫崎骏、大江健三郎那样反战的、反省战争的良心人士。因而，

[①] 本文是作者在"中国日本学研究的历史、现状与未来学术研讨会"（洛阳，2013年11月16—17日）基调演讲稿基础上压缩修改而成。原载《中国社会科学报》2014年2月7日，原题《中国的"日本学"何为？》，发表时有字句删改。在此用作代序。

若不问青红皂白，一见"日本"便抗、一听"日本"就烦，那显然不是理性的态度。

好在，尽管中国的涉日研究、涉日出版、在某些时候多多少少遇到了一些障碍，但现在看来，总体的状态大致正常。绝大多数的出版社并没有因为时政变化而撤销涉日图书，一些出版社仍在继续购买日本作品的翻译出版权，日本文学、日本文论、日本文化的图书仍在不断翻译出版，读者们仍然在阅读着自己喜爱的日本作品。看来许多有识之士都懂得，学术是无国界的，文学阅读等审美活动更是个人化的、超国界、超时空的。能将学术研究、审美活动与现实政治相区别的读者，是成熟的读者；有这样的读者的社会，是心态健康的社会；形成了这样社会的国家，才是真正自信的、强大的、有软实力的国家。跟三十多年前比较起来，这足以反映了中国文化界与读者的成熟，显示了中国社会的进步。人们大都意识到，彼此为邻是中日两国的宿命，即便两国交恶了、甚至交战了，我们仍然需要翻译日本、阅读日本、研究日本。就如英、法、德、意等欧洲各国，历史上都打了好几百年，但它们之间的学术文化交流却并没有因此而停止过，而且能够最终"打"出了一个欧盟，这是耐人寻味的。

马克思在《经济学手稿·导言》中，曾提出了宗教的、艺术的、实践的"掌握世界"的三种方式。借用马克思的话，在当今，我们要"掌握"世界、"掌握"日本，似乎还应该通过"学术的掌握"这样一种方式。"学术的方式"是将"艺术的"、"实践的"两种方式结合起来的方式。想当初，西方人在18—19世纪把握东方，首先不就是通过汉学、梵学、埃及学、亚述学等"东方学"的研究来实现的吗？通过学术研究，把我们的智慧、思想、话语透射于日本，彻底地看透日本、说透日本、理解日本，那我们就真正"掌握"了日本。近代以来，日本对我们中国曾经一直就是这样干的，而那时我们还没有这种能力，所以我们输给了它。

如今，情况似乎在逆转，日本学界对日益强大的中国，把握起来似乎越来越吃力了。从我们即将陆续出版的《新世纪国外中国文学译介与研究文情报告》（日本卷）中就可以清楚地看出，新世纪以来，日本对中国文坛的译介虽然很用功，但与以前相比，人力、物力的投入明显递减，学术产出减少，深度、广度越来越平凡化，这与中国对日本文学的译介研究的全面深入比较起来，已经形成了不对称。事实上，在某些学术研究领域，日本与中国相比，也已经明显落后了。例如，近三十年来，中国的翻译研究、翻译理论十分繁荣，我们写出了十几种厚厚薄薄的翻译史，编出了多种理论文集，写出了日本文学汉译史。但反观日本，五六十年前写出了粗陈大概的翻译史后，便没有多大进展了，甚至连翻译理论的基本文献都没有得到整理，更没有编出像样的翻译理论文集。权威的岩波书店的《日本思想大系·翻译的思想》却是羊头狗肉，文不对题。类似这样的工作，日本人不做，我们就来做；我们来做，我们就在这个方面"掌握"了日本。

在学术上掌握日本的可能性，仍有不少。日本人做学问很认真，重资料、重细节、重感受，但跟中国人、欧美人相比，绝大多数人日本人的宏观概括能力、理论思辨能力有限。若有十分话，日本人往往说到七分，就说不下去了。这就给我们的进一步深入的研究阐发，特别是在理论上建构，提供了必要和可能。日本人自己说不清楚的，我们给它说清楚；日本人自己说不透的，我们给它说透。特别是在与中国相关的领域，在比较研究的领域，在理论研究的领域，我们中国学者的学术优势，是非常明显的。这样，当我们能对日本的东西"说三道四"、把我们的声音透射于日本的时候，我们的文化才是真正的"走出去"。现在许多人似乎认为，把中国的典籍作品翻译出去、推出去才叫"对外传播"。其实，靠我们中国人的智慧、思想、话语来研究外国问题，拿出我们的成果来，那不仅会有力地彰显了我们的存在，传播我们的文化，而且也由这样的学术方式而"掌握"了世界。那才是真正有力的中国文化对外传播。对于日本而言，更是如此。

通过"艺术方式"来"掌握"日本，是一个非常重要的方式和途径。所谓"艺术地掌握日本"，就是通过审美观照、文艺鉴赏的途径，以感性、情感与想象，来理解日本、把握日本。这是对上述的"学术地掌握"方式的一个延伸和补充。

或许在一些功利化思维的人看来，"文学研究"是无用的，日本文学研究同样也无用。其实大谬不然。在学术研究中，文学研究本来就十分重要，而日本文学研究尤其重要。在中国的日本学研究的各个领域，日语是工具，而"日本文学"则是基础和底蕴。文学语言最复杂、最精致，因而搞日本语言研究的若不关注日本文学，看不懂日本古典文学和现代文学名著，那他的语言水平就不到家。正如日本学者所指出的，日本人的独特的思想主要是文学创作中表达的，因而搞日本哲学思想史的人就不能不懂日本文学。日本的美学思想主要体现在日本的文论中，因而搞日本美学研究的，就不能不懂日本文学特别是日本文论。甚至搞日本政治的人，日本历史乃至日本经济史研究的人，都不能忽略日本文学。

从比较文化的角度看，日本对世界文化的最大贡献点，是它的审美文化。一百多年来，日本人祸华侵华，好几代中国人对日本有国难家仇，但是另一方面，我们却往往难以抵挡日本的审美文化。例如一百多年来，我国多次发生"抵制日货"运动，但日本产品仍广受欢迎，这首先因为它具有独到的审美价值。近代以来直至当今，要说日本在哪方面影响中国最深，我认为归根到底，是日本的审美文化。而日本审美文化的主要载体，是日本的文学艺术。紫式部、松尾芭蕉、夏目漱石、芥川龙之介、川端康成、村上春树，日本动漫文学、这些都是我们许多年轻人耳熟能详的。其中，《源氏物语》、《平家物语》中文译本各有已经有五六种版本，包括盗版盗译本，松尾芭蕉的散文译本成为前两年的畅销书，甚至我翻译的《审美日本系列》丛书，选译的是可读性并不强的日本美学原典，竟然也差不多成了畅销书。不少读者正是通过这样的方式，获得了"掌握日本"的快感。

实际上，我们中国读者读日本文学，但我们没有因此而被"日本化"，相反，却是我们的读者"化"了日本。因为我们的绝大多数读者所阅读的，主要不是日语的原典，而是中国翻译家创造性翻译的译作。译作是用汉语来转换日本，在某种意义上，是把我们的语言文化投注于日本作品之上，翻译使我们化日本为己有，日本文学翻译也就成为我们"艺术地掌握"日本的一种最重要的途径。

同样的，对日本文学的研究，也是我们"艺术地掌握"日本的另一个最重要的途径。日本文学在中国的译介、评论与研究，从晚清时代算起，已经有一百多年的历史。形成了四代研究群体，据笔者在《中国的日本文学研究百年史》中的大体统计，到2010年为止的一百多年间，中国大陆地区翻译出版的日本文学单行本已达2500多种，有关日本文学的评论与研究的文章约两千多篇，有关研究专著（含论文集，不含教科书）有二百多部。为什么从新文化运动时期的梁启超、鲁迅、周作人、郭沫若，到后来的一大批学者，都那么重视日本文学，并亲手翻译、评论和研究日本文学？ 现在分析起来，归根到底，恐怕还是基于"艺术地掌握日本"的内在驱动吧。

对于"学术地、艺术地掌握日本"，我们努力了一百多年，还需要再接再励，我们会不断地接近这个目标。

目 录

《比较文学与世界文学名家讲堂》前言 …………… 王向远 1
代自序：中日交恶，中国的"日本学"何为？ …………… 1

一 日本文论研究 ………………………………… 1

日本古代文论的千年流变与五大论题 …………… 3
"物纷"论：从"源学"用语到美学概念 …………… 34
中国的"感""感物"与日本的"哀""物哀"
　　——审美感兴诸范畴的比较分析 …………… 51
卓尔不群，历久弥新
　　——重读、重释、重译夏目漱石的《文学论》…… 66

二 中国的日本文学阅读与研究 …………………… 83

"汉俳"三十年的成败与今后的革新
　　——以自作汉俳百首为例 …………………… 85
当代中国的日本文学阅读现象分析 ……………… 128
中国的日本文学研究的历史经验、学术文化
　　功能及学术史撰写 …………………………… 141

日本文学史研究中基本概念的界定与使用
　　——叶渭渠、唐月梅著《日本文学思潮史》及
　　《日本文学史》的成就与问题 …………………… 158
近十年来我国日本文论与美学研究中的若干问题与缺憾 … 180
我国日本汉文学研究的成绩与问题 …………………………… 197
值得好好研究的叶渭渠先生 …………………………………… 220

三　论古今日本文学 …………………………………………… 225

日本文学民族特性论 …………………………………………… 227
论井原西鹤的艳情小说 ………………………………………… 245
中国题材日本文学史研究与比较文学的观念方法 …………… 260
为有源头活水来
　　——论当代日本中国题材历史小说与中国历史文化 …… 273
日本当代文学中的三国志题材
　　——对题名《三国志》的五部长篇小说的比较分析 …… 284
日本的"笔部队"及其侵华文学 ……………………………… 300
日本有"反战文学"吗？ ……………………………………… 319
法西斯主义与日本现代文学 …………………………………… 334
三岛由纪夫小说中的变态心理及其根源 ……………………… 349
日本的后现代主义文学与村上春树 …………………………… 358

后　记 …………………………………………………………… 371

一 日本文论研究

日本古代文论的千年流变与五大论题[①]

　　日本文化史上有一大批文献，是对日本传统文学进行讲解、评论、研究的著作，包括和歌论，连歌论，俳谐论，能乐、狂言、净琉璃论等戏剧论，物语论，汉诗论等，可以统称为"日本古代文论"或"日本古代诗学"。在我国，长期以来，在文艺理论研究中的"西方中心论"及"中西中心论"的大语境下，日本的古代文论文献未能引起足够的重视，没有加以系统的翻译，已出版的相关译文只有十来万字。直到最近几年来，《日本古典文论选译》（古代卷、近代卷）[②]和《审美日本系列》（含《日本物哀》、《日本幽玄》、《日本风雅》、《日本意气》四种）[③]陆续翻译出版，《日本古代诗学汇译》（上下卷）[④]也随后出版，这些都可填补我国的外国文论翻译的空白，并可为今后的研究提供了基本的原典资料。

　　在日本古代文论的研究方面，虽然日本学者的相关研究成果不少，但由于现代大多数日本学者固守经验性的思维习惯，坚持以文

[①] 本文原载《北京师范大学学报》，2014年第4期，在《日本古典诗学汇译》（昆仑出版社《东方文学集成》，2014年）的"译者前言"基础上修改而成。

[②] 《日本古代文论选译》（古代卷上下，近代卷上下），王向远译，中央编译出版社，2012年。

[③] 《审美日本系列》四种（含《日本物哀》、《日本幽玄》、《日本风雅》、《日本意气》），王向远译，吉林出版集团2010—2012年陆续出版。

[④] 《日本古代诗学汇译》（上下卷），王向远译，昆仑出版社《东方文学集成》丛书，2014年。

献实证、校勘注释为主导的研究方法,而缺乏宏观层面上的观照、思辨与概括。日本古代文论的发展演进规律究竟是什么?日本古代文论的民族特色是什么?都没有在宏观层面上加以明确的概括、提炼和总结。他们习惯于将和歌论、连歌论、俳谐论,能乐论等不同文体的文论分头进行研究,甚至没有"文论"这样的统括性概念,也少有超越文体的理论贯穿。这些都使得他们的研究在理论概括与思辨性建构方面,在宏观的比较诗学研究方面,留下了许多余地与空间。

鉴于此,我们有必要站在中国文化的立场上,运用比较诗学的方法,在现代日本学者浅尝辄止之处,继续加以探索和研究。本文的宗旨,就是将日本古代诗学置于以中国为中心的东亚传统诗学乃至世界诗学的背景上,加以纵向的考察和横向的解剖,从而对日本古代文论的发展演进的逻辑做出纵向的宏观鸟瞰,对日本古代文论的一般性和特殊性做出横向的分析与概括。特别是在"慰"的文学功能论、"幽玄"的审美形态论、"物哀"与"知物哀"的审美感兴论、"寂"的审美心胸论、"物纷"的文学创作论等方面,见出日本古代文论的独特理论主张,呈现日本文论在吸收、跨越中国文论的基础上所形成的鲜明的民族特性,从而矫正一些学者认为日本古代文论只是中国文论的分支而缺乏独创的偏颇成见,并为我们的日本文学的阅读与欣赏、理解与研究,提供理论上的支持与参照。

另一方面,研究日本古代文论,对于深入研究中国古代文论也是必要的。中国古代文论的研究,也不能仅仅研究中国文论自身,还要研究中国古典文论的衍生性和增殖性,也就是研究它对周边国家的传播与影响,而中国古典文论对日本的影响最为深远、也最为典型。因此,现在我们对日本古典文论文献进行系统的翻译及在此基础上进行的中日比较研究,不仅有助于日本古代文论研究的深化,而且也是中国古代文论研究的一个拓展,对东方文论与东方诗学的总体研究，都极富有学术价值和历史文化意义。同时，将包括日本文论在内的东方古代文论纳入我们的研究视野，也将有助于突破文论、诗学研究中沿袭已久的"中西比较"的模式，有助于建立具有真正全球文化视野的世界文论、比较文论与比较诗学体系。

一、对中国古典文论的引进、套用和初步消化

纵向地看，日本古代文论的发展，与日本古代文化的发展阶段基本同步，具有历史连续性，也呈现出历史阶段性特征。若以它与中国文论之间的连带关系为据，大致可以将日本古代文论的发展分为前期、中期、后期三个时期。

前期是奈良时代（710—784）至平安时代（794—1192），也就是日本历史学者通常所说的"古代"时期，从8世纪初至12世纪末的五百年，是对中国古典文论的引进、学习和套用、消化和初步超越的时期。

日本古代最早的文献是公元712年编纂的对天皇及其家族加以神圣化的书——《古事记》，其内容基本上是日本神话传说的汇编。编者安万侣用汉语撰写的《古事记·序》，可以视为日本最早的一篇文论（文章论）。其中提到了该书编纂的目的是"邦家之经纬，王化之鸿基"，意思是为巩固天皇国家服务，这样的文学功用论显然是从中国学来的。在讲述全书采录、编纂的时候，作者使用了"言"与"意"、"词"与"心"、"辞"与"理"等三对基本概念，成为此后的日本文论经常使用的概念范畴。在日本汉诗论方面，公元752年日本第一部汉诗集《怀风藻》的序言，作为日本汉诗论的源头，提出"调风化俗，莫尚于文、润德光身、孰先于学"，表明了编者对"文"与"学"的教化作用、修身养性作用的认识。上述《古事记·序》和《怀风藻·序》的儒家的教化文学观，在后来的

诗学中被反复强调。

由奈良时代进入平安时代后,随着佛教的进一步流传渗透和中日文化交流的进一步深化,中国的汉魏至唐代的诗论、诗学和文论,被系统地引进到日本,对此做出巨大贡献的是留学僧空海。空海著有《文镜秘府论》(819—820)及精编本《文笔心眼抄》。《文镜秘府论》分"天、地、东、西、南、北"六卷,对中国六朝及隋唐文论进行分类编辑、引述和综述,有些是成段地较为完整地抄录中国文论的有关著述,有些则是祖述,而在"天之卷"的"序"等处,也体现了自己的文论观。《文镜秘府论》不仅为中国文论保存了文献,特别是在中国已经散佚或缺损的文献,也系统地、大规模地引进了中国诗论与诗学。其中一些重要的概念范畴,例如道、心、气、文、文质、文体、文气、风、风骨、风格、自然、境界、趣味、雅俗、格调、风雅颂、赋比兴、情、意、意象、味、艺等等,大都为日本古典诗学所吸收和借鉴,为日本古典诗学的发展奠定了基础。此外,平安王朝初期奉天皇之命编纂的所谓"敕撰"汉诗文集——《凌云集》(814年)、《文华秀丽集》(818年)、《经国集》(827年),编者在序言中都援引了"文章经国之大业、不朽之盛事"的文学功能观,频繁使用了"文"、"文章"、"风骨"、"气骨"、"文质"等一系列概念。

把汉诗文与中国文论同时引进,是日本古代诗学史上最初阶段的现象。接下来,便是将来自中国的诗论、文论,直接套用于日本独特的诗歌样式——和歌。随着和歌创作的繁荣,关于和歌作法的"歌学书"陆续问世,在藤原滨成于公元772年撰写的第一部歌学书《歌经标式》中,化用中国"诗经"一词而成"歌经",借用中国的"诗式"及"式"的概念,而为"标式"。"歌病"和"歌体"则套用于中国的"诗病"、"诗体"。在和歌的起源上,说是"在心为志、发言为歌",直接套用了中国诗论;在文学的功用上,认为"原夫歌者，所以感鬼神之幽情、慰天人之恋心也"，"感鬼神"显然来自中国的《诗大序》，而"慰天人之恋心"就颇带日本的味道了。"慰"字后来成为日本古代文论关于文学功能论的重要概念。而且所"慰"者乃是"天人之恋心"，"恋心"即"爱恋之心"、"爱情之心"，直接触及了人情的最深处。在《歌经标式》问世后的几十年至两三百年后，又陆续出现了《喜撰作式》、《孙姬式》、《石见女式》，统称"和歌四式"，都是对《歌经标式》的重复和修补。平安王朝政治家、学者、汉诗文家菅原道真（845—903年）在用汉文撰写的《〈新撰万叶集〉序》（894年）中，认为和歌创作是"随见而兴既作，触聆而感自生"，与中国诗学的"感兴"论一脉相通。他还以"华"与"实"来比喻新旧时代两种不同风格的和歌。

随着各种和歌集的编纂出版，许多歌人都在和歌集序言中表达了自己的歌学观点。这些序言大都用汉语写成，单是被收在11世纪中期藤原明衡编纂的汉诗文集《本朝文萃》一书第十一卷中的和歌汉文序，就有《古今和歌集·真名序》等十一篇。这些用日文写成的和歌集却用汉文作序，看起来不甚协调，而且基本上都重复着中国《诗大序》中的诗歌功能论。但这也表明当时日文中的理论语言还很贫乏，日语中的相关词语尚未概念化，因而使用汉语写序也是势在必行。同时也显示了汉诗论向和歌论的渗透和转移。这其中，最有代表性的是以10世纪初出现的著名歌人纪贯之（约870—945）等人撰写的《古今和歌集·真名序》，开篇即云："夫和歌者，托其根于心地，发其花于词林者也。人之在世，不能无为，思虑易迁，哀乐相变。感生于志，咏形于言。是以逸者其声乐，怨者其吟悲。可以述怀，可以发愤。动天地，感鬼神，化人伦，和夫妇，莫宜于和歌。"然后指出："和歌有六义。一曰风，二曰赋，三曰比，四曰兴，五曰雅，六曰颂。"仍是对中国文论的套用。

与《古今和歌集·真名序》不同，《古今和歌集·假名序》则对中国文论做了解释性的翻译和发挥，标志着日本文学与诗学意识的自觉。作者纪贯之不仅把和歌六义分别解释性地翻译为"讽歌"（そへ歌）、"数歌"（かぞへ歌）、"准歌"（なずらへ歌）、"喻歌"（たとへ歌）、"正言歌"（ただごと歌）、"祝歌"（いはひ歌），更重要的是体现出了明确的"倭歌"或"和歌"的独立意识，说和歌"始于天地开辟之时"；"天上之歌，始于天界之下照姬；地上之歌，始于素盏鸣尊"，这就从起源上否定了汉诗与和歌形成的渊源关系。作者称："和歌样式有六种，唐诗中亦应有之。"本来"六义"来自中国，却说"唐诗中亦应有之"，听上去好像和歌"六义"与唐诗"六义"是平行产生似的，甚至让人感觉和歌"六义"出现更早。不仅如此，《假名序》还在和歌与汉诗的对照中显示了自己的价值判断，将汉诗称为"虚饰之歌、梦幻之言"，认为汉诗的盛行导致和歌的"堕落"。体现了日本和歌开始有意识地摆脱汉诗影响，自觉地确立和歌特有的审美规范了。例如，《假名序》在《真名序》的文学功能论之外，明确提出了"男女柔情，可慰赳赳武夫"，明确强调了"慰"的文学功能论；在对六位著名歌人加以简单批评的过程中，使用了"心"、"歌心"、"情"、"词"、"诚"、"花"与"实"等词汇作为基本的批评用语，与中国诗学用语有重叠而又有所不同，成为此后日本诗学的基本概念，影响深远。

与纪贯之同为《古今和歌集》四位编者之一的壬生忠岑的《和歌体十种》（公元945年），不取来自《诗经》的"六义"，而是参照了中国唐朝崔融《新定格诗》中的诗歌十体、司空图《诗品》中的二十四诗品等，将和歌划分为十体，即：古歌体、神妙体、直体、余情体、写思体、高情体、器量体、比兴体、华艳体、两方体，对各体做了简要的界定与说明，并分别举出若干首和歌为例。《和歌体十种》中对和歌的这种划分尚属草创，对各体的界定也有模糊不清、语焉不详之处。但他毕竟在此前的《古今和歌集·假名序》六种和歌划分的基础上,试图进一步从审美风格的角度对和歌的种类加以划分和界定。尤其是将"词"与"义"(即"心")两个方面作为划分的主要依据,并使用了"幽玄"、"余情"等日本独特的概念。

接下来,藤原公任(966—1041)的《新撰髓脑》(约1041)和《和歌九品》(约1009年之后)两书,从内容与形式两分的角度,明确提出了"心"与"词"两个对立统一的范畴,并将壬生忠岑的"体"改称为"姿",进而论述了"心"、"词"、"姿"这三个概念之间的关系。"心"就是作者内在的思想感情,"词"就是具体的遣词造句、语言表现,而"姿"就是心词结合后的总体的美感特征(风姿、风格)。他提出和歌须要"'心'深、'姿'清";"'心'与'姿'二者兼顾不易,不能兼顾时,应以'心'为要";认为"假若'心'不能'深',亦须有'姿'之美"。藤原公任之后,"心、词"两者的关系,或"心、词、姿"三者的关系,一直成为日本和歌论乃至日本文论的基本问题。在藤原公任之后,源俊赖(约1055—1129)在长篇"歌学"书《俊赖髓脑》(1111—1115年)中,以和歌实例赏析为主,进一步强调了"歌心"这一概念,并使用这一概念对不同类型的和歌做了鉴赏和批评。藤原俊成(1114—1204)的《古来风体抄》作为日本第一部和歌史论,着重从"姿"与"词"的角度梳理和歌的历史沿革,并对具体作品加以评点,并特别强调"心姿"这一概念。他的歌学思想,还大量地体现在"歌合"(和歌比赛)的"判词"(评语)中,作为权威批评家,藤原俊成在宫廷显贵举行的二十余次歌合中做裁判,在"判词"中从"姿"、"风体"、"体"、"样"、"心"、"词"、"华实"等角度,使用了一系列表示审美判断的词汇,如"余情"、"风情"、"优"、"优美"、"艳"、"哀"、"寂"、"幽玄"、"长高"、"可笑"(をかし)、"巧"、"愚"等,初步形成了和歌批评和鉴赏的概念群,这些概念与中国文论概念有叠合之处，但也有明显不同。在这种情况下，歌人的和歌独立意识进一步增强，强调和歌不同于汉诗，例如著名歌人藤原基俊(约1054—1142)在《中宫亮显辅就歌合》(1134年)的"判词"中，严厉批评有的和歌写得像是汉诗，表现了和歌创作摆脱"汉家"束缚的价值取向。

平安时代的日本古代文论思想主要表现在汉诗论、和歌论中，在日记、物语等日语散文创作及相关的论述中也有表现。这类作品现在被视为日本文学的正宗，但在当时却被视为供妇女儿童消遣用的读物，而不入汉诗、和歌的正统文学之列，作者也主要是女性。正是因为这样，日记论、物语论不像汉诗论、和歌论那样受到中国诗学观念的明显影响，而主要是表达作者的创作体验。作者们最关心的是读者读了以后是否觉得"有意思"（おもしろし），是否"新奇"（めずらし），是否能引起"哀"（あはれ）之感。为此，如何处理虚构与真实(诚)的关系是最为重要的问题。例如藤原道纲之母的日记作品《蜻蛉日记》(公元954—974)开篇就谈到，她要写的"日记"与那些流行于世的纯粹虚构的"物语"之不同，就在于"逐日记录自己非同寻常的经历"，并认为这也会使读者感到新奇，从而表现了"日记"之不同于虚构物语的真实观念，也可以视为以暴露私生活为乐趣的"私小说"的源头。在物语论中，最有诗学价值的还属紫式部(约978—1016)的《源氏物语》，特别是在《萤》和《蓬生》卷中，作者借书中人物之口，系统地表达了物语文学观。作者首先解释了物语文学的接受心理，就是"明知是假"，却"甘愿受骗"，而读者从物语中所追求的，无非就是"放松心情、派遣寂寞"，也就是"慰"或"消遣"（すさびごと）。而"慰"或"消遣"的文学功能观与儒家的载道、教化的文学观是大相径庭的。另一方面，认为物语故事看上去是虚构，写的却都是"世间真人真事"，对人物行为与性格的好坏尽管做了夸张，但"都不是世间所没有的"，所以"若一概指斥物语为空言，则不符合事情"；紫式部又指出，物语的所描写的真实与历史学的真实不同，正如佛教的中的"说法"不同，而趣旨相同，虚构的物语比起历史书来，所反映的事实"更加条理和翔实"。就这样，紫式部对物语的虚构与真实的关系做了非常辩证的阐发。更为重要的是，《源氏物语》中所表现的所谓"哀"（あはれ）与"物哀"（もののあはれ）的审美观，对复杂难言的男女私情即"物纷"（もののまぎれ）的描写，都包含着丰富的诗学思想，并被后来的文论家不断加以阐发。

就这样，从奈良时代到平安时代初期，即8世纪初到9世纪末的二百年间，以留学僧、天皇及宫廷群臣贵族为中心，热心引进中国文论，并加以学习和消化，在10世纪初《古今和歌集·假名序》之后，初步形成了属于自己的文论思想及相关概念范畴。这是日本古代文论原创性概念、范畴与理论命题的初步提出的时期。

二、对中国文论的吸收利用与日本古代文论的确立

日本古代文论发展的中期，即公元13—16世纪，镰仓时代（1192—1333）和室町时代（1338—1573）的四百年间，是日本古代文论的确立时期，也是日本文论原创性的理论概念、命题进一步确立、巩固的时期。

这四百年，在历史学上一般被称为"中世"。在政治上，武士争雄，皇室架空；在文化上，则是公家文化、武家文化、僧侣文化三足鼎立。这一时期的日本诗学，仍以歌学或歌论为正统和中心，在其延长线上，出现了"连歌"论这一分支。同时，在歌学的影响下，"能乐"理论也异军突起，成为这一时期日本文论发展中的亮点。

藤原定家（1162—1241）是此时期歌学、歌论承前启后的关键人

物。他继承和发挥了其父藤原俊成的歌学思想，以其多才多艺与博学多识，及其理论的稳健、新颖、系统和深刻，而成为宫廷歌坛的霸主和权威。藤原定家一生创作和歌三千六百多首，主持编纂了《新古今和歌集》。传世的歌论文章有《近代秀歌》、《咏歌大观》和《每月抄》，均以私人通信的形式写成，以"有心"、"幽玄"等和歌美学的基本理念，主张"'词'学古人、'心'须求新，'姿'求高远"。在体式与风格上提倡"有心"及"有心体"，进一步深化了"心"、"词"、"姿"的理论，都对后世产生了重大影响。

　　藤原定家的重大影响，直接表现在以他为源头的日本中世歌学、歌论的"家学"化与传承化格局的形成。此前，其父藤原俊成以自己的歌学歌论为中心形成了"御左子家"，是歌学、歌论的家族化的端倪。藤原俊成传至其子藤原定家，定家传至其子藤原为家（1198—1275），再到藤原为家的孙辈，分裂为以藤原为世（1251—1338）为代表的"二条家"、以藤原为谦（1254—1332）为代表的"京极家"，和以冷泉为相（1263—1368）、冷泉为秀（？—1372）为代表、今川了俊（1325—1420）继其后，正彻（1381—1459）再继其后的"冷泉家"。三家成为此时期整个日本歌学歌论的三个中心和主脉，相续一百多年，三家都标榜得祖父藤原定家的真传，都推崇和宗法藤原定家，但重点与理解各有不同，互相竞争和论争，促进了歌学的繁荣和发展。这样，藤原定家就成为整个镰仓时代、乃至室町时代日本歌学歌论的偶像。正彻在《正彻物语》中甚至说："在和歌领域，谁要否定藤原定家，必得不到佛的庇佑，必遭惩罚。"藤原定家的观点、说法为人所援引，成为不刊之论，甚至后来陆续出现的一些歌学著作，如《三五记》、《愚秘抄》、《愚见抄》、《桐火桶》等，也都托藤原定家之名以行世。并且，这些著作虽然被判定为"伪书"，但是作为中世歌学歌论的重要组成部分、藤原定家思想的一种扩展和延伸，也有不可忽视的价值。

歌学歌论家族化、传承化的形成，也使其成为一种道统；同时，随着思考的深入，歌学歌论也必然借助佛道思想，就使得歌学进一步发展成为由技进乎道的"歌道"，歌学"道学"化，方能成为"歌道"。

镰仓、室町时代的日本文论思想发展的另一个表现，就是由和歌论生发出了连歌论。"连歌"是和歌的变体，原是由多人联合吟咏和歌的一种社交性的语言游戏，到了室町时代，便成为一种与和歌相对独立的语言艺术，于是在"歌人"之外，出现了从事连歌创作的"连歌师"，关于连歌的论述也大量出现，于是从"歌道"而生发出"连歌道"。连歌道的奠基人二条良基（1320—1388）写了一系列连歌论的文章与书籍，包括《僻连抄》、《连理秘抄》、《击蒙抄》、《愚问贤注》、《筑波问答》、《九州问答》、《连歌十样》、《知连抄》、《十问最秘抄》等，对连歌的各方面的知识做了整理概括，并系统地提出了自己的主张与见解。他为连歌会的举办及连歌的相互唱和与接续，制定了详细可操作的"式目"即规矩规范，目的是使连歌唱和这种原本以娱乐为主的语言游戏，成为表现人的知识修养，在规矩规范的种种限制中显示随机应变的灵活性、创造性的平台。也就是说，既承认连歌与和歌一样具有审美性，同时也赋予连歌以社交性、社会性，将各体的审美性与群体的社交性结合在一起，在相互协调、默契、以心传心、感知余情、余味等方面，展示连歌特有的魅力，这也是连歌论和连歌道的根本要求和特点。因此，连歌首先是心性的修炼，其次是技艺的修炼。这样的连歌论到了僧人连歌师那里，得到了很好的发挥。僧人心敬（1406—1475）在《私语》一书中，将连歌的学习修炼与佛教的修炼密切结合在一起，阐述了连歌与心灵修炼，与静心、悟道之间的关系。两位著名僧人兼连歌师宗祇（1421—1502）在《长六文》、宗长（1448—1532）在其《连歌比况集》等著作中，从佛教禅宗的角度，阐述了日常生活修养与修炼与连歌的关系。至于连歌的审美理念，则基本承袭歌学与歌论，例如，都以"幽玄"为最高的审美理想，都从心与词、心与姿的关系入手，提倡以"心"为第一。

这一时期出现了新的文艺样式——能乐。能乐是"猿乐之能"的简称，原本是受中国古代乐舞影响的日本民间戏曲。到了室町时代以武士贵族为审美趣味与标准，被迅速加以雅化，成为日本民族最早成熟的古典戏剧剧种，能乐成熟的显著标志之一就是能乐理论的出现，而能乐艺术及能乐理论的集大成者是世阿弥（1363—1443）。世阿弥在《风姿花传》、《至花道》、《三道》、《花镜》、《游乐习道风见》、《九位》、《六义》等二十多部著作中，借鉴歌学和歌论的既有成果，同时将自己及前辈的艺术经验与体验加以总结，建立了较为完整的能乐理论体系，涉及能乐起源论、审美理想论、风格类型论、观众的戏剧欣赏论，演员的技艺修炼论、表演艺术论，编剧的编剧艺术论等各个方面。他从印度与中国寻找能乐的源头，较早具备了亚洲区域文学的眼光。他将歌论中的"幽玄"论作为能乐的最高审美理念，将"花"作为能乐艺术风格的最高表现，将"物真似"（模仿）论作为其表演艺术的指归，将如何处理"心"与"身"的关系论作为演员的表演艺术的关键。此外，还提出并论证了"艺位"、"二曲三体"、"三道"、"六义"、"九位"、"序、破、急"等编剧和表演学上的一系列概念。又提出了表示戏剧审美风格的"蔫之美"（しおたれる）的概念。世阿弥的能乐论不仅在日本诗学文论史上是一个高峰，而且在同时期世界古代戏剧理论上，也以其全面性、系统性、深刻性而罕有匹敌者。世阿弥的女婿和继承者金春禅竹（1405—约1470）对世阿弥的理论也有所继承和发挥，借助中国佛教禅宗哲学，将世阿弥的经验总结性的理论形态加以抽象化，以此对"幽玄"等核心概念做出了独到的理解与阐发。

以汉诗为评说对象的"诗话"也是日本古代诗学的重要组成部

分。这一时期，由奈良平安时代贵族菅原道真、高僧空海等人开创的汉诗文创作及汉诗论的传统，为镰仓末期至室町时代初期的"五山文学"（统指幕府管辖下的以五山、十刹为中心的僧人们所创作的汉文学）继承下来。在五山禅僧汉诗文创作繁荣的同时，也出现了五山文学的鼻祖虎关师炼（1278—1346）用汉文撰写的《济北诗话》，作为日本第一部以"诗话"命名的诗论著作，也是此时期唯一的一部诗话，为江户时代日本诗话的大量出现，做了预示和铺垫。

三、日本古代文论的成熟及对中国文论的跨越

江户时代（1600—1868）二百六十多年间，是日本文论发展的后期，是对此前的文论成果加以咀嚼、消化、阐发、总结的时期，也是日本古代诗学的成熟期、总结期。主要表现为，诗话与诗论的著述大量出现，歌论与歌学的空前深化，物语文学进入研究形态，俳谐论异军突起，各种剧种的戏剧论也全面展开。关于各体文学的各种"论"，包括议论与评论等，到了这一时期便形成了具有系统性的"学"即"诗学"的形态。由此，日本古代文论臻于完成。

江户时代日本文论的成熟，首先有赖于汉学的普及与成熟。此时期，由于官方意识形态是儒学，汉学尤其是儒学研究成为最受重视的学问，由此催生了汉学热，汉学（包括汉诗文）便成为普通知识阶层的必备修养，几乎人人能作能写。依靠所谓"和汉训读法"，一般人也都可以较为容易地阅读汉文汉籍。如果说，此前的七八百年间，汉学只是少数贵族学者的专擅和专利，那么到了这一时期，日本才算真正实现了汉学的普及化，才算全面深入地掌握了汉学。在这种情况下，一些作家对《水浒传》中国古典小说加以"翻案"（翻译改写），并在此基础上创作了"读本小说"等通俗小说类型；一些人（如泷泽马琴等）借鉴中国明清小说理论与批评的范畴与方法，展

开了日本小说的批评。更有一些汉学家、汉诗人对中国和日本的诗作加以评点和研究,模仿中国的"诗话"体式,用汉文或日文写出了大量"诗话"。其中,祇园南海(1676—1751)的《诗学逢源》、广濑淡窗(1782—1856)的《淡窗诗话》最有代表性,特别是关于中日诗歌比较的部分最有理论价值。更有一些汉学家在文学批评与研究中,向日本诗学贡献了新鲜的思想。例如汉学家、思想家荻生徂徕(1666—1728)在《徂徕先生答问书》中认为:"圣人之教,专在礼乐,专在风雅文采,而不是什么'心法'、'性理'之类。"他批评"后世的儒者却妄加解释,重道德而轻文章",强调要理解圣人之道,就要通晓"人情",为此就要进行实际诗文创作,而创作就要重视文辞和文采。这种重人情、重文学、重词语考辨的倾向,和从语言入手研究文学的学术方法,对稍后的贺茂真渊、本居宣长等"国学家"的理论与方法也有一定影响。

汉学及汉诗文研究的深化与成熟,与和歌研究和歌学的深化成熟也是相辅相成的。到了江户时代,具有悠久历史传统与成果积淀的和歌论,发展到了带有总结性、体系建构性的真正的"歌学"阶段。在此之前,"歌学"这个词也常常被使用,但那时的"歌学"是将和歌作为一种学问修养来看,而江户时代的"歌学",则是和歌的一种学术性"研究"的形态。"歌学"的形成,又与江户时代中期后所谓"国学"的出现密不可分。"国学"与汉学相对而言,江户时代后期又生成了"兰学"(洋学),形成三足鼎立。不同学问领域及其内部的学派、宗派之间,也展开了激烈的学术论争,促进了学术思想的活跃,也推动了"歌学"的深化与成熟。"国学"派对日本古典文学文献加以研究和阐发,以突显其日本"国学"的特殊品格。其中,国学的先驱者、被称为"国学四大人"之一的契冲(1640—1701)在其巨著《万叶代匠记》中,一方面论证《万叶集》作为日本文学不同于中国文学的独特性及优越性,否定了使用汉籍直接解释日本"神道"及《万叶集》的可能，另一方面又每每引用汉籍来佐证《万叶集》。"国学四大人"之二荷田春满（1706—1751）在《国歌八论》中，论述了日本的"国歌"即和歌的性质与特点，反对儒家功利文学观，强调和歌与政治、道德无关，推崇和歌的辞藻语言之美。"国学四大人"之三贺茂真渊（1697—1769）的系列著作"五意考"即《歌意考》、《书意考》、《国意考》、《语意考》和《文意考》，其中心内容是将日本本土文化称为"国意"，将儒、佛等外来文化称为"汉意"，认为"汉意"不符合日本的政道与现实，而日本固有的"歌道"（和歌之道）虽看似无用，反而可以成为治道之理。所以，他反对拘泥于儒教的义理，强调根植于天地自然的日本固有的"古道"，亦即"神皇之道"，并认为长期以来，外来的儒、佛之道遮蔽、歪曲了古道，因而必须对其加以排斥，并回归纯粹的日本的古道。为此他推崇《万叶集》中的上古和歌，认为学习万叶古歌，不仅可以掌握歌道，而且还会学到"真心"，而万叶歌的"真心"，正是天地自然的真心，即"大和魂"，从而将日本的"歌学"从"汉意"，从儒学朱子学的劝善惩恶的观念中解放出来。这些观点为他的学生本居宣长所继承光大。

"国学四大人"之四本居宣长（1720—1801）继承和发展了契冲的古代文献学与贺茂真洲的古道学，集"国学"派的复古主义与日本文化优越论思想之大成，通过丰富多彩的学术研究，努力阐释日本文化传统、强调日本文学的独特性，为此不惜贬低和贬损外来的汉文化、佛教文化，主张"排除汉意，立大和魂"，追求日本文化的自强自立。本居宣长对日本文论的最大贡献就是"物哀论"。他在研究《源氏物语》的《紫文要领》（1763）及《源氏物语》的注释书《源氏物语玉小栉》（1796）、研究和歌的专著《石上私淑言》（1763）等一系列著作中一再强调：无论是《源氏物语》等物语文学，还是和歌，其宗旨就是"物哀"和"知物哀"，就是从自然人性出发的、不受道德观念束缚的、对万事万物尤其是男女之情的包容、理解与同情，而不是像以往儒学家所说的劝善惩恶。"物哀"和"知物哀"是日本诗学观念试图摆脱中国式思维的一个重要标志，也是对日本文学民族特色的发现、概括与总结。

本居宣长之后的国学家、《源氏物语》研究家荻原广道(1815—1863)在《源氏物语评释》一书，在此前的安藤为章《紫家七论》的"讽喻论"、本居宣长《紫文要领》的"物哀论"的基础上吸收扬弃，通过对《源氏物语》的细致的注释与分析，提出了"物纷"论，认为《源氏物语》的主旨是描写"物之纷"（物の紛れ），即对道德与人情交织在一起的复杂难言的男女私情，做原样忠实的表现和描写，而不做价值判断。可以说"物纷"论在更高的程度和层次上，揭示了《源氏物语》乃至日本传统文学的一个突出特点。

江户时代日本诗学思想的深化，还表现为歌学的衍生性和增殖性。在此前的歌学、连歌学的基础上，随着俳谐（俳句）这一新的文学样式创作的兴盛，俳谐论（简称俳论）也在歌学、连歌学的基础上悄然兴起，在日本古代诗学特别是江户时代诗学构架中，尤其引人注目。俳谐论的最大功绩，是实行了审美趣味的时代转换，即从贵族的审美趣味，转换为庶民的审美趣味。首先是对"俳谐"的审美价值的确认。在和歌论中，平安时代歌人藤原清辅的《奥义抄》（1124年）在谈到"俳谐歌"的时候，举出中国古籍中的滑稽故事为例，较早论述了"滑稽"的审美性，但他所说的"滑稽"之言，是"机智"、"辨言"和"巧言"。到了江户时代的俳谐论，将与"雅"相对的"俗"作为"俳谐"的特征。和歌、连歌作为贵族趣味的文艺形式，坚持使用"雅言"，是坚决排斥俗言俗语的。而俳谐论从理论上确认了俗言、俗语的审美价值，论述了雅言与俗言的辩证关系，从历来被认为卑俗不美的俗言俗语中发现了其独特的审美价值，并在俳谐创作中加以实践。以松尾芭蕉及其弟子向井去来、森川许六、服部土芳、各务支考等人为中心的"蕉门"（芭蕉的门徒），将佛教禅宗的人生态度贯彻于俳谐创作，又写出了大量俳论著作。"蕉门俳谐"及其俳论，以"寂"（さび）论为中心，将超越雅俗对立的俳谐创作作为"风雅之道"，上升为一种修心养性的人生修炼，提出了"寂之声"、"寂之色"、"寂之心"的概念，提出了"风雅之诚"、"风雅之寂"、"夏炉冬扇"、"高悟归俗"等美学命题，形成了独具特色的俳论体系，从一个独特的角度，为日本古代诗学的深化做出了贡献。

在这一时期的戏剧论是第二期的能乐论的一个延伸和余波，总体上没有出现世阿弥那样的成体系的戏剧文学理论形态，相关文献不多。但是，随着在能乐的基础上生发出来的市井戏剧样式——科白剧"狂言"、木偶戏"人形净瑠璃"、歌舞剧"歌舞伎"——的流行，作家们也发表了一些有理论价值的见解。例如，在狂言方面，大藏虎明（1597—1662）的《童子草》（又名《狂言昔语》，1660年）对狂言的艺术特点做了一些总结，提出了"狂言是能乐的简略化"、狂言是"能乐之狂言"的看法。在歌舞伎方面，歌舞伎作家入我亭我入（生卒年不详）的《戏财录》是江户时代唯一的一篇论述歌舞伎剧本创作的长文，论述了剧本创作与不同地方不同的风土人情、与一年中的四个季节等因素的关系，强调了作者的想象力的重要性。"只有在虚实之间，才有'慰'"，从而提出了"所谓艺术的真实，就存在于虚与实的皮膜之间"的命题。

总的看来，江户时代作为日本古代文论的总结期、研究期，表现为学者、理论家们把此前的成果加以系统化、体系化、细化和深化，对前人提出的概念、范畴及作品中表现的审美思想意识加以研究阐发，加以细化，使之增殖；作为日本古代文论的成熟期，表现为民族性的空前自觉和对理论自主性的强调。在这个过程中，中国文论起到了或明或暗的刺激、激发、启示和促进的作用，在日本的汉诗论中,中国诗论与诗话是日本文论家自由利用、挑选、为我所用的资源与宝库;在和歌研究和物语研究中,中国文论成为不可缺少的对象物,供其映衬、对比、对照,以表示其跨越。随着日本诗学的成熟,整个日本文论一千年发展史,逐步完成了对中国文论的引进、模仿、套用、化用、修改乃至跨越的过程。到了江户时代末期的香山景树(1768—1843)的歌学,以对"国学家"的复古主义言论的驳难,而站在了近代文论的入口。此外,值得提到的是,在江户时代的"色道"美学中,在新兴市井文学中,特别是通俗小说"浮世草子"与"人情小说"中,生发了以"意气"(いき)这一概念为中心的更具日本特点的身体美学思潮,但尚未理论化,到了现代才由美学家九鬼周造在《"意气"的构造》一书中加以系统阐发。

四、日本古代文论的五大论题及理论特色

从世界文学与世界诗学的视阈中来看,文学及文论有"原生态"和"次生态"两种。原生态的文论是在没有受到外来影响的情况下自发成长起来的,例如古希腊、印度、中国的文论与诗学。而次生态的文论则受到了外来影响,日本古典文论就是典型的次生态诗学,因为它主要是在中国文论的影响启发之下形成的,属于以中国文论为中心的东亚文论体系的一个分支。因此,研究日本古典文论,不可脱离以中国古代文论的为中心的东亚诗学的视阈。日本古典文论这种次生态的性质,决定了它是先具备"一般性",然后才逐渐脱出"一般性",而形成自己的"特殊性"。换言之,当时的日本要建立自己的文论,就需要依托于中国文论,寻求与中国文论的共通性、一般性。这与原生态的文论先具备特殊性,然后逐渐流出和扩大,而具备了一般性,其路径是相反的。"一般性"与"特殊性"

是日本古代文论的两面。没有"特殊性",就意味着日本古代文论只能是模仿和抄袭;而没有"一般性",就意味着日本古代文论纯粹就是自言自语,而难以与世界文论接轨。

日本古代文论的基本问题,主要涉及了文学本原论、文学功能论、审美形态论、审美感兴论、审美心胸论、文学创作论、作品风格论、作品文体论等五个主要方面,或者说形成了五大论题。一是"慰"的文学功能论,二是"幽玄"的审美形态论,三是"物哀"、"知物哀"的审美感兴论,四是"寂"的审美心胸论,五是"物纷"的文学创作论。

第一,"慰"的文学功能论。

在文学的功用论的问题上,日本古代文论有两种看法,第一种看法是文学是有用的,例如安万侣在《古事记·序》中的"邦家之经纬,王化之鸿基"之说,《古今和歌集·真名序》中有"可以述怀、可以发愤。动天地,感鬼神,化人伦,和夫妇,莫宜于和歌"之说,纪贯之在《新撰和歌集·序》中有"动天地、感神祇、厚人伦、成孝敬,上以风化下,下以讽刺上"之说,显然是直接引述中国诗学文献特别是《毛诗序》,后来的一些日本的汉学家与儒学家,一直持有这样的功能论,这是日本古代文论在功能论问题上与中国的相同之处,也是其一般性。

但是,这种功能论并不符合日本文学的实际情况,而仅仅是在日本文论发展的前期,即奈良、平安时代,在汉诗占主导地位的情况下,为了强调和歌不亚于汉诗,而在功能论上模仿中国所做的不无夸张的表述。因为在日本文学史上,无论是和歌还是其他样式的日本文学,基本上是脱政治、脱道德的,既没有政治功用,也没有像汉诗文那样被官家用来考试和选拔人才,而仅仅是一种娱乐和消遣之物。与此同时,纪贯之的《古今和歌集·假名序》,因为直接用日语表述,可以一定程度地摆脱了对汉语的模仿,一开篇便对文学功能论做了这样的描述:"倭歌,以人心为种,由万语千言而成,人生在世,诸事繁杂,心有所思,眼有所见,耳有所闻,必有所言。聆听莺鸣花间,蛙鸣池畔,生生万物,付诸歌咏。不待人力,斗转星移,鬼神无形,亦有哀怨。男女柔情,可慰赳赳武夫。此乃歌也。"这样的表述显然与中国诗学的功能论有了距离。其中提到的"可慰赳赳武夫"的"慰"(なぐさむ),是安慰、慰藉、抚慰的意思,后来成为日本古典文论与诗学中关于文学功能论的核心概念。差不多同时,藤原滨成在《歌经标式》中,一开篇也写到:"原夫和歌者,所以感鬼神之幽情,慰天人之恋心也。"这就进一步将"慰"的对象和指向,规定为"天人之恋心",后来《石见女式》等歌学论著也不断重复"慰天人之恋心"这句话。所谓"恋心"即恋爱之心,显示了日本和歌功能论的核心及特点。在物语文学方面,紫式部在《源氏物语》中也有"慰"的功能观,例如在《蓬生》卷中写到:"那些表现无常的古歌、物语之类的消遣之物,可以使人消愁解闷,慰藉孤栖。"这就把物语归为"消遣之物"(すさびごと),认为其作用是"消愁解闷、慰藉孤栖"。到了江户时代,"国学家"以"慰藉"论、"消遣"论,对一些儒学家的"劝善惩恶"的功能论加以批驳,例如贺茂真渊在《国歌八论》中指出:"和歌,不属于六艺之类,既无益于天下政务,又无益于衣食住行。《古今和歌集序》中言'动天地,感鬼神'者,实际上是不可轻信的妄谈。……和歌只是个人的消遣与娱乐。"在《源氏物语新释·总考》中,他认为紫式部创作《源氏物语》目的在于"慰心"。本居宣长在《石上私淑言》第七十九节中认为:"谈到和歌之'用',首先需要指出的,就是它可以将心中郁积之事自然宣泄出来,并由此得到慰藉。这是和歌的第一'用'。"在戏剧论方面,近松在《〈难波土产〉发端》中指出:"只有在虚实之间,戏剧才有'慰'。"世阿弥也有类似的看法,认为，戏剧的功能是要是对观众或读者有"慰"的作用。在小说方面，江户时代市井小说大家井原西鹤在《好色二代男》的跋文和《新可笑记》的自序文中，都强调小说的作用是作为"世人之慰藉"。甚至在江户时代的汉诗论中，也以"慰"论诗，例如祇园南海在《诗学逢源》中认为，中国宋代的诗歌是以"理窟"为尚，以议论为诗，而"到了元明时代直至今日，诗歌只是以'慰'为事"。

虽然"慰"的文学功能论在世界各国诗学中都有相似的论述，但仅仅是将这个看作文学的功能之一，而日本文论则将文学功能窄化到消遣慰藉的"慰"，否认文学的载道教化之类的政治伦理功能，这既是对日本文学功能的较为正确的概括，也体现出了日本古代文论功能论的特殊性。

第二，"幽玄"的审美形态论。

审美形态问题，也是日本古代文论涉及的基本问题之一。在世界文论与诗学中，古希腊的审美形态范畴是"美"，希伯来文化的审美形态范畴是"崇高"，中国的审美形态范畴是"中和"、"妙"、"滑稽"等，欧洲近现代的审美形态范畴是"美"、"崇高"（悲剧）、"滑稽"（喜剧），日本的审美形态范畴则有日语固有的词汇概念"美"（うつくし）、"艳"（えん）、"有趣"（面白い）、"谐趣"（をかし）、"長高"（たけがし）等，汉字词的概念有"滑稽"（こっけい）、"幽玄"（ゆうげん）等。其中，最有蕴含度和日本特色的则是"幽玄"。"幽玄"作为汉字词汇，承接了这个汉字词的基本词意，这是其一般性；同时又将这个汉语中并不常用、作为宗教哲学词汇的"幽玄"改造为文论概念，这是其特殊性。

"幽玄"一词在日本的平安时代就被零星使用，到了镰仓时代和室町时代，这个词不仅在上层贵族文人中被普遍使用，甚至也作为日常生活中为人所共知的普通词汇之一广泛流行。那一时期日本的歌学、连歌学、诗学、能乐论及各种艺道文献中，到处可见"幽玄"二字。至少在公元12到16世纪约五百年间，"幽玄"是日本传统文学最高的审美范畴。"幽玄"成为日本贵族文人阶层所崇尚的优美、含蓄、委婉、间接、朦胧、幽雅、幽深、幽暗、神秘、冷寂、空灵、深远、超现实、"余情面影"等审美趣味的高度概括。这一概念与刘勰《文心雕龙》中的"隐"、"隐秀"的概念较为接近，但含义更广。日本现代学者大西克礼把日本的"幽玄"等与欧洲的审美形态论的概念相对位，把"幽玄"视为"崇高"的派生范畴。实际上，在朦胧、不可言说、不可把握等方面，"幽玄"与欧洲的"崇高"有相通之处，但欧洲的"崇高"是一种没有感性形式的无限的存在，故而不能凭感性去感觉，只能凭理性去把握，而日本的"幽玄"是感觉的、情绪的；"崇高"作为高度模式，是高高耸立的，给人以压迫感、威慑感，而"幽玄"作为深度模式，是深潜的、隐性的，给人以吸附感。这也是"幽玄"的特殊性之所在。

"幽玄"这一概念的成立，首先是出于为本来浅显的民族文学样式如和歌、连歌等寻求一种深度感。当时日本在大量接触汉诗之后，对汉诗中音韵体式的繁难和意蕴的复杂，产生了深刻的印象。在与汉诗的比较中，许多人似乎意识到了，和歌浅显，人人能为，需要寻求难度与深度，因为没有难度和深度的艺术，就不"幽玄"，不"幽玄"就很难成为真正的艺术，故而必须确立种种艺术规范（日本人称为"式"）。只有"幽玄"的和歌、连歌，才被认为是不肤浅的，是美的。理论家们更具体地提出了"心幽玄"、"词幽玄"、"姿幽玄"之外，还有"意地的幽玄"、"音调的幽玄"、"唱和的幽玄"、"聆听的幽玄"等各方面的"幽玄"要求。同样的，在世阿弥、金春禅竹的能乐论中，只有"幽玄"的能乐剧本，"幽玄"的戏剧语言、"幽玄"的表演，才能达到"花"的审美效果。世阿弥在《花镜》中强调："唯有美与柔和之态，才是'幽玄'之本体。"在这里，"幽玄"实际上成了高雅之美的代名词。有了"幽玄"，和歌、连歌、能乐这些日本本土的浅显的语言游戏与杂耍表演，才能进一步实现雅化、艺术化乃至神圣化，并使之成为"艺道"。随着贵族文化与文学的衰落，"幽玄"这一概念在江户时代后极少使用了，但"幽玄"的审美趣味却被继承下来，那就是铃木修次在《日本文学与中国文学》一书所说的日本人的"幻晕嗜好"、谷崎润一郎在《阴翳礼赞》中所说的"阴翳"之美。直到今天，我们中国读者读完川端康成等日本传统审美意识较为浓厚的作品，常常会有把握不住、稍纵即逝的感觉，不能明确说出作者究竟写了什么，更难以总结出它的"主题"或"中心思想"，这就是日本式的"幽玄"。①

在日本古代文论中，作为审美形态概念的"幽玄"还有一系列次级概念，最重要的一个次级概念是"余情"。这个概念来源于中国，其含义也与中国诗学中的"余情"相当，指的是言外之情、含蓄蕴藉、有余韵的意思。但在日本古代诗学中，"余情"主要是对"幽玄"特征的一种描述，而且有时又可以称作"余心"或"心有余"。

第三，"物哀"、"知物哀"的审美感兴论。

"感兴"是中国古代文论中常用的重要概念，日本高僧空海在《文镜秘府论》中最早把"感兴"一词用作概念，指的都是审美感兴，即审美情感及其激发、形成问题。日本诗学中关于审美感兴的重要范畴，也有来自汉语的范畴与日语固有范畴两类。世阿弥在《花镜》中，强调了来自汉语的"感"这一范畴，认为"感"是"无心之感"，是"超越心智的一刹那的感觉"；而日语固有的概念

---

① 王向远：《入"幽玄"之境——通往日本文化、文学堂奥的必由之门》，《广东社会科学》，2011年第5期。

则是"哀"（あはれ）、"物哀"（物の哀）和"知物哀"（物の哀を知る）这三个连带词。这些范畴与西方文论中表示审美感兴的概念"共感"（sympathy）、"移情"，与中国文论中的"感物"、"物感"、"应感"、"感兴"、"感悟"、"兴感"、"哀感"、"感物而哀"等，在表层语义上十分接近；与印度梵语诗学中"情味"、印度佛教诗学的"现量"、"观照"等表示审美感兴的重要概念也有相通之处，这是其一般性。同时内涵上却有很大差异，这又是其特殊性。

"哀"（あはれ）这个词在平安时代文学特别是《源氏物语》作为叹词、名词、形容词大量使用，在《源氏物语》问世约一百年后出现的《无名草子》（约成书于1200—1201年），在评论《源氏物语》的故事内容、人物性格、人物心理分析时，频繁而又大量地使用"哀"（"あはれ"）一词，开启了从"哀"的角度评论《源氏物语》的先例。在镰仓、室町时代的和歌论中，"哀"更多地以"物哀"的形式使用，并被逐渐被概念化，并把"物哀体"作为和歌之一体。到了江户时代，本居宣长在前人的基础上，认为表现"哀"、"物哀"、"知物哀"是《源氏物语》作者的"本意"，并进一步以"物哀"论将中国文学的"文以载道"的功利论、"劝善惩恶"的道德论与日本文学严加区别，认为日本作家只是表现"物哀"，就是面对世间万事万物的纯审美的、无功利的善感、敏感，目的是让读者"知物哀"，也就是带着无功利、审美的态度去感知、体察、理解和通达人情。因而"物哀"之"物"排斥了妨碍审美的三类事物，一是功利性的政治，二是僵化的世俗道德，三是讲大道理的、理论性的、抽象的"理窟"。总之，"物哀"论排斥了社会政治、伦理道德、抽象说理这三种因素，而只是面对单纯的人性人情，以及风花雪月、鸟木虫鱼等大自然。作者只是面对这样的"物"而"哀"、读者也在阅读活动中感知了这种"物哀"，也就是"知物哀"。"知物哀"的"知"，不是一般意义上的"知"，而是一种审美感知，是一种以人性、人情为特殊对象的相当复杂的审美活动，作为审美感知的"知"，是一种自由、自主的精神活动，是一种纯粹的"静观"或"观照"。它与现代美学中的"审美无功利"说、"审美距离"说、"审美移情"说等都有相通性。"若能从人性、人情出发，对人性、人情特别是男女之情给予理解并宽容对待的，就是'知物哀'；若不能摆脱功利因素的干扰和僵化的道德观念的束缚，而对人性、人情做出道德善恶的价值判断，那就是'不知物哀'；或者对此麻木不仁、浑然不觉者，也是'不知物哀'。在人性人情与道德、习俗、利益发生矛盾冲突的时候，站在人性人情角度加以理解的，就是'知物哀'；站在道德、习俗、功利角度加以否定的，就是'不知物哀'。要言之，'知物哀'就是情感上的感知力、理解力和同情心；'不知物哀'就是没有或者缺乏情感上的感知力、理解力与同情心。"[1]就这样，"物哀论"解构了以儒家思想为基础的言语与价值系统，以日本式的唯情主义替代了中国式的道德主义，标志着江户时代日本文学观念的重大转变，显示了日本文论思想民族化的自觉。

第四，"寂"的审美心胸论。

审美心胸论，又可以称为审美态度论，是审美主体的一种精神状态。在中国古代文论中，表示审美心胸的概念有"心斋"、"坐忘"、"虚静"、"玄览"、"神思"、"静观"、"游"、"神与物游"等，印度佛教美学中有"谛观"（谛视）、"谛听"等，欧洲古典诗学有"游戏"说、"审美无功利"论等。日本的"寂"与这些都有相同之处，但它单单拈出一个日语固有词汇"寂"（さび）来描述审美心

---

[1] 王向远：《日本的哀·物哀·知物哀——审美概念的形成流变及语义分析》，《江淮论坛》，2012年第5期。

胸、修炼审美态度，在概念使用上可谓以少胜多，以一字尽得风流，这是日本"寂"论的特色。

虽然"寂"字在平安时代的藤原俊成、镰仓、室町时代的吉田兼好等人的著作中都有运用，但真正把它概念化的，还是"俳圣"松尾芭蕉及其"蕉门弟子"。其俳论以"寂"（常称"风雅之寂"）为中心，论述了俳人的审美修养，俳谐创作与欣赏所需要的心胸与态度。分析起来，"寂"的概念有三个层面的意义。第一是"寂之声"（寂声），"寂声"就是"有声比无声更静寂"的声；第二是"寂之色"（寂色），是一种具有审美价值的单调而又陈旧之色，包括水墨色、烟熏色、复古色、破损色；第三是"寂之心"（寂心），是"寂"的核心与关键。"寂心"就是审美主体的一种寂然独立、淡泊宁静、自由洒脱的人生状态，是一种平淡的心境与趣味，一种超然的审美境界，有了"寂"的心境和趣味，就会使人摆脱世事纷扰，摆脱物质、人情与名利等社会性的束缚，摆脱不乐、痛苦的感受，使心境获得对非审美的一切事物的"钝感性"乃至"不感性"，在不乐中感知快乐，在无味中感知有味，甚至可以化苦为乐。自得其乐、享受孤独，从而获得一种心灵上的自由、洒脱的态度。在蕉门俳论看来，对任何事物的偏执、入魔、痴迷、执着、胶着，都只是宗教虔诚状态，而不是审美状态。真正的审美，就必须与美保持距离，要入乎其内，然后超乎其外。因而，"寂"须是优哉游哉、游刃有余的，不偏执、不痴迷、不执着的态度。在审美状态中，为做到这一点，蕉门俳论提出了四个基本论题和命题。第一就是"虚实"论，提出了"游走于虚实之间"。第二是"雅俗"论，要求将"风"（世俗）与"雅"（高雅）统一起来，"以雅化俗"、"高悟归宿"、"入俗离俗"，这样才有"风雅之寂"。第三是"老少"论，提出了"忘老少"的命题，认为只有如此，俳人才能有生命与创作之美。第四是"不易、流行"论，提出了"千岁不易，一时流行"的命题，提出俳人要能静观和把握宇宙天地的永恒性与变化性,达成动与静、永恒与瞬间的对立统一。以上四点,构成了"寂心"的基本内涵。①

除"寂"外,还有"侘"(わび)这一概念,与"寂"的涵义几乎完全相同,只是多用于在茶道艺术领域。还有"诚"、"狂"等关于审美心胸或审美态度的概念,都受到中国诗学的影响,但是日本人除了"诚"(まこと)是"真实"的意思外,更多地倾向于心之诚,而不是客观真实,因而与其说是文学真实论的概念,不如说更接近一个审美心胸论的范畴。"狂"指的是一种潇洒、放达、自由洒脱、不拘礼法的精神状态,在这种精神状态下创作的"狂诗"、"狂歌"、"狂句"等受到人们推崇,并由此形成了"狂态"审美。

第五,"物纷"的创作方法论。

就日本文学而言,无论是"幽玄"的美学形态的形成,还是"物哀"的审美感兴的发动,都是由作者的特殊的创作方法决定的。但长期以来,日本古典文论对自己的创作方法的总结、提升和说明明显不够。歌论和汉诗论大都受中国"修辞立诚"论的影响,强调作家要有"诚",即真实地描写现实生活;在物语论中,有紫式部的"对于好人,就专写他的好事"的命题,接近"类型化"的创作方法论;在戏剧论中,有世阿弥的"物真似"的模仿论,还有近松门左卫门的"虚实在皮膜之间"论。这些说法和主张,都来自作家们的创作体验,具有相当的理论价值。但在概念的使用和表述上,总体上未脱中国诗学的真实论、虚实论的范畴,更多地带有与中国诗学理论相通的一般性。

具有日本特色的创作论,到了江户时代后期终于出现,那就是

---

① 王向远:《论"寂"之美——日本古典文艺美学关键词"寂"的内涵与构造》,《清华大学学报》,2012 年第 2 期。

荻原广道的"物纷"论。"物纷"论是在"源学"(《源氏物语》研究)中形成的。荻原广道在《〈源氏物语〉评释》中,在批判性继承前辈学者安藤为章的"讽喻"论、本居宣长的"物哀"论的基础上,提出了"物纷"论。"物纷"(物の纷れ)这个词的字面义就是"事物之纷乱",意思是事情很复杂、理不清、说不清,是紫式部在《源氏物语》中用来表示主人公私通乱伦行为的委婉用词。作者使用"物纷"一词,而不使用"私通"、"乱伦"、"不伦"之类表义更明确的词,显然是为了避免对人物的相关行为做出明确的价值判断。在安藤为章的《紫家七论》、本居宣长的《紫文要领》中,虽然大量使用"物纷"这个词,但指的就是源氏与藤壶妃子的乱伦生子一事,尚没有将这个词概念化。荻原广道则将其初步加以概念化,他在《源氏物语评释》一书中认为:

> 作者(指《源氏物语》的作者紫式部——引者注)又不是露骨地表现报应,而是对人心有深刻的洞察,不是挥笔就是为了表现讽喻,而是按照人性人情的逻辑,写出事情的纷然复杂,同时夹杂着从女人的角度发表的议论,这才是作者之意。……"物纷"就是《源氏物语》的主旨,其他描写都是为了使这"物纷"的描写更加纷然,也可以看作是"物纷"的点缀。只有"物纷",才是作者的用意所在。自然,作者的意图究竟是什么,如今我们很难知道了。若要强行说清楚,未免自作聪明,所以对此我还是打住不论。读者好好品读,就可以有所体悟吧。①

---

① 荻原广道:《源氏物語評釈》,岛内景二等编《批評集成 源氏物語(近世後期篇)》,东京ゆまに書房,1999年,第312—313页。

这段话流露出了非常重要的诗学思想，我们可以称作"物纷"论。荻原广道说"'物纷'就是《源氏物语》的主旨"，就已经不仅仅是将"物纷"看作是指代具体的乱伦事件的词，而是把它提升到了作者的创作"主旨"的高度，强调"只有'物纷'，才是作者的用意所在"，从而将这个词概念化。这是对《源氏物语》中源氏与藤壶妃子、柏木与三公主乱伦事件的描写加以仔细体味而做出的结论。"物纷"的字面意就是"事物纷乱"，特指主人公的乱伦行为。但在作者的笔下，乱伦事件的发生体现了佛教的命定或宿命论，正如古希腊悲剧中的俄狄浦斯王的杀父娶母，那不是俄狄浦斯王个人的过错，而是命运的注定。同样的，《源氏物语》中源氏与继母藤壶乱伦是宿命性的，而源氏的妻子三公主又与人私通，则也是轮回报应的结果。这样一来，主人公的乱伦行为就有了客观性，所以才叫做"物之纷"，而不是"人之纷"。"物纷"的"物"强调的是"纷"的客观性，乱伦行为被作者写成了在宿命与轮回报应中身不由己的行为。这样，就很大程度地消解了人物的主观之罪。作者将所有人物混乱的性行为都如实地描写出来，但是却是作为"物纷"来描写和表现的。事情是什么样子，就写成什么样子，作者不做明确的分析与价值判断。在《源氏物语》中，男女越轨之事，从人情上说是可以理解的，而从既定道德上说是错误的；从伦理道德上说是应该否定的，而从美学上说却是有审美价值的；身体是堕落的，心灵是"物哀"的、超越的。当事者是一边做着错事和坏事，一边又不断地自责，他们都是不断做着坏事的好人。"物纷"就是乱麻一团，头绪纷繁，说不清、理还乱；理不清，扯不断。"物纷"论指出了事情的这种纷繁复杂性，认为只是将本来就复杂纷然、难以说清、难以明确判断的事情如实地写下来，保持"物纷"的原样，而不要"解纷"（"解纷"是一个古汉语词，《史记·滑稽列传》使用过），才是作者的用意所在，而且是越写得纷然，也就越好。这样一来，既可以呈现人与人情的全部复杂性。因而可以说"物纷"的创作方法，所追求的不是西方文学那样的思想"深度"，而是生活本身的"复杂度"。另一方面，"物纷"又可以使作者的倾向性隐蔽起来。一般作者往往忍不住从一己好恶出发，对所描写的人与事做出判断，随着时过境迁而越发暴露出自己的浅薄，在"物纷"的创作方法中，这种情况可以很大程度地避免。用"物纷"方法创作作品，读者就很难知道作者的创作意图是什么，但读者只要"好好品读，就可以有所悟"。"物纷"论也点出了文学作品意义的"诗无达诂"的不确定性、模糊性、复杂性，又解释了《源氏物语》的创作方法及艺术魅力之所在，而且与西方及中国文论史上的有关论述也不谋而合。但中西文论中似乎还缺乏"物纷"这样洗练的概念，因而这个概念的理论价值、普遍价值也就更大了。

"物纷"作为创作方法的范畴，强调的是一种如实呈现人间生活的全部纷然复杂性的写作方法和文学观念，近乎当代中国文坛所说的"原生态"写作。实际上，日本作家从古至今大都奉行"物纷"的创作方法。从古代妇女日记文学开始，作者习惯于"原生态"地、赤裸裸地写实，而不做是非对错的判断，谨慎流露观念上的倾向性。这与中国诗学中的强调创作中的想象力的"神思"论大有不同。换言之，日本文学中不少作品让读者感觉只是呈现事物和事情本身，在倾向性和价值判断上却是似是而非、似非而是，不说清楚。读者也不求把一切东西都"强行说清楚"，若真的说清楚了，那就是日本古代文论最排斥的所谓"理窟"，即堕入了大道理的陷阱。"物纷"写法的反面就是所谓"理窟"。只有"物纷"的写法，才避免"理窟"，这就是"物纷"的观念使然，体现了日本文学的一个基本特点。

除上述的基本论题及相关范畴外，日本古代文论还涉及文学风格论及文体论等方面的理论探讨与表述。其中，文学本原论的概念是从中国借来的"道"和"气",同时又对"道"与"气"做了具象性的理解与活用。①更多的日本文论家将中国哲学中的"心"这一概念改造为文论概念,使文学本原论进一步具有了"唯心"性质。②创作风格论方面的基本概念,如"风"、"秀"及"秀逸"、"秀句","妖艳"、"华"、"实"及"华实"等,都是从中国诗学中借鉴的,能乐论中还有"花"及"柔枝"(しおり)、"蔫美"(しおたれる)这样的观物取譬的概念,属于日本独特的概念;文体论方面有"姿"、"体"以及"皮、骨、肉"等从中国文论中借来的概念,但"风姿"和"风体"这样大量使用的概念,在中国文论中并不多见。

---

① 王向远:《道通为一:日本古典文论与美学中的"道"、"艺道"与中国之道》,《吉林大学社会科学学报》,2009年第6期;王向远:《气之清浊各有体——中日古代文论与美学中的"气"》,《东疆学刊》,2010年第1期。

② 王向远:《心照神交:日本古典文论与美学中的"心"范畴及与中国的关联》,《东疆学刊》,2011年第3期。

日本"物纷"论：从"源学"用语到美学概念[①]

日本传统美学具有丰富的理论资源，近两百多年来，不少日本学者，如大西克礼、九鬼周造、冈崎义惠、久松潜一等，运用现代学术方法，对这些资源做了整理、阐发，特别是对相关概念范畴做了提炼、蒸馏和阐释，为日本美学乃至东亚、东方文学概念与体系的构建做出了贡献。但是，仍有一些具有重要理论价值的词汇概念，处于待发现、待整理和待阐发的状态。例如"物纷"（物の纷）一词，从一千多年前的《源氏物语》等物语文学就被使用，一直到江户时代成为《源氏物语》研究（"源学"）中的重要用语，但"物纷"一词作为文论与美学的价值，却长期未被学者所认识。虽然，迄今为止日本学者也写出了相关的论述"物纷"的文章，重要的有野口武彦的《"物纷"和"物哀"——围绕荻原广道〈源氏物语评释〉的总论》（《书斋之窗》1981年1月），今井源卫的《"物纷"的内容》（载佐藤泰正编《读源氏物语》，笠间书院1989年），吉野瑞惠的《围绕〈源氏物语〉"物纷"的解释——从近世到现代》（载石原昭平编《日记文学新论》，东京勉诚出版2004年），三谷邦明的《源氏物语的方法："物纷"的极北》（东京翰林书房2007年）等。这些数量有限的文章书籍，都在"乱伦私通"的语义上使用"物纷"这个词，把"物纷"看成是《源氏物语》所描写的一种题材，

[①] 本文原载《上海师范大学学报》，2014年第3期。

而没有把它作为一个概念,特别是审美概念来看待。前几年,笔者在所翻译的本居宣长的《紫文要领》中,也把其中大量使用的"物纷"解释性地翻译为"乱伦生子"。现在看来,对本来可以作为概念的词语,应该尽量通过"迻译"(平行移动的翻译)方法而保持其原型,而不是做解释性的翻译。笔者对江户时代有关"源学"家的相关文献做了仔细的研读分析后,发现"物纷"这个词经历了复杂的语义演变和词性转变。在《源氏物语》中,"物纷"是用以表示主人公私通乱伦行为的委婉用词,在江户时代的安藤为章的《紫家七论》中,继而在贺茂真渊的《源氏物语新释》中,"物纷"成为理解《源氏物语》的关键词。在本居宣长的《紫文要领》和《源氏物语玉小栉》中,则将"物纷"由题材用语向审美概念转化,而到了荻原广道的《源氏物语评释》中,则将"物纷"视为《源氏物语》的创作方法,于是"物纷"就成为概括日本作家特有创作方法及传统文学特殊风格的重要概念。遗憾的是,迄今为止,日本学界并没有发现这一点。

一、《源氏物语》与"物纷"

"物纷"(物の紛れ)这个词,在平安时代的文学作品中有所使用。在《源氏物语》中,指的是"趁周围的人不注意的时候,悄悄行事",由此引申为"背着别人干了错事",又进一步引申为"男女之间的密会私通"。不过,在《源氏物语》中,"物纷"指代男女密会私通的用例,可以举出第三十四帖《嫩菜·卷下》中的一节。其中写道:

与皇妃私通,这种事情从前就有,但对此的看法不一。大家都在宫中共事,都在皇上身边伺候,自然有种种机会相处见面，相互倾心，物纷也就多有发生。虽说是女御与更衣的身份，有的人有的时候行事也不免欠缺考虑，一时轻浮，有了意外举动。躲躲藏藏、遮人耳目，在宫中做出不太稳重的事，这就必然产生纷乱。

在这段话中，是写源氏发现了柏木写给三公主的一封信，知道自己的妻子三公主与柏木私通了，并且腹中的孩子也可能不是自己的，于是有了这段心理活动。作者使用了"物纷"（ものの纷れ）与"纷乱"（纷れ）两个相关的词，其含义也相当清楚，指的就是皇族的男女私通行为。丰子恺在《源氏物语》中译本中，将"物纷"译为"暧昧之事"，将"纷乱"译为"苟且之事"，是很传神达意的。①汉语中的"暧昧"一词用于指代男女之事，虽然包含着否定性的价值判断，但在中文的语境中，也有若干不置可否、不做硬性判断的、较为宽容的意思。紫式部使用"物纷"一词，而不使用"私通"、"乱伦"、"不伦"之类的表意更明确的词，显然也是为了避免对人物的相关行为做出明确的价值判断。在这个语境中，汉语译作"暧昧"，很接近紫式部对"物纷"的界定。在以上引用的那段文字后头，作者继续写源氏的心理活动。源氏发现三公主出轨背叛了自己，而不免很生气，但转而一想，此事不可张扬，因为他想到自己当年与继母藤壶妃子私通，父皇很可能也是知道的，但表面上却一直装作不知。于是源氏觉得这是一种轮回之罪，意识到人一旦进入古人所谓的"恋爱之山"，肯定会迷路的，但正因为如此，做了这样的事，"也是无可厚非的"。这就是源氏对"物纷"的想法和态度，也未尝不是作者紫式部对"物纷"的看法和态度。换言之，"物纷"之事固然是罪过，但人情不免如此，只要当时是出于喜爱，就

---

① 紫式部：《源氏物语》，丰子恺译，北京：人民文学出版社，第754—755页。

无可厚非。

除《源氏物语》外，在《伊势物语》、《荣华物语》等作品中，也有"物纷"一词的用例，含义大体一样。

但是，由于"物纷"这个词太暧昧、一般读者看不懂，所以后来《源氏物语》、《荣华物语》的注释者，一般多将"物纷"译为"密通"（みっつう），亦即通奸、私通。这种译法虽然并不错，并且意思也更为明确了，但"密通"这个词作为贬义词，分量较重，包含了明确的价值判断，从而失去了"物纷"这个词所包含的不做价值判断的微妙的暧昧性。然而有日本学者认为，像"密通"这样的词，仍不能说明《源氏物语》中男女关系的实质，因为《源氏物语》中源氏及其他男人与许多女人的关系，实际上是以男性意志为主导的关系，许多情况下这种关系是"强奸"和"被强奸"的关系，是一种"暴行"，因而在谈到《源氏物语》中"物纷"这个词时，必须明确意识到其中所包含的男性暴力的成分。①这种看法从社会伦理学上是正确的，但从美学上看，就已经颇为脱离作者原意了。

二、"物纷"：讽喻与"以物讽喻"

在此之前，"物纷"一词一般日本人应该不太使用，进入江户时代以后，在源学研究中，第一次将"物纷"作为一个关键词加以使用的是安藤为章。在《紫家七论》的"之六"中，安藤为章把《源氏物语》中皇妃私通生子，后来其子继承皇位这件事，称之为"物纷"，并把"物纷"作为《源氏物语》的"全书之大事"来看待。他

---

① 今井源卫：《"もののまぎれ"の内容》，载《源氏物语を読む》，东京：笠间书院，1989 年，第 40—43 页。

认为,《伊势物语》所描写的二条皇后、《后撰集》中所描写的京极御息所、《荣华物语》中所描写的花山女御,她们都有"物纷"之事,但在《源氏物语》中,"物纷"不仅仅是指男女关系上之"纷",而且指的是"皇胤(皇祖血统)之纷"。他认为源氏与继母藤壶妃子的"物纷"具有特殊性,相比而言,《伊势物语》中的二条皇后、《后撰集》中的京极御息所、《荣华物语》中的花山女御,与他们有染的男人属于藤原氏或在原氏,与这些外族男子私通,会破坏"皇胤"血统的纯正,罪过就重了。而桐壶天皇的妃子藤壶是皇女,源氏也是一世源氏,是皇子。两人私通所生的孩子,相当于桐壶天皇的孙子,"都属于神武天皇的血统",后来这个孩子(冷泉天皇)继承了皇位,因而他们的"物纷"并没有破坏天皇血统。也正因为如此,桐壶天皇对源氏的"物纷"之事佯装不知,更不问罪。安藤为章认为,紫式部把"物纷"之事作为"全书之大事"加以描写,是为了警示宫中皇族女性要维护皇统的正统性,因而具有"讽喻"的创作动机。他强调:《源氏物语》意在讽喻,至关重要的是要对乱伦生子加以劝诫,因为这会导致皇室血统混乱,因此可以将"物纷"视为日本式的讽喻。这部作品是按君王的御意所写,臣下知道薰君实为乱伦所生,便以此物语为讽喻。他还进一步把紫式部的这种"讽喻"称作"大儒之意"。[①]

在这里,安藤为章从江户时代流行的正统的儒家世界观出发,用"讽喻"来解释作者的本意,明显带有"儒者"的先入之见,难免牵强。但值得注意的是,安藤为章的"讽喻"说进一步把"物纷"由男女关系之"纷"引申为"皇胤"之"纷",使"物纷"突破了"密通"的狭义,从而大大拓展了其内涵和外延。这对于"物

[①] 藤原为章:《紫家七论》,载《日本思想大系 39 近世神道·前期国学论》,东京:岩波书店,1972 年,第 433—435 页。

纷"由普通词汇发展为美学概念，向前推进了一步。

接着，江户时代著名"国学"家贺茂真渊在《源氏物语新释》一书的"总考"一章中，也谈到了"物纷"的问题，他使用的是"纷"（まぎれ）这个概念，即"纷乱"的意思，与"物纷"含义相同。他基本赞同安藤为章的关于"讽喻"说，但却由安藤为章的"儒学"的立场而转向了以所谓"日本神教"为中心的"国学"立场。他写道：

> 宫中男女对人情理解不当，造成了纷乱之事，看了这种事情，皇上怎能放心呢？而臣下也会家家留意，人人小心，就不会有人图谋淫乱了，就会清楚地看到这些都是人情所致，至于是好还是坏，男女自然就会有所领会。日本神教就是这样以物讽喻。这一点只要看看《日本纪》就知道了，因此不必多说。①

在这里，贺茂真渊认为《源氏物语》是有讽喻作用的，但他认为讽喻作用是自然而然产生的，而不是作者有意为之。他更进一步把《源氏物语》归于不同于中国儒教的"日本神教"（或称"神道"）的系统，认为作者只是遵循日本神道的"以物讽喻"，就是通过客观事物的描写来讽喻，让读者自然领会，而不是有意识地进行说教。这样一来，实际上等于说紫式部创作《源氏物语》并没有主观意图，她只是描写"物纷"之事，而客观上可以起到讽喻作用。在这一点上，贺茂真渊的"以物讽喻"的观点与安藤为章的"讽喻"说显然大有不同。"以物讽喻"的"物"就是客观事物，就是只做客观的描写、描述，而不做主观的判断，从而指出了紫式部的

---

① 贺茂真渊：《源氏物语新释·总考》，载岛内景二等编《批評集成 源氏物語（近世後期篇）》，东京：ゆまに書房，1999年。

"物纷"描写是一种客观再现。这就接近于点出了"物纷"作为一种创作方法的实质。

三、"物纷"与"物哀"

贺茂真渊的学生本居宣长在研究《源氏物语》的专著《紫文要领》一书中，反对安藤为章的"讽喻"论，认为"讽喻"论是以中国书的道德主义的劝善惩恶的观念来看待《源氏物语》，完全违背了作者原意，无法理解《源氏物语》的真意。

本居宣长认为，"物纷"只是《源氏物语》中描写的一件事而已，作者并不是从伦理道德立场将男女"物纷"之事作为纯粹的坏事来写。他引用了《薄云》卷中的一段话：

> 这是不伦之恋，是罪孽深重的行为。要说以前的那些不伦行为，都是年轻时缺乏思虑，神佛也会原谅的。

本居宣长认为，这是源氏对"物纷"的想法。源氏认为，自己那样的罪过都被神佛原谅了，如今年轻人在这方面的过错有什么了不起的呢？神佛同样也会原谅吧。读者也会有这样的想法。于是，"物纷"的描写根本不可能成为对读者的一种警戒。既然知道不可能成为读者的警诫，却又要为劝诫而写，岂不愚蠢吗？由此可知紫式部写作的本意绝不在于讽喻劝诫。

同时，宣长认为，写"物纷"也是为了表现出源氏极尽荣华富贵的一生，正因为源氏与藤壶妃子（薄云女院）有"物纷"之事，才生了后来即位的冷泉天皇，冷泉天皇得知源氏为生父后，要把皇位让给源氏，源氏坚辞不就，后来被封为"天上天皇"。如此，源氏的荣华富贵即可达到绝顶。看来，"作者描写'物纷'的用意，并不在于劝诫，而完全是为了使源氏获得天皇之父的尊号而设计。"既然源氏的"物纷"不但没有坏的结果，反而带来了一生艳遇，绝顶荣华，有谁不羡慕呢？这样一来，"物纷"不可能会有"讽喻"的功能，而且恰恰相反。

既然《源氏物语》中"物纷"描写，不是为了讽喻与劝诫，那是为了什么呢？宣长认为，写"物纷"是为表现"物哀"与"知物哀"。也就是为了激发人们的情感，使人动情、感动、感叹、共感，使人把人情本身作为审美观照的对象。为此，"物纷"的描写就是必要的。因为"一旦有物纷之事，便是越轨乱伦，违背世间道德，却也因此相爱更深，一生难忘。对此，《源氏物语》各卷都有所表现。因为是相见时难别亦难的不伦之恋，因此相思之哀也更为深沉，这一点是深刻表现"物哀"的必要条件。①在他看来，《源氏物语》写"物纷"是为了写出复杂的人情纠葛，写出道德与人情、精神与肉体、欲望与理智之间的矛盾胶着，由此才有"物哀"，才能使人"知物哀"，即对于人性人情有充分感知和理解，使人知风雅、解风情、通人性，也就是从审美的角度，而不是伦理道德的立场去看待"物纷"。可见，本居宣长的"物纷"论是从属于他的"物哀"论的，"物纷"就成为"物哀"、"知物哀"产生的基础。这样一来，"物纷"就由此前的一个社会学、伦理学的词汇，而开始向美学词汇转换了。

但是，本居宣长站在美学立场上的"物哀论"的"物纷"说，虽然与安藤为章的儒学伦理学立场的"讽喻"说完全不同，但有一点是相同的，那就是两人都认为《源氏物语》的作者紫式部有一个写作的主观意图，即所谓"本意"。安藤为章认为这"本意"是"讽

---

① 本居宣长：《紫文要领》，载《新潮日本古典集成 本居宣长集》，新潮社昭和58年，第13—247页；中文译本见王向远译《日本物哀》，吉林出版集团，2010年，第1—123页。

喻",本居宣长认为这"本意"在"物哀"与"知物哀"。这与上述的贺茂真渊的"以物讽喻"说颇有不同。贺茂真渊认为作者只是写出"物纷"而不做直接判断,让读者"自然有所领会"。因为"物纷"本来就"纷",是难以说清的。

从"物纷"概念生成史的角度看,上述江户时代的三位"源学"家各自都有独特的贡献。安藤为章第一次将"物纷"作为《源氏物语》的"全书之大事",把它视为理解《源氏物语》的一个关键词,这就使"物纷"由指代男女关系的委婉用词,发展为一个引人瞩目的特殊用词。但是,在"讽喻"说的语境中,安藤为章没有赋予"物纷"这个词以自性,而只是把"物纷"看作"讽喻"的方式和手段。贺茂真渊大体同意安藤为章的"讽喻"说,但却不认为"讽喻"出自作者的主观本意,而是由"物纷"自然产生的阅读效果;也就是说,在贺茂真渊那里,"物纷"不是从属于"讽喻",不受"讽喻"意图的制约,"物纷"自身可以由读者的阅读自然地显示其意义。这样就初步赋予了"纷"或"物纷"以概念所应有的自性,这是贺茂真渊对"物纷"论的特有贡献。但是,无论是安藤为章还是贺茂真渊,"物纷"都是一个非美学词汇,到了本居宣长的《紫文要领》,明确将"物纷"看作是"物哀"的来源,也是人的审美活动即"知物哀"的条件[①],认为《源氏物语》的作者是为了表现"物哀"和"知物哀"而写"物纷",从而把"物纷"纳入了审美范畴。

四、荻原广道的"物纷"论

江户时代末期,源学家荻原广道在《〈源氏物语〉评释·总

[①] 笔者在《哀·物哀·知物哀——审美概念的形成及语义演变》一文中,对"物哀"、"知物哀"的语义做了细致分析阐发,见《江淮论坛》,2012年第5期。

论》中,对前辈学者安藤为章的"讽喻"论、本居宣长的"物哀"论做了细致的评析。他认为安藤为章的"讽喻"说是"有道理"的,但安藤为章的观点,听起来确实不免带有儒者之意,而且也缺乏进一步论证。荻原广道认为:"如今,作者的用意我们越来越不能知道了。但想想那个时代、那些事情,推察一下作者的内心,是否有讽喻之意呢?那我们就似乎发现确有讽喻的意思。我们将自己的体验,与作者在这部物语中所暗含的意思,加以相互比照和思考,大体上我们就会有所理解、有所领悟。这是可以肯定的。"这种说法与贺茂真渊的读者"自行领悟"的说法非常接近。另一方面,荻原广道对本居宣长的"物哀"、"知物哀"论也做了评析,觉得本居宣长的"物哀"论讲得有道理,但失之于片面,"物哀"并不能涵盖《源氏物语》的全部内容,"即便不把皇室的那些'物纷'之事,特别地提出来加以描写,也不妨深刻地表现出'物哀'来";同时,他也不同意本居宣长的写"物纷"之事是为了表现源氏的幸福荣华的说法,指出《源氏物语》中也写了源氏许多不幸的事,"女三宫的私通,终于生出了薰君,接着右卫门督的事、落叶宫的事情,都使源氏身心疲惫,此后再也没有出现什么好事了。到了《御法》卷,紫上早逝,源氏悲痛至极。及至《幻》之卷,写的净是悲哀之事。由此可见,作者并非只是写源氏的荣华富贵。假如作者只写源氏的荣华富贵,那就应该将这些不好的事情加以省略,紫上去世的事,也应该像《云隐》卷那样只加以暗示。像柏木与女三宫私通之事,之所以没有隐去,之所以要描写那样的不好的事,都是为了表现其中的'物纷'之报应。"总之,他认为,"物纷"才是贯穿《源氏物语》的全书始终的东西。他进而写道:

 作者(指《源氏物语》的作者紫式部——引者注)又不是露骨地表现报应,而是对人心有深刻的洞察,不是挥笔就是为了表现讽喻，而是按照人性人情的逻辑，写出事情的纷然复杂，同时夹杂着从女人的角度发表的议论，这才是作者之意。……"物纷"就是《源氏物语》的主旨，其他都是为了使这"物纷"的描写更加纷然，也可以看作是"物纷"的点缀。只有"物纷"，才是作者的用意所在。自然，作者的意图究竟是什么，如今我们很难知道了。若要强行说清楚，未免自作聪明，所以对此我还是打住不论。读者好好品读，就可以有所体悟吧。①

这些话虽然表述得过于朴素和简洁，但流露出了非常重要的诗学思想，的确值得我们好好品读、理解和阐发。

荻原广道说"'物纷'就是源氏物语的主旨"，就已经不仅仅是将"物纷"看作是指代具体的乱伦事件的词，而是把它提升到了作者的创作"主旨"的高度，强调"只有'物纷'，才是作者的用意所在"，从而将这个词加以概念化。这是对《源氏物语》中源氏与藤壶妃子、熏君与三公主乱伦事件的描写加以仔细体味而做出的结论。"物纷"的字面意就是"事物纷乱"，特指主人公的乱伦行为。但在作者的笔下，乱伦事件的发生体现了佛教的命定论或宿命论，特别是轮回报应的观念。正如古希腊悲剧中的俄狄浦斯王的杀父娶母，那不是俄狄浦斯王个人的过错，而是命运的注定。同样的，《源氏物语》中源氏与继母藤壶乱伦是宿命性的，而源氏的妻子三公主又与人私通，则也是轮回报应的结果。这样一来，主人公的乱伦行为就有了客观性，所以才叫做"物之纷"，而不是"人之纷"。"物纷"的"物"强调的是"纷"的本然性、客观性，在《源氏物语》

---

① 荻原广道《源氏物語評釈》，岛内景二等编《批評集成 源氏物語（近世後期篇）》，东京：ゆまに书房，1999年，第312—313页。

中，在"物纷"外有时也用"事之纷"这一近义词，但"事之纷"似乎比"物之纷"更带有一些主观人为的意思。《源氏原物语》将乱伦行为看作"物纷"，是在宿命与轮回报应中身不由己的行为，这样，就很大程度地消解了人物的主观之罪。作者将所有人物的混乱的性行为都如实地描写出来，但是这却是作为"物纷"来描写和表现的。事情是什么样子，就写成什么样子，而不是将其明晰化和简单化。在《源氏物语》中，男女越轨之事，从人情上说是可以理解的，而从既定道德上说是错误的；从伦理道德上说是应该否定的，而从美学上说却是有审美价值的；身体是堕落的，心灵是"物哀"的、超越的。当事者是一边做着错事和坏事，一边又不断地自责，他们都是不断做着坏事的好人。"物纷"就是乱麻一团，头绪纷繁，说不清、理还乱；理不清，扯不断。"物纷"论指出了事情的这种纷繁复杂性，认为只是将本来就复杂纷然、难以说清、难以明确判断的事情如实地写下来，保持"物纷"的原样，才是作者的用意所在，而且是越写得纷然，也就越好。这样一来，作者的倾向性就隐蔽起来了，读者就很难知道作者的创作意图是什么，但读者只有"好好品读，就可以有所悟"。

五、"物纷"论的价值与意义

可见，荻原广道实际上就是把"物纷"作为一种文学创作的手法、方法而言的。就"物纷"的创作方法而言，作家只是尽可能地呈现事物和事情本身，并将保持描写对象的一定程度的混沌状态。在倾向性和价值判断上似是而非、似非而是，不说清楚，读者也不求把一切东西都"强行说清楚"。若真的说清楚了，那就是日本古代诗学最排斥的所谓"理窟"，即堕入了讲大道理的陷阱。"物纷"写法的反面就是所谓"理窟"。只有"物纷"的写法，才避免"理窟",这就是"物纷"的观念使然,也体现了日本文学的一个基本特点。

从比较诗学和比较美学的角度看,"物纷"是一个表示作品"复杂度"的概念。如果西方文学追求是作品的思想意蕴的"深刻度",中国文学追求的心物统一、情景交融、形神兼备、情理兼通的"和谐度",那么日本的"物纷"则追求纷然杂陈的"复杂度"。"物纷"作为创作方法的范畴,强调的是一种如实呈现人间生活的全部纷繁复杂性的写作方法和文学观念,近乎于当代人所说的"原生态"写作。用"物纷"方法创作的作品,批评家难以批评,读者也难以做出截然的判断,但却易感受、耐回味、耐琢磨。

在日本文学中,无论是"幽玄"的美学形态的形成,还是"物哀"的审美感兴的发动,都是由作者的特殊创作方法所决定的。但长期以来,日本古典诗学对自己的创作方法的总结、提升和说明明显不够。歌论和汉诗论大都受中国"修辞立诚"论的影响,强调作家要有"诚",即真实地描写现实生活;在物语论中,有紫式部的"对于好人,就专写他的好事"的命题,接近"类型化"的创作方法论;在戏剧论中,有世阿弥的"物真似"的模仿论,还有近松门左卫门的"虚实在皮膜之间"的虚实论。这些说法和主张,都来自作家们的创作体验,具有相当的理论价值,但在概念的使用和表述上,总体上未脱中国诗学的真实论、虚实论的范畴,更多地带有与中国诗学理论相通的一般性,也难以概括日本文学的特征。只有在江户时代"源学"中逐渐形成的"物纷"论,才概括出了日本传统文学独特的创作方法、独特的艺术思维方式与审美理想。同时,"物纷"论也解释了《源氏物语》等日本传统创作方法及艺术魅力之所在,在这个意义上,"物纷"这一概念是打开日本文学审美之门的又一把钥匙。

从日本文学史上看,日本作家从古至今大都奉行"物纷"的创作方法。从古代妇女日记文学开始，作者习惯于"原生态"地、赤裸裸地写实，而不做是非对错的判断，谨慎流露观念上的倾向性。日本传统风格的作品中的人物，所谓好人与坏人、所谓好事与坏事、正面人物与反面人物，都没有判然分明的区别，将人性的善恶集于一身。例如《源氏物语》中的光源氏，作者把他看成是"知物哀"的"好人"，但从道德方面上他又干了许多坏事；中世文学的代表作《平家物语》没有简单地将战争的双方平氏家族、源氏家族的武士看作好人或坏人，而是写出了他们的不同的境遇与环境中人性的善与恶，值得同情或值得憎恶的两面性。江户时代以井原西鹤为代表的市井小说，以好色美学或"色道"美学来描写和评价人物，将道德上的恶行与审美上的风流潇洒的时尚的"意气"之美融为一体，使人难以厘清"美"与"善恶"之间的分界。直到日本近现代文学，在那些继承了日本传统"物纷"风格的作品中，都有这样的特点，例如夏目漱石的后期代表作《心》，极具有道德反省精神的"先生"，却发现自己与最自私自利的叔父属同一类人；菊池宽的名剧《义民甚兵卫》中甚兵卫是傻子、是见义勇为义民、是智力不全的傻子、还是富有报复心的复仇者，令读者观众沉思；谷崎润一郎中的《春琴抄》中的女主人公春琴，在从天生丽质的美到毁容后的丑，从虐待者到被害者，美丑善恶，杂然一身，一言难尽；永井荷风的《墨东绮谈》等花柳小说中的男女主人公，是反抗世俗的纯爱，还是买春卖春的交易，难以说清；川端康成的《雪国》的岛村与驹子之间究竟是什么关系，也不好断言。这些作品实际上都是有意无意地以"物纷"的方法来处理情节与人物。现代名家名作是如此，至于当代流行的动漫文学中，此种情形更是普遍。

在理论与创作上最能体现"物纷"特点的，则是作为日本近代文学主潮的自然主义文学。自然主义主张纯客观的"自然"的描写，例如自然主义理论家长谷川天溪主张自然主义小说要"破理显实",认为所有的思想、观念、理想、理性、写作技巧等,都属于"逻辑的游戏",都应该加以排斥;另一个理论家片上天弦主张自然主义作家作品要"无理想、无解决",就是只管客观描写,而对现实和事件不加以任何解释、不加任何解决。现在看来,自然主义的这些理论主张及其作家的创作实践,完全可以换用"物纷"这一概念加以表达。而且,西方的自然主义文学传到日本后,之所以被日本文坛发扬光大,并成为日本近代文学的主潮,这与日本的源远流长的"物纷"的创作传统是具有深刻联系的。换言之,从日本"物纷"的创作传统,到近代的自然主义小说,其间一脉相承、一线相通。

含有"物纷"方法创作的作品,往往给人以强烈的印象,但不能给人以明晰的逻辑条理。例如日本文学中的许多小说名著都缺乏中国小说与欧美小说那样的严整结构。《源氏物语》篇幅较大,长度与《红楼梦》相当,但《源氏物语》实际上没有逻辑结构,而是一种类似短篇连缀式的、屏风式的并列结构。《源氏物语》之前的《宇津保物语》是日本最长的、卷帙浩繁的古典物语,但结构更加纷然,致使全书缺乏统一性。近现代文学名著夏目漱石的《我是猫》,志贺直哉的《暗夜行路》、川端康成的《雪国》等一大批小说名作,都处于无头无尾的"未完"形态。从"物纷"的角度看,这种没有结构的结构,最大限度地摆脱了人为的编排和削凿,是最接近生活原样的。与此相关,日本传统的叙事文学也是最缺乏"故事性"的,与中国古典小说及西方近现代小说相比,日本民族特色的"物纷"的文学作品,其故事往往显得松散、平淡。就中国小说与西方小说而言,生活多么神奇,文学就要写得多么神奇;对日本的"物纷"的作品而言,生活有多么平淡,文学就得多么平淡。日本的"物纷"作品看似平淡无奇,但实际上却像生活一样复杂;中西文学作品看上去神奇,却只是生活的浓缩与提炼。浓缩和提炼后的生活，纯度增高了，蕴含饱和了，思想明晰了、深刻了，但原生态性、复杂性、纷繁性却不得不减弱了。

从世界诗学与美学史上看，中西诗学中似乎还缺乏"物纷"这样的洗练的概念。在中国诗学中，陆机在《文赋》中多次用到"纷"（"方天机之骏利、夫何纷之不理"）、"纷纭"（"纷纭挥霍、形难为状"）、"思纷"（"瞻万物而思纷"）等相关的词语。但在陆机看来，事物的"纷"、"纷纭"是难以描写的，诗人看到万物的纷纭复杂，便会"思纷"（思绪纷纭），而只有在"天机之骏利"（文思敏捷）的时候，才能将任何纷纭复杂的事情理清楚，就是所谓"夫何纷之不理！"由此看来，中国传统诗学充分意识到了"纷"的复杂性，但其审美理想却是"理纷"，也就是《史记·滑稽列传》中所说的"解纷"①。这与日本的"物纷"的原样呈现，是大相径庭的。实际上，无论是中国文学还是欧洲文学，大都追求"解纷"的明晰性、逻辑性。虽然中西文论中都承认文学作品的"诗无达诂"的不确定性、模糊性，但是同时，却都尽可能地追求主题的明确性、结构的严谨性、叙事的完整性，人物的典型性。而在"物纷"的日本文学中，这些都很不重要。

总之，"物纷"一词从一般词语，到审美概念，经历了一系列提炼、蒸馏和阐发的过程，这个过程到了荻原广道基本完成。然而江户"源学"的"物纷"论的阐释过于简单，更多的是一种直感的表达，缺乏理论逻辑上论证。而现代日本学者大都安于"物纷"之"纷"，不加深究。这也许正是日本"物纷"所具有的"物纷"吧？但是今天，我们有必要站在现代美学、比较诗学的立场上，对"物纷"加以"解纷"，加以进一步研究阐发，也许习惯于"物纷"的日

---

① 《史记·滑稽列传》："太史公曰：天道恢恢，岂不大哉！谈言微中，亦可以解纷。"

本学者仍然安于"物纷",而对"解纷"不以为然,但唯有先"解纷",才能真正呈现"物纷"的意义,才能使"物纷"作为一个诗学与美学的概念,显示出独特的理论价值和普遍的参考价值,也有利于现代美学、东方美学、比较诗学的相关范畴、概念的进一步整理、确立与运用。对中国人而言,理解日本传统文学及日本传统文化,也许就有了一个新的切入口或新的视点。

中国的"感""感物"与日本的"哀""物哀"

——审美感兴诸范畴的比较分析①

在中国古代文论与美学中,关于审美感兴的范畴,有"感"、"感物"、"物感"、"感兴"等;在日本,则有从中国传入的"感"、"感兴"和日本固有的"哀"、"物哀"。中日两国的这些有关审美感兴的诸范畴,具有复杂的关系与关联,也有深刻的审美文化上的差异。在比较诗学层面上对此进行分析研究,既可以呈现两国文论与美学的相关性,也可以凸显两国审美文化的某些根本特点。

一、作为中日两国传统审美范畴的"感"与"感兴"

古代日语中的"感"这个词,写作"感",读作"かん"(kann),无论从字型还是发音,都可以断定来自汉语的"感",而且有名词和动词两种词型。以"感"为词根的相关汉语词汇,也都进入了日语,其中,"感"字前置的词主要有:感应、感兴、感化、感怀、感觉、感想、感叹、感激、感谢、感伤、感触、感受、感染、感想、感知、感得、感会、感动、感服、感激、感泣,感泪、感慰、感情、感心、感性等;"感"字后置的词汇主要有"所感、多

---

① 本文原载《江淮论坛》,2014年第2期。

感、哀感、音感、快感、共感、好感、五感、实感、直感、痛感、同感、性感、痛感、肉感、反感、敏感、预感、灵感"等。在这些"感"字词汇群中，属于文论与美学范畴的，主要是"感"、"感兴"。

作为文论用语的"感"字，传到日本最晚应在公元8世纪后期之前，藤原滨成在《歌经标式》中，开篇即用汉语写道："臣滨成言：原夫和歌者，所以感鬼神之幽情，慰天地之恋心也。"这是我们现代所能看到的和歌论中最早使用的"感"字。接下来，9世纪初，空海在《文镜秘府论》中，有"政得失、动天地、感鬼神，莫近于诗"（《南卷·集论》）之句，又有："咏史者，读史见古人成败，感而作之。"（《南卷·论文意》）等。10世纪初，"和歌四式"之一《孙姬式》开篇也用了几乎同样的话："原夫和歌者，所以感鬼神之幽情，慰天地之恋心。"这些大同小异的说法，显然是从中国的《毛诗序》"故正得失、动天地，感鬼神，莫近于诗"来的。10世纪后，"动天地，感鬼神"的说法被进一步套用于和歌，如纪贯之在《古今和歌集真名序》中说："动天地、感鬼神，化人伦，好夫妇，莫宜于和歌。"在这里，"感"的对象都是"鬼神"，连无情的鬼神都能为之所动，可见"感"力之大。"感"成为人与外物之间互联互动的途径和表征。在物语文学中，"感"字也被用来描述审美的状态。如紫式部《源氏物语》第二十一卷《少女》中，有一句话："虽未感于琴音，但黄昏时分还是令人惆怅，心生物哀之情"（"琴の感ならねど、あやしく物あはれ夕べかな"），这里将"感"字与审美概念"物哀"两个词用于一句之中，使"感"成为兴发"物哀"的条件。

将"感"字有意识地、明确地作为一个审美概念来使用的，是15世纪日本著名戏剧家、戏剧理论家世阿弥。他在《花镜》中的《上手的感知》一节中认为，戏剧表演艺术有三个层次，第一是

"技艺",技艺属于"身体之姿态"的层面,技艺很高,也未必能成为"上手"或名家,有的人技艺有所不足,却能名满天下。因此高于"技艺"的第二个层次是"心",他强调指出:"有了'心'才能达到永恒的'正位'。……以'心'表演,虽然技艺上尚有瑕疵,但却取得了上手的声誉。可见,真正的上手的声誉,并不在于舞蹈与技艺的熟练,而是依赖于使演员确立正位的'心',并由此而产生出艺术的灵感。只有真正的上手,才能理解技艺与'心'的区别。"而在"心"之上的最高的境界,则是"感"——

比起让人感到有趣,还有一个更高的层次,就是从心中不自觉地发出"啊"的感叹之声,这就叫做"感"。因为"感"超越了意识,是一种连有趣的判断都来不及做出的感动,就是"纯然"直觉的境地。所以,《易经》在"感"这个字的下头,将"心"省略,直接写作"咸",而读作"感"。这就是说,真正的感动,是超越心智的一瞬间的感觉。

演员的艺位也是同样。从初学时期不断学习,不断进步,可以达到"上手"的程度。但这也只是一般的上手的程度,而让人感到上手之上的趣味,才能达到名家的高度。在名家的艺位上,具有"无心之感",才能达到誉满天下的高位。这需要不断刻苦钻研和反复修炼,方可以使"心"达到最高境界。[①]

在这里,世阿弥将中国《易经》从哲学角度对"感"的解释,而运用到艺术审美中,将"感"被看作是超越了记忆、也超越了"心"的"最高境界",就是在掌握了技艺而有超越技艺,有了

[①] 世阿弥:《花镜》,见王向远译《日本古典文论选译·古代卷》,中央编译出版社,2012年,第598—599页。

"心"而又达到"无心"之境,是由繁入简、由博返约、举重若轻、信手拈来的出神入化,是一种超越技巧、省去一切判断的"'纯然'直觉的境地"。世阿弥将"感"字直接作为审美概念来使用,并作为艺术的最高境界,这是对中国古典哲学美学概念的创造性活用,即便在中国古代文论和美学中也是罕见的。

在"感"的基础上,对"感"的状态加以阐述,并生发出"感兴"这一审美概念的,是9世纪初空海的《文镜秘府论》。

《地卷·十七势》将"势"列为十七种,其中第九"势"是"感兴势",在"感"字的基础上,使用"感兴"一词,并对"感兴势"做了这样的解释:

> 感兴势者,人心至感,必有应说,物色万象,爽然有如感会。亦有其例。如常建诗云:"泠泠七弦遍,万木澄幽音。能使江月白,又令江水深。"又,王维《哭殷四诗》:"泱泱寒郊外,萧条闻哭声。愁云为苍茫,飞鸟不能鸣。"

据研究,空海的这段话及"感兴"这个词,来自唐代王昌龄的《诗格》,但《诗格》已经散佚不传。可以说,这里的"感兴"是见于文献的最早用例。虽然在唐代之前的诗学文献中,把"感"与"兴"两个词连在一起偶有所见,如陆云"感物兴想、念我怀人"(《谷风·赠郑曼季》);孙绰:"情因所习而迁习,触物所遇而兴感"(《三月三日兰亭诗序》)等,但都没有固定为"感兴"这个词,而空海不但明确使用"感兴"一词,而且把它作为"势"之一种,并做出了明确的界定,那就是"人心至感,必有应说,物色万象,爽然有如感会"。这就使得"感兴"这个词成为一个诗学概念了。而且,这其中也包含着空海自己对"感"、"感会"、"感兴"的独特表述与理解。他说"人心至感,必有应说",意思是说当人心之感达到了相当程度的时候，一定会有反应和表达，在这个时候，"物色万象，爽然有如感会"，世间生动具体的万事万物，都仿佛如约而来，以下所引用的两首诗，是对审美感应状态的描述，也就是人与客观外在的一种和谐互动的关系。

在《南卷·论文意》祖述了王昌龄的《诗格》的相关内容，对"感兴"之"兴"做了较为详细的描述和阐述：

> 凡神不安，令人不畅无兴。无兴即任睡，睡大养神。……兴来即录，若无笔纸，羁旅之间，意多草草。舟行之后，即须安眠。眠足之后，固多清景，江山满怀，合而生兴。须摒绝事物，专任情兴。因此，若有制作，皆奇异。看兴稍歇，且如诗未成，待后有兴成，却不必强伤神……

这里的"兴"指的是一种创作冲动和审美状态。而创造冲动和审美状态的生成，既需要外在的"江山"、"清景"之类的感发、感触，也需要诗人的充沛、专注的精神面貌。就"感兴"的形成而言，"感"的对象是外物，"兴"是主体的状态。两者相互依赖。无"兴"即不感，无"感"即不"兴"。而"感"而为"兴"，便进入审美创造的状态。后来，"感兴"这个词本身也用来表示一种审美状态。日本权威辞书《广辞苑》对"感兴"的解释是："感到有兴味；有趣之事；又指兴味本身。"可见"感兴"在日语中已经固定为一个审美的、诗学的概念，并一直从古语贯穿至现代日语的文论与诗学著作中。夏目漱石在《文学论》一书中，多次以"感兴"一词来指代审美感觉乃至审美价值，在评价某作品的时候，常常使用"很有感兴"或"缺乏感兴"之类。顺便说一下，与日本相比，长期以来，"感兴"这个词在我国文献中使用偏少，自觉地作为一个概念来使用，似乎更晚。在收录古汉语词汇的商务印书馆《辞源》以及专业辞典《世界文学术语大辞典》、《中国文论大辞典》中均未收录。直到1988年美学家叶朗在《现代美学体系》一书中设立《审美感兴论》一章，才把"感兴"这个概念突显出来。

二、中国的"感物"与日本的"感心"

中日两国古代文论中，作为审美感兴之概念的"感"，其"感"的对象的界定有明显的差别。如果说，中国的"感"是"感物"，日本的"感"是以心"感心"。

在中国古典文论中，"感物"的"物"具有客观性，而由于人心的喜怒哀乐的不同，赋予"物"的感情色彩也就不同。先秦时代的《礼记·乐记》有云：

> 乐者，音之所由生也。其本在人心感于物也。是故其哀心感者，其声噍以杀；其乐心感者，其声啴以缓；其喜心感者，其声发以散；其怒心感者，其声粗以厉；其敬心感者，其声直以廉；其爱心感者，其声和以柔。六者非性也，感于物而动。

这就是说，"物"是客观的、有自性的，而人心则随着感情变化而对"物"有不同的感受，用什么样的心情感受事物，什么事物就染上了什么样的感情色彩，所以说，"哀、乐、喜、怒、敬、爱"这六种心情，是没有自性的（"六者非性也"）。到了汉代儒家，董仲舒进一步强调了"物"的客观性，提出"人之性情由天"，并把"物"进一步客观化为统括天地自然、无事万物的"天"，使之与"人"形成"天人合一"的关系。西晋玄学家郭象认为人从上观意志出发去应对外物，往往会因不了解外物而夺其所宜，有害于物。只有无心于物，听其自化，才能无物不宜。因而人心对于外物应该处在被动的状态，并提出"无心应物"、"心与物化"的思想。到了魏晋南北朝时期的文论与美学文献中，"物"由秦汉时代的较为抽象的之物，变成了有独立审美价值的自然物象人事现象，但这些作为"物"仍然具有客观自性。宋代哲学家张载在心与物的关系上，提出了"人本无心，因物为心"的思想，认为人心是受物支配的，把客体物质世界作为认识产生的来源和根据。他们都强调"物"自身具有客观独立性，并具有审美价值。人要去积极、自由地加以感知、感应。

而在日本古代文论与美学文献中，人所感"物"却缺乏中国文论之"物"那样的客观性。在日语中，"物"（もの）可以作为一个实体代词来使用，但当"物"作为一个词素的时候，往往具有表示某种抽象的、难言形容、难以把握的存在，因而以"物"作字头的词，也常常带有负面的、消极的意义。例如：物憂い（慵懒、倦怠）、物悲しい（难过、悲伤），物恐ろしい（很可怕的、恐怖的），物狂おしい（疯狂的、狂热的），もの寂しい（寂寞的），物騒がしい（吵闹的、吵吵嚷嚷的）、物凄い（可怕的、令人毛骨悚然的），物凄まじい（凶猛的、可怕的、惊人的）等。在这些形容词中，"物"染上了浓厚的主观色彩，成为对主观感受、主观描述起加强作用的接头词。同样的，在日本特色的审美感兴范畴"物哀"的"物"就是如此。

"物哀"之"物"，也具有这样的漠然性和主观色彩，因而与中国的感物的"物"有所不同——

> 这个"物"不是一般的作为客观实在的"物"，而是足以能够引起"哀"的那些事物。并非所有的"物"都能使人"哀"，只有能够使人"哀"的"物"才是"物哀"之"物"。换言之，"物哀"本身指的主要不是实在的"物"，而只是人所感受到的

事物中所包含的一种情感精神，用本居宣长的话说，"物哀"是"物之心"、"事之心"。所谓的"物之心"，就是把客观的事物（如四季自然景物等），也看作是与人一样有"心"、有精神的对象，需要对它加以感知、体察和理解；所谓"事之心"主要是指通达人性与人情，"物之心"与"事之心"合起来就是感知"物心人情"。这种"物心人情"就是"物哀"之"物"，是具有审美价值的事物。①

这样一来，"物哀"之"物"就在很大程度上被置换为"物之心"，也就是将"物"加以"心"化，将"物"加以人化、主观化，即把"物"转化为"心"，称之为"物心"。这是一个有日本特色的概念。

关于"物心"，18世纪日本"国学"家本居宣长在《紫文要领》一书中，提出了"事之心"、"物之心"的概念，并把它纳入了审美感兴的"物哀"论，他说：

> 世上万事万物，形形色色，不论是目之所及，还是耳之所闻，还是身之所触，都收纳于心，加以体味，加以理解，这就是感知"事之心"、感知"物之心"，也就是"知物哀"。
>
> 如果再进一步加以细分，所要感知的有"物之心"和"事之心"。对于不同类型的"物"与"事"的感知，就是"物哀"。例如，看见异常美丽的樱花开放，也觉得美丽，这就是知物之心。知道樱花之美，从而心生感动，心花怒放，这就是"物哀"。反过来说，无论看到多么美丽的樱花开放都不觉得其美，

---

① 王向远：《日本的"哀·物哀·知物哀"——审美概念的形成流变及语义分析》，《江淮论坛》，2012年第5期。

就是不知"物之心";那样的人也不会面对美丽的樱花而感动,那就是不知"物哀"。①

也就是说,作为审美感兴的"物哀"和审美感知活动的"知物哀",所"感"者就是"事之心"、"物之心",就是主体与客体的合二为一。

本来,"物哀"这个词的原初词形只是一个"哀"(あはれ),是没有"物"的。日本文论所"感"者,往往省略了"物",而直接面对"心",从而倾向于"心"与"物"的一元论。例如,《歌经标式》、《石见女式》中都有"天人之恋心"的说法,就是说天和人一样有"心"而且是"恋心";《古今和歌集·真名序》开篇:"夫和歌者,托其根与心地,发其花与词林者也。"直接将和歌的根源定为"心地"。《假名序》开篇云:"倭歌,以人心为种",并从"心"与"词"的关系入手,对有关歌人做出了评论。这些都是将中国式的"物"加以忽略,而直接面对"心"。因此,如果说中国的审美感兴论是"感物",那么相对而言,日本的审美感兴论便是"感心"。

汉语中没有"感心"这个词,但在日语中,"感心"(かんしん)是一个常用词。"感心"所表达的是对对方的充分了解、高度理解、完全认同,并有此产生审美性的共感和共鸣。日本的基于"感心"的审美感兴论,在日本古代文论中产生了"心"(创作主体)与"词"(文学作品)的审美创造二元关系论;而基于"感物"的审美感兴论,在中国古代文论中形成了中国"物"(客观外物)→心(或"意",创造主体)→词(诗文作品)的三元关系论。为了更直观起见,可用一个这样一个公式明示如下:

---

① 本居宣长:《紫文要领》,见王向远译《日本物哀》,吉林出版集团,2010年,第66页。

中国的物、心、词的三元结构：物→心→词
日本的心、词的二元结构：心→词

中国的"感物"，"心"离不开"物"，心受制于"物"；日本的以心"感心"，"心"可以离"物"而独立，因而更强调人的主体性。换言之，日本的"感心"具有主观唯心的倾向，中国的"感物"具有对外在事物的客观反应、感应的倾向。"感心"的美学取向反映在日本文学中，使得日本文学较之中国文学，具有更为浓厚的中的主观性、情绪性。

三、"物感"、"感物"与"哀"、"物哀"的相通与差异

"感心"的倾向体现在美学范畴中，就是产生于平安时代以《源氏物语》为代表的王朝贵族文学中的"哀"（あはれ）与"物哀"（物のあはれ）。这是极有日本特色的审美感兴的范畴。从比较文化与比较美学的角度看，"哀"、"物哀"与中国的"感物"或"物感"，在同属审美感兴这一点上，是相同相通的，但两者之间也有根本的差异。

差异之一：中国的审美感兴范畴"感"、"感物"、"物感"有着深厚哲学基础与思想背景，而日本审美感兴范畴"哀"与"物哀"则带有强烈的感性文化色彩。

中国的"感"、"物感"、"感物"的概念以及相关的"应感"、"感应"的概念，原本就是中国古典哲学的组成部分。在《周易·咸卦》中，"感"是阴与阳二气交互运动的途径和方式，也是天与地、天与人交流的主要途径和方式，这里，既有"二气感应以相与"、"天地感而万物化生"的宇宙万物之感，也有"圣人感人心而天下和平"的人间之感。在此基础上，天人相感、神人相感、物人

相感、人人相感，而形成了审美感兴、审美感应的理论观念。《管子·五行》所谓"人与天调，然后天地之美生"，说的就是审美感兴、审美感应基于人与天地宇宙万物之间的和谐。中国的"感物"或"物感"中的"物"是客观的、外在的，因而"感物"本身具有认识论的性质。"感物"既是审美感兴的范畴，但本质上也却属于一种知性文化。

关于日本的"哀"与"物哀"产生的感性文化背景，日本现代美学家大西克礼在《"物哀"论》一书中曾做过了分析论述。他认为，平安时代的日本贵族社会，感性文化、审美文化很发达，而相反地，知性文化很贫弱。虽然当时从中国归来的少数留学僧很有学养，但他们的学问是外在于日本社会的，并未对日本人的唯情主义的思维方式产生什么影响。因而，对当时的日本人而言，哲学思考这样一种对世界和人生的根本问题进行深刻探求的倾向，在本质上是非常匮乏的。这反映在《源氏物语》、《枕草子》那个时代最优秀的作品中，就是相对缺乏博大精深的睿智和深刻的思想。[①]日本人的这种过剩的感性文化、情绪文化，用"哀"和"物哀"来概括最为合适。"哀"、"物哀"是很感性的。在《源氏物语》等王朝文学中，"哀"常常被当做感叹词使用，"物哀"则主要被作为形容动词（具有形容词性质的动词）来使用，都是表达人的喜怒哀乐的感叹之声和感慨之情。后来，"物哀"在和歌论中，曾被作为和歌的一种体式，称为"物哀体"，于是"物哀"才得以名词化，并具备了成为概念的可能。直到18世纪的"国学"家本居宣长，才开始将"物哀"加以概念化。但即便是本居宣长的"物哀论"，在西方哲学尚未传入的情况下，由于在思想上排斥中国的儒家哲学，在论法上把理论性

---

① 大西克礼：《"物哀"论》，王向远译，见《日本之文与日本之美》，新星出版社，2013年，第255—257页。

的逻辑思辨斥之为"理窟",并时刻注意不"落入理窟",因而,本居宣长的"物哀论"也缺乏深厚的哲学根基,而只是基于朴素的审美心理,更多地从感性、印象与直观的角度加以概括、分析和阐述。相比之下,中国的"感"、"感物"、"物感",在先秦两汉时代首先是哲学范畴,到了魏晋南北朝时代才演变为审美范畴;即便是作为审美范畴,也有深厚的哲学根基和思想背景。

差异之二:中国的"物感"、"感物"是天人合一、物我和谐、情理中和的,而日本"哀"、"物哀"则主要是在物我错位、自我倾斜、情理失衡中产生的。

中国的"感物"、"物感"总体上天人合一、物我两忘、心物相应、情与理均衡的,其最高的指向就是中庸,就是和谐,是"妙",是"乐"。概而言之,是一种泛音乐化的"乐感"倾向。而日本的"哀"与"物哀"则是在感性文化与知性文化的极不对称中形成的。正如日本现代美学家大西克礼所指出的,平安王朝时代在政治上较为平稳,以藤原氏为中心的宫廷贵族的荣华奢侈的生活,尤其是在社会生活的仪式、仪礼方面,在偏感觉的和情绪的生活方面,非常精致、精美和发达;但另一方面,人们在享受着绚烂精美的生活的时候,又不得不随时随地直接面对经常发生的充满血泪的人生惨事,特别是频频发生的疾病、夭折与死亡,由于科学与医学知识的极度匮乏,面对这一切,人们往往束手无策,只好乞灵于诵经、祈祷、驱邪、祭拜,而最终常常是无济于事。于是留下的只有绝望、悲哀、惆怅与痛苦。王朝物语中对此都做了大量细致的描写。而佛教悲观思想的影响,又在这种生活之上笼罩上了惨淡、哀愁的阴影。大西克礼认为,之所以如此——

> 其根本原因简而言之就是:一方面是异常发达的审美文化,另一方面是极其幼稚的知性文化,两者之间极不均衡、极

不谐调，造成了两个方面在同一时代、同一社会中呈现出极端的跛足现象。这一点是今天我们阅读当时的物语文学、日记文学时所产生的最强烈印象。……①

在平安时代物语文学中，正是感性的审美文化与知性文化之间的严重倾斜和失衡，才使得"哀"与"物哀"成为一种审美趋向。它表达的不是中国"感物"、"物感"的和谐和乐感，而是更多地表现人生无常、物是人非的感慨，表现人与人之间的恩恩怨怨、人与自我之间的矛盾纠结。两者之间的失衡，必然导致审美上的、文学创作上的悲观、悲哀、忧郁、感伤乃至颓废的风格色调。相比于中国"感物"、"物感"的和谐的"乐感"，我们可以把"哀"、"物哀"称之为"哀感"。归根到底，"哀感"是由审美文化与知性文化之间、情感与理智之间的倾斜和不平衡所造成的。对于大和民族而言，"和"的观念来自中国，始终是他们追求的一种理想境界，但是"和"或和谐却始终主要是日本的一种理想文化，而不是日本人的行为文化、现实文化。表现在"哀"与"物哀"中，虽然是感兴的、感物的，却往往不能产生和谐之感，而是带着虽不激越、但也不吐不快的不平、不满、不甘的哀感，这就使得"哀"、"物哀"风格的日本文学，呈现出一种淡然而又可感的哀怨和悲观，在不和谐、不平静中努力克制、努力平复的一种优雅之美。它也含有中国的"不平则鸣"的意思，但"哀"、"物哀"中的不平是心理上、情感上的不平、不畅，而不是社会性的不满与抗争。换言之，它纯粹是心理学意义上的，而不是社会学意义上的。

差异之三：中国的阴阳互感、刚柔相济的"感物"、"物感"，

---

① 大西克礼：《"物哀"论》，王向远译，见《日本之文与日本之美》，新星出版社，2013年，第254页。

与日本阴盛阳衰的女性化造成的阴阳失调的"哀"与"物哀"。

中国的"感物"的审美感兴，建立在阴阳互感、负阴抱阳的阴阳哲学基础上，追求中庸之道、中和之美，在总体上显示了阳刚主导、阴柔辅之的刚柔相济的审美风貌。但日本的"哀"与"物哀"却表现出浓厚的阴盛阳衰的女性化风格。关于日本文学的"男性化"、"女性化"问题，早在江户时代，国学家贺茂真渊、香山景树等就曾做过探讨和论争，但论争的焦点是日本的哪些区域、哪个时代的男性化女性化问题，至于日本语言文化总体上的女性化倾向，则基本上是没有争议的。一般认为，在《万叶集》时代，日本文学尚未女性化，而到了平安时代的贵族文学中，女性化的特点已经很突出了。这主要是因为平安王朝的贵族男性使用汉文写作，而贵族女性则使用日语写作的缘故。日语的书面语本身，恰恰是在平安王朝时代，由女性为主导的写作群体逐渐确立和成熟起来的。因而可以说，女性是日本语言文化的主要创造者。这样一来，日语本质上就带有女性特有的细腻、柔婉、含蓄、絮烦等特点。反映在日本文学特别是王朝物语文学、妇女日记中，便可以用"哀"与"物哀"来概括。"哀"与"物哀"深深植根于平安王朝时代感性化、情绪化、柔弱化、女性化的文化土壤中，是女性化的感物兴叹，是女性化的多愁善感，是女性化的细腻委婉。对此，日本现代著名学者和辻郎在《关于"物哀"》一文中说：

> 我们不要忘记，在她们才华横溢的创作中所包含的无常感与哀愁里头，是有着上述的背景的。"物哀"是女人心中绽放的花儿，于是"物哀"表现出了女人特有的感受性、女人特有的一切脆弱，是理所当然的。而且，既然女人是当时的最高精神的代表，那么，这种充满了女人气的"物哀"就势必具有时代的精神特性。

这样说来，我们对于平安王朝的"物哀"及其由此而形成的平安朝文学的不满也就缓解了。正如人们反复指出的那样，"物哀"起源于男性精神的缺乏，从这种感情与文学中所体现出的境界，就是男性感的缺失。我们必须在其最有魅力的源头处，见出"物哀"的局限及其根源。①

另一方面，日本精神文化与文学艺术中的"哀"与"物哀"的审美文化的女性化，又与作为日本人行为文化的武士在征战中的阳刚、残忍、坚韧、坚忍形成了矛盾对立。日本人以物语文学、和歌为代表的"物哀"的审美文化、与日本人的以刀剑为象征的武士道的好战文化，一阴一阳，但却不是阴阳协调，而是阴阳失调。日本传统武士道在战事之余，也努力修炼，学习琴棋书画、染指和歌诗文，试图将贵族的风雅的"物哀"精神或称菊花精神，与武士的"刀剑"精神协调起来，也就是将所谓的"和魂"（柔和的精神）与"荒魂"（暴烈的精神）协调统一起来，但实际上往往难以协调，正如现代作家三岛由纪夫所表现的那样。"哀"与"物哀"的女性化的特质，竟不容男性的、阳刚因素的介入，两者往往难以水乳交融地溶合在一起。求美者以毁灭美而告终，求爱者以情死、殉死而超越。许多武士道的信奉者，最终以"死"、"寻死"、自杀来解决阴阳失调的矛盾。看来，日本的这种"哀"与"物哀"的审美文化是女性化文化畸形发达的产物，其审美感兴与审美文化的特点与魅力在此，而其病态性也在此。

---

① 和哲辻郎：《关于"物哀"》，王向远译，见《日本之文与日本之美》，新星出版社，2013年，第296页。

卓尔不群,历久弥新

——重读、重释、重译夏目漱石的《文学论》①

20世纪以来的一百年间,在全世界范围内,由于知识的体系化、专门化、课程化的强烈需求,文学概论、文学原理之类的书层出不穷,至今仍不绝如缕。但毋庸讳言,这类书的大部分,要么着眼于知识普及,要么作为教材用于教学,因而在观点和材料上往往流于祖述,而缺乏创新。而且越是到了晚近,特别是在当今,这类书虽然越写越厚,越写越玄,却常常缺乏创意,不禁令人发出今不如昔之叹。实际上,就人文成果而言,创新与成果出现的时间先后,两者之间并没有必然的联系。新出的书,未必新,而许多年前出版的旧书,却也未必旧。这是我们不能不承认的。

旧书不旧,这里可以举出日本近代文豪夏目漱石(1867—1916)的《文学论》,该书是作者1903年至1905年在东京大学的讲稿,1907年整理出版,到现在刚好一百年了。一百年,至少经历了三代人,确实是很久了。然而只要读者此前有过《文学概论》、《文学原理》之类的书籍阅读或课程学习的经验,那么读一读《文学论》,就一定会感到惊讶,会觉得没想到夏目漱石是这样论述文学,这样叫人耳目一"新"!例如全书第一编第一章开门见山地说:

---

① 本文原载《南京师范大学文学院学报》,2014年第1期。在王向远译《文学论》(夏目漱石著,上海译文出版社,2015年即将出版)译本序言的基础上修改而成。

一般而论，文学内容，若要用一个公式来表示，就是(F + f)。其中，F 表示焦点印象或观念，f 则表示与 F 相伴随的情绪。这样一来，上述公式就意味着印象或观念亦即认识因素的 F 和情绪因素的 f，两者之间的结合。

据研究者推断，上述定义中的"F"可能来自英文的 Focus 或者 Focal point（焦点）；也有人认为来自 Fact（事实）；而"f"可能来自 feeling（感情）。漱石之所以把 F + f 放在括号里，写成(F + f)，是强调两者是不可分的，表示只有两者的交互作用而成为一个整体时，它们才能成为"文学的内容"。在漱石看来，人们的各种语言表达，固然都是表现"焦点意识"F 的，但仅仅表现 F，还不成其为文学。他认为，我们平常所经验的印象和观念，大体上可以分为三种：一是有 F 而无 f，即有知性的要素，而缺少情绪的要素，例如数学、物理学的公式定律仅仅作用于我们的智力，而不能唤起我们的情绪；二是伴随着 F 而发生 f，例如我们对于花儿、星星等的观念；三是只有 f，而找不出与其相当的 F，例如莫名其妙、没有缘由地感到恐惧之类。漱石认为，以上三种情况，可成为文学内容的是第二种，即(F + f)的形式，至于第三种情况，文学作品中也有描写和表现，但实际上是 F 的省略，经读者加以想象和补充之后，也可以归为(F + f)而成为文学内容。

虽然我们大部分人都会接触文学，但要说出文学是什么，要给文学下一个定义并不那么容易。世上关于文学的定义非常五花八门，各有自己的角度与立场，而夏目漱石的"文学就是(F + f)"这一定义，明确指出文学就是"认识的因素"（又称"知性的要素"）和"情绪的因素"两者的结合，这大概算是最简约的文学定义了吧。

在漱石《文学论》的定义中，有几个关键词或词组，对于理解全书思路和思想尤为重要。

第一就是所谓"文学内容"。

"文学内容"原文作"文学的内容"。在日语中,"的"字作为结构助词,表示"带有……性质"的、"具有……特征"的意思。"文学的内容"就是"具有文学性的内容"。意即使文学成为文学的基本材料,所以有时又称作"文学的材料"。这里的"内容"是广义上的,并非狭义的"内容"与"形式"二分法意义上的"内容",而是内容与形式融为一体的"内容",接近于我们通常所说的文学素材,但素材是需要处理的材料,内容则是处理后的成品状态。在这里,漱石使用的是"内容"具有原初意义,就是文学作品本身所承载的全部,简言之,就是文学作品本身。在这个意义上,漱石表述为"文学的内容……就是$(F+f)$",也就是文学本身。漱石是在"文学构成论"的意义上,强调文学的"内容"即内部构成,要说明"什么东西可以进入文学"、"什么材料可以成为文学的材料",因而才特地表述为"文学的内容",而没有直接表述为"文学"。由于"文学内容"就是文学本身,所以在《文学论》中,没有与"文学内容"相对而言的"文学形式"。全书第四编论述的文学创作的修辞方法与艺术技巧的,本来属于我们通常所理解的"形式"的范畴,但这一编的标题却是"文学内容的相互关系"。依漱石的$(F+f)$的文学定义,文学的形式问题也是如何处理F与f的关系问题,因而归根到底也就是如何处理"文学内容的相互关系"问题。这种"内容一元论"的思路,对于解决"内容"与"形式"二分法所带来的"二元对立"的理论困境,是颇为有效的。

第二个关键词,就是"焦点印象或观念",又称"焦点意识",漱石用F这个字母来表示。

所谓"印象或观念"无疑是心理学概念。"印象"是客观事物在人的大脑中留下的记忆和迹象;"观念"也是客观事物在人的头脑中留下的印象，但比"印象"更有概括性，更带有知性特点。"印象或观念"合在一起，称为"意识"，而"焦点的印象或观念"，简言之就是"焦点意识"，因而漱石在后文中更多地使用"焦点意识"一词。漱石借鉴美国心理学家摩尔根的"意识流"理论，认为人的意识是一刻不停地起伏流动着的，"焦点意识"是意识流动起伏过程中的顶点或焦点的部分，也是最明确的部分。意识波动的"焦点"前后，都属于"识末"，即意识的边缘和模糊地带。"焦点意识"F 在时间上有长有短，范围有大有小。漱石将其划分为三种：一是发生于意识的一瞬间的 F，二是某个人一生中某一时期的 F，三是社会进化某一时期的 F 亦即通常所谓的"时代思潮"。在漱石《文学论》的定义中，并非所有的"印象或观念"或"意识"都可以作为文学的内容，而只有"焦点意识"才能成为文学内容。文学家要描写的是自己的焦点意识，反映的是那个社会时代的焦点意识，而读者也是从自己的焦点意识出发，阅读、理解和欣赏文学作品的。漱石的"焦点"论在一定意义上接近左翼社会学文论中的"人的本质"、"社会本质"、"时代本质"论，但意识形态语境中的"本质"论往往是一种僵硬不变的价值判断，而"焦点"论则强调流动起伏和推移变化。漱石《文学论》的"焦点意识"这一概念及相关阐述，体现了他对文学的社会根源、心理根源的独特理解。"焦点意识"论没有直接把"现实社会"或"社会生活"作为文学的来源或源泉，而是直接将作为心理内容的"焦点印象或观念"即"焦点意识"作为"文学内容"。漱石并非不承认社会生活是文学的依据和来源，但他没有简单地走机械的"反映论"和"决定论"的思路，而是强调文学作为精神产品，作为人的心理产物的特殊性、复杂性、能动性。由此，漱石将欧洲文论史上长期存在的社会学与心理学、唯物的与唯心的、社会存在与社会意识的二元对立的文学观加以消泯，将两者自然而然地融为一体。

第三个关键词,就是"情绪",用 f 来表示。

在漱石《文学论》的定义中,情绪 f 是伴随着焦点观念 F 的,情绪 f 虽然是依附性的,但 f 的有无和多寡,却决定了 F 能否成为文学材料,又在多大程度上成为文学材料。漱石所说的"情绪",基本上是"情"、"感情"的同义词,他把"情绪"看作是文学的决定因素。这与坪内逍遥《小说神髓》"小说主要是写人情"、岛村抱月《文学概论》中"文学内容的主要因素是'情'"的命题是基本相通的,而从心理学角度加以透彻阐述,则是漱石"情绪"论的特色。漱石将能够作文学材料的 F 划分为四种:第一种是"感觉 F",主要存在于自然界;最能唤起人们的强烈的情绪;第二种是"人事 F",主要存在于人类社会,包括行为善恶、悲欢离合等,若是活生生的具体的人事,也很能唤起情绪;第三种是"超自然 F",主要是宗教信仰,能够引起人们的强烈的、持久、神秘的情绪;第四种是"知识 F",主要指有关人生问题的思想观念。"知识 F"因主要诉诸概念,虽能引发情绪 f,但 f 的程度一般较弱,不太适合作为文学材料。他又指出,随着社会历史的发展和个人的成长,F 在不断地增殖,而 f 也随之不断增殖。f 的增殖法则有三:(1)感情转置法,是爱屋及乌、恨屋及乌似的衍生转移;(2)感情的扩大,是伴随着新的 F 而产生的新 f;(3)感情的固执,是 F 本身虽不存在了,f 却迟迟不消失。漱石《文学论》对"情绪"f 的解释,始终都紧扣(F+f)的文学定义,与对焦点意识 F 解释密切结合在一起,这样一来,便消除了客观的素材 F 与主观感情 f 的二元性,由通常所假定的对立关系,而转为情绪 f 对意识 F 的依附关系,从而消除了情感与理智的对立,题材与素材的对立。

与这个定义相关的第四个关键词,是"幻惑"。

漱石所解释的"幻惑"接近于英文的 Illusion,但含义更加丰富,"幻惑"分为"作者的幻惑"和"读者的幻惑"。"作者的幻惑"

有诗意的浪漫的幻惑（又称"诗趣的幻惑"）和"写实的幻惑"。"幻惑"指作家可以将平常丑恶的、令人不快的材料，经过艺术处理后使读者体味到美感，可以将一个通常认为的好人写成好人，反之亦然；读者也可以颠倒是非标准，津津有味地欣赏恶人恶行。在这里，"幻惑"有"幻觉"、"错觉"、"假象"、"艺术假象"、"文学假定"、"魔幻手法"、"审美转化"、"点铁成金"、"化腐朽为神奇"的意思；"读者的幻惑"就是"直接经验变成间接经验的一瞬间，立刻黑白颠倒，化圆成方"，以至善恶不分、好歹不辨，有"艺术错觉"、"审美迷误"的意思。在悲剧欣赏中则喜欢隔岸观火、以欣赏他人的痛苦为快乐，享受"奢侈的悲哀"。漱石《文学论》把这些"幻惑"看成是情绪 f 的一种附属特征，情绪 f 本身——无论是作者的情绪、作品的情绪、还是读者的情绪——都一定伴随着"幻惑"，文学特征即文学性的多寡是由情绪 f 所决定的，那么就可以说，"幻惑"也是文学本身的特征，甚至"文学的目的"也在于制造"幻惑"。在这一点上，文学与科学截然不同，为此，漱石专门设立了第三编《文学内容的特质》，将文学的 F 和科学 F 加以比较，特别是联系具体作品和事例，详细地区分了"文学之真"和"科学之真"。既然文学及文学之真的特征是"幻惑"，那就不要将文学等同于现实人生，不能将人生与文学直接联系起来。

　　既然文学是"幻惑"，那就不同于现实人生，那么文学鉴赏就一定要超越于现实人生，为此，漱石进一步提出了关于文学鉴赏论的概念："去除自我"或"非人情"。所谓"去除自我"，首先是要在文学鉴赏中去除与自己的利害关系的考量，要把从自我观念中所产生的"f"从作品所描写的所有事物中排除出去。其次要去除的是善恶观念和道德判断，而只是追求"崇高感"、"滑稽感"和"纯美感"。漱石把这个叫做"非人情"或"超道德"。最后是排斥知性判断，特别是指不用现实中的"真"来要求文学之"真"，因为对文学而言，"幻惑"本身就是"真",是"文学之真","幻惑"就是要求文学鉴赏者沉入艺术家所创作的艺术世界,做纯审美的观照。

论述了文学的"幻惑"的特征之后,《文学论》第四编专门论述"幻惑"的创造,为此,漱石提出了"观念的联想"这一术语。"幻惑"的制造依靠作者的"观念的联想",从而在不同事物中建立联系,就是面对已有的文学材料,"要怎样加以表现,才最能将其诗化或美化(或滑稽化)",这就需要有具体的语言艺术及方法技巧,漱石把这个叫做"文学语法"或"文学修辞法",并提出了如何制造文学之"幻惑"的"文学修辞法",包括"投出修辞法"、"投入修辞法"、"以物拟物的联想"、"滑稽的联想"、"调和法""对置法"、"写实法"、"间隔法"等,共八种基本修辞方法,并以18—19世纪的英国文学作品加以例证。《文学论》写作时,漱石不仅有了大量的阅读体验,而且有了成名作长篇小说《我是猫》及若干短篇小说的创作经验,因此对文学创作手法或"文学修辞法"有着切身的体会和细致的把握,因此这一部分写得尤为细致精到。例如,第一种方法"投出修辞法",指的是把自己投射(Project)于外物,并以此来说明外物,就是通常所谓的"拟人法";第二种方法"投入修辞法",是为了使人类行为状态的印象更加明晰,而把外物投入进去,也就是我们通常所说的"拟物"法;第三种方法"以物拟物的联想",照原文直译是"与自我脱离的联想",意即脱离人本身,而在物与物之间进行联想;第四种方法"滑稽的联想",是为了将两个事物联系起来,往往不深究其间的本质联系,只抓住其间的表面的一点类似便加以联想,从而表现出滑稽的趣味。在上述四种方法中,前三种是为表现类似而将两个事物联系起来,第四种是要通过类似性的联系,使人联想到非类似。若把这前者加以扩展,就成为"调和法";把后者加以延展,便成为"对置法"。

与上述制造"诗趣的幻惑"及相关方法不同,漱石还提出并特别论述了"写实法",认为写实法要制造的是另一种幻惑,就是"写实的幻惑"。他以简·奥斯丁等英国文学有关作品为例,认为写实法就是无论在语言使用、还是人物描写上,都要尽可能接近现实的日常生活,"取材淡淡然,表现也是自然而然而不用丝毫的粉饰",目的是"唤起我们那种对于街坊邻居一般的兴趣与同情",而不是追求浪漫和奇异,同时还要追求"藏于平淡写实中的那种深刻"。漱石指出,那些浪漫、夸张、雕饰的"诗趣的幻惑"会让我们"目瞪口呆",而"写实法"则让我们在镜子里看到熟悉的日常生活,而使人"目不转睛"。"目瞪口呆与目不转睛,效果虽不一,但其效果无疑都存在于'幻惑'中"。值得注意的,漱石仅仅把"写实法"作为"文学修辞法"的一种"方法",这与后来出现的各种各样的文学概论中的"写实主义"(后来又改译为"现实主义")的所谓"创作方法"有很大的不同。漱石的"写实法"是与"诗趣的幻惑"相对而言的"写实的幻惑"的表现方法,是"文学修辞法"层面上的,而不是"文学思潮"与文学流派层面上,更不是意识形态化的"主义"层面上的。

在上述的各种手法之外,漱石《文学论》还提出了与此相关的所谓"间隔论"。漱石认为,"间隔"也是产生"幻惑"的重要手法之一,就是如何处理作者、作品与读者之间的距离问题,主要是一种叙事的间隔方法。例如,要在时间上缩短距离,作家所惯用的就是"历史的现在叙述"。而漱石着重论述的是"空间缩短法"。"空间缩短法就是把介乎于中间位置的作者的影子藏匿起来,使读者和作品中的人物面对面地坐着。要做到这一点,有两种方法:一是把读者拉到作者旁边,使两者置于同一立场,这时读者的视阈与作者的视阈合而为一,作者的耳朵与读者的耳朵合而为一,如此,作者的存在便不足以妨碍读者的视听了,两重的间隔就会缩短而减其半;二是不把作者拉到读者旁边,而只是作者自己主动地和作品中的人物融化,丝毫不露中介者的痕迹,如此,作者便成了作品中的主人翁或副主人翁,或成为在作品世界中生活的一员,读者就可以不受作为第三者的作者的指挥与干预,而方便和作品直接相接触。"并以英国文学作品及中国《左传》中的"鄢陵之战"的一段描写为例,做了细致的分析。

漱石《文学论》中的文学修辞论极有特色。他所论述的"观念的联想"方法,包括"投出修辞法"、"投入修辞法"、"以物拟物的联想"、"滑稽的联想"、"调和法"、"对置法",还有"写实法"、"间隔法",既是文学鉴赏论,也是文学创作技法论。不仅对读者,而且对作家都有参考价值。一般文学概论、文学原理之类的书,由于执笔者的局限,大都只能取文学批评、文学史研究这两个角度,而漱石除了批评家和文学史家的角度外,同时也站在作家的立场上,以批评家、文学史家、作家的三重角色,详细阐发了文学创作的具体修辞技法,尤其对"怎么写"这个作家最关心的问题讲得头头是道,条分缕析,使得《文学论》成为"写给作家看"的书,这也是漱石的过人之处,也是《文学论》的突出特色之一。

就这样,漱石在《文学论》全书的前四编中,围绕着(F+f)的文学定义,以"文学内容"(文学材料)、"焦点意识"、"情绪"、"幻惑"等关键词,从文学创作与鉴赏两个方面阐释了他的文学构成论、文学特性论、文学修辞论。而到了最后一编(第五编),则展开了他的"文学推移论",由文学的横向的剖析转为文学史纵向发展演变的寻绎和描述。

漱石《文学论》对文学发展演变的描述,仍然紧扣(F+f)的文学定义,提出了"焦点意识的流动"、"焦点意识的推移""焦点意识的竞争"、"预期"等一系列命题。他认为,焦点意识F是不断流动的,一个人的成长乃至人类社会发展的过程,都表现为"焦点意识"F的不断流动和增殖,F变成了F'、F''、F'''……乃至F^n,不同的焦点意识之间的竞争，是焦点意识推移的基本动力。他认为，文学所表现的一定是F，最能反映作家本人的焦点意识，也最能反映某一时代读者的焦点意识，若非如此，那就必然会导致读者的"厌倦"而由焦点意识进入"识末"，也就必然会退出文学史的舞台而被新的文学所替代，这就是焦点意识的推移、亦即文学发展演进的根本原因。而从文学史上看，文学的推移，常常表现为一个时代的"集合F"又称"集合意识"的推移。漱石所谓的"集合意识"具有社会性和时代性，基本相当于我们通常所说的"社会意识"，它大体可以分为三类，即"模拟的意识"、"能才的意识"和"天才的意识"。"模拟的意识"以互相模仿来维持稳定，"能才的意识"是少部分人（能才）以其机敏而先人一步，"天才的意识"则是超前的、创造性的。文学是这三种"集合意识"的复杂综合的表现。文学的推移首先为"暗示"的法则所支配，漱石所谓的"暗示"是有预示性、启发性、启示性的东西，他把"暗示"分为六种或四种，都是来自过去的暗示、来自现在的暗示，或新的暗示、旧的暗示及其组合，由于接受了这种种暗示的刺激和启发，由于作家在创作中表现出这些"暗示"，就能够打破人们因循守旧的"预期"，而在此之前，人们只能依靠"预期"来维持现状。漱石认为："一方面我们有意欲求新之念，另一面又有怀古守旧之心。这两倾向同时活动，对意识的波动产生影响，那么为这两种倾向所支配而出现焦点内容，在逻辑上就必须如此：不能完全是新的，也不能完全是旧的。当试图移于新的时候，旧的就阻抑之；欲复于旧的时候，新的就遏制之。"因此，推移必须是"渐进的推移"。这种"渐进的推移"中有一些表现为逆势而动的"反动"现象（例如欧洲文学史上的古典主义），但"反动"也是"渐进的推移"一种表现。或者说，正是"反动"保持了推移的渐进性而不致激进和失控。同时，推移只是人们的"趣味的推移"，因此推移并不意味着进步。

漱石的文学推移论正如其他论点一样，依然是独辟蹊径的。他不取社会历史决定论，没有把文学的发展演化直接与社会发展进程联系在一起，而是把文学看成是"焦点意识推移"的表现，是"暗示"的启发在起作用，同时又承认"某一时代焦点意识"、"集合意识"（集合F）意即社会意识对文学推移起着支配作用，因而他也没有忽视社会时代因素。他强调"渐进推移"的原则，对新与旧、传统与现代、革新与继承、激进与反动的复杂互动关系，作出了审慎稳妥的描述和判断。

至此，我们可以把漱石《文学论》的基本内容归纳为：

文学构成论：（F+f）论
文学特性论："幻惑"论
文学鉴赏论："去除自我"、"非人情"论
文学修辞论："观念的联想"及修辞八法
文学推移论："暗示"论、"集合意识"推移论、"渐进推移"论

还可以把《文学论》基本的逻辑思路和结论概括为：

人的"焦点意识"F，必须附带着"情绪"f，才能成为"文学内容"或"文学材料"；"情绪"f的附属特征、亦即文学的审美特征是"幻惑"；"幻惑"有"诗趣的幻惑"、有"写实的幻惑"，依靠"观念的联想"，分别以不同的修辞法及叙事间隔法加以制造；焦点意识F不断流动、竞争，导致"集合F"即社会时代的"集合意识"的推移变化，由此导致文学的推移，这种推移表现为"渐进"的特征。

现在看来，全书的这些基本结论，如今对于大多数专门的文艺理论研究者而言，已经成为共识或者通识，但即便如此，这部充满文学家敏锐感觉和哲学家睿智与深刻的《文学论》，也仍然给人以新鲜感，仍对我们有相当的启发。更值得我们注意的，是《文学论》的特有的概念使用和"论法"（表述方式），还有独特的立场与姿态。

首先，《文学论》不同于此前相关著作的"主义"视角，而取"全义"的视阈，突破了特定思潮流派、特定时代语境的束缚，全方位、多角度看待文学。在欧洲各国，各个时代的文学批评与文学研究，往往与特定的哲学观点（例如唯物论、唯心论）联系在一起，又与特定的文学思潮、流派结合在一起，大多数则是代表某一思潮流派发言，例如古典主义、浪漫主义、写实主义、自然主义等，这就免不了受既定的唯物、唯心的哲学立场、特定的思潮流派、特定"主义"的视阈局限。在日本，比漱石《文学论》早二十年问世的坪内逍遥的《小说神髓》是站在启蒙主义、写实主义立场写出的文学理论著作，而漱石的《文学论》作为学院派的纯学术著作，则采取了更为超越的立场。构成《文学论》理论出发点的(F+f)的文学定义，以"社会心理学"的方法，将社会学与心理学结合起来，将理智因素与情感因素结合起来，以此巧妙地弥合了唯物与唯心的分野，既承认"焦点意识"的社会性与时代性，又不取社会物质决定论。在此前提下，对不同的文学思潮和流派，这种"主义"的文学都一视同仁，采取了更为包容的态度。对于古典主义、浪漫主义、写实主义存在的必然性和必要性、局限性，都做了客观公正的分析判断，而对于当时在甚嚣尘上的自然主义，也采取了旁观的、冷静分析的态度。对众所信奉的进化论，也从文学的角度表示了质疑，指出新的未必是好的，推移也不意味着进步。

第二，将英国式的文本批评和德国式的逻辑思辨与结合起来。

漱石《文学论》的一个显著特点，是追求体系性与思辨性，全书形成了较为严密的逻辑构架，并使用公式、图标、数字计量等现代科学方法，试图超越此前的印象式、鉴赏式的文学批评，将文学理论加以科学化，体现出了建立"文学科学"或"文艺学"的企图。这种努力与近代德国的黑格尔、法国的丹纳为代表的哲学家、美学家、文论家的精神科学及美学的建构是一致的。但另一方面，《文学论》又没有像德国美学或文艺学那样走纯粹思辨的路子，而是以大量的具体作品文本为例证加以解剖。所有的概念、观点和结论都落实在细致的文本分析的基础上，而不做抽象的、架空的论断。因为漱石当时授课的对象是英文学科的学生，因而直接地、大量地援引英国经典作家作品的原文，如乔叟、莎士比亚、弥尔顿、蒲柏、斯威夫特、爱迪生、华兹华斯、柯勒律治、拜伦、雪莱、丁尼生、布朗宁、马修·阿诺德、简·奥斯丁、勃朗特、狄更斯、萨克雷、司各特、哈代、吉卜林、拉斯金等，还有古希腊、法国等其他欧洲文学，有时也援引中国古代文学和日本古典文学，每个概念、观点和结论都有具体作品的印证，都是从大量的作品实例的分析中概括出来的。而且，漱石对文本的分析常常能够细化到、深入到语言字词的层面，对构成作品之基础要素的语言进行细致的语法、修辞分析，这已经摆脱了英国式的印象批评，事实上是后来的英美"新批评"的先驱。总之，漱石将德国式的体系构架与英国式的文学批评及作品论结合在一起，充分体现出了英国式文学批评的长处，也发挥了德国式思辨的效力。

第三，全面体现了横跨东西的世界文学视野，运用了比较文学的观念与方法。

漱石专攻英语和英国文学，对以英国文学为首的西洋文学颇为了解。同时，正如他在《文学论》的自序中所说，他"少时好读汉籍，学时虽短，但于冥冥之中也从'左国史汉'里隐约感悟出了文学究竟是什么。"他在中国文学与英国文学的对照中,深有感触地说:"我在汉学方面虽然并没有那么深厚的根底,但自信能够充分玩味。我在英语知识方面虽然不能够说深厚,但自认为不劣于汉学。学习用功的程度大致同等,而好恶的差别却如此之大,不能不归于两者的性质不同。换言之,汉学中的所谓文学与英语中的所谓文学,最终是不能划归为同一定义之下的不同种类的东西。"漱石就是这样,作为一个日本学者,以其学贯东西的修养,站在日本文化及文学的立场上,一边玩味着中国古典文学,一边审视着英国文学及西洋文学,形成了横跨东西的世界文学视野与比较文学的观念方法,这一点集中体现在他同时期的另一部著作《文学评论》(原题《英国18世纪文学研究》,该书汉译本由厦门国际书社1928年出版)中,在《文学论》的研究和撰写中也有广泛运用。《文学论》对西洋文学、中国文学、日本文学的作家作品,常常自然而然、信手拈来地加以比较,而且还在文学与艺术(例如绘画)之间,文学与哲学、美学、心理学之间进行跨学科、超文学的比较。可以说,漱石是日本最早一批践行比较文学观念与方法的先行者,在日本比较文学史上也占重要位置。

由于具备了这些特点,就使得《文学论》在20世纪初年之前的欧洲与日本的同类著述中异军突起、出类拔萃。在20世纪初年之前,从理论上对文学做出如此周密的阐述的著作,是极为罕见的,就在日本而言,此前成体系的著作只有坪内逍遥的《小说神髓》,该书1886年出版,比《文学论》早近二十年。《小说神髓》是站在提倡写实主义这一特定立场上的启蒙性、普及性的小册子,面对一直以来的"劝善惩恶"的传统文学观念,《小说神髓》提出"写人情"为主的主张,具有矫枉过正的启蒙主义动机,而夏目漱石的《文学论》则是试图建立科学的文学论体系,以求知益智为目的,是超越流派的纯学术的、学院派的著作。在西方,19世纪德国的黑格尔写出了体系化的《美学》，康德写出了《判断力批判》，法国的丹纳写出了《艺术哲学》，但这些著作都是作为哲学和美学，而不是按"文学理论"、"文学原理"的思路来构思写作的。至于英国，正如日本现代学者福原麟太郎在《文学和文明》（文艺春秋社1965）中所说，像《文学论》"这样的科学的演绎的文学理论，在英国是没有的。因为英国人的嗜好主要在于对具体作家作品的鉴赏和批评。对于什么是美，文学何以给人以快乐之类的抽象问题不感兴趣。" 德国文学研究研究家、评论家小宫丰隆在岩波书店版《漱石全集第九卷》所收《文学论》的"解说"中也认为："历史地看，假定在此之前英国、德国等国也出了若干《文学论》，但像漱石《文学论》这样客观地、科学地，特别是动态（dynamic）地对文艺加以研究的著作，可以说不只是日本没有，西洋在那时候也没有。"现在我们可以肯定地说：漱石的《文学论》是世界范围内第一部超越"主义"和流派的、用"社会心理学"方法写成的自成体系的文学概论著作。这些话是可信的。假如当时英国人写出了类似的著作，相信专门去研究英国文学的夏目漱石就只有拜读借鉴，而不会再来做重复研究了。鉴于此，《文学论》刚刚出版两个月时，德国文学研究家、评论家登张竹风就在《评漱石君的〈文学论〉》撰文认为，《文学论》在理论的全面性和周密性上，实属"破天荒"的著作。现在我们可以肯定地说，漱石的《文学论》是世界范围内第一部超越"主义"和流派的、用"社会心理学"方法写成的自成体系的文学概论著作。

诚然，由于《文学论》的学院派著述的高端品位，难以为非专业读者所读懂，因而限制了它在一般读者中的阅读传播，它的读者和影响力也远不及坪内逍遥的《小说神髓》。特别是漱石写完《文学论》讲稿后，由学术理论研究转向了小说创作，当出版商要求他拿出来出版时，他没有更多的时间来修订，便委托一位年轻的大学生中村芳太郎代为校阅整理，包括编辑目录、划分章节。这种事情让学生来做，实在是很不靠谱的，自然也留下了一些遗憾，尤其在章节划分上明显有不合理之处，目录部分的有些标题、用词，对内容的概括提炼不到位，全书各章节字数也不平衡，繁简粗细不一、部分段落的论述有些干巴滞涩等等，这一切，都明显带有漱石在序言中所说的"未定稿"的痕迹。

尽管如此，瑕不掩瑜，如今人们都会承认，《文学论》是名著，而且是不可多得、出类拔萃的名著。大凡名著，盖因两个因素而得名，一是因读者多而有名，二是有独创性、不可替代，因而得名。前者的判断标准是接受人数的多寡，后者的判断标准是学术贡献。漱石的《文学论》的有名依赖于后者。随着时间的推移，《文学论》的价值越来越被有识之士所认识。例如川端康成在 1925 年发表的《文学理论家》一文中说："在明治四十年代，夏目漱石根据心理学、美学撰写了出色的文学概论，可以说出类拔萃的……在夏目漱石之后，我们已经找不到一本值得信赖的文学概论了。"现代著名学者吉田精一在 1975 年出版的《近代文艺评论史·明治篇》中，认为《文学论》是"整个明治和大正时代唯一的、最高的、独创的"文学理论著作，认为"在思想的深刻性上，日本作家和文学家中无人能与漱石相比。"这一点如今也越来越被学者、读者所认识。如今，研究夏目漱石正如中国研究鲁迅一样，成为一门热闹的显学；而夏目漱石的著作，多年来在日本读者"爱读书"的调查中，常常位居榜首。他的《文学论》一般读者可能不太能读懂，但许多学习者和研究者对此书都兴致勃勃，出版了不少研究《文学论》的成果。

在中国，漱石的《文学论》的中文译本由张我军翻译，1931 在上海出版，周作人写序推荐。虽然现在看来该译本错译、不准确翻译甚多，但对《文学论》在中国的传播是有贡献的。《文学论》中的观点也对中国现代文论有所影响。据方长安先生的《选择·接受·

转化》（武汉大学出版社2003）一书的研究，成仿吾在1922—1923年间发表的《诗之防御战》等一系列理论批评文章，"对五四以来文学中出现的哲学化、概念化和庸俗的写实倾向，作了批评，提出了自己的救治方案。而如果将他们与夏目漱石的《文学论》相对照，便可发现其诸多立论与《文学论》相同，而这种相同，从基本概念、观点、论述方式等角度看，绝非跨文化语境的巧合，实属直接借用的结果"，并做了令人信服的分析。近年来，中国学者也发表了一些关于《文学论》的研究成果。例如日本文学学者何少贤先生在《日本现代文学巨匠夏目漱石》（中国文学出版社1998）一书中，对《文学论》做了较为细致地介绍分析，有参考价值。林少阳先生在《"文"与日本的现代性》（中央编译出版社2004）一书中的第二章，专门论述他对《文学论》的理解，并引发了争议和争论。对于当代中国读者特别是文学理论研究者来说，漱石的《文学论》很值得细读，值得玩味，值得借鉴，值得研究。如果意识到我们的文学理论长期存在的意识形态的权力话语、"主义"的强硬立场、西式术语概念的泛滥、陈陈相因的思路框架等需有所改变，那么漱石的《文学论》的参考价值、启发意义将会更大。

二　中国的日本文学阅读与研究

"汉俳"三十年的成败与今后的革新

——以自作汉俳百首为例①

一、中国古代的"俳谐"与日本俳谐

"俳谐"原本是个古汉语词,后引进日本。无论是在中国还是在日本,都经历了漫长的演进和变化的过程。

在中国,"俳谐"作为一般词语,首先是一个形容词,与诙谐、滑稽、谐趣大体是同义词。《史记·滑稽列传》中较早使用"俳谐"这个词,并将滑稽和俳谐并举。南朝刘勰《文心雕龙·谐隐》"'谐'之言,'皆'也。辞浅会俗,皆悦笑也……魏晋滑稽,盛相驱扇。"唐司马贞的《史记索隐》引隋代姚察说:"滑稽,犹俳谐也。"宋代《广韵》:"滑,滑稽,谓俳谐也。"后世"滑稽"即"俳谐",指能引人发笑的言语动作。

在中国古代文学中,"俳谐"也是一个文学概念,它首先是一种文体,即"俳谐体"。"俳谐体"并不是一种特殊的独立体裁,而是各种体裁都具有的诙谐滑稽的那一类。具体而言,汉代产生所谓"俳谐文",魏晋以后,由于清谈戏谑之风大盛,俳谐文也很流行。汉代的枚皋、王褒、东方朔等都有所谓"俳谐赋",同时也有了所谓

---

① 本文原载《山东社会科学》,2013 年第 2 期。

"俳谐诗"。一般认为应璩是第一个创作俳谐诗的人,他的《百一诗》用诙谐的手法针砭时事。此后俳谐诗络绎不绝,唐宋时代尤多,又称"戏作诗"。清人编《全唐诗》专设"谐谑卷",收两百余首。寒山子的诗就颇有俳谐诗的风格。宋代禅宗流行,在禅宗的"游戏三昧"的人生态度,"戏言近庄,反言显正"的消除二元对立的思维方式、"不立文字"的参禅修行的态度,使得以机锋、戏谑、嘲讽为特点的俳谐诗词流行开来,出现了黄庭坚、杨万里、苏轼等俳谐诗人,其中苏轼的诗集中以"戏"字为题的多达九十多首。北宋的张山人、王齐艘、曹组、刑俊臣、张兖臣等人都有不少"俳谐词",俳谐词是婉约派和豪放派之外的又一种风格流派。到了南宋时代,俳谐词创作的群体开始向市民社会蔓延。元、明两代有了"俳谐曲"。同时,一些理论家也对滑稽、俳谐也有所论述,如西晋挚虞的《文章流别论》、南朝刘勰的《文心雕龙·谐隐》、唐皎然的《诗式》、宋黄彻的《巩溪诗话》、宋严羽的《沧浪诗话》、元王若虚的《滹南诗话》、明杨慎的《升庵诗话》、明胡震亨的《唐音癸签》、清薛雪的《一瓢诗话》、清沈雄的《古今词话》等,认为俳谐是与正统"诗庄"相对的通俗滑稽,要求创作心态的游戏化、创作语言的俚俗化、创作效果的滑稽谐谑化。

总之,在中国文学史上,形成了源远流长的"俳谐文学"传统。但是,俳谐文学的传统却是非主流、非正统的。周作人在《我的杂学·十六》中说:"滑稽小说,为我国所未有。(中略)中国在文学与生活上所缺少滑稽分子,不是健康的征候,或者这是伪道学所种下的病根欤?"鲁迅在《"滑稽"例解》一文中也指出:"中国之自以为滑稽文章者,也还是油滑、轻薄、猥亵之谈,和真的滑稽有别。"儒家正统的"诗言志"、"兴观群怨"、"文以载道"、"劝善惩恶"、"成夫妇、厚人伦、移风俗、美教化"的诗文观,使正统的诗文从一开始就担负起了严肃的社会政治教化功能。在这种情况下，俳谐诗文只是主流之外的涓涓细流，而正统诗文之外的词、曲等亚流文学，其俳谐体更是末流中的末流，作为一种个人化的游戏，始终未登大雅之堂。更重要的是，在中国古代文学中，"俳谐体"并非特定体式的体裁，而是诗、文、曲、赋各体文学中都有的一种以诙谐滑稽为特征的风格类型。中国的"俳谐"，也一直没有像日本文学中的"俳谐"那样，成为一种独立的文学体裁的概念。

在日本文学中，"俳谐"指一种特定的三句十七字音的定型诗体。

毫无疑问，日本的"俳谐"一词是从中国传入的。起初，日本的"俳谐"也和中国的"俳谐"一样，不是指一种体裁，而是指和歌中的非正统的一体，即所谓"俳谐歌"。12世纪编纂的《古今和歌集》，设"俳谐歌"这一部类，收俳谐歌58首。在俳谐歌之后，室町时代末期产生了"俳谐连歌"，指的是具有滑稽风格的连歌。世俗化的"俳谐连歌"与贵族化的古典"连歌"形成了抗衡之势。连歌使用雅言，俳谐连歌使用俗语；连歌有题材、格式、唱和等各方面的严格的规矩法则，"俳谐连歌"则不拘一格，相对自由；连歌追求含蓄、空灵、暧昧模糊、神秘缥缈的"幽玄"之美，俳谐连歌的美学追求则是洒脱、轻快、灵动、谐谑、滑稽。俳谐连歌经过了贞门派的"俳语"、谈林派的"俳意"，至松尾芭蕉的"蕉风俳谐"（又称"蕉门俳谐"），渐渐将"俳谐连歌"简称为"俳谐"，并用"俳谐"特指"俳谐连歌"中的"发句"（首句），即从"俳谐连歌"中独立出来的"五七五"十七音节的短诗。

俳谐（发句）要求在用词或句意上须暗含表示春夏秋冬某一季节的"季题"或"季语"，还要使用带有调整音节和表示咏叹之意的"切字"。在创作中，松尾芭蕉及其门人以佛教禅宗的近俗而又超俗的精神，提倡"高悟归俗"的人生姿态，"夏炉冬扇"的反其道而行之、特立独行的思维与行为方式，形成了"俳人"所特有的生活和艺术态度。又在俳谐创作中提倡"风雅之寂"的美学理念，主张俳谐要倾听大自然中的"寂声"、观察表现大自然中的"寂色"，修炼俳人的"寂心"，通过"轻妙"、"枝折"（柔美）的艺术表现而呈现"寂姿"，其宗旨就是追求变俗为雅、虚实相生、老少相济、"不易"与"流行"（即变与不变）的对立统一。芭蕉以后，自觉继承松尾芭蕉传统的俳人与谢芜村提倡俳谐中的"写生"法。又有俳人小林一茶创作了大量充满孩童稚气的、表现童心的俳谐，进一步发展和丰富了俳谐的艺术表现。同时，俳谐的通俗变体"川柳"也形成了，并受到底层民众的喜爱。这一切，都使俳谐成为日本民族文学中最有代表性、对外影响最大的文学样式。

二、近百年来中国的俳句译介与汉俳的酝酿

清末的旅日人士罗卧云（俳号苏山人）是第一个写俳句的中国作家，在当时日本俳坛也有一定影响。最早翻译和详细介绍俳句的是周作人。1916年，周作人在《若社丛刊》第三期上，用文言文发表了题为《日本之俳句》的小短文，是说日本的俳句"其体出于和歌，但节为十七字，以五七为句，寥寥数言，寄情写意，悠然有不尽之味。仿佛如中国绝句，而尤多含蓄。"又说："俳句以芭蕉及芜村作为最胜，唯余尤喜一茶之句，写人情物理，多极轻妙。"并说自己对俳句的翻译，"百试不能成，虽存其词语，而意境殊异，念什师嚼饭哺人之言，故终废止也。"他又在《日本的诗歌》（《小说月报》1921年5月）一文中，对俳句的由来、体式、不同时代的代表人物松尾芭蕉、与谢芜村、正冈子规等做了介绍。在这篇文章中，周作人再次强调了日本诗歌（包括和歌、俳句）"不可译"，但他还是忍不住译了几首，如松尾芭蕉的俳句："下时雨初，猿猴也好像想着小蓑衣的样子"；"望着十五月的明月，终夜只绕着池走"；小林一

茶的俳句："瘦虾蟆，不要败退，一茶在这里"；"这是我归宿的家吗？雪五尺"等。可见，周作人一开始就知道和歌俳句不可译，所以他干脆完全不管俳句的"五七五"的形式，而只是做解释性的翻译，即他所说的"译解"，即把意思翻译、解释出来就行了。

  在日本俳人中，周作人对小林一茶情有独钟。他在题为《一茶的诗》（原载《小说月报》12卷11号，1921年）的文章中，认为小林一茶的俳句"在根本上却有一个异点：便是他的俳谐是人情的，他的冷笑里含着热泪，他的对于强大的反抗与对于弱小的同情，都是出于一本的。他不像芭蕉派的闲寂，然而贞德派的诙谐里面也没有他的热情。一茶在日本俳诗人中，几乎是空前绝后，所以有人称他作俳句界的彗星……。"五四新文化运动时期的周作人之所以特别推崇小林一茶，恐怕与他的"人的文学"的提倡、与他的人道主义的思想主张是密切相关的。他在这篇文章里，周作人一口气译出了一茶的俳句49首，且翻译且评议，可以说将一茶最有特点的作品大都翻译出来。至于翻译方法，一如他的《日本的诗歌》一文中所采用的方法，就是用散文译述大意，去掉了原文形式的外壳，却歪打正着，不经意间传达出了一茶俳句的"俳味"，而令人觉得清新可喜，如"来和我游戏罢，没有母亲的雀儿！""笑罢爬罢，二岁了呵，从今朝开始！""一面哺乳，数着跳蚤的痕迹"；"秋风啊，撕剩的红花，拿来作供"等等，这种天真稚拙、轻松随意、悲凉而又温馨的小诗，与"诗言志"、"文以载道"的严肃板正的中国古典诗歌相比，形成了极大的反差；与五四时期的新青年文化、与五四诗坛的"少年中国"的气息，却是不期而合。所以周作人的俳句翻译很快引起了人们的兴趣，在周译俳句和泰戈尔的小诗的影响下，1920年代的最初几年，中国诗坛产生了不大不小的"小诗"运动。"小诗"在很大程度是对周作人俳句翻译的模仿，也是对中国呆板僵化了的传统古诗的矫枉过正。周作人之外，在1930年代，还有傅仲涛发表了《松尾芭蕉俳句译评》(《新月》第四卷第 5 号,1932 年 11 月 1 日),翻译介绍了松尾芭蕉的若干作品;1936 年,徐祖正发表《日本人的俳谐精神》(《宇宙风》1936 年 10 月 1 日)。此后的四十多年间,由于众所周知的原因,像俳句这种闲适脱俗的、纯审美的诗体的译介和创作就失去了环境条件。

到了 1983 年代,诗人、日本文学翻译家林林翻译的《日本古典俳句选》出版。该译本选译了松尾芭蕉、与谢芜村、小林一茶三位最著名的俳人作品约四百首。1989 年又翻译出版了《日本近代五人俳句选》。林林的译文,基本上使用了白话、散文体的译法,即使有的译文用了较整饬的文言句式,也都通俗易懂,一般分为两行,有的分三行。如松尾芭蕉的几首俳句,译文如此:"请纳凉,北窗凿通个小窗";"知了在叫,不知死期快到";"蚤虱横行,枕畔又闻马尿声";"旅中正卧病,梦绕荒野行"。小林一茶的俳句:"小麻雀,躲开,躲开,马儿就要过来。""瘦青蛙,别输掉,这里有我一茶";"像'大'字一样躺着,又凉爽又无聊"。可以说译文风格基本承袭了周作人。值得注意的是诗人、民俗学家钟敬文为林林的译本所写的序言,是一篇颇得俳句的要领和精髓的文章。钟敬文形象地指出:俳句是凝缩的,"它像我们对经过焙干的茶叶一样,要用开水给它泡过来,这样,不但可以使它那卷缩的叶子展开,色泽也恢复了(如果是绿茶),更重要的是它那香味也出来了。对于俳句这种小诗。如果读者不具备上述的那些条件,结果恐怕要像俗语所说的'囫囵吞枣'那样,不知道它到底是什么味道了。"关于俳句的翻译,钟敬文认为,尽管采用口语散文体来翻译有缺点,但它也有两点颇为值得注意的好处,一是它能尽量保存原文中的感叹词,如"や""かな"等,这些叹词很重要,往往起着传神的作用;第二它有利于表现出异国情调,因为我们译的毕竟是外国诗。……钟敬文作为一个诗人曾写过汉俳,对日本俳句之美有着深切的体会,故能有切中肯綮之论。日本文学专家李芒在当代俳句的译介翻译方面做了大量的工作，除了翻译当代俳人的作品外，他还发表了《从和歌到俳句》（《日语学习与研究》，1886年第5期）、《和歌·俳句·汉诗·汉译》（《日本研究》，1986年第3—4期）等文章，引发了关于歌俳翻译问题的讨论，提出了特别是歌俳汉译形式多样化的主张，推动了和歌俳句在中国翻译传播乃至汉俳的产生，对此后和歌、俳句的翻译与研究、对汉俳的创作与研究，都产生了一定的积极影响。

在日本俳句的翻译介绍的同时，仿照俳句的"五七五"格律写成的"汉俳"，也悄然兴起了，并成为近1980年以降中国诗坛的一种崭新的诗体。

早在五四时期，在所谓小诗中，郭沫若等就曾用"五、七、五"句式写过作品，如写日本风景的一首——"海上泛着银波／天空还晕着烟云／松原的青森"（见《星空》），可以说是最早的"汉俳"。但那时的诗人在写作时，并没有"汉俳"的自觉意识。汉俳的真正发足，还是在1980年代初。1980年5月底，在欢迎以大林野火为团长的中日友好协会代表团时，赵朴初仿照俳句的"五七五"的格律写了几首别致的诗，其中一首诗曰："绿荫今雨来，山花枝接海花开，和风起汉俳。"一般认为这是"汉俳"一词的最初由来。此后，杜宣、林林、袁鹰等诗人相继发表了一些汉俳作品。北京的《人民文学》、《诗刊》、《人民日报》、《中国风》，江西的《九州诗文》等报刊，经常提供发表园地。"汉俳"作为诗歌之一体，逐渐为人们所了解。到了1990年代后，汉俳创作的势头有了更大的发展，《香港文学》、《诗刊》、《当代》、《文史天地》、《人民论坛》、《民俗研究》、《中国作家》、《日语知识》、《佛教文化》、《金秋》、《扬子江诗刊》、《黄河》、《人民文学》、《中国作家》、《天涯》、《中华魂》、《北京观察》等许多报刊陆续刊登汉俳。到2012年为止，大陆和香港地区已出版的各种汉俳集有二十多种，如香港的晓帆的《迷蒙的港湾》（香港，1991），大陆地区谷威的《情丝》（北岳文艺出版社1991）、林林的汉俳集《剪云集》（北京大学出版社1995），林岫的《林岫汉俳诗选》（青岛出版社1997），段乐三的《段乐三汉俳诗选》（珠海出版社2000），刘德有的《旅怀吟笺——汉俳百首》（文化艺术出版社2002），曹鸿志的《汉俳诗五百首》（北京长征出版社2004），张玉伦的《双燕飞——汉俳诗百首选》（河南人民出版社2009），肖玉的《肖玉汉俳集》（香港2001）等。此外，中日俳句、汉俳交流的集子也有出版，如上海俳句（汉俳）研究交流协会编辑的中日汉俳、俳句集《杜鹃声声》，中国社会出版社出版的、日本竹笋（たかんな）俳句访华团和中国中日歌俳研究中心共同创作和编辑的《俳句汉俳交流集》等。一些城市和地方（如湖南益阳等）还成立了汉俳协会之类的团体。如1995年在北京成立了以林林为顾问、李芒为主任的"中国中日歌俳研究中心"，2009年长春成立长春汉俳学会，以及全国性的"中国汉俳学会"等，还出现专门的汉俳同仁杂志，如长沙的《汉俳诗人》、长春的《汉俳诗刊》等。

其中，香港的晓帆（原名郑天宝）的《迷蒙的港湾》是中国最早的汉俳集，1993年出版的《汉俳论》是最早的专门论述汉俳的理论著作，在理论与创作方面具有相当影响。后来，晓帆在1997年《香港文学》杂志（1997年10月）上发表《汉诗—俳句—汉俳：中日文化的双向交流》的文章，该文根据作者在广州中山大学的讲座稿修改而成，也是作者此前观点的一种提炼和概括，对汉俳的来龙去脉、艺术特点、世界十几个国家的俳句（英俳、法俳、德俳、美俳等）创作情况，还有本人的汉俳创作心得，都做了清晰的表述。晓帆认为，日本俳句之所以能在世界上广为流行，在于俳句有以下几个特点：一是"题材发现的独特性"，二是"创造的新奇性"，三是"简练的必然性"、四是"捕捉实态"，五是"象征的力量"，六是"季语的作用"。其中在第五条中说:"俳句要求有深刻的内涵、令人寻味的余韵和朦胧美,我想这就是人们所欣赏的'俳味'。这种功能靠象征来完成。"提出"汉俳的艺术技巧"主要是要表现出"意象美、意境美、含蓄美"。虽然还是用古诗词的概念来概括汉俳,但毕竟得其要领。此外、汉俳理论方面的专著还有林克胜的《汉俳体式初探》(长春出版社2009)等,李芒、刘德有、纪鹏、罗孟东、段乐三,都写过汉俳论方面的文章,但基本上谈的都是汉俳体式方面的问题,对汉俳独特的美学特征缺乏深入探讨。

最早出版的诸家汉俳合集《汉俳首选集》(青岛出版社1997),收集了包括老中年三代、共三十三名汉俳诗人的代表作,如钟敬文的"终于见面了／多年相慕的心情／凝在这一握";赵朴初的"入梦海潮音／卅年踪迹念前人／检点往来心";林林的"相招开盛宴／远客尝新荞麦面／深情常念念";杜宣的"葡萄阴下坐／蕉扇不摇凉自生／断续听蝉声";纪鹏的"金门邻厦门／两岸烟幻彩云／炎黄骨肉亲";陈明远的"青涩的果子／一夜之间变红了／只是为了你";林岫的"西服套袈裟／儒释而今各半家／蛋糕输讲茶";郑民钦的"秋野雨初晴／月色今宵分外明／可怜冷如冰"等三十三人的汉俳约三百首,可以说是汉俳精品的集大成的选集。林岫为此书写的《和风起浪俳——兼谈汉俳创作及其他》附于书后,论述了俳句与汉俳的关系,总结了汉俳写作在格律、季语(俳句中表示或暗示四季的字词)等体式方面的特点。

综上,汉俳的产生渊源与发展路径,大体可以用以下公式来概括:

中国古代俳谐→日本俳谐和歌→日本俳谐连歌→日本俳谐→日本近代俳句→现代中国汉俳

由此可见中国俳谐与日本俳谐、与汉俳的渊源关系。总之，是中国古代的俳谐体及其俳谐观念影响到了日本，与日本原有的"をかし"（okasi，可译为可笑、谐趣）的观念相融合，产生了"俳谐体"的观念，并在此基础上，形成了十七字音的独立的"俳谐"体式。至松尾芭蕉，又进一步借助从老庄思想和禅宗哲学，从大自然中的万事万物中修炼佛心、体悟禅意，从而大大提升了俳谐的思想与艺术境界。到了20世纪，俳谐反过来对中国产生了"回返影响"。从渊源流变上看，俳谐、俳句并不纯粹就是外来的、日本的东西，它是汉语与汉文化之俳，是中日文化融合的结晶。

三、近三十年来汉俳创作的繁荣及存在的问题

汉俳在中国的迅速发展，是1980—1990年代中日文化交流深化的产物。汉俳虽是日本俳句影响下产生的外来诗体，但鉴于古典俳句受到了中国古典诗歌的影响，所以我国有些学者、诗人对汉俳有亲切之感，使得汉俳在中国的发展相当快，从高官名流，到普通文学爱好者，作者和欣赏者较多，在创作上都有声有势。但是，另一方面，汉俳作者们对日本俳句的美学精髓体会与把握得还不够深入，在理论上，对汉俳的外在形式谈得多，所讨论的基本上都是汉俳的体裁、形式、格律，而对汉俳的审美特征、特别是对"俳味"的体悟与论述太少，对俳谐的审美特质做出理论阐发的文章还是空白。许多作者还没有意识到，从俳谐而来的汉俳其实不仅仅是一种"五七五"格律的小诗体，它还承载着一种审美文化精神，这种俳谐审美精神的源头固然是在中国，但不是审美文化的主流，而在日本俳人那里得以发扬光大，不仅将它文体化、理论化，而且与个人的人生方式相联系，得以实践化，对此，汉俳应该虚心地加以借鉴。

美有其形态，然而美没有国界；我们的汉俳的理论建设，首先应该译介和借鉴以松尾芭蕉为中心的"蕉门俳谐"的俳谐审美理论，同时也应该译介和参考日本近现代学者关于俳谐论、俳谐美学的理论著作和研究著作。在这方面，翻译家郑民钦先生的著作《日本俳句史》、《日本民族诗歌史》、《和歌美学》等，对包括俳谐在内的日本民族诗歌理论及美学特点做了较为系统的评述。王向远译《日本古典文论选译》（中央编译出版社 2012）的"古代卷"上册，有"俳谐论"一栏，译出了以芭蕉及蕉门弟子为中心的日本古典俳论名著约二十万字；王向远编译《日本风雅》（吉林出版集团《审美日本系列》2012）是关于俳谐美学的专题文集，将日本近代著名美学家大西克礼研究俳谐美学的名作《风雅论——"寂"的研究》一书翻译出来，并在书后附有日本古典俳论原典若干。此外，王向远还发表了《论"寂"之美——日本古典文艺美学关键词"寂"的内涵与构造》（《清华大学学报》2012 第 2 期）等研究日本俳谐美学的文章，运用现代美学和比较诗学的方法，对日本俳谐美学的关键词"寂"做了研究和阐发。这些书，可以为汉俳理论建设提供一点参照。

需要明确的是，无论是俳谐、俳句还是汉俳，其关键在一个"俳"字。"俳"本质上是一种游戏精神，是一种轻快、潇洒、超越的审美态度，无论是写俳谐、还是作汉俳，都应该有"俳人"的姿态和心胸。"俳"是一种眼光，有了"俳"的眼光，就是有了"俳眼"；"俳"也是一种语言，是一种审美化了日常生活俗语，使用了这种语言就是"俳言"；"俳"又是一种心胸和态度，有了这种心胸和态度，就有了"俳心"或"俳意"；"俳"还是一种艺术韵味和创作风格，有了"俳"的艺术韵味和创作风格，就是有了"俳味"；上述的"俳眼"、"俳言"、"俳意"、"俳味"，就是俳人的"俳谐精神"。在美学观念的层面上，可以归结于"俳圣"松尾芭蕉及蕉门弟子提出并论述的俳谐审美概念——"寂"。

"寂"就是一种基于禅宗"悟道"精神的个人化的闲适、余裕的生活态度，也是超越的、洒脱、游戏、轻妙的艺术态度，同时也是一种审美静观的、写生的诗学方法。就是要求俳人用"俳眼"看到"寂色"；用"俳耳"听到"寂声"，用"寂心"去体悟大自然与人，去感受和体悟虚与实、雅与俗、老与少、"不易"与"流行"的和谐统一，然后还要有对这一切做艺术的、诗意的、审美的表达，那就是摇曳多姿、轻快洒脱的"寂姿"。此外，还要把松尾芭蕉之后的与谢芜村那样的极有画面感的小巧精细、灵动鲜活的"写生俳谐"借鉴过来，把小林一茶那样的孩童般的"童趣俳谐"借鉴过来，汉俳才能在美学的层次上吸收日本俳谐的精髓，才能一定程度地矫正中国传统诗歌那种"文以载道"、"忧国忧民"、"发愤"、"言志"、"风骨"等传统士大夫的泛社会化、泛政治化的思维习惯，才能冲淡传统、正统诗歌中过于严肃、过于正经、过于老到、过于呆板的风格，打破诗词雅言的陈词滥调，在中国的源远流长、根深蒂固的传统诗学与诗作中吹进一丝异域之风，从而丰富我们的诗学趣味。这才是我们输入汉俳这种外来诗体的根本意义和价值。否则，汉俳只不过是用"五七五"写的传统意义上的汉诗甚至是"顺口溜"而已，就失去了"汉俳"存在的意义。

从俳谐美学的角度，综观现有的公开发表的汉俳，除了一少部分作品外，多数作品存在有三个方面的问题。

第一，不是以"俳人"、而是以"诗人"、"词人"的立场写作，也就是以汉诗词的创作思路与习惯来写汉俳，在语言上表现为使用古语、文雅之词，写出的汉俳颇似古典诗词。如公木的"逢君又别君／桥头执手看流云／云海染黄昏"；邹荻帆的"高树衍根深／地层泉水青空云／自有天地心"；李芒的"白梅辞丽春／缤纷蝶翅离枝去／犹遗青梦痕"；屠岸的"画室满春风／笔下桃花万朵红／身在彩云中"；袁鹰的"昨夜雨潇潇／梦绕樱花第几桥／未知归路遥"（以上均见《汉俳首选集》），这些句子都较有文字功力，作为古典诗词、特别是词来看，都是值得称道的，但作为俳句来看，就缺乏"俳味"了。以上句子都是写景抒情，但写景却失之于抽象，缺乏写生意味，画面感模糊。有俳味的汉俳，如刘德有的"霏霏降初雪／欣喜推窗伸手接／晶莹掌中灭"，虽然俗语使用不够，但却写出了俳句才有的画面感。

第二，有些汉俳虽则使用了俗语白话，但不是站在"俳人"的立场上写作，而是站在自己的社会角色的立场上写作。由于目前提倡汉俳创作的作者，有相当一部分是官员，其中一些人的汉俳不脱政治思维，带有强烈的政治性和宣传腔调。有的歌功颂德，如"改革三十年／神州大地换新颜／邓公掌航船"（《汉俳诗刊》创刊号第15页）；"发展无止境／解放思想沐春风／感谢邓小平"（《汉俳诗刊》创刊号第29页）；有的歌舞升平，如"航天跻大国／科技强军赖改革／登月志比得"（《汉俳诗刊》第21页）；"三十载巨变／改革开放显神功／辉煌举国颂"（《汉俳诗刊》创刊号第51页）；有的写成了政治口号、豪言壮语，如："多难砺志雄／华夏心脉贯长虹／兴邦腾巨龙"（《汉俳诗刊》创刊号第11页）；"身穿绿军装／保卫祖国握紧枪／熔炉炼成钢"（《汉俳诗刊》创刊号第16页）；"共和国开放／历多少雨雪风霜／放步奔富强"；"改革道路长／科学发展是宪章／崛起有力量。"（《中华魂》2009.12）；有的批判挞伐丑恶社会现象，如："祸起'三鹿牌'／三聚氰胺把人害／恶名传中外"（《汉俳诗刊》创刊号第27页）；"贪欲纵色狼／挥金如土太猖狂／蛀虫岂安邦"（《汉俳诗刊》创刊号39页），"公宴接连摆／杯觥交错情似海／关系网成灾"；"打假任务艰／仿真度高实难辨／地方主义拦"；"奇闻如雪飘／售药回扣有招标／药劣囊中饱"。（《人民文学》1994.12）等等。这些词句的思想内容固然都很好，可惜将俳谐应有的审美性的谐谑、诙谐变成了政治口号化，失去了俳谐和俳人应有的"寂之眼"、"寂之心"和"寂之美"，无法表现出个性化的、悟道的、寂然、洒脱、超越的审美立场。如果要表达这一类内容、抒发这一类情怀，可以使用诗词、新诗等其他形式会更好一些，未必非要写成汉俳不可。

第三，有些汉俳倒是使用了俗语白话，但在立意、取景、遣词上都十分平庸，如："民俗研究好／雅俗咸宜品位高／文友皆言好"；"民俗研究难／危困创业永向前／有难不畏难。"（原载《民俗研究》1995.3）；"不怕苦和累，为民办事多造福，人民好公仆。"（《汉俳诗刊》第三期44页）这实际上是"五七五"的顺口溜，在立意、构思、表达方面都缺乏创意，没有汉俳应有的潇洒、机智与新鲜味和俳味。

需要再加强调的是：我们之所以引进汉俳，绝不仅仅是出于猎奇和好玩，更不是因为它体制短小，看上去容易写，而是要通过引进外来的创作观念和艺术方法，对我国诗歌沉积已久的泛政治化的惯性思维加以转换，对于有口无心的纯形式化、非个性化的套话与陈词滥调加以清理，对于言志载道的工具主义、宣传腔调加以反省，对于忧国忧民、冠冕堂皇的传统士大夫式的、现代官吏式的思维加以清算，对有意无意的伦理说教、道德教训加以卸载，对于诗歌创作本身所应具有的诗性思维进一步加以激活，使汉俳成为日常化、生活化、个性化、吟咏化的轻便小诗，起到怡情悦性、美化生活、激发感兴、凸现个性、自得其乐、娱己娱人的作用。在形式上，汉俳要使用不对称的诗型，喜欢奇数的趣味，来打破传统汉诗的对称、对偶、对仗的四平八稳的板正。总之，就是不要以古典诗词的思路写汉俳，而是要以"俳人"的姿态来写汉俳。因此，输入汉俳，不仅是"五七五"形式，而是一种俳谐的审美精神，这种审美精神在中国古代非正统的俳谐诗文中曾经有过，今天的俳人要基于现代生活体验，加以焕发和复活。

四、汉俳革新的现身说法：汉俳的形式与题材

如何使汉俳起到这样的作用呢？以下以笔者尝试写作的百首汉俳为例，就汉俳创作的革新问题略抒己见。

首先，在文体形式上，俳句有"五七五"格律、"季语"、"切字"等三个基本要素。关于"五七五"格律，汉俳既然是属于俳谐、俳句，就一定要有"五七五"三句十七字的外形，这样才能与汉诗的对偶、对仗、对称的诗型相区别，否则汉俳就失去了基本的外形特征。汉诗五言句或七言句，一都已偶数句分节和结尾。因而从外形上，看上去是方正的、板正的，而汉俳的诗歌型则相反，它在句数是三句，是奇数，无法对偶和对称；三句的字数分别是五七五，也都是奇数，当然也不能对偶和对仗。要充分意识到，从纯外形的角度上，不对偶、不对仗、不对称的汉俳，是对传统诗歌外形的一种突破。

第二，关于"季语"，就是每首俳谐中都要有表现春夏秋冬四季中某个特定季节的词语，这是古典俳谐的基本要求，但在所谓"杂句"（无季语的俳谐）和俳谐的变体——"川柳"——中，"季语"可以不要。汉俳在这一点上可不拘泥，要季语、不要季语均可。

第三，关于"切字"，在日本俳句中是放在三句的某一句句尾的感叹词，如"や"、"かな"等，可以起到煞尾断句、调整音节或加强咏叹意味的作用，有时使用，有时不使用。若不使用可以视为省略。汉俳在"切字"的使用上，可以与俳谐相同，必要的时候，在句尾（特别是第一句、第三句的句尾）使用"啊"、"呀"、"呢"等感叹词。如《老与小》：

没牙的老太

抱着没牙的婴儿
一同大笑呢

除了上述的日本俳谐所具有的三个形式上的特点外，汉俳还应该根据汉语在音律上的特点和优势，必要的时候在句尾押韵。正如有的学者所主张的，押韵的可以叫"韵俳"，如《黄河漏斗》：

黄河滚滚流
流到此处遇漏斗
滔滔入壶口

不押韵的、散文化的汉俳，可以叫"散俳"，如《落发》：

呆呆端详着
决然弃我而去的
又一根落发

"散俳"是与"韵俳"相对而言的。比之韵俳，散俳在形式上更为自由，但须有较为浓郁的诗情画意。因此散俳看起来比较好写，但实际上很难写好，因为它不以外在韵律见长，而以内在的诗情画意取胜。散俳以"寂"为最高审美追求，如——

《小鸟》：
小鸟惊飞去
抖落了樟树枝上
那一串露珠

《红叶扁舟》：
　　像一只扁舟
　　在白浪上漂着的
　　那片红叶啊

《岸柳》：
　　一长排岸柳
　　站在微暗的秋夜
　　背靠着远山

《雪花》：
　　冰凉的雪花
　　飘落在我的眼帘
　　化作了热泪

《木铎钟声》：
　　重重的木铎
　　从铜钟上敲飞了
　　悠扬的钟声

《赠礼》：
　　我的孩子呀
　　你是你送给我的
　　最高的赠礼

"韵俳"是句末押韵，最好是三句都押韵，但只是后两句押韵也未尝不可，不必太严格，只求朗朗上口即可。如果说，"散俳"更能表现平淡、轻妙、清新的趣味,那么,"韵俳"则较能体现诙谐幽默的谐趣。如——

《观地图·日本》:
　　那边是东瀛
　　趴在海面不蠕动
　　像只毛毛虫

《观地图·中国》:
　　昂首似雄鸡
　　面向东方声声啼
　　脚蹬高屋脊

《蜡烛》(二首):
　　洒一行热泪
　　燃尽洁白的妩媚
　　化屡屡香味

　　节日最遭罪
　　一根一根全得废
　　上火又流泪

《向日葵》:
　　向日葵花啊
　　阴天找不到日头
　　头往哪边扭

《买书如相亲》：
>   买书如相亲
>   先看相貌后知心
>   取回是缘分

俳谐的基本题材，与和歌、连歌相比还是较为广泛的，但俳谐主要着眼于风花雪月、鸟木虫鱼等自然景物及这些自然景物中的人与事本身。古典俳谐要求有"季语"，也是为了将题材限定在风花雪月、四季变迁的范围内。事实上，俳谐不适合表现政治的、道德教训、社会批判的内容。汉俳作为俳谐的衍生诗体，应该在这一点借鉴和继承古典俳谐的传统，以便摆脱传统汉诗的"泛政治化"和"泛社会化"倾向，而专门着眼于人情物理，使汉俳在题材上获得纯审美的品格。

为此，最适合的汉俳的题材，主要可以分为四种，一是写生，二是自况，三是讽喻，四是酬唱。

首先说"写生"。所谓"写生"是日本古典俳谐的一种理论主张和艺术手法，主要指事物的客观化的、如实的描写，包括自然景物的写生，也有人物、静物的写生。在日本俳句史上，江户时代的著名俳人与谢芜村以写生为特色，近代的正冈子规极力推崇芜村的写生俳句。芜村是个画家，他将俳句与画结合在一起，创造了"俳画"这一独特的艺术样式。相比之下，古典汉诗中也有很多"写景"的诗，但强调的是情景交融的"意境"，往往将人凌驾于自然景物之上，强调托物言志、借景抒怀。而俳句的写生则强调纯客观性，以呈现和描摹自然为宗旨，不做说教，不带教训，没有说理，尽量压低主观倾向，只表现一种印象或感叹，从而坚持一种"原始自然主义"的倾向。在这一点上，汉俳的写生可以直接继承俳句的写生。一首写生的汉俳，就是一幅简笔素描画。如——

《榕树下》：
　　高大榕树下
　　悠然觅食的家鸡
　　瞌睡的小犬

《荷叶青蛙》：
　　一只小青蛙
　　蹲在池塘荷叶上
　　怯怯地张望

《小鸟秋千》：
　　一只小鸟儿
　　把路边的高压线
　　当成了秋千

《芦花》：
　　秋末的芦花
　　在月光下摇曳啊
　　闪着银白色

　　以上的写生俳句，是写动态中的一刹那间的情景，应该在动感中表现出一种张力，才能凸现其画面的灵动性。
　　也有静物的写生，如——

《初雪绿叶》：
　　忽来的初雪
　　厚厚重重地压着
　　油油的绿叶

《稻田》：
　　黝黑的稻田
　　布满刚刚收割的
　　金黄的草垛

静物题材的"写生"汉俳，一定要写出独特的结构感和色彩感，从而给人强烈的视觉刺激。上述的《初雪绿叶》，是雪白色与油绿色的搭配；《稻田》是黑色的田埂与稻垛的金黄色的搭配，显出一种构图感。

汉俳的写生，继承俳句的"寂"的美学理念，表现出"寂声"和"寂色"。

所谓"寂声"，即指有声时的寂静，要写出幽静的气氛，沉静的思绪，清静的心情，寂静的意境——

《春晨鸡鸣》：
　　湘南的春晨
　　几声悠扬的鸡鸣
　　划破了清梦

《听雨》：
　　夜半窗前卧
　　风推树摇窗娑娑
　　听似雨点落

《秋风抖动》：
　　远处的犬吠

和着身边的虫鸣

抖动的秋风

《夜的喘息》：
窗外传来的

微微起伏的风声

是夜的喘息

表现"寂声"之外，还要表现"寂色"——即陈旧、灰暗、衰老、破损、伤残乃至枯萎死灭等一般认为不美的事物中，看出审美的价值。在日本古典俳谐中，芭蕉的俳句"黄莺啊，飞到屋檐下，朝面饼上拉屎哦"；"鱼铺里，一排死鲷鱼，呲着一口白牙"，都是将本来令人恶心的事物和景象，写得不乏美感。笔者也写了表现"寂色"的俳句，如——

《残破的荷叶》：
凄寒水潭中

一片枯萎灰暗的

残破的荷叶

《黄叶子》：
几片黄叶啊

懒散而无又聊地

横卧在路边

《背顽童》：
古松披紫藤

仿佛老妪背顽童
　　腿弯腰又弓

《茅草》：
　　干枯的茅草
　　依然倔犟地坚挺
　　抵抗着寒风

《断枝》：
　　被雪压断了
　　伤口露出白骨的
　　那根断枝啊

《老人》：
　　坐在家门口
　　茫然看着街景的
　　白发老人啊

　　以上作品中的基本色调和人物，都和陈旧、残破、衰老有关，呈现出"寂色"这样一种基本色调，由此而表现出了一种苍寂之美。

　　汉俳的写生，不是科学地反映事物，而是艺术地描写事物，因而汉俳并非完全不能带有主观色彩，那不但做不到，而且也没有必要。汉俳要在自然主义的写生中去"客观"自然万物，同时，也要表达俳人的"诚"，就是松尾芭蕉所谓的"风雅之诚"，即忠实地传达自己的眼睛所做的审美观察、尊重内心所有的审美感受，如——

《白云写草书》：
　　一缕缕白云
　　在蓝空随风飘舞
　　挥写着草书

《海市蜃楼》：
　　远处的城市
　　在朦胧的夕照下
　　如海市蜃楼

《星星坠湖》：
　　湖面的灯影
　　混着天上坠下的
　　一颗颗繁星

若按自然科学的观点看，上述几首汉俳所描写的都是假象，但是，就汉俳而言，它是俳人所观察到的审美的真实。

汉俳的第二类题材，是"自况"，也就是自我描写的自画像。

在日本俳句中，以自我为描写对象的，是自况句，此类俳句很多。自况并非只是如实的、客观的自我写生，而是独抒性灵、将审美的状态和心境描写出来，如此才有"俳意"和"俳味"，也就是审美的状态和心境，这首先表现为一种怡然自得的闲适之心——

《贪睡》（二首）：
　　心广体未胖
　　九点未起恋寝床
　　醒来见午阳

懒觉起床晚
时至中午道早安
时至九点半

《梦中飞》：
手脚变翅膀
翻山越岭跨河江
哪知在梦乡

《看茶》：
午后沏杯茶
呆呆地盯着等着
茶叶变绿芽

《赏书法》：
躺在床上啦
端详墙上的书法
手还瞎比划

《采摘》
果园采摘行
边摘边吃喂馋虫
吃到肚子疼

《自种葡萄》：
一天天盼着

自种的葡萄熟了

舍不得摘下

《快事有三》：

凉啤第一口

自著新书头次瞅

闲时会好友

《王门》（二首）：

学生已成群

只因从师王某人

皆称是王门

王门又聚餐

王某当然是领班

饮酒侃大山

审美的状态和心境还表现在对生活中本来属于消极负面的东西，加以积极的转化，通过自嘲，实现一种自我释然和达观，从而带来会心一笑的谐趣，如——

《宅男》：

洗衣又做饭

写字看书拖地板

快乐作宅男

《稀发》：
　　稀发自己剪
　　七年未进理发店
　　省了一笔钱

《敷面膜》：
　　男人敷面膜
　　照着镜子像修罗
　　哪里还像我

《喷嚏咏》（二首）：
　　打了个喷嚏
　　鼻腔发痒流清涕
　　要感冒咋地？

　　一声大喷嚏／
　　吓得空气撞四壁
　　惊天又动地

《新书》：
　　新书刚到手
　　又摸又闻亲不够
　　自作自享受

《节约用腰》：
　　间盘曾突出
　　正襟危坐不舒服
　　角度四十五

《关大脑》：
　　爬上床睡觉
　　电灯手机全关掉
　　却难关大脑

"自况"有时也可以包含"自悟"，就是对生活有所感触、有所体悟，是一种心理自况，如——

《看》：
　　看花能养眼
　　看书养心又养颜
　　看人会花眼

《活着》（二首）：
　　活着极简单
　　渴了喝水饿了饭
　　困了床上眠

　　活着不简单
　　望天顾地观人间
　　折腾没个完

《睡》（二首）：
　　目垂就是睡
　　闭上双眼万事费
　　去了还得回

累了就得睡/
睡了醒了还得累
循环复往回

《一张纸》：
人生一张纸
正面写满反面使
写错就得撕

　　但是，这种生活中的"自悟"，不能像汉诗、特别是宋诗那样"以说理入诗"。日本和歌、俳谐的特点之一就是排斥所谓"理窟"（りくつ），就是抽象说理。受禅宗影响很深的松尾芭蕉，写的很多俳谐都包含着他对自然与人生的悟道，但却不像汉诗那样说理。汉俳自然也不能流于"说理"或着意表现哲理，更不能流于说教，要使自悟汉俳止于个人悟性的表达，而不是表现逻辑观念。

　　汉俳的第三种题材，是讽喻。日本俳谐中的讽喻体，在日本叫做"川柳"，又叫"狂句"。这是江户时代后期根据创始者的姓名而得名的俳谐变体。川柳的特点，就是不受季题等规则的束缚，对人情世道、日常事物给予广泛的关心，并随时咏叹。汉俳的讽喻可以借鉴川柳，其讽喻不同于汉诗中的讽喻诗，要尽可能脱去政治性、党派性、批判性、尖锐性、严肃性，而对讽喻的对象，抱着温和、包容、善意、幽默、机智、洒脱的态度，并有一定程度地同情地理解。如——

《吃货》：
舌尖可真阔
盛下一个大中国
举国皆吃货

《科技了不起》：
　　科技了不起
　　以假乱真太神奇
　　万国不能敌

《口味》：
　　国人口味洋
　　呷哺呷哺吃得香
　　比萨又麦当

《东洋风》：
　　到处东洋风
　　春树又兼苍井空
　　淳一村上龙

《网购》：
　　网购如网恋
　　相知相交不相见
　　一见傻了眼

《脚都》：
　　北京是首都
　　长沙自许为脚都
　　脚丫真有福

《饭桶》：
　　确实是饭桶

一日两餐腹又空
　　何异兽与虫

《人不如狗》：
　　皮毛退化后
　　穿着棉袄也发抖
　　人真不如狗

《世界末日》：
　　地球只是球
　　有始无末无尽休
　　末日没盼头

　　世界末日后
　　天高气爽人抖擞
　　原是好开头

　　汉俳所讽喻的事物，就是这样涉及吃喝消费等诸般事物，但并不是对所讽喻事物的彻底的否定，不能夹杂道德的义愤，而是有一种虽不苟同，也不绝对排斥的宽容态度。这样一来，就有了诙谐的俳味。

　　除了上述的写生、自况、讽喻三种题材之外，汉俳和俳谐、乃至诗词一样，最后还有"酬唱"即互相唱和这一类型。

　　严格地说，"酬唱"是从汉俳的吟咏方式来分类的，并不是题材的分类。酬唱的形式是激发汉俳创作的重要途径，相互唱和者是"俳友"。通过俳友唱和，可使人际关系高洁化、审美化。例如2012年9月9日，我的两位硕士生联名赠送汉俳祝贺教师节，曰："秋临枣馨斋/ 幽玄风雅知物哀/ 意气东边来。"其中，第一句中所谓"枣馨斋",是我以前的书斋雅号,十多年前搬进新家时,楼前是一片枣树林,刮南风时,枣花香气可从窗口飘入,故将书斋名为"枣馨斋",然而后来枣林被汽车城取代;第二、三句,实际上含有我最近两三年出版的《审美日本系列》四部译作的书名,即《日本幽玄》《日本风雅》《日本物哀》和《日本意气》。对此,我当即和汉俳二首:

《和叶怡雯、陈婧》:
　　秋意浮窗外
　　楼前枣林已不在
　　愧称枣馨斋

　　楼前汽车城
　　飘来阵阵芳香烃
　　香臭分不清

2012年初秋,托博士生祝然去她家乡大连收集有关汉俳的资料,不久她从大连给寄来《汉俳诗刊》杂志等,并附信,信末有一首汉俳,曰:"滨城望回龙/ 汉俳诗刊千里送/ 秋浓意更浓。"我当即用手机回应一首《送汉俳》:

　　千里送汉俳
　　俳意俳香一并来
　　秋风荡诗怀

在日常生活中,一般的短信问候也可以用汉俳来回应,这也是一种唱和。如赴日留学的博士生郭雪妮在京都参观时,发短信说:

"京都的神社寺庙太多了，使人真正体会到了什么是'幽玄'。"因为我曾在那里住过两年，深有体会，当即用手机回复汉俳一首：

死活居一国
到处都供神鬼魔
京都寺社多

有一位广州俳友发短信说："冬天广州的天气比较温暖，但冷暖不定，猝不及防。"并赋汉俳云："今日裹棉袄／据说明天知了叫／天气变脸了。"我回复一首《北京红月亮》道：

北京的太阳
无精打采懒洋洋
倒像红月亮

暨南大学王琢教授来短信说："记得向远兄曾说过暨南大学校园内的榕树根很好玩，试吟一首：'活泼容树根／地砖拥挤地面宽／开心抱地砖'。"颇有俳味，我酬唱《榕树根》一首：

榕树老粗干
根须却是很缠绵
蜿蜒砖缝间

在当代生活的节奏中，用手机等通讯工具进行汉俳酬唱，克服了古代诗词唱和在媒介和载体上的局限，具有充分的即时性和便利性，同时又能发挥出汉俳所具有的社会交往功能。

五、汉俳革新的现身说法：汉俳的风格追求

汉俳的基本风格，可以用三个词来概括，即：一、小巧轻妙，二、稚气清新、三、化俗为雅。

风格之一是"小巧轻妙"。

要"轻"，即轻快，要有轻飘的思绪，轻松的心情，轻巧的用语，轻盈的意境。要求感情不可太浓、太重。

汉俳作为十七个音的微型诗体，其特点就在于"小"。它首先要求着眼于那些微小的题材，就是日常生活中不显眼的、细枝末节的、无关宏旨的琐碎事物。描写的对象一般都是纤小细柔的东西。如——

《甲壳虫》：
　　小小甲壳虫
　　玻璃窗上来回冲
　　鼻青脸又肿

《马蜂》：
　　不得不打死
　　贸然闯入房间的
　　可怜的马蜂

即便对于本来"大"的事物，也要把它缩小化，当"小"东西来写，如——

《柿子》：
　　通红的圆月
　　挂在高高的树枝
　　像个熟柿子

《流星》：
　　夏夜的流星
　　你是天公洒下的
　　欢快的眼泪

《乌云棉被》：
　　夏日的乌云
　　给城市盖了棉被
　　透不过气啊

《大雨有脚》：
　　大雨也有脚
　　东西南北来回跑
　　雷电作向导

　　这里把月亮写成金桔，把流星看作眼泪，把整个城市缩小为棉被大小，把无边际的大雨写成有手脚的人，都是将大化小。
　　风格之二是"稚气清新"。
　　"小"又常常与幼小的心态，即童心相联系。这里有两种情况，一是以童心、童趣为描写对象，如李芒先生的《四岁小孙女》："爷将硬豆吐，屈指歪头将数数，粒粒皆辛苦"。（原载《日语知识》1999.1），写孙儿竟然能够援引唐诗的"粒粒皆辛苦"不让爷爷吐出米饭中的硬豆;还可以理解为:四岁小孙女以为爷爷之所以吐出"硬豆",是因为味道苦,所以说"粒粒皆辛苦",是把这句唐诗中的"辛苦"理解为苦味了,从而表现出盎然的童趣。二是像日本俳人小林一茶,以其中老年的年龄,却写出了许多孩子气十足的幼稚风格的俳谐,如"没有爹娘的小麻雀,来和我一块玩吧"之类,并成为俳谐之一体。汉俳也应该着眼于幼小趣味,即童趣、童心的表达,如——

《叶子的眼睛》:
　　圆圆的叶子
　　被毛毛虫咬出了
　　两只小眼睛

《风刮星星》:
　　呼呼啦啦地
　　一片明亮的星星
　　被风刮掉了

《蚊子》:
　　蚊子呀蚊子
　　敢趴在我手臂上
　　是要找死吗

《发抖的树》:
　　在寒风中的
　　瑟瑟发抖的树啊
　　你很冷是吧

《儿时回忆》：

　　像个野人啊

　　在水草里摸到虾

　　当场吃掉了

《甜瓜》：

　　买到小甜瓜

　　和儿时偷摘的瓜

　　一模一样哦

《枕书》：

　　枕着书睡了

　　脸颊深深押上了

　　书本的印痕

　　这种稚气童心的表达，与中国古典诗歌的总体风格是有明显不同的。中国的古典诗词，从年龄特征上看，总体上属于中老年的艺术，即便是青年李商隐的诗，看上去也带有中年以上的理智、稳重和含蕴。性格浪漫的李白，也没有表现出青春少年气息，而是饱经人情世故的老练，其他如老杜就更不用说了。总体上，幼稚的诗词一般是没有审美价值的，因此中国传统诗论强调的是老到、老辣的艺术境界，久而久之，许多作品就不免显得有些暮气沉沉。而俳句则相反，松尾芭蕉提出了"老与少"的命题，认为俳人越到老年，越应该追求"轻快"（かるみ）的趣味，写出青春年少风格的作品。汉俳在立意上也应该不同于诗词，必须借鉴俳谐，以童心稚气的表现为美。需要指出的是，童心、童趣的特点就是直言无忌，并不强调"含蓄"。一些论者认为日本的和歌、俳句的特点之一是"含蓄",因而汉俳的特点也是"含蓄"。这种说法本质上并没有错。但俳句及汉俳的含蓄,是以区区十七个字,状物抒情,高度凝练,不含蓄不行。这种含蓄与汉诗的含蓄有所不同。汉诗的含蓄常常表现为微言大义,以至"诗无达诂";日本古典和歌理论也主张"幽玄",幽玄也有含蓄的意思在,但俳句与和歌不同,它不提倡"幽玄",而是一种径直的、简洁的状物和抒情。同样的,汉俳也不能因强调"含蓄"而故作高深。否则,就失去了俳味。

要使汉俳的风格清新,还有依赖于清新的比喻所呈现的清新的意象,在新奇的比喻中,写出新鲜的意象、新巧的构思。如——

《飞吻》:
　　春天的柳絮
　　飘飘地追逐行人
　　派送着飞吻

《白云》:
　　一朵白云啊
　　轻轻拂拭着天空
　　水晶般明净

《闪电》:
　　雷电空中炸
　　仿佛绽开大礼花
　　风把花瓣撒

《月亮行走》：
　　月亮乘着风
　　在黑云的缝隙中
　　匆匆地穿行

《雨伞变风筝》：
　　雨伞太轻盈
　　大风一吹飘欲升
　　眼看成风筝

《燕子》：
　　燕子的双翅
　　像把打开的剪刀
　　飞剪着天幕

　　风格之三，是化俗为雅。汉俳在风格上讲究"雅"与"俗"的对立统一，做到雅俗的对立统一，使雅俗不二。"俗"在内容上指的是俗事，就是描写那些日常生活中的看上去本来没有多少价值的平凡、琐细的东西，包括一些看似无聊的体验、无意义的事物，如松尾芭蕉的弟子宝井其角，夜间睡眠中被跳蚤咬醒了，便起身写了一首俳句："好梦被打断／疑是跳蚤在捣乱／身上有红斑。"贞门派俳人儿玉好春的俳句："竹水管被堵／捅捅看看有何物／爬出一蟾蜍"，都是把日常生活的无聊的事物写得很有风趣，这样，"无聊"也就变得"有聊"了，在这方面，笔者的尝试的作品有——

《蚂蚁朋友》：
　　感到孤单时

连爬进屋的蚂蚁

也看作朋友

《蚊子偷袭》：

秋夜的蚊子

在我臂上偷走了

越冬的食粮

《壁虎闯入》：

试问小壁虎

门窗紧闭咋进屋

进来不孤独？

《喜鹊一家》：

喜鹊一家啊

在街边树上作窝

喜欢热闹吗？

《寒雀》：

歪着小脑袋

正为吃的发愁吧

窗外的麻雀

《人与狗》：

人模狗样的

被主人穿了马甲

赤脚散步啊

"俗"还指使用俗语俗词,即日常化的现代口语,也就是所谓"俳言";"雅"是指表现的高远、脱俗、潇洒的"俳意",因而,"雅俗不二"就是与"俳意"与"俳味"的结合,就是化俗为雅。

《古松没皮》:
　　古松死犹立
　　脱衣卸甲没了皮
　　枝丫生枸杞

《打喷嚏》:
　　夏天的暴雨
　　像老天爷打喷嚏
　　忽然地来去

《粽子》:
　　粽子穿外套
　　几条带子束着腰
　　脱掉见美妙

《吃樱桃》:
　　每逢吃樱桃
　　放在嘴里不忍咬
　　怜香又惜貌

《小雨滴答》:
　　下起小雨啦

滴答滴答滴滴答
从屋檐落下

上述汉俳中的"没了皮"、"打喷嚏"、"束着腰"、"脱掉"、"不忍咬"、"滴答滴答"等等，都是日常口语，在古典式的诗词中是不能使用的，然而在汉俳中使用这些俗语即"俳言"，恰恰是汉俳中俗中见雅的"谐趣"、"俳味"之所在。相信这些俗词俚语的使用，不仅没有妨碍诗意的表现，而且在诗意之外增加了俳味。也说明诗歌语言绝不等同于华词美藻，而是与真感情、真性情相契合的自自然然的语言。

综上，汉俳是一种高度日常化、生活化的小巧玲珑的便捷诗体，其特点是艺术与生活的高度融合和统一。俳谐、俳句之所以走向全世界而产生了英俳、法俳、德俳、汉俳，之所以从欧盟主席范龙佩、中国总理温家宝，到文学界和非文学的各界人士都喜欢吟咏俳谐，不仅仅是因为俳谐吟咏起来较为容易便捷，更是因为俳谐具有独特的审美品格，与现代社会生活非常切合。从形式上看，汉俳做起来非常简单和容易，无非就是把一句话分为"五七五"三句来说而已。但是另一方面，汉俳作起来简单又容易，作好却很不简单、很不容易。换言之，汉俳容易作，却不容易作好。这是因为汉俳是一种诗歌艺术，因为它在审美上的要求很高。要写出好的汉俳，需要对大自然、对生活中的万事万物，都有新的观察、新的感受、新的表现。汉俳创作是日常见闻、日常表达与诗歌创作的高度统一。对作者而言，是"平常人"与"俳人"的高度统一，有了俳人的姿态、俳人的心胸，就可以随时在日常生活以其"俳眼"发现"俳意"，表现"俳味"，既美化心灵，又美化生活，根本上是借以实现艺术的生活化、生活的艺术化。在生活节奏日日加快的忙忙碌碌的现代生活中，随口吟咏汉俳，或抒情写生、或自况自嘲、或讽喻议论，或相互酬唱，都有助于在匆忙中寻找闲适，在嘈杂中寻求安静，在拥挤与逼仄中见出境界，将无聊化为"有聊"，在日复一日的机械与死板的重复中见出生机、变化和诗意，在不美中看出美，以"审美眼"来看世界，从而达到精神上的超越。这当中体现的是一种现代的"悟道"精神，也是一种人格修炼和心性修养。因而可以相信，汉俳作为一种新兴小诗体，具有中国古典诗词及现代西式新诗体所没有的独特性，只要能够把握和发挥它独特的审美功能，汉俳一定会在我国获得更好的发展前景。

当代中国的日本文学阅读现象分析[①]

在中国，日本文学的翻译、评论、研究、阅读与接受，迄今，至少已经走过了一百多年的历程。对此，我在最近完成的国家社科基金重大项目《新中国日本文学研究六十年》一书中，用了30多万字的篇幅，对这段历史做了系统的梳理评述，出版后读者可以参考。但是，本文所说的"阅读"，作为一种现象，不同于"学术研究"。"研究"是有文献可征的，而"阅读"，除了从文本的出版发行的数量上有所显示外，对它只能做一种综览与分析。阅读固然有时代性、甚至流行性，但同时，它更是一种个人化、个性化的行为，很难进行量化统计。即便做过"中国读者"的具体统计，也不能"代表"中国读者说话。同样的，所谓"日本文学"具体何指？这也是一种很漠然的存在，即便我读过、翻译过日本文学作品，但那也十分有限，难以涵盖所有的"日本文学"。因此，"中国读者的日本文学阅读"这个话题只能是印象式、描述式的。好在近三十多年来，我作为日本文学的一个读者、译者和研究者，既参与其中，也站在边缘上观望。在这个过程中，有体验，也有观察。

[①] 本文原载《名作欣赏》，2014年第1期。

一、1970年代后期至1980年代的日本文学阅读

就新中国成立以后六十多年来的情况而言，中国的日本文学阅读呈现出明显的阶段性特征。1972中日邦交关系正常化以前，我们关注的是少量古典作品、战前的小林多喜二等无产积极文学作品。1972年后，在"中日友好"的大背景下，通常被视为"资本主义腐朽文化"的日本文学艺术，得以借助电影这一媒介，先于欧美资本主义国家的文艺作品而捷足先登，传入中国，并在1970年代中后期的中国受众中，产生了令今人难以置信的巨大反响。例如根据女作家山崎朋子的小说改编的电影《望乡》在中国各地放映后，成为各地街谈巷议的话题，有些地方甚至出现了在电影院前排队买票，而人多拥挤而造成踩踏伤亡的情况。根据山崎丰子的小说《浮华世家》改变的日本同名电视剧、据小说的《赤色的疑惑》改编的电视剧《血疑》在中国播出时，凡有电视机的人家几乎全家必看，造成了许多城市街道的"空城空巷"。至于1980年代日本小说译本的发行量，例如夏目漱石、川端康成、芥川龙之介、谷崎润一郎、松本清张、森村诚一、石川达三、井上靖、水上勉等，首印十几万册的绝不在少数。那时正值改革开放初期，日本文学及电影中所表现的人性人情、乃至长期成为禁忌的两性主题，对习惯于接受主题思想、政治说教的读者受众而言，是一种巨大的冲击，一定意义上为1980年后的思想解放铺垫了感性基础。

整个1980年代，中国的日本文学翻译、出版和阅读，呈现出爆发式的全面繁荣态势。翻译阅读的主流，一是无产阶级文学名家小林多喜二等人的作品，这可以看作是1950—1960年代左翼文学阅读取向的一个延伸；二是文学史上的名家名著，例如《万叶集》、《源氏物语》、《平家物语》、井原西鹤的市井小说等古典名著，还有夏

目漱石、芥川龙之介、有岛武郎等近代名家名作；三是日本当代的社会批判小说，主要是石川达三、山崎丰子、有吉佐和子、井上靖、水上勉等人的作品，还有社会派推理小说松本清张、森村诚一等人的作品。这类作品翻译出版多，而且颇受欢迎，是我国读者长期养成的"批判现实主义"的阅读惯性使然。那个时候大部分中国读者似乎都认为，干预社会、批判社会才是文学的真义。加上改革开放初期出现的官员腐败、官商勾结等一些社会问题，在中国作家的创作中，特别是诗歌与报告文学中都有所描写，但有关作品常常受到查禁，也有作者受到追究和批判。在这种情况下，一些读者就"夺他人酒杯，浇胸中块垒"，在日本的社会批判小说中得到一定程度的宣泄。至于青年读者，则对日本推理小说这种此前很少接触的这种新的小说类型兴趣盎然，由1980年代初期的社会派推理小说松本清张、森村诚一的阅读，而扩大到以缜密推理、思维游戏为主的江户川乱步、西村寿行、西村京太郎、夏树静子、横沟正史、赤川次郎等人的作品。这些人的译本在中国被大量翻译出版，极有人气。世界推理小说的创作中心自1950年代后从英国转移到日本后，半个多世纪其中心一直就在日本，而我国当代的推理小说创作长期不振，难成气候，所谓"公安文学"虽然涉及犯罪与侦破问题，但与推理小说大异其趣。中国的推理小说爱好者，自然要从日本推理小说中寻求阅读满足。日本推理小说广受欢迎的状况，一直延续至今，差不多延续了两代读者。

与此同时，中国读者也开始尝试着阅读理解"日本味"浓厚的一些作家作品，例如古典名著《万叶集》、《源氏物语》、《平家物语》，现代作家川端康成等人的作品。但是，从那时见诸报章杂志的评论文章、研究文章可以看出，人们对这些表现日本文化、"日本之美"的作品还很隔膜，仍然沿用此前的社会学的文学价值观来看待作品。例如，认为《万叶集》是"现实主义"的诗歌，认为《源氏物语》是"批判揭露"贵族社会的，认为《平家物语》是反映贵族阶级没落的，认为《雪国》是描写下层女子不幸命运的等等。专业研究者持这样的看法，一般读者大约更是如此。这是一种典型的"拿来主义"的阅读方式，把适合自己口味的外国的东西拿过来，以满足自己既有的观念与兴味，或者把本来不太合乎自己口味的东西，加上自己的佐料加以调制，使其合乎自己的口味。

二、1990年代的日本文学阅读

1990年代，中国文学的日本阅读显然进入了一个新的十年，最显著的变化是由于1992年中国加入《世界版权公约》和《伯尔尼版权公约》，包括日本文学在内的外国作品不能随便翻译了，这就导致1993年后日本文学翻译出版数量大为减少。但以此为契机，读者的阅读指向由1980年代的全面铺开蔓延，进入了由出版社和译者为主导的一波波的阅读热潮。1980年代的读者更多的是为了求知，带着了解外部世界的好奇心来阅读日本文学的，而随着1992年市场经济的提倡和消费意识的增强，中国读者阅读日本文学的社会政治取向有所弱化，"个性化阅读"、"个人的审美消费"的意识逐渐趋于自觉。

1990年代阅读的第一个突出亮点，是渡边淳一的以男女"不伦"为题材的情爱小说。渡边小说在1980年代就有译介，但在我国读者中真正掀起阅读高潮是在1990年代后期。那时《失乐园》的原作及据此改编的影像制品都炙手可热，带动了渡边淳一的十几种小说译本畅销，甚至有出版社出版了渡边淳一的小说系列。平心而论，渡边小说的艺术品位并不高，小说中的描写的中年男女的"不伦"之恋也流于模式化，但其中的以纯情纯爱为至美、以自杀死亡的方式对社会习俗的叛逆与抵抗，却意外地引起了许多中国读者的共鸣。联系到 1995 年前后美国的相似题材的小说及电影《廊桥遗梦》在中国的流行，可以窥见那时中国人的传统家庭婚姻观念，已经在悄然发生着倾斜，表明不少中国读者开始以纯审美的、超越道德的立场，来看待男女不伦的问题了。

1990 年代第二个阅读焦点是川端康成。此前川端的作品就已经有了较多的读者，但是如上所说，1980 年代中国读者对川端康成作品的阅读，似乎更多是因为川端康成是诺贝尔奖得主，而不是基于对作品的真正理解与欣赏。中国人特有的对诺贝尔奖崇拜心理，成为中国读者对川端文学的最初的阅读动机。进入 1990 年代后，在研究者和评论家的引导下，人们对川端康成才真正开始有所理解，开始尝试着由川端的作品走进日本文化内部，从日本传统审美文化的角度解读川端，去体味和发现日本人的特有的审美感觉，去理解美与悲哀、美与悖德、美与虚无感、美与徒劳感之间的关系。

1990 年代的日本文学的第三个阅读焦点是村上春树的小说。村上的小说《挪威的森林》两种译本在 1989 年 1990 年代初出版后，中国读书界反响强烈。接着，村上的其他作品也被陆续翻译过来，新写出的作品则差不多是被即时翻译过来，而且都成为畅销书。村上小说最大特点在于其"小资"情调，表现富裕的后工业社会中，那种以主人公个人生活为中心而展开的孤独平静、悠然自得的消遣，单调无聊而又丰富跌宕的都市冒险，男女之间的好聚好散的偶合，人与各种商品之间的水乳交融的消费被消费，满含着强烈的后现代生活的崭新体验。1990 年代中期以后，正是中国年轻的"小资"阶层略具雏形的时期，但中国文坛尚不能提供从审美立场描写这种生态的作品，在这种情况下，村上小说满足了年轻读者对这种生活的认同和追慕，激起了许多中国的年轻读者的共鸣，出现了一批批的"村上迷"，并一直持续至今。村上作品译本三十年来畅销不衰，这在中国的外国文学阅读史上也极为少见，是一种值得研究的阅读现象。

此外,在文学类型样式上,适应社会快节奏的"一分钟小说"、"掌上小说"率先在日本产生并流行,引起了中国读者的很大兴趣;日本的财经小说、商战小说,作为一种独立的类型,在世界各国文学中罕见,传到了我国的台湾香港,又传到了大陆,1990年代我国曾出版了高杉良的财经小说、商战小说的译丛,也大受读者欢迎。

三、新世纪十几年来的日本文学阅读

进入21世纪,中国的日本文学阅读进入了第三个十年。如果说1980年代日本文学阅读的主导取向是"拿来主义"、为我所用的,到了1990年代有更多的人尝试"走进主义",就是走近日本,走到日本文学的深处,走进日本原典的内部,去登堂探奥。到了新世纪,随着"80后"、"90"后的年轻一代称为在成为日本文学阅读的主要群体,与"拿来主义"颇为不同的"走进主义",已经发展成为阅读欣赏日本文学的主导取向。

"80后"、"90后"这一代年轻读者,许多人都是在童年和少年时期喜欢阅读日本儿童文学、观赏日本动漫。可以说,正是日本儿童文学与日本动漫,为后来的日本文学阅读准备了大量的读者。在儿童文学方面,中国作家的作品总也摆脱不掉成人的影子、摆脱不掉说教、教育的动机,摆脱不掉成人社会的狗苟蝇营、是是非非、功名利禄的东西。中国作家总是自觉不自觉地把儿童当做没有长大的大人来看待,总担心儿童从文学作品中"学坏了"。而日本儿童文学却能把儿童特有的本色、纯真的生活世界与心理世界呈现出来。实际上,无论在哪个国家,少年儿童读者都没有既定的成见,也没有成人那样的政治、国界的考量。许多小读者对于日本的儿童文学，往往是一眼看上去便喜欢了，此后欲罢不能。尤其是日本动漫，不仅具有极高的艺术价值，也既具有强烈的当代性、世界性，还带有鲜明的日本传统审美文化的特点。许多中国的孩子酷爱日本动漫，不是没有缘由的。熟悉日本动漫的读者，长大成人后，更容易从普遍人性、从纯审美的立场理解和欣赏日本文学，而很少再带有"50后"、"60后"那一代读者的以意识形态为主导的思想意识，以及文学观念上的先入之见或既定成见。

另一方面，与1980年代相比，最近十几年，日本文学译本的发行量有所减少，但数字阅读却越来越多，因而，纸质译本发售的减少，并不能说明日本文学读者的减少。同时，读者的品位、水平却也明显提高了。在这个时期，日本古典名作《源氏物语》的贵族趣味被真正欣赏，《平家物语》中的武士文化被真正理解，井原西鹤的《好色一代男》等"好色"小说被许多人关注。这几种日本古代名著，在最近十几年中不断有新译本出现，至少都在五种以上，其中甚至夹杂着一些鱼龙混杂的盗译本。这从一个侧面反映了日本古典作品在中国读者中的接受程度。像"俳句"这样的日本独特的文学样式也广受欢迎，"俳圣"松尾芭蕉的文集译本颇为畅销。1980年代初在俳句的直接影响下形成的"汉俳"这一新的文学样式，在最近十几年来也趋于成熟，中国作者的各种汉俳集、汉俳杂志陆续出版，有关报章杂志的也不断刊发汉俳，阐述汉俳创作及其审美特性的理论文章也出现了。在日本现代文学中，日本味十足的川端康成被广泛认可，"恶魔"式唯美的谷崎润一郎的小说被宽容的理解，极其先锋的、后现代的村上春树获得了很大共鸣。与此同时，对阅读和理解文学大有帮助的日本文论与美学的原典著作，如《日本物哀》、《日本幽玄》、《日本风雅》、《日本意气》及《日本古典文论选译》等这样的高端的理论性原典，也受到不少读者的欢迎。表明今天的中国读者不仅阅读着日本小说等虚构性作品，也开始重视美学、文论著作等非虚构作品,从而进入了作品文本与理论文本的阅读双向互动的阅读时代,这可能也是今后我们读者阅读日本的一个发展方向。

在这种情况下,中国的日本文学进入了深度走进、深度阅读、充分消化的成熟时期,并且形成了三种不同层次的阅读群体。一是以推理小说等流行文学为对象的"大众阅读"或"流行阅读",二是以夏目漱石、芥川龙之介、谷崎润一郎、川端康成、村上春树等纯文学为对象的"小资阅读"或"宅人阅读",三是以《源氏物语》等古典作品及日本美学文论原典为阅读对象的"精英阅读"或"经典阅读"。而且,中国的日本文学阅读似乎也越来越圈子化。爱读日本文学的读者形成了一个较为稳定的群体,有人戏称这些个读者群为"哈日族",或称之为"日本控"。不过,在中国内地的大环境中,由于种种原因,"哈日族"或"日本控"不像台湾那样是一种自我标榜,而是一种隐性群体,极少有人公开以此自许。无论是哪个层次的阅读,其基本的阅读动力是审美的;换言之,审美的需求是阅读的根本驱动力。

四、日本文学的阅读阻隔

对于中国读者而言,因为日本文学与中国文学在创作动机、叙事方式、作品意蕴、审美风格等许多方面有所不同,甚至截然相反,因而中国读者的日本文学的阅读过程,也是对中日两国之间、中日文学之间的种种文化阻隔的跨越过程。

20世纪初以来的一百多年间,在"西方中心主义"和"中西中心主义"的大背景下,大部分中国读者的阅读趣味主要是由中国的传统文学和欧美(含俄罗斯)文学培养起来的。一百多年来,我们热心学欧美文学,学得比较透彻,两者之间的相通、相同之处很多。

虽然中国现代文学在宗教的超越性、普遍主义思维方面，与欧美文学颇有不同，但在干预社会、紧贴时代与政治，试图引导与教诲读者方面，却与欧美文学不期而然。所以中国读者阅读欧美文学（包括俄罗斯文学）会觉得比较容易接受和理解。而日本传统文学虽然在不少方面受到中国影响，但从古至今却形成了与中国文学颇为不同的审美传统，甚至与中国文学形成了鲜明的对照。换言之，虽然同属东方文学、东亚文学，中日两国文学在某些方面的差异，甚至要大大超过我们与欧美文学之间的差异。

例如，中国文学、大部分的欧美文学都带有强烈的政治性，甚至用来为政治服务，具有"泛政治主义"的倾向。而日本文学在总体上、主流上是"脱政治"的，非政治的；中国文学是文以载道、高堂教化、劝善惩恶，具有"泛道德主义"倾向，日本文学的审美理想则是"物哀"和"知物哀"，以人情为本，以超道德的"纯爱"与情感修养为指向。

中国文学是"兴观群怨"、讽上化下的，强调文学的社会学功能，欧美文学也有强调作家应为"人类灵魂的工程师"，而日本文学则强调"慰"的功能价值，认为文学阅读仅仅是为了得到"慰"——对读者个人的心灵、精神加以抚慰、安慰、慰藉，由此而形成了从古代贵族妇女日记、到现代"私小说"的所谓"纯文学"的传统，与中国文学与欧美文学相比，作者很少教化的动机，姿态放得较低。

中国文学是讲"理"的，推崇"情"与"理"的结合，有的时期则偏重于"理"，主张"文以理为主"，强调作品中思想理念的重要性。欧美文学也十分注重作品的思想深度与哲学高度。而日本古今文学的主流是排斥"理"的，只是描写印象、情绪、感觉、感受，没有西方文学、中国文学那样的爱讲大道理的宏论、议论、逻辑与论辩。日本人把那种"理"的东西贬斥为"理窟"，时刻注意着不把作家个人的概括与判断强加给读者,以免"落入理窟"。与此相关,中国文学与欧美文学中的大多数作品都有一个"主题思想",读者也习惯于通过总结作品的主题思想来把握作品、理解作品。而日本文学的基本审美形态却是"幽玄"的,崇尚暧昧、幽暗、神秘、缥缈、含蓄,具有"幻晕嗜好",赞赏"阴翳"之美,根本无法总结出明确的主题思想来。

中国文学与欧美文学追求结构的逻辑性、叙事的明晰性,人物的类型性或典型性,而日本传统文学却一直奉行按照生活原样加以描写,提出了"物纷"的创作方法,对生活本身尽量不加整理、不做解释,不加浓缩,也不加稀释。作品结构是"没有结构的结构",许多古今名作大都终结于"未写完"似的状态。这样做是为了把生活的纷杂性、复杂性,如实原样地呈现出来,用现代术语来说,就是"原生态"的写作。中国文学重故事、重情节、重结构技法,读者也习惯于看故事、读情节,而讲"物纷"的日本作品不重情节而重情调,读者也不是"读情节"而是"读情调"。

可见,日本文学所富有的,恰恰是中国文学所最为缺乏的。中国读者的日本文学阅读欣赏与本国文学阅读欣赏,也就形成了鲜明的互补性。日本文学的阅读可以补充中国文学的某些缺失和不足。事实上,最近三十年间,中国读者在对日本文学的阅读过程中,对上述的日本之美、日本风格有了更多的包容与理解。可以说,对日本文学的阅读,在促进中国社会文学阅读多元化、审美趣味丰富多样化方面,起了不可取代的作用。日本文学阅读对于中国文学中根深蒂固的"泛道德化"、"泛社会化"(讲究社会功用、人际关系,而轻视个人趣味)的倾向,也有一定程度的矫正作用。

在中国,喜欢读日本文学的读者,是因为日本文学有这些特殊性;不喜欢的读者,也是因为日本文学有这些特殊性。而日本文学阅读功能的发挥,也是因为日本文学有这些特殊性。一般而论,阅读的快感，是在对阻隔的超越中实现的。读一本书，若一点阻隔都没有，就等于一点新异感也没有。这样的书读不读都无关紧要，读了也不会有什么收获。阅读的阻隔克服了多少，我们对外来文化、外来文学就理解了多少，我们文学趣味就丰富了多少、视野就开阔了多少。我们读日本文学、读日本书，情况尤其如此。

五、日本文学的阅读障碍及其跨越

就中国的日本文学阅读而言，除了阅读阻隔，还有阅读障碍。所谓"阅读障碍"，指的是文学因素以外的妨碍阅读的诸种因素。

从文学趣味上说，两国在审美感觉、审美趣味的巨大差异很难消泯。就相当一部分中国读者乃至中国作家而言，日本人敏锐得近乎病态的"物哀"的感兴，"幽玄"的暧昧，"物纷"的原生态写实及散漫的无结构的结构，不做说教、只诉诸感兴的创作动机，泛性化的、脱道德的内容，不世故的、永远带有稚气和呆气的、大人像孩子、孩子像大人的"不着调"的人物……这一切，许多中国读者看不习惯，中国作家很难学得来，恐怕许多人也不想学。

除此之外，日本文学在中国的阅读障碍，是由非文学方面的因素造成的，是由两国政治关系的冷暖起伏所带来的。这个问题在 1980 年代"中日友好"的大背景下并不突出，而到了 1990 年代后，由于日本政客否认侵略历史，频频参拜靖国神社问题，特别是近来的钓鱼岛主权之争，其影响也反映到日本文学的阅读上来。政治外交的冲突虽然对个人化的阅读难以产生直接妨碍，但在流行的"泛政治化"思维模式下，在有些时候，却会对中国的日本文学译文的出版、发行造成了较大冲击。就在 2012 年 10 月前后，日本右翼政客宣布钓鱼岛"国有化"，引起了我国持续的抗日浪潮。媒体报道多个城市的爱国者们冲上街头，甚至有人一见跟日本沾边的东西便打砸烧。也许是为了呼应抗日，一些出版社撤销和无限期推后了"涉日图书"的出版选题，一些报刊杂志不再发表相关的涉日研究论文，相关的学术研讨会也被取消或调整会议主题。在这种情况下，一些学生家长决定不让自己的孩子报考日语专业了，就今年而论，一些大学日语专业的招生人数比往年明显减少。

不过，更多人对此也有冷静的思考，对于日本的历史现状及日本文化有所了解的读者，懂得一些国际关系的读者都明白，国家之间存在领土与领海的纠纷是正常现象。在战争历史问题、在钓鱼岛问题上，不能以中国式的举国一致的体制及思维方式来理解日本，因为日本并不等于日本政府，日本也不等于哪个执政党，日本是一个多元的存在。在政治立场上日本人至少可以分为右翼、左翼、中间势力三个部分。表现在历史问题上，否定、抹杀侵略战争罪责者有之，反省、道歉、揭露侵略罪责者亦有之；对华不友好者有之，对华友好者亦有之；民族主义者有之，国际主义与世界主义者亦有之。即便在钓鱼岛问题，日本许多人，包括一些著名学者和资深政治家，也公开承认钓鱼岛是中国固有领土。在作家艺术家中，既有三岛由纪夫那样的右翼作家，也有宫崎骏、大江健三郎那样反战的、反省战争的良心人士。对此，我曾在十几年前出版的《"笔部队"和侵华战争》一书中有所论述。因而，若不问青红皂白，一见"日本"便抗、一听"日本"就烦，那显然不是理性的态度。须知彼此为邻是中日两国的宿命，日本人没法无视我们，我们更不能故意无视日本。即便两国交恶了，我们仍然需要翻译翻译、阅读日本、研究日本。就如英、法、德、意等欧洲各国，历史上都打了好几百年，但它们之间的学术文化交流却并没有因此而停止过。当年法国的拿破仑侵入德国，却下令德军好好保护大作家歌德让其安心写作，不受妨害。我们翻译日本、阅读日本、研究日本，并不是为了日本，而是为了我们自己；正如日本研究中国，不是为了中国而是为了他们自己一样。什么时候，中国研究日本就像日本研究中国那样，把它的历史与现实、文化与文学都吃透，都了如指掌，那事情就好办了。

这样的道理，许多有识之士都懂。他们知道政治是特定时空的、急功近利的、群体性的，而审美则是个人化的、超国界、超时空的。将审美活动与政治活动分开的读者，是成熟的读者；有这样的读者的社会，是心态健康的社会；形成了这样社会的国家，才是真正自信的、强大的、有软实力的国家。所以，尽管受两国的国际关系的影响，尽管中国的日本文学的翻译、出版及阅读，在某些时候多多少少遇到了一些障碍，但现在看来，总体的状态大致正常。绝大多数的出版社并没有因为时政变化而撤销涉日图书，一些出版社仍在继续购买日本作品的翻译出版权，日本文学、日本文论、日本文化的图书仍在不断翻译出版，读者们仍然在阅读着自己喜爱的日本作品。跟三十多年前比较起来，这足以反映了中国读者的成熟，显示了中国社会的进步。这样看来，当代中国的日本文学阅读欣赏，既是一种阅读现象，也从一个侧面反映了当代中国社会的多元格局、多元趣味的逐渐形成。

我国日本文学研究的历史经验、文化功能及学术史撰写[①]

一、我国日本文学研究的历史经验与学术积累

日本文学在中国的译介、评论与研究,从晚清时代算起,已经有一百多年的历史。据笔者大体统计,到2010年为止的一百多年间,中国大陆地区翻译出版的日本文学单行本已达2500多种,日本文学译本的数量在各国文学译本中位居第五;有关日本文学的评论与研究的文章约两千多篇,有关研究专著(含论文集,不含教科书)有二百多部。研究成果大体可以归纳为如下八个方面。

第一个方面是日本文学史的综合研究。周作人1918年的长文《日本近三十年小说之发达》(1918)是站在中国人及中国文学的角度,对明治维新后日本小说所做的考察与评论,目的是为了中国新文学的发展提供借鉴,开中国人日本现代文学史研究之先河。十年后出版的谢六逸的《日本文学史》,是中国第一部从古代到现代的日本文学通史,首次对日本文学发展史做出了的系统纵向把握。谢六逸之后的半个多世纪中,由于历史的和学术上的原因,日本文学

[①] 本文原载《外国文学研究》,2013年第6期。在王向远《新中国外国文学研究六十年·日本卷》(国家社科基金重大招标项目,已结项)一书的序言基础上修改而成。

史的著述几乎处于空白状态。1987年出版的吕元明著《日本文学史》是新中国成立后第一部用汉文撰写出版的、有中国学者立场和观点的日本文学通史。1990年代后，陆续出现了一批各具特点、各有用途的新的日本文学史教材类著作。其中，叶渭渠的《日本文学思潮史》作为从思潮角度撰写的日本文学通史，在具有显著的学术个性；叶渭渠、唐月梅合著四卷本《日本文学史》则是集大成之作，综合各家之长，在许多方面超越了日本学者的相关研究，代表了我国20世纪末期之前我国日本文学史研究的最高水平。

第二个方面第三章是《万叶集》及和歌、俳句的研究。和歌、俳句是日本古典诗歌的典范性样式，也是日本人精神文化重要载体。要把和歌、俳句置于汉语文化的平台或语境中加以研究，首先就有赖于和歌、俳句的汉译。和歌、俳句的汉译及关于汉译方法的争鸣讨论本身，也是中国和歌俳句研究的独特形态。周作人、钱稻孙、杨烈、林林、李芒、赵乐珄、金伟、吴彦等，在不同的历史阶段为和歌俳句的汉译、研究做出了自己的贡献。从俳句翻译及格律模仿中诞生的"汉俳"成为中国当代的新型小诗体，丰富了中国诗歌体式，具有重要的文学价值。和歌、俳句无论在内容表现、还是在艺术形式上，都与中国文学有着密切的关联，王晓平等中国学者的和歌俳句的研究，在选题上也大都从中日文学关系的角度出发，充分发挥中国立场和中国文化的优势，在借鉴吸收日本学者的研究成果的基础上形成了鲜明的研究特色。在日本和歌史、俳句史的研究上，郑民钦的《日本民族诗歌史》等著作最有代表性。

第三个方面是《源氏物语》等古典散文叙事文学研究。所谓日本古典散文叙事文学，是指用古日语写作的古代"王朝物语"、中世"战记物语"、"说话"及近世各体市井小说等。对中国而言，这些作品因语言文化的阻隔大，翻译难度也很大，因而翻译既是研究的基础，其本身也是一种研究。丰子恺、林文月等对《源氏物语》

等贵族文学的翻译，周作人等对古代神话的翻译，周作人、申非、王新禧等对《平家物语》的翻译、金伟、吴彦对《今昔物语集》等民间说话的翻译，周作人、钱稻孙、李树果等对江户市井小说的译介与研究，都为相关的学术研究打下了基础，也为相关的研究做出了贡献。不同历史阶段中国学者对日本古代散文文学都做了不同角度的评论与研究。其中，对《源氏物语》的评论研究在中国已颇具规模，经历了从主观性的评论到力图贴近日本原典文化的解读与研究的过程，站在中国文化和比较文学的立场上，形成了中国特色的"源学"。

第四个方面是戏剧文学研究。日本戏剧是一种综合性的艺术，中国对日本戏剧的翻译介绍，多从"戏剧文学"的立场进行。周作人、钱稻孙、刘振瀛、申非、麻国钧、王冬兰等对日本古典戏剧及戏剧理论的译介，填补了文学翻译与戏剧文学翻译的空白，奠定了中国的日本戏剧研究的基础。王爱民、崔亚南的《日本戏剧概论》、唐月梅的《日本戏剧史》以及能乐、歌舞伎、狂言等剧种的评介专著，填补了相关领域的知识空白。在此基础上的日本戏剧文学研究，一方面注重对日本戏剧文化、审美心理的体察与理解，一方面站在比较戏剧的立场上，研究中日戏剧文学关系与交流，形成了自己的研究特色。

第五个方面是对日本汉学及日本汉诗文研究。汉文学研究是日本汉学研究的重要组成部分，日本汉学中包含了日本的汉文学研究。中国学者对日本汉学的研究，也包含着对日本学者的汉文学研究的研究。在这方面，严绍璗的《日本的中国学家》、《日本中国学史稿》关于"日本中国学"的研究成果首开风气、奠定了基础，李庆的五卷本《日本汉学史》集其大成。1980年代以来，中国学界对日本以汉诗为主、包括汉文及汉语小说在内的汉文学展开了研究，陆续出现了马歌东《日本汉诗溯源比较研究》、王晓平《日本诗经学史》等力作。宋再新、肖瑞锋、高文汉、严明、张石、孙虎堂、马骏、陈福康等研究者也各有特色。从作品分类整理、注释赏析，到对相关作品进行个案研究；从中日的比较研究及关系研究，到综合性的专题研究，还有文体学、语言学等不同层面上的研究，更有大规模的日本汉文学史著作问世，解决了文献学、诗学、比较文学层面上的许多问题。

第六个方面是日本现代文学研究。所谓"日本现代文学"，在时段上包括了从1868年开始的明治时代，到当下2010年代的一百四十多年间的文学，包括了中国读者习惯上所说的"近代文学"、"现代文学"、"当代文学"。从历史上看，这一段文学史的时间虽不太长，但处在从传统文学到现代文学转型、更新，到逐步融入世界文学这一重要的历史时期，对中国近现代文学的关系也十分密切。从20世纪初期开始，中国文坛就对日本现代文学加以关注，并加以翻译、介绍、评论。相对于日本古代文学，对中国人而言，日本现代文学在语言上的阻隔度、阅读翻译的难度相对要小一些，加之没有太长的时间距离和历史沉淀，故而中国关于日本现代文学的译介更多地着眼于创作或理论上的借鉴与阅读鉴赏，大多属于"文学评论"、"作家作品论"的范畴，学术价值不高。到了1980年代、特别是1990年代后，才逐渐由"评论"发展到"研究"，并在一些研究领域（如对日本侵华战争时期文学现象的研究等）具有自己的立场和特色。出现了吕元明《被遗忘的在华日本反战文学》、王向远《"笔部队"和侵华战争》、董炳月《"国民作家"的立场》、唐月梅《怪异鬼才——三岛由纪夫传》、周阅《川端康成文学的文化学研究》，林少华《村上春树和他的作品》等重要成果。

第七个方面是日本文论研究。日本文论是日本文学的重要组成部分，中国的日本文论译介与研究也是日本文学研究的重要组成部分，引起研究难度大，又是研究深化的重要标志。中国对日本文论的译介最早集中在 1920 年代后期至 1930 年代中期对日本现代左翼文论、通俗文论的译介，主要目的是为新兴文学的理论建设提供参照。对日本古典文论的翻译开始于 1990 年代，王晓平翻译了《东方文论选》的日本文论部分，王向远的《日本古典文论选译》（古代卷、近代卷）和《审美日本系列》（四卷），大规模地系统译介日本文论、美学原典，并围绕"物哀"、"幽玄"、"寂"、"意气"等日本传统审美范畴展开研究。古代文论方面有蒋春红的《近世日本国学思想——以本居宣长为中心》、祁晓明《江户时期的日本诗话》、现代文论方面李强《厨川白村文艺思想研究》、王志松《20 世纪日本马克思主义文艺理论研究》等著作，都富有创意。

第八个方面是中日文学关系史研究。这是中国的日本文学研究的重要延伸和有机组成部分，它包括"交流史"和"关系史"两个方面。"交流史"指的事实上的文学交流，需要运用文献学的方法、实证、考证的历史学方法加以研究；"关系史"则更侧重两国文学的平行的比较研究、寻求两国文学精神上的关联与异同关系。中国的相关研究始于 1930 年代周作人的文章，但真正的意义上的研究是从 1980 年代后开始的，到 1990 年代之后的二十几年间得以深入展开。严绍璗《中日古代文学关系史稿》、王晓平《近代中日文学关系史稿》和《佛典·志怪·物语》、王向远《中日现代文学比较论》、《日本文学汉译史》和《中国题材日本文学史》等著作，填补了中日古代、近代、现代文学关系研究的空白。由于中国学者在史料运用特别是理论辩析能力方面占有明显优势，能够较大程度地超越日本人的先行研究而后来居上，使该领域成为中国的日本文学研究中成果最多、学术品质最高的领域，在中国的中外比较文学研究中也占用重要地位。

在上述领域的研究过程中，形成了稳定的知识群体。新中国成立后的六十年来，至少形成了四代研究梯队。对此，刘振生教授在

《鲜活与枯寂——日本近现代文学新论》（吉林大学出版社 2010）一书第 218 页中，列出了三个梯队，如下：

第一梯队：郭沫若、巴金、周作人、丁玲。

第二梯队：陈喜儒、文洁若、叶渭渠、李德纯、刘振瀛、李芒、林林、卞立强、吕元明、王长新、李树果、唐月梅、谷学谦、高慧勤、金中、刘柏青、于雷、刘德有、吴树文、赵乐珄、李明非、孙利人。

第三梯队：谭晶华、宿久高、于长敏、孟庆枢、徐冰、陈岩、修刚、高文汉、王向远、林少华、张福贵、靳丛林、刘利国、张龙妹、于荣胜、林岚、王若茜、刘光宇、王中忱。

这三个梯队的划分大体符合实际，只是列进了几个单纯的翻译家，同时也有忽略和遗漏，例如第一梯队中应该有谢六逸、韩侍桁；第二梯队中应列入中日比较文学研究的名家严绍璗、王晓平，还有杨烈、何乃英、郑民钦、彭恩华、陈德文、马兴国、郭来舜、马歌东等重要学者；在第三梯队中，还有王敏、王勇、王志松、王琢、王敏、马骏、刘立善、许金龙、李强、李俄宪、陈多友、陈春香、张哲俊、张石、佟君、宋再新、肖霞、赵京华、徐东日、靳丛林、姚继中、施小炜、彭修银、阎小妹、董炳月、曹志明、魏大海等研究者。可以看出，第一梯队主要活跃于 1980 年代之前，除周作人外，其他人对日本文学只是偶有涉猎；从第二梯队开始，即从 1980 年代后开始，大多是主要从事相关研究的专业人士，两代研究者经历了从非专业化到专业化的转变。进入 21 世纪后的十多年来，现年四十岁左右的第四代研究者也已经形成，如钱婉约、关立丹、柴红梅、周阅、蔡春华、刘研、卢茂君、杨炳菁、翁家慧、郭勇、王升远等，其研究实绩也日益显著。

二、我国日本文学研究的作用与功能

从学术史的角度看，中国的日本文学研究的功能与作用，主要体现在"知识"与"思想"两个方面。换言之，我国日本文学研究对中国的学术文化做出的贡献，一是对知识的贡献，二是对思想的贡献。

先说知识上的贡献。我们关于日本及日本人的知识，很大程度上来源于日本文学，来源于日本文学的评论与研究。通过对日本文学的研究，我们不仅对古今日本文学在知识层面上有了系统全面的了解，同时也可以通过日本文学研究成果，深入了解和理解日本历史文化的各个方面，特别是日本人的国民性、民族文化心理，审美趣味等。需要强调的是，由于中国的日本文学研究成果绝大多数是用汉语发表或出版的，从而实现了日本文学知识表述的汉语转换，也就是站在中国文化角度的再书写。经转换和再书写的日本文学知识，与日本人在日语语境中的表述相比，后者已经加入了中国人的表述与理解。因此，中国学者所撰写的成熟的《日本文学史》、各种中日文学交流史、各种中日文学比较研究的著作，还有对作家作品的解读与批评等，固然依据的是日本原典，也吸收借鉴了日本人的研究成果，但其知识体系的建构、陈述的角度、解读的方法上，与日本学者都有明显的不同，在很大程度上是中国学者自己的创造或再创造。

从知识论的角度看，日本文学评论与研究之于中国的意义，还在于它很大程度地影响着中国人关于日本的知识建构。从梁启超、到鲁迅、周作人，中国人对日本文化的了解，大多是从"文本文化"入手的，而日本文本文化的大部分，则是日本文学的文本。从日本文学文本入手，建构关于日本及日本人的知识系统，是一个行之有效的途径。美国学者本尼迪克特研究日本的名著《菊与刀》，其主要材料依据就是不同时期的日本文学作品。同样的，中国不同时期的日本研究者也清楚这一点，因而日本文学便成为几代中国人关于日本之知识的汲取来源。从日本文学评论与研究中积累起来的关于日本的知识，在不同的历史时期影响了中国人的日本观。经过一百年的努力，如今中国的日本文学研究已经形成了一个较为完整的知识系统，这对中国人的日本知识建构也产生了积极的影响。中国人对日本的了解、尤其是中国读书人对日本的了解，逐渐趋于全面，也趋于多元化。尽管近些年来一般民众关于日本的知识和日本观，仍不免受到媒体上铺天盖地、想象丰富的抗日影视剧的影响，但是要想获得对日本文化的深入了解，完全可以借助和参考中国学者的日本文学及日本文化研究的成果，而获得更为理性、更为可靠的知识与学术依据。

中国的日本文学研究对中国现代思想的贡献也十分显著。这种思想上的贡献首先就是通过日本文学研究，对日本文学中所包含的独特的、有普遍价值的思想加以阐发。日本文化与其他各国文化的一个很大的不同点，就在于日本人的思想主要是通过文学的方式来表现和传达的。如果说西方人表述思想的主要方式是哲学著作，印度人表述思想的主要方式是宗教圣典，中国人表述思想的主要方式是经典训诂，那么似乎可以说，自古以来，日本人表述思想的主要方式是文学创作。日本人不擅长哲学的、理论的、逻辑上的思维与表述，却在感性思维上异常发达，因此，日本人在思想上的主要贡献体现在文学作品中的感性思维、情感思维方面。而感性、情感思维一经模式化，便形成审美观念，乃至美学思想。换言之，日本人对世界思想宝库的最大贡献是审美思想。包含在日本文学中的这些美学思想十分丰富、十分独特。例如，《源氏物语》所蕴含的"物哀"美学，和歌、能乐中所蕴含的"幽玄"美学，俳谐中所蕴含的风雅之"寂"的美学，江户市井文学中所蕴含的"意气"及"粹"的美学，近代作家夏目漱石的"余裕"论与"则天去私"论，正冈子规等的"写生"论，长谷川天溪的"自我告白"与"自我静观"论、谷崎润一郎的"恶魔"之美与"阴翳"之美论，三岛由纪夫的"残酷之美"论、川端康成的"背德＝悲哀＝美"论等等，都蕴含着新颖、独特而又深刻的美学思想乃至人生哲学。这些美学思想与审美的人生哲学，与西方美学、哲学思想在表述方式与内涵上有很大不同。中国的日本文学研究者在日本作家作品及文论的研究中，对这些极有特色的审美思想做了评述与阐发，从感性学或美学的角度充实了我们的思想宝库。

与此相联系，中国的日本文学研究对思想的贡献，更主要地体现在"文学思想"方面。日本文学译介、评论与研究，在中国文学发展的各个不同历史时期，对中国文学观念的革新与转变、对中国文学评论方法与文学理论的建构，都起到了不可替代的借鉴、启发和推动作用。例如，中国近现代文学评论、文学研究、文学理论、文学思潮和运动的概念体系，大都是在日本文学的译介与评论中首先使用并且逐渐流行开来的。又如，长期以来我国文学评论界独尊现实主义，习惯用现实主义的创作方法来看待文学现象。1980年代初期，研究和评论川端的一些文章，都把川端康成的作品看成是现实主义作品，用现实主义的"典型人物"论及"人物形象分析"的方法来分析川端康成作品中的人物，用所谓"主题思想"的概括来把握作品，用"反映社会本质"论来衡量作品的价值。但不久人们就发现对于写描写日本式的感觉、情绪、日本式审美的川端康成而言，这样的评论是方凿圆枘的。因为川端康成的作品中没有我们理解的"主题"或"主题思想"，没有西方文学意义上的"典型人物"，没有我们从其他作品中能够找到的各种"思想意义"，更没有我们所期待的"社会价值"乃至社会批判，甚至还最不讲"道德"。

若用原先那种既定视野来读川端康成，简直读不懂。于是评论家和研究者调整视角，试图走进日本文化内部，从日本独特的审美文化入手，来理解和评价。可以说，日本文学研究者在川端康成评论与研究中所展示的审美批评、文化批评，不仅促进了中国读者阅读视角的转换，丰富了审美趣味，更促进了中国文学批评、文学研究方法的转型与多元化，并使当代中国文学的审美批评、文化批评方法的走向成熟。

此外，在审美的人生态度上、日常生活审美化的推动方面，日本文学研究所起的作用也很显见。例如，日本动漫及动漫文学这些年来对中国青少年影响极大，随之而来的动漫评论和动漫研究也相当丰富，虽然大都散见于电子媒体，难以作为严格意义上的"日本文学研究"成果来看待，本书也没有把它们列入论述范围。但是动漫评论将虚幻世界与现实世界相接、将日常生活与文学艺术相融，将文艺鉴赏批评与人生批评高度合一，或许预示了今后文学批评的一种前景。更为切实的例子是日本当代作家村上春树最近二十多年来在中国读者中的巨大影响。关于村上的评论与研究文章，每年都有十篇以上，仔细检点这些文章，就会发现林少华等对村上春树的评论研究，既是品评和研究作家作品，更是在品评和研究着乃至"推荐"着村上所描写、所提供的那种后现代的都市生活方式。村上及其笔下的人物在熙熙攘攘的现代都市中对孤独的享受与把玩、对苦涩与无奈的咀嚼与反刍，随遇而安、无可无不可，又有所追求、跃跃欲试，在高度封闭的蜗居式生活空间中如鱼得水，又在高度开放的都市人海中自由徜徉。这样的"小资"的审美的生活方式激发了年轻读者的体验与憧憬。而中国的村上文学研究者的那些得其要领的论文著作，不仅将村上的文学世界"解码"化，实际上也是对一种生活方式和生活态度的阐发，从而一定程度地推动了一些年轻白领阶层、小资阶层的生活态度与审美趣味的养成，一定程度地影响了相当一部分读者的人生态度与生活趣味，塑造了他们的人生价值观。

三、日本文学学术史的理路与方法

综上，中国的日本文学研究已经有了上百年的悠久历史，对中国的学术文化的贡献度较高，撰写中国的日本文学研究史的条件已经成熟。此前，虽然也有相关著作、论文对日本文学研究有所评述，但对此进行独立、系统、深入评述与总结的著作，还是一个空白。

学术史的写法和其他历史著作的写法根本上相通，都要求科学合理的架构，丰富充实的史料、敏锐深刻的史识，客观公正的立场，包容百家的心胸；写史又不同于文献目录的编纂，在既定的框架结构与叙述流程中，不可能面面俱到，不可能对所有文献都逐一罗列和提及，而必须有取有舍、有详有略。除此之外，具体的学术史也有具体的情况和具体的要求。我曾在《中国比较文学二十年》一书"前言"及《我如何写作〈中国比较文学二十年〉》（《山西大学学报》2003.1）一文中，提出写学术史要处理好三个关系。第一就是正确看待学术成果与学术活动、学术性身份之间的关系，一切学术活动的根本目的应该是服务于学术研究，是为了多出成果、出好成果。评价一个学者必须坚持"学术成果本位"的原则，以他的学术成果为主要依据。第二，是正确认识学术成果的数量与质量的关系。评价一个人的学术贡献和地位，既有软性的标准，也有一个硬性的标准。硬性标准就是他的学术成果的数量。数量多未必质量好，但一般而言，很高的学术水平往往要从大量的学术成果中体现出来。第三，处理好学术成果的两种基本形式——论著与论文的关系。人文科学研究与自然科学不同。自然科学以论文为首要的成果形式，人文科学却要著书立说，而论文常常是研究的阶段性表现，单篇论文中的观点和材料，最终会体现在专著中。比起单篇论文来，专著（包括专题论文集）更能集中地体现其研究的实绩与水平，因而以专著为主要依据来评述其学术成绩，是可行的、可靠的。以上三点看法是十多年前提出的，但至今仍没有改变。

上述的三种关系的处理是人文学术史都要共同面对的。除此以外，中国的日本文学研究史的撰写还要处理好"翻译史"与"研究史"的关系、区分"评论"与"研究"两种形态的关系，辨析"借鉴"与"创新"的不同，是日本文学研究史撰写的关键环节。

首先是"日本文学翻译"与"日本文学研究"的关系。

没有翻译，就不能将外国文学置于中国语言文化的平台和语境中加以观照。就外国文学研究而言，翻译是研究的基础。说翻译是研究的基础，是因为在许多情况下，相当一部分研究者是根据译本而不是根据原作来研究的。之所以根据译本来研究，是因为历史与和语言上的原因，原作的阅读已经变得很困难。例如，日本的《源氏物语》，连日本的许多研究者都是通过现代语译本阅读和研究的，只有在涉及语言学问题时，研究者才拿原作来对照。同样的，中国的《源氏物语》研究者大多是通过中译本来研究的，到涉及原文语言问题的时候便参考原文。这种情况不只是存在于日本古典文学研究中，也广泛存在于日本当代文学研究中。例如，已出版的有关夏目漱石、川端康成、三岛由纪夫、村上春树的博士论文，引用原作时几乎全都使用译本，在书后的参考书目中大都列出译本。这种做法在一些人"语言原教旨主义"者看来是不可以的、不可取的，但实际上不只是日本文学研究，也是整个外国文学研究、乃至外国哲学、美学研究的通常做法。例如研究马克思，根据的中文版《马克思恩格斯选集》，研究黑格尔、康德，依据的也是中文版译本。只要不涉及具体的语言学上的问题，根据译本来研究是可行的、可靠的。但重要的是所选择的译本本身的质量一定要高，要依据名家名译才行。通常，一个外国文学研究者，哪怕外文水平多么高，他读原文的时候对原文的理解，其准确性超过翻译家译作的，恐怕极为少见。外文再好的研究者，如果完全无视译文的存在，不去参考译文，恐怕也要走不少弯路。更何况，如果从"翻译文学"的角度去研究，则译本就不仅仅起参考作用，而且还是研究对象本身。这样看来，日本文学翻译是日本文学的基础。特别是对日本古典文学而言，翻译本身就是一种研究形式，因为日本古语古奥难懂，翻译家在翻译的困难和阻隔很大，同时涉及大量典故出典、概念难词等的注释问题，这些都是古典作品研究的重要环节。因此，从这个角度看，日本文学研究史，应该包括日本翻译史在内，特别是应该包括日本古典文学翻译在内。事实上，许多翻译家同时也是研究家（学者），或者说，在亲手翻译的基础所做的研究，是较为可靠的、有权威的。在日本文学学术史上，周作人、刘振瀛、李芒、叶渭渠、唐月梅等，都是翻译家与研究家兼于一身的。他们的翻译活动与研究活动是密切联系在一起的。因此，谈研究家的学术研究的时候，必然涉及他的翻译。从这个意义上说，文学翻译史与文学研究史是难以截然区分的。但是，另一方面，严格说来，"翻译文学史"和"学术研究史"的立场、角度和方法又有显著区别，分属于不同的研究领域。翻译文学史关注的是原作—译作之间的转换，要有语言学立场上的对与错的判断和翻译美学立场上的优劣判断，而学术研究史关注的则是作者及其著作，要进行的是选题价值、学术规范、学术创新度的判断。因此，文学翻译史与学术研究史应该分头进行。就日本文学而言，笔者此前曾写撰写出版《日本文学汉译史》（初版《二十世纪中国的日本翻译文学史》），其中多少涉及日本文学研究问题，但那还不能代替学术研究史。

第二，是"日本文学评论"与"日本文学研究"的关系。

写中国的日本文学研究史，还要处理好两种形态的成果，即"文学评论"与"文学研究"之间的关系。众所周知，文学评论是文学研究的基础，但文学评论不等于文学研究。文学评论带有作者的主观倾向性、感受性、印象性、鉴赏性，文学研究则有更一定的学术规范。但具体到中国的日本文学史，两者的严格区别往往不是那么容易。例如，周作人在20世纪上半期所撰写的一系列关于日本文学的文章，大都采用随笔、漫谈、介绍评论的形式，篇幅短小，行文随意潇洒，形式上不拘一格，固然属于文学评论的范畴，但这些评论文章却包含着作者的深刻新颖的见地，具有很高的思想含量和学术含量。但是，除了周作人那样的大家以外，大多数随笔式的评论文章就往往流于介绍，而缺乏灵气和新见了。一直到1990年代之前，严格地说，在中国的日本文学研究成果中，大部分文章实际上是作家作品的评论文章，而不是真正的学术论文，主要是属于"文学评论"的范畴，缺乏学术价值。1990年代之后，教育界、学术界开展学科建设，强调学术规范，真正意义上的论文才陆续出现。即便到了1990年代后，由于受到长期以来的中国的作家作品论模式的影响，再加上日本学术界也长期盛行作家作品论的模式，还有从英美传来的强调"文本细读"的所谓"英美新批评"方法也被一些人推崇，因而大部分文章仍然属于"作家作品论"或文本分析。"文本分析"所分析的文本，若不是古典作品而是浅显的现代作家作品，那么写出来的文章就更加浅陋，类似于读后感，写起来容易，写好极难，大多数基本上仍没有学术价值可言。1980年代以后的三十多年间，一多半的文章属于这类评论文章，只有少数属于"学术论文"。但这种现象绝不是只有日本文学研究所特有的，而是整个外国文学界、乃至文学评论与研究界的普遍现象。诚然，介绍性、赏析性的评论文章，对需要的读者而言也有价值和用处。写的好的，除了学术价值之外，还有美文的价值，如林少华关于村上春树的评论文章。但问题是许多研究者将"文学评论"视作"文学研究",严重妨害了文学研究应用的品格和品位。相对而言,虽然也有若干著作写得相当粗陋,有的甚至文不对题,思路混乱,但从比例上来说,好书要比好文章多。那些有独到见地和深入研究的学者,总是要把自己零散的文章体系化、专辑化,而以出版专门著作作为某一领域或某一课题的总结。同样的,那些写出了专著的作者所发表的文章,一般而言也是有一定水平的。总起来看,大部分的学术著作(含系列论文集,不含教科书类的书)都是有学术性的,中国日本文学的研究成绩也集中体现在这些著作中。

第三,是借鉴日本人的成果与自我创新之间的关系。

对中国的日本文学研究而言,如何借鉴日本学者的研究成果,而又不是无条件地模仿、照搬和认同日本学者的观点;如何既充分尊重作为研究对象的日本文学,又站在中国人、文学文化的立场上,放出我们的眼光、运用我们的见识、做出我们的判断;能否在了解的基础上理解,在理解的基础上"再思",在"再思"的基础上提出"自见",决定了我国日本文学研究的学术水平。但是,要做到这一点是非常困难的。一方面,受时代与国内大环境的制约,有的研究者对日本作家作品做出定性判断时,依据的是当时流行的僵化定见。例如,关于岛崎藤村的小说《破戒》,长期以来我们研究者认为该作品是"现实主义"乃至"批判现实主义"作品,而在日本则公认为它是自然主义的代表作,两种判断的基准完全不同。对《破戒》做出"批判现实主义"的判断,本质上基于当时独尊现实主义的主流文学价值观,而很难说是"自见"。另一方面,不少中国的日本文学研究者、特别是长期在日本受教育的学者,会自觉不自觉地受到日本学术的影响,有意无意地带上了所谓"和臭"即日本气味,实际上是对日本学者观点和材料的模仿、袭用。这首先在学术思路和方法上有所表现。绝大多数日本学者的研究成果重材料、重实证，重考据，重细节、重微观，但其文章或著作往往结构松弛，缺乏思想高度与理论分析的深度。从积极的方面看，这样写出来的文章，不说空话和大话，风格平实质朴；从消极的方面来看，往往罗列材料、平庸浅陋、啰嗦絮叨、不得要领，只摆事实，不讲道理。由一些日本教授指导出来的学位论文，或者模仿日本人用日语写出来的篇什，大都平淡如水、浅显如滩。这样的论文用日语表述还好像是论文，可是一旦译成中文，则无甚可观，与我国国内的学术无法接轨，也难以为严肃、高端的学术期刊所接纳。还有那些低水平重复的那些日本文学史教材，大多是从日文书中编译而来，在普及阅读与教育教学中固然也发挥了一定的作用，但少有学术价值。其次，"和臭"也表现在具体的学术观点的套用上。一些研究者对日本的时髦学术观点缺乏批判的辨析，而径直拿来加以发挥。例如，关于夏目漱石的《文学论》，日本当代文学批评家柄谷行人从其后现代的"反思现代性"的立场出发，认为夏目漱石的《我是猫》不是"小说"而是属于"文"，即现代小说形成之前的综合性文体，这本来是一种刻意"解构"的、主观性很强的看法。而中国有研究者却按照这一思路和结论，认定夏目漱石的《文学论》中所阐述的文学观念也是"文"而不是西方意义上的"文学"，而全然不顾及《文学论》中甚至连"文"这一概念都没有使用过这一事实。如此貌似很"理论"，却是拾日本学者之牙慧的典型例子。这样的情形不仅在日本文学研究中，而且在欧美文学研究中也相当突出。有朝一日，当我们在研究日本问题的时候不再一味模仿、重复日本人，研究外国问题的时候不再"唯外是从"，那么我们的思想、我们的学术就算真正独立了。

　　中国的日本文学研究有了一百多年学术传统，大体上经历由浅入深、由文学评论到文学研究、有非专业化到专业化、由追求功用或实用价值，到追求非实用的纯学术价值乃至审美价值的发展演变历程。在历史上的不同阶段，对我国的社会政治思潮、文学文化革新等起到了显著的推动作用。新中国成立六十年来，形成了四代研究群体，在文学史综合研究、中日文学关系史研究、《万叶集》及和歌、俳句研究、《源氏物语》等古典散文叙事文学研究、能乐等戏剧文学研究、汉诗文研究、现代文学研究、文论与美学研究等领域，取得了一系列研究成果，成为我国外国文学研究史乃至整个学术文化史的重要组成部分，从知识与思想两个方面，对中国当代文化建设做出了贡献，也为今天该领域的学术史撰写准备了充分的条件。

日本文学史研究中基本概念的界定与使用

——叶渭渠、唐月梅著《日本文学思潮史》及
《日本文学史》的成就与问题①

在文学史的研究撰述方面,中日两国有深刻的渊源关系,一般认为第一部中国文学史是日本人撰写的,而中国人撰写的中国文学史著作(如鲁迅的《中国小说史大纲》等)也受到了日本学者的影响。同时,中国人对日本文学史也早就放出了自己的眼光。1918年,为了给中国新文学的发展提供参照,周作人写出了题为《日本近三十年小说之发达》的长文,是中国最早的较为系统的日本文学史断代述。十年后出版的谢六逸的《日本文学史》出版,是中国第一部完整的日本文学通史。此后的半个多世纪,中国日本文学史的著述几乎处于空白状态。直到1980年代后,王长新教授的日文版教材《日本文学史》、吕元明教授《日本文学史》等出版发行;1990年代后,陈德文《日本现代文学史》、雷石榆《日本文学简史》,李均洋《日本文学概说》,刘振瀛《日本文学史话》以及叶渭渠、唐月梅夫妇的相关著作陆续问世。而其中最有代表性的、最有学术价值、影响最大的,当数叶渭渠《日本文学思潮史》和叶渭渠、唐月梅合著《日本文学史》(全四卷)。因此,对两书所取得的学术成就加以确认阐发、对存在的问题提出商榷,就显得很有必要了。

---

① 本文原载《山东社会科学》,2013年第4期。

一、叶渭渠著《日本文学思潮史》

1991年，叶渭渠、唐月梅合著《日本现代文学思潮史》由中国华侨出版社出版；1996年，叶渭渠著《日本古代文艺思潮史》由中国社会科学出版社出版。在这两本书的基础上，叶渭渠又出版了将古代与近现代文学合二为一的《日本文学思潮史》，1997年作为《东方文化集成》丛书之一出版。2009年，该书修订版作为三卷本《叶渭渠著作集》之一卷，由北京大学出版社出版。这个版本（以下简称北大版，下文评述以该版本为据）最出彩之处，是冠于全书的《绪论·日本文学思潮史的研究课题》。这篇绪论在旧版的基础上做了较大补充和提升，可以说是叶渭渠晚年对其一生日本文学史研究经验的高度概括和总结。对他所理解和界定的"文学思潮"的定义、文学思潮的流变因素、文学思潮的发展模式及特征，以及文学思潮的时代划分等做了阐述，可以说是全书的理论总纲。

一般认为，"文学思潮"是从西方文论中传来的一个概念，它指的是在某种特定的时空条件下、由共同或相近的理论主张与创作而形成的共通的文学倾向。文学思潮又如气象学的冷暖空气，在某时某处发生后，具有明显的流动传播性、系统整体性、超越国界性等特征。叶渭渠对"文学思潮"做了广义上的理解，认为"文学思潮是在文学流动变化的过程中，伴随着文学的自觉而超个体的、历史地形成的文学思想倾向"。取广义上的文学思潮的概念，可以帮助作者处理日本古代文学中的"思潮"问题，因为日本古代的一些文学观念和文学思想，固然受到中国文学和文化的深刻影响，但也有着自己的具有民族特色的文学观念，例如关于"言灵"的思想，"物哀"、"幽玄"、"寂"、"意气"的思想等，按狭义的文学思潮的定义，它们都是较为本土化的文学观念，空间上的流动性、超国界性也不太明显。在这个意义上,叶渭渠将"文学思潮"与"文学思想"做同一观,他认为:"文学思想与文学思潮属同一概念范畴,两者不能绝对区别开来。如果说有区别的话,就是对不同发展阶段的不同称谓罢了。"为此,他将日本"文学思潮"划分为"文学意识→文学思想→文学思潮"这样三个阶段。具体而言,就是上古时代只有不自觉的"文学意识",古代在中国文学思想影响下有了自觉的"文学思想",到了近现代受西方文学的影响,有了以"主义"为形态的"文学思潮"。在这样的区分中,实际上等于说只有近现代文学才有严格意义上的"文学思潮"。

叶渭渠的这种观点,在理论上是能够自圆其说的。但是,把日本古代文学作为"文学思潮"来处理,仍有一些问题,就是在明治维新之前漫长的日本传统文学中,文学思想、文学理论都是存在的,而真正称得上有"思潮"特点的,在哲学思想上大概只有江户时代的"儒学"与"国学"思潮了,而反映在江户时代文学上的以町人文学为主体的游戏主义(主要表现为叶渭渠所谓"性爱主义文学思潮"),以及以"意气"为中心的身体审美、色道审美的思潮,实际上以一种本能的、不自觉的方式体现出来,而由后人加以提炼和总结。归根到底,严格意义上的"文学思潮",只是存在于明治之后的日本近现代文学中。

尽管如此,《日本文学思潮史》的写作仍有具有充分的合理性和可行性,因为作者的根本动机,是要以这种途径和方式对日本文学史写作加以更新。在"文学思潮史"的架构中,可以把老套的以作家评论、文本分析为内容的文学史,改造为立体的、多维度的文学史,可以将文学史与思想史结合起来,将文学思潮与社会思潮结合起来,将作家的作品文本、与理论家的理论文本结合起来。对此,叶渭渠论述道:

目前，一般文学史研究基本上习惯于对具体作家的作品、内容与形式进行孤立的、静态的评价这种固定的模式，这样就很难准确把握作为文学整体内涵的文学思潮与美学思想，以及与之相关的大文化思想背景，以作出历史的本质的评价。因此，要突破这种带惰性的固定研究模式，就要在历史的结构框架上，以文学思潮为中轴，纵横于文学理论、文学批评和文学创作几个相互联系而又不尽相同的环节中展开，并以作家和作品作为切入点，进行多向性的、历史地动态研究，这样才能更好地透过文学现象，深入揭示文学发展的态势和更本质的东西。①

通观《日本文学思潮史》全书，作者完全实现了这样的意图。例如，一般的日本文学史大都直接进入作品文本，讲古代往往先从《古事记》、《万叶集》讲起，但在《日本文学思潮史》的古代篇中，并不是直接进入作品，而是用两章的篇幅对日本古代文学文化特质加以总括。第一章《风土·民族性和文学观》从风土与民族性格的角度出发，总结了日本的民族性格中的四个特点，即"调和与统一的性格"、"纤细与淳朴的性格"、"简素与淡薄的性格"、"含蓄与暧昧的性格"；第二章《自然观与古代文学意识》则从哲学的角度，分析了日本的自然观（包括色彩、季节与植物等）与日本古代文学意识的关系。虽然这些看法和结论是其他学者早就提出的定说，但用这些基本结论来统驭文学史的叙述，还是不乏新意的。

从第三章起，作者开始按时代顺序进入文学思潮的叙述，从汉诗集《怀风藻》、《古事记》与《日本书纪》、《万叶集》、歌论等重要原典中加以分析，梳理了以"真实"为中心的美意识的形成轨

---

① 叶渭渠：《日本文学思潮史》，北京大学出版社，2009年，第4页。

迹，认为"日本古代'真实'的文学思想，除了上述表现'事'、'言'的真实以外，还表现心的真实、即真心、真情的一面。"（北大版第82页），进而把从文学思潮的角度把"真实"的美意识提升概括为"写实的文学思潮"，认为到了紫式部，真实的文学意识达到了自觉的程度。"可以说，'真实'是日本文学思潮自觉地开展的最初也是最重要的思潮之一。这一文学思潮支配着日本古代文学，左右着那个时代文学的走向"。（北大版第90页）到了第八章，作者继续从江户时代的"国学家"、松尾芭蕉、上岛鬼贯等人的俳论中寻绎"真实"论，使古代"写实的真实文学思潮"的来龙去脉得以系统呈现。不过，需要指出的是，作者把日本的"まごと"译为"真实"，意思固然没有错，但"真实"只是一种解释性的翻译，在日语古语中，也有"真实"一词，音读为"しんじつ"，是一个汉语词。但"まごと"不同于"真实"，"まごと"训为汉字"真言"、"真事"，汉字常标记为"诚"、"真"或"实"，其基本含义更趋向于精神性。也就是说，它固然是指真实，但主要指的是真心、真情、真诚，而重点并不主要强调对客观外在加以真实描写的"写实"，因而与西方文论及一般文论中的"真实"论、"写实论"是有区别的。应该说，在世界各民族文学中，对"写实"、"真实"都有普遍的追求，都有叶先生所说的"写实的真实的文学思潮"，在这方面，日本文学并没有突出的特点。但在对"真实"的理解上却有自己的民族特色，就是"まごと"并不强调客观性，而是倾向于精神的、情感的方面，这是需要加以特别强调的。叶先生似乎是为了与一般文论相接轨，才使用了"写实的真实文学思潮"这样的表述。

《日本文学思潮史·古代篇》中所论述的第二种文学思潮是"浪漫的物哀文学思潮"。关于"物哀"，日本学者在这方面的论述很多，叶先生参照相关成果，对从"哀"到"物哀"的发展演变，"哀"与"物哀"在不同时期作品中的用例与表达，特别是《源氏物语》中的"哀"与"物哀"的用法，都做了仔细分析，指出了紫式部在《源氏物语》中所表现的文学观，并在《源氏物语》与《红楼梦》的比较中，表明了两者在儒教与佛教思想受容方面的差异性。认为《源氏物语》中的"物哀"是日本神道观念与佛教思想相融合的产物，"物哀的本质，以佛道思想为表，以本土神道思想为里、为主体。实际上，《源氏物语》是古典写实的'真实性'与古典浪漫的'物哀性'的结合达到完美的境地。"（北大版第131页）接着，又对江户时代国学家本居宣长的"物哀论"进行了评述分析。从"物哀"的角度理解《源氏物语》，也是本居宣长以来日本"源学"的主流观点，上述的谢六逸的《日本文学史》已经注意到这一阐释视角，叶渭渠在这里用较大的篇幅做了系统论述，体现了中国学者试图走进日本文学内部、设身处地地理解原作所做的努力。而不是"用放之四海而皆准"的政治意识形态观念就解读，这是很可贵的。在这个方面，稍感遗憾的是，作者似乎对本居宣长的"物哀论"原典似乎没有全面接触，对最早、最集中地阐述"物哀论"的《紫文要领》一书也没有提到，因而对"物哀"的内部构成的探讨还留下了不小的余地。

该书在第十章是《象征的空寂幽玄文学思潮》，主要围绕日本文学美学的另一个关键概念"幽玄"而展开。叶渭渠认为：

> 幽玄是这个时期（镰仓室町时代——引者注）文学精神的最高理念。它在日本文艺中又是与日本空寂的审美意识互相贯通的。空寂文学意识的出现，可以远溯古代，而发展到中世与禅宗精神发生深刻联系，形成空寂文学思潮就含有禅的幽玄思想的丰富内涵，从而更具有象征性与审美性。[1]

---

[1] 叶渭渠：《日本文学思潮史》，北京大学出版社，2009年，第143页。

把"幽玄"视为中世时代(镰仓室町时代)日本文学精神的最高理念,是没有问题的,这也是日本学术界的定论。但这一章把"幽玄"与所谓的"空寂"作为几乎相同的概念来处理,却很成问题。日本古典文论概念中并没有"空寂"这个词,这是叶渭渠对"わび"(汉字标记为"侘")一词的翻译,而被译为"空寂"的"わび"这个词,在含义上与近世(江户时代)以松尾芭蕉为中心的"蕉门俳谐"核心的审美概念"寂"(日语假名写作"さび")意思是相同的。而"幽玄"则是中世时代和歌、能乐的审美概念。"幽玄"与"寂"虽然有着内在联系,但它们的适用对象与领域各有不同的。在《象征的空寂幽玄文学思潮》这一章中,作者却把两个概念视为本质上同一的概念了,因而有时表述为"空寂幽玄",使两个概念并列,有时则表述为"空寂的幽玄"(第148页),如此用"空寂"来限定"幽玄",是颇为值得商榷的,也不太符合日本学界大部分研究成果所得出的结论。而且,把"わび"译成"空寂",把"寂"(さび)译成"闲寂",问题似乎更大,因为它们本身都是"寂",只是前者多用于茶道,后者多用于俳谐。"空寂"、"闲寂"的译法,是用"空"和"闲"字,对"寂"做出了限定。做出这样的限定本质上也无大错,但却缩小了原来"寂"概念应有的丰富内涵。所谓"空寂的幽玄"这样的表述,实际上是说"幽玄"是具有"空寂"的属性。实际上,"幽玄"虽然有空灵感,但绝不是"空寂",相反,却具有像现代美学家大西克礼所说的那种"充实相",而且这个"充实相"非常巨大、非常厚重。[①]总之,由于这一章将"幽玄"与所谓"空寂"合为一谈,对"幽玄"这个重要审美术语的探讨和阐发也就受到了严重妨碍。

---

① 参见大西克礼《幽玄论》,译文见王向远译《日本幽玄》,长春:吉林出版集团,2010年,第245页。

同样的问题也体现了下一章（第十一章）《象征的闲寂风雅文学思潮》中。这一章的重心是论述以松尾芭蕉以"寂"为中心的风雅论。由于在上一章中已将将所谓"空寂"与所谓"闲寂"分开，这一章的开头就讲述两者之间的区别与联系——

> 空寂与闲寂作为文学理念，在许多情况下，尤其是在萌芽的初级阶段，含义几乎是混同的，常常作为相同的文学概念来使用……而且作为日本文学理念的空寂和闲寂的"寂"包含更为广阔、更为深刻的内容，主要表达一种以悲哀和寂静为底流的枯淡与朴素、寂寥和孤绝的文学思想。①

既然说"空寂"与"闲寂"，也就是"寂"（さび）和"侘び"（わび）两者"含义几乎是混同的，常常作为相同的文学概念来使用"，那么，既然这样，为什么还要将它们拆分为两个概念、做出两种不同的翻译呢？这就显示了论述和操作上的矛盾。而且，接下来又说"作为日本文学理念的空寂和闲寂的'寂'包含更为广阔、更为深刻的内容"云云，这就等于承认了"寂"这个概念包含了所谓"空寂"和"闲寂"两个概念；换言之，"空寂"和"闲寂"这两个译词，即便能作为概念来使用，那也只是从属于"寂"的两个次级概念。当作者在第十章中不恰当地将所谓"闲寂"和"空寂"分开来，到这里就不可避免地引发逻辑上的混乱。此外，这一章在论述蕉门俳谐所谓"寂静风雅"的文学思潮的时候，由于对俳论及"寂"论原典使用和征引不多，对"寂"的丰富内涵阐释不够，显得浅尝辄止。

还需要特别指出的是，《日本文学思潮史·古代篇》上述几章的

---

① 叶渭渠：《日本文学思潮史》，北京大学出版社，2009年，第153页。

标题，分别为"写实的真实文学思潮"、"浪漫的物哀文学思潮"、"象征的空寂幽玄文学思潮"、"象征的闲寂风雅文学思潮"，其定语分别是"写实"、"浪漫"、"象征"。显然是受西方文学思潮的术语概念的影响。这样做的好处是容易和西方文学思潮对位，并有助于现代读者的理解。但由此也带来了问题，就是日本的"诚"的文学观念不是西方意义上的"写实主义"意义上的"写实"，而是出于儒教、神道的"诚"的观念；"物哀"的文学思潮虽然以其情感性、情绪性的特征而具备一些"浪漫"的特征，但"物哀"与西方"浪漫"，特别是与"浪漫主义"建立在思想解放基础上的自主自由精神和反叛性等，相距甚远；同理，作为蕉门俳谐审美理念的"寂"，虽然因使用暗示、托物等手法，不无"象征"的因素，但也绝不等于文学思潮意义上的"象征主义"。这样看来，假如不使用"写实"、"浪漫"、"象征"这三个限定词，似乎更为稳妥一些。

除了上述的"象征的闲寂风雅的文学思潮"外，《日本文学思潮史·古代篇》在论述近世（江户时代）文学的时候，还划分出了另外三种文学思潮，即"古典主义"、"性爱主义"、"劝善惩恶主义"，并用三章（第十二至十四章）加以论述。加上"闲寂风雅的文学思潮"，这四种类型的划分概括了江户时代从文学创作、文学理论、学术研究方面的主要的思想倾向。严格地说，如果不使用西方文论概念来表述的话，所谓"古典主义"，实际上是一种思想理论方面的国粹主义复古思潮，但作者显然是特意与西方文学史相对应，而将日本的这种思想倾向称为"古典主义"。"古典主义"这样的称呼在日本各种文学史著述中，是很少看到的，作为作者的创意之一固然是值得肯定的。但是另一方面，"古典主义"这个词也有词不称意的问题。"古典"，最根本的含义就是既"古"又"经典"，对于日本文学而言，所谓"古典"绝不仅仅是本居宣长、贺茂真渊等江户国学家所推崇的《古事记》、《万叶集》、《源氏物语》，也包括日本源远流长的汉文学，因为在日本从奈良时代到江户时代长达一千年的文学史上，汉诗汉文都被认为是文学的正统，比日本语文学更"古"，也最"经典"，至于日本语文学，则长期被视为闺房文学、妇幼文学，是后来才被逐渐认可的。这样看来，"古典主义"也应该包括对汉诗汉文等汉文学的推崇。然而实际上却恰恰相反，作者在这一章中所说的"古典主义"却是排斥汉文学，反对汉文学的价值观念、审美趣味和表达方式，是将原本非经典的日本语文学加以经典化、正统化。这样看来，比起"古典主义"一词，用"国粹主义"、"复古主义"或"国粹复古主义"之类的名称来概括这一思潮，似乎更为恰当吧。

第十三章"性爱主义文学思潮"中的"性爱主义"，也是作者的新提法，指的是日本人常说的"好色文学"，或者说是"好色"的文学美学思潮。在这一章中，作者简单梳理了日本文学史上性爱传统，然后将论述的重点放在以井原西鹤为代表的"以'粹'为中心的新的性爱主义文学思潮"。诚然，"性爱"的问题作为人性中的基本问题，不仅贯穿于从古到今的日本文学，也贯穿于其他各民族文学史。在日本，把性爱"道学"化而成为"色道"，将性爱文学提高到一种美学形态的，是江户时代的市民文学即"町人文学"，因此，也不妨把这个意义上的"性爱"作为一种"文学思潮"来看待，但可惜这一章没有很好地展开，内容显得淡薄。特别是对"性爱主义"之所以成为文学的审美思潮，没有透彻阐述。"性爱主义"之所以成为一种"文学思潮"，是因为它体现了自己的文学审美观念，这种观念集中体现在"意气"这个概念中。关于"意气"这个词，此前的吕元明《日本文学史》时已经涉及了。对这个问题，叶渭渠写道：

> 这时期将这种纯粹精神性的好色的美观念，提升归纳为对

"粹"(すい)、"通"(すう),训读"いき"时写作"雅",其内容大致是相通的,只不过不同时期、不同文艺形式,其称谓有所不同罢了。①

以上表述中,显然存在一些不确之处。首先,"いき"并不是对"粹"、"通"的训读,而是一个独立的概念;第二,"いき"训读为、即用汉字解释为"意气"两字,而不是"雅"字。在江户时代的文学作品中,是有作家有时偶尔将"意气"(いき)表记为"雅",但那是极少的情况,因为"雅"作为一个审美观念,假名写作"みやび",与"意气"属于完全不同的范畴。第三,"意气"(いき)是核心概念,次级概念是"粹"与"通",关于这一点,现代美学家九鬼周造在《"意气"的构造》中阐述得已经很清楚了。②

与"古代篇"比较而言,《日本文学思潮史·近现代篇》用"文学思潮"来统驭之,理论上的问题要少一些。因为对明治维新后的日本文学而言,"思潮"是文学发展的主线。在西方文学思潮影响下,各种思潮相互更替,相生相克,推动着文学的不断发展演变。作者在"近现代篇"中,用十四章(十五至二十九章)的篇幅,从近代启蒙主义文学思潮讲起,一直讲到20世纪末当代文学思潮。各种文学思潮之间具有千丝万缕的联系,划分的角度和标准有所变化,思潮的名称和论述方法就会有变化。在这些思潮中,写实主义、浪漫主义、自然主义、唯美主义、人道主义与理想主义,无产阶级等,现代派文学、战后文学等,都是经典化的文学思潮,作者对这些思潮分专章论述,是无可争议的。但是到了战后的半个多世纪至今,日本的文学思潮如何例定和划分,就成了一个问题。《日本文学

---

① 叶渭渠:《日本文学思潮史》,北京大学出版社,2009年,第183页。
② 九鬼周造:《"意气"的构造》的译文,参见王向远编译《日本意气》,吉林出版集团,2012年,第1—59页。

思潮史·近现代篇》在这个问题是有商榷余地的，主要问题是切分过细。例如，第二十二章《无产阶级文学思潮》与第二十七章《民主主义文学思潮》，这两种思潮虽然分别发生在战前和战后，实际上是一脉相承的左翼文学思潮。"民主主义文学"这个词，与其说是文学概念，不如说是一个政治性的概念。所谓"民主主义"文学在理论上除了内部理论斗争之外，并没有新鲜的理论建树，也没有写出真正胜过战前无产阶级文学的优秀作品，因此尽管作者强调民主主义文学"不是战前无产阶级文学运动的简单延续"，但它在性质上属于"左翼文学思潮"是毋庸置疑的。又如，第二十五章《战后派文学思潮》与第二十八章《无赖派文学思潮》，都是日本战败后社会状况与精神状态的反映，作为文学思潮，两者实际上具有同时、同质、同构的特点，因此，"无赖派"完全应该合并到"战后文学思潮"中去。而作者之所以把"民主主义"与"无产阶级"文学、"战后派"与"无赖派"分开，关键原因似乎是没有在理论上对"文学思潮"与"文学团体"、"文学流派"这几个概念加以严格区分。民主主义文学也好、无赖派文学也好，这些都属于文学团体、文学流派。比起"文学思潮"来，文学流派或文学团体更受时间、地域和组成人员的限制，而文学思潮完全可以在涉及不同地域、不同作家与理论家，持续的时间也相对较长。因而，"文学思潮"完全可以笼罩和包含"文学流派"和"文学团体"的概念。如果将思潮切分得过于细碎，那么"文学思潮"这一概念对"文学史"的统驭性，就势必会受到削弱。

在具体的各种思潮的论述中，应该以"思潮"（思想倾向、理论主张等）为纲，以作家作品为目加以研究和评析，将理论文本与作品文本结合起来加以研究，在这一点《日本文学思潮史·近现代篇》中的大多数章节都有很好的体现。但也有的章节在理论文本方面的评析上显得薄弱。例如，在第十五章《启蒙主义文学》中，作者论述了启蒙思潮的起源及其倾向，翻译小说的意义、自由民权运动与政治小说的关系、近代文学观念与方法的引进、文学改良运动的性格，抓住了启蒙主义文学运动各个方面，都是很得要领的，分析也是到位的，但是对启蒙主义文学理论的分析评述却有不足。既然讲的是启蒙主义的"文学思潮"，那么关于文学启蒙的理论观点、理论主张的分析评述就应该是主体内容。而对于启蒙文学时期的重要的理论家，作者只提到了西周的《百学连环》、《美妙新说》等著作，井上哲次郎等的《新体诗抄序》等少量篇什。而实际上，构成启蒙主义文学思潮主流的，是小室信介、坂崎紫澜、尾崎行雄、末广铁肠、矢野龙溪、德富苏峰、内田鲁庵、森田思轩、矢崎嵯峨屋、金子筑水等启蒙主义文学理论家的文章，应该对这些文章加以重点评析，才能细致深入地揭示启蒙主义文学思潮的内容及其特点。

总起来看，《日本文学思潮史》在日本文学史观念和方法上具有创新意识，很大程度地更新了中国的日本文学史研究与写作的模式，与日本的众多文学史著作相比较，也是突出的。书中所存在的一些问题，大多是在观念和方法论更新过程中所产生的问题，也为今后的继续研究留下了余地与空间。

二、叶、唐合著四卷本《日本文学史》

《日本文学思潮史》近50万字，是篇幅上属于中型、专题文学史。也可以看作是叶渭渠的日本文学史研究的一个浓缩。此后，叶渭渠先生和唐月梅一道，将日本文学史的研究进一步展开，写出了四卷本的《日本文学史》。

《日本文学史》全书分为"古代卷"（上下册）、"近古卷"（上下册）、"近代卷"、"现代卷"，近200万字，属于大型的日本文学通史。其特点是"大"。从篇幅规模上说，文学通史的撰述，最难的是两端,一端是小型文学史,用十来万的篇幅就把文学史写下来,非有极强概括力而不能为。另一端是大型文学史,篇幅在数百万之上。迄今为止,我国出版的外国文学史中,堪称大型文学史的,据笔者所知大概有两种,一种是王佐良、何其莘主编,1994—1996 年陆续出版的五卷本《英国文学史》,总字数有 200 万字左右;另一种是 2000 年出版的刘海平、王守仁主编四卷本《新编美国文学史》,总字数在 150 万字左右。以上两种大型文学史,都是多人合作撰写。这样比较看来,多达 200 万字的《日本文学史》,由叶、唐两人合著而不是多人执笔,保证了文学著作风格的统一性,实在是难能可贵的,也从一个侧面表明了我国的日本文学史研究水平是居于前列位置的。这样的大规模的日本文学通史,不仅在中国是空前的,在日本也是不多见的。日本学者的《日本文学史》类的著作,卷数字数有更多的,但日语表述比汉语拖沓,若把它们译成汉语,超过两百万字的恐怕也是屈指可数,规模最大的似乎只有美国学者唐纳德·金的十八卷《日本文学史》。叶、唐合著四卷本《日本文学史》从古代一直写到 20 世纪末,是中国唯一的一部跨度最长、规模最大的日本文学通史,堪称叶、唐夫妇日本文学研究的集大成的著作,是几十年孜孜不息、潜心研究的结晶,显示了他们在日本文学方面长期的、丰厚的积累。可以预料,今后相当长的时间里,中国学者要在规模和水平上超越此书,恐怕是很困难的。

  作者在序章《研究日本文学史的几点思考》中,阐述了日本文学史研究的基本思路和方法,这些主张和表述与上述《日本文学思潮史·绪论》中的主张和表述大体一致。作者不满意以往日本文学史的既定模式,意欲有所突破和更新。表现在文学史分期上,作者分析了日本文学史的各种分期方法,没有采用日本人最常用的按朝代更替来划分文学史时期的做法,而是采用西方式世界通史的做法并做了简化,将从古到今的日本文学史分为古代、近古、近代、现代四个历史时期。其中,作者所说的"古代",是指平安王朝时代及其此前的文学史,"近古"是从镰仓时代、室町时代到江户时代的文学史,"近代"是指明治、大正时代,"现代"是指昭和时代至今。并按照这样的划分,每个时代各成一卷,简明扼要,有利于分卷。这样的时代划分与日本学者西乡信纲的《日本文学史》大体是一样的,不同之处在于西乡信纲将"近古"表述为"中世纪"。叶、唐合著《日本文学史》把"古代"之后的历史时期称为"近古",是一个独特的表述。细究起来,既然以"古代"为开头,那么一般而论"古代"以下应该依次有"中古"、"近古"。从"古代"突然跳到"近古",势必会使习惯于世界通史划分方法的读者多少感到疑惑。但好在作者对此做了明确的时代界定,不至于产生太大的误解。

在文学史撰写的方法上,《日本文学史·古代卷》在对日本文学的起源和发展进行追溯和清理的时候,既注意日本本土文化的特性,也不忽略中国语言文化的影响及它与世界各民族文学的共性;既充分论述日本语文学,也用相当的篇幅研究日本的汉文学,包括《日本书纪》那样的历史文学,《怀风藻》等汉诗集;在论述日本古代文学评论及文学观念的时候,也周到地论述了中国文学批评的影响,反过来又肯定了空海的《文镜秘府论》对保存和整理中国古代文论所做出的贡献。在论述《源氏物语》的时候,则专辟一章论述《源氏物语》与中国文化的关联。在《近古卷》中,作者对镰仓时代以佛教僧人为主体的"五山"汉文学以专章加以论述。在论述到江户时代文学时,也分专章论述了中国儒学的文学观对江户文学观念的影响。因而,在某种意义上说,《日本文学史》的《古代卷》和《近古卷》也是一部中日古代文学的关系史和交流史,并揭示了一个历史事实:上千年的日本的古代文学史,是汉文学与日语文学并存的历史,而且在大部分情况下,汉文学一直是居于正统和主流的地位。一些具有日本文化民族主义倾向的学者写作的《日本文史》,虽然也都承认汉文学的存在,并给予一定篇幅的论述,却有意地贬低汉文学的价值,例如用"历史唯物主义"观点写成的西乡信纲等著《日本文学史》,认为"汉诗是由头脑里产生出来的理性的文学,卖弄学识的文学。作为具有无限生命力的古典作品流传至今的,当然不是《怀风藻》,而是《万叶集》。"①从这种认识出发,该书对后来的"五山文学"等汉文学创作则基本未提。近些年来日本出版的一些《日本文学史》,由于新一代作者汉文学修养不足,想谈也谈不了;抑或出于文学史观念上的原因,导致对汉文学的论述越来越多少。这种情况下,叶、唐合著的《日本文学史》全面客观地再现了日本传统文学中汉文学与日语文学并存的状况。不过,该书对汉文学的评述方面也存有一些缺憾之处,例如江户时代、明治时代日本人创作的大量的汉文小说,就基本没有提到。

《日本文学史》的《近代卷》和《现代卷》,由于作者对相关作家作品的翻译研究积累更多,所以显得更为成熟。在长达半个世纪的岁月里,叶渭渠、唐月梅先生的主要精力用在了对日本现当代作家作品的译介方面,许多重要的作家作品,包括川端康成、三岛由纪夫、谷崎润一郎、横光利一、东山魁夷、安部公房等著名作家的多卷本文集,就是经他们两位组织、策划并译成中文出版的。在译介这些作家作品的过程中积累了对作家作品丰富的阅读经验,对其中的有些作家,如川端康成、三岛由纪夫等,还做过专门深入的研究,这些都为《日本文学史》的《近代卷》和《现代卷》的研究和写作打下了坚实基础。

在《日本文学史·近代卷》的"序章"中,作者论述了日本近代文学与日本传统文学、与西方文学之间的双向的密切关系,同时强调了近代文学成立的三个价值基准:一是近代自我的确立,二是

---

① 西乡信纲:《日本文学史》,佩珊译,人民文学出版社,1978年,第46页。

文学观念的更新，三是文体的改革，并在具体章节的论述中加以贯彻。"近代自我的确立"属于近代文学综合体现的思想内涵，"文学观念的更新"主要是在文学批评与文学理论中得以反映，"文体的改革"主要体现在作品表现形式演变的层面。作者就这样以"近代性"为中心，从内容到形式，从理论到创作，系统地呈现了日本近代文学的发展进程及基本特点。在以下各章中，作者以作家作品论为中心，以思潮流派的更替为线索推进近代文学的叙述，将翻译文学、政治小说作为启蒙主义文学的主要表现，将二叶亭四迷作为日本近代小说的开山者，将坪内逍遥、森鸥外分别作为近代写实主义与浪漫主义文学理论的奠基者，将正冈子规作为近代俳句的革新与确立者。在论述日本文学思潮的时候，将浪漫主义运动作为近代文学主体性确立的标志，将自然主义思潮作为日本近代文学的主潮，将反自然主义的唯美主义、理想主义主义文学作为近代文学进一步展开，将夏目漱石作为的日本近代文学的高峰和代表。在论述过程中，把小说视为近代文学的主要样式，同时也对诗歌、戏剧的近代化发展进程做了评述。总之，《日本文学史·近代卷》写得周密周到和成熟。

当然，具体到有些论述，也有一些问题值得商榷。例如在第十章《岛崎藤村与近代现实主义的发展》中，把岛崎藤村看成是"现实主义者"，这似乎是延续了1950年刘振瀛先生在《破戒》译本序言中的说法，但刘的说法是在独尊现实主义的那个特定时代产生的，实际上，按日本自然主义的标准，岛崎藤村的《破戒》在"描述实事"、"个人隐私告白"、"无理想、无解决"等方面，是地地道道的自然主义小说，这也是日本学界的定论。不能因为作品反映了社会现实问题就判为"现实主义"。如果单从反映现实甚至批判现实着眼，实际上浪漫主义、现代主义等几乎所有思潮流派的作品都也都从不同角度反映了现实、甚至批判和否定了现实。因此，还是得从日本自然主义的独特定义出发,来判断岛崎藤村思潮的归属问题。再如,在第十一章《夏目漱石》中,把夏目漱石定位为"一位伟大的批判现实主义作家"(第364页),把《我是猫》视为"批判现实主义的经典"(第380页),恐怕是以偏概全了。夏目漱石的作品充满社会正义感,有批判精神,但更有欧美"批判现实主义"作家所没有的那种佛教禅宗式的超越、余裕、旁观、静观的姿态,尤其是对社会政治保持了足够的距离,也没有欧美批判现实主义者那种以文学干预社会、乃至改造社会的动机与意图。《我是猫》、《哥儿》等前期创作是取江户文学的滑稽讽刺,后期则专心对人性中的利己主义的剖析。因此,漱石作为一个大作家,其文学具有超流派的、综合性的特征,不能简单地说说夏目漱石是个"现实主义"作家,用欧洲的"批判现实主义"来给夏目漱石定性,这样就难以揭示夏目漱石作为"日本近代文学之代表"的本质特征。此外,对戏剧家菊池宽的戏剧的评析和评价也嫌不够。

和日本近代文学史比较而言,1920年代末期之后、即芥川龙之介去世后的日本文学史,被一些日本文学史家称为"现代文学",这一时期处在日本历史上最为动荡的混乱年代。在战前和战中,反国家体制的无产阶级文学、为天皇制国家服务的民族主义及日本国家主义文学,协力侵略战争的战争文学,西化的新感觉派及现代派文学,以娱乐消遣为目的的大众通俗文学,反对西化和反拨近代化进程的"近代的超克"文学等,呈现出错综复杂的局面,加上历史沉淀时间不长,经典化的过程太短,因而现代文学史的撰写也远比近代文学史困难。

在这种情况下,叶渭渠、唐月梅合著的《日本文学史·现代卷》在《序章·现代的探索》中,谈了这一时期文学史发展的基本特点,认为"在社会的重压之下,近代文学虽然在促使近代人的观念、文学思想和文学方法开始发生变化,但未能实现根本性的变化。这就是日本近代文学软弱性和妥协性的原因所在。"(第 4—5 页)那么这种情况到了"现代文学"中有了什么改变吗?若没有改变,近代文学如何演进到现代文学呢?"现代文学"的"现代性"又体现在什么地方?对于这个问题,《日本文学史·现代卷》并没有明确地加以回答。作者认为:"无产阶级文学和新感觉派文学是近代文学解体期的产物,前者从个人意识转向社会意识,以实现革命文学的形式,促进这种解体;后者脱离社会意识而笼闭在个人意识中,试图以文学革命的形式来完成这一解体的过程。它们的诞生,宣告了近代日本文学的完成,拉开了现代日本文学的序幕。"(第5—6 页)又指出,无产阶级文学与现代派文学"这两种文学思潮的基本对立关系,就是日本现代以来的文学本质,也是 20 世纪世界文学状况在日本现代文学中的反映。"(第 6 页)这个基本判断是符合历史事实的,也是日本文学史家们的共识。但是,上述近代文学中人的解放、个性解放、自我意识的主题,在现代文学中并没有得到进一步解决,而且在很大意义上是后退了。对此,作者也指出:无产阶级文学的实质是以阶级性、党性、政治性、集体性为优先,是反对个人主义和个性表现,而战争时期的为天皇制政权对外侵略服务的御用文学及战争文学,也是强调个人一切服从国家。还有一些理论家提出了反对西化、回归日本民族传统的"日本主义"、"近代的超克"的主张。这一切,不但很不"现代",而且是在"超克"近代了。对此,作者没有加以透彻分析。实际上,将日本的昭和时代以后的文学史称为"现代文学",只不过是一些日本文学史家为了给明治以后的文学史做时代分期,而使用的一个单纯的时间性词汇而已。换言之,1926 至 1945 年的日本文学,在天皇制政府前所未有集权统制及对外侵略的举国体制中,人的解放、个性解放方面,总体上是倒退了,在一定程度是反"近代"的,更遑论"现代"。对于这个问题,文学史家必须作出清醒的判断。也必须让读者明确,只有到了日本战败后，才在一定程度上接续了近代的传统，而具备真正的"现代"文学的性质。

正因为"现代"历史不长，因而哪些该写进文学史，哪些该多些、哪些该少写，不同作者由于立场视野和方法论的不同，而处理有所不同。叶、唐合著的《日本文学史·现代卷》，在这方面也有自己的选择。对于战前文学部分，众多的日本文学史书论述很多，选材上是没有问题的，但也存在一个论述上多寡与轻重的问题。例如，在《日本文学史·现代卷》的"序章"之后的头三章，讲的都是无产阶级文学，三章的篇幅是全书各流派中最多的，可见对无产阶级文学的高度重视。其中对小林多喜二单列了一章，与后文中单列一章的井上靖、川端康成、三岛由纪夫处在一个等级，给了他以大作家的地位。但是，应该明确：小林多喜二去世的时候不到三十岁，生前主要精力并不在写作，艺术上处在学习阶段，如何能把他作为列专章，作为第一流的大作家来论述呢？老实说，这样的选材标准，恐怕主要还不是文学本身的标准、艺术性的标准，而是社会政治的标准，这与作者关于文学与政治关系的理解也不尽相符。而另一方面，对战争时期的侵略文学，作者单列第八章《黑暗的战争年代与文学》做了评析，但对侵华文学及战争文学的来龙去脉的分析还不太充分，对日本文学史上的反文学的阴暗面还应该更充分地加以揭示。特别是该章第四节的谈到所谓"抵抗文学"的时候，与其他一些日本文学史书一样，没有明确说明那些看起来是"抵抗文学"或反战文学的作品篇什，到底是战争期间，还是战后写的。只有在战争中发表的抵抗文学才是真正的抵抗文学，正如只有面对着敌人抵抗才是抵抗一样。鉴于日本很多作家战前、战中、战后，在压力之下见风使舵，频繁"转向"，战后发表的那些所谓反战文学，很难证明是战争中写的，而很可能是战后写的而故意说成是战中写的。这一点要做明确辨析虽然不容易，但一定要跟读者说明。否则就会使读者误以为日本文学界也像德国文学界那样存在"反战文学"、"抵抗文学",并给予过高估价。

对于战后文学部分,特别是近20世纪最后二、三十年,选材上有许多困难,这也许就是所谓"灯下暗"现象,越是晚近的,也难以入史。例如,大众文学、通俗文学,主要包括战前战后的历史小说、推理小说等,是日本现代文学的重要组成部分,大众文学的发达也是日本现代文学的一个突出特点,对此,《日本文学史·现代卷》第七章《现代戏剧再兴与大众文学流行》中的后两节,评述了1920—1930年代大众文学及代表作家中里介山、吉川英治、大佛次郎、直木三十五等人。鉴于这些作家在读者中影响很大,一些日本文学史家认为这不是"纯文学"而是商业化的文学,便予以轻视。《日本文学史·现代卷》在这里予以介绍专门是非常必要的。但写到战后至当下文学部分的时候,《日本文学史·现代卷》对战后十分繁荣发达的大众通俗文学虽有涉及,但评析不足,例如,在日本读者中几乎人人皆知、长期以来影响力名列前茅、被众多研究者作为研究对象的著名小说家司马辽太郎,论述却过于简单,与司马辽太郎在日本文学中的实际地位与影响不甚相配。平心而论,就当代日本作家的创作成就、对读者与社会的影响力而言,能与司马辽太郎比肩的作家,为数极少,司马辽太郎是应该用单列专章予以论述的大作家。另一方面,对于推理小说这样一种具有巨大影响的文学样式介绍不够。站在中国读者的角度来看,近三十多年来,特别是1980—1990年代的二十多年间,日本的推理小说在中国的译介很多、传播甚广,对此,面向中国读者的《日本文学史》也应该做出相应的反应和解说。同样的,中国读者很熟悉的村上春树并不是大众文学家,而是属于纯文学或精英文学,村上1980年初就走向文坛,并产生了持续的、世界性的影响,可惜在《日本文学史·现代卷》全书中,甚至难以找到村上春树的名字。除了村上以外,在战后文坛上影响很大的许多作家，都没有进入该书的视野。本来全书的最后一章《当代日本文学的走向》和终章《未来文学发展的大趋势》中应该提到，但是作者只是援引了若干日本评论家的话并做了宏观层面上的综述，便匆匆结束全书。看来，《日本文学史·现代卷》中涉及当代（战后）部分的文学史时，面临的关键还是选材问题。要把近十年来的重要的文学现象纳入文学史，需要冲破已有文学史的论述范围，紧密追踪文学发展的实际，将文学史的纵深性与当下性链接起来。总之，尽管存在选材范围及论述轻重上的一些值得商榷的问题，但这并没有从根本上妨碍《日本文学史·现代卷》的学术上的高水平和重要价值。作者的论述和评析在知识层面上是可靠，在思想层面上也不乏启发性。

进而言之，全四卷的《日本文学史》作为迄今为止篇幅最大、内容最丰富、资料最全面的日本文学史，代表了我国20世纪末期之前我国日本文学史研究写作的最高水平，是叶渭渠、唐月梅夫妇日本文学史研究成果的集大成。作者虽然借鉴和参阅了许多已有的日文版文学史，但由于建立了自己科学严谨的文学史观和文学史研究写作方法论，能够有效地避免了日本学者常有的那种材料堆砌、文本细嚼、散漫繁琐、过于感性化、过多臃词赘句、缺乏理论思辨性的弊病，充分发挥了中国学者所擅长的思路清晰、表达准确洗练的优势，体现了中国学者日本文学研究的实力和贡献。这样大规模的、高水平的日本文学史著作，不仅在中国是空前的，即便在日本也并不多见，与日本的同类文学史相比也是出类拔萃的。全书结构合理、罗织周密、知识密集，信息丰富，既可以作为专著连续阅读，也可以作为工具书与资料书供随时查阅使用，具有阅读和收藏的双重价值。对于日本中国的日本文学史学习与研究者来说，可以将此书置于座右。

近十年来我国日本文论与美学研究中的若干问题与缺憾[①]

一、原典研读缺失，范畴界定与特征概括不准确

研究文学理论及美学问题，范畴的理解与界定是基础和出发点，在这方面出现的问题也较多。尤其是中日古代文论与美学的研究及中日比较研究，难度很大，在研究的初创期，一些问题是难以避免的。以姜文清先生著《东方古典美：中日传统审美意识比较》（中国社会科学出版社2002）一书为例。这是我国第一部中日传统审美意识比较研究的专著，此前只有日本的太田青丘《日本歌学与中国诗学》（1989）等极少数专门相关著作及少量单篇论文，因而该书在选题上具有开拓性。作者找出了中日两国具有相通性的类概念或类范畴，如日本的"物哀"与中国的"物感"，日本的"幽玄"与中国的"神韵"，日本的"寂"与中国的"兴趣"等，并做了初步的比较分析，为今后的进一步的比较研究打下了基础。但由于本书的先行性，原典资料的收集、研读和利用不足，故而在基本范畴的界定、中日比较研究的对位问题上，留下了一些值得再探讨的问题。以全书较有特色的第五至第九章关于"物哀"论的部分为例，作者

[①] 本文原载《广东社会科学》，2013年第5期。

在《从哲学角度探寻"物哀"的哲理依据》的标题下，只评述了和辻哲郎一个人的论点。而且，和辻哲郎的那篇《关于物哀》文章并非"从哲学角度"，而是社会文化史的角度。真正"从哲学角度"研究"物哀"的现代学者，似乎只有著名美学家大西克礼的《物哀论》（原文《あはれについて》，1941）一书，作者对此却只字未提。同样的，在《用历史的方法探寻"物哀"的社会思想内涵》的标题下，作者只谈了渡部正一《日本古代中世的思想文化》一书中的观点，实际上这方面的书较多。重要的是，别的可以忽略不谈，谈"物哀"就必须对"物哀"论的确立与阐释者本居宣长加以深究，但作者只在《从本居宣长的汉学修养，看中国典籍对其"物哀"论的影响》的标题下，用了一千来字，转述了吉川幸次郎对这个问题的看法，未能对本居宣长的"物哀"论的原典著作加以研读和利用。

　　由于对"物哀"论的本质内涵没有深究，在中日美学相关范畴的比较中，也出现了相互之间的"不对位"或"错位"问题。在第七章中，作者把"物哀"与中国的"物感"联系在一起加以比较，固然是很可行的，但作者所说的"物哀"实际上是《源氏物语》中作为一般词汇使用的、非概念的"哀"（あはれ）。据日本学者统计，这样的"哀"字在《源氏物语》中使用了一千多次，而"物哀"只使用了十几次。虽然"哀"、"物哀"跟"物感"在字义上有可比性，但"物感"或"感物"是中国古典文论的一个概念，而作者用以与"物感"做比较的，却主要是《源氏物语》中用于描写和叙述的、作为一般形容词或名词的"哀"。作为概念的"物哀"，是经江户时代思想家本居宣长的阐释才确立起来的。要对"物哀"与"物感"两个概念之间做比较，主要应该是中国的"物感"论与本居宣长的"物哀"论之间的比较。第九章《"寂"与"兴趣"》谈到日本的俳谐审美概念"寂"的时候，涉及蕉门俳谐中的一个重要概念"しほり"（一作"しをり"，近代以后作"しおり"），作者把"しほり"的汉字标记为"怜"，并以汉字的"怜"来解读该词的词义，还说明"怜"字多见于向井去来的《去来抄》。实际上，《去来抄》等其他各种版本的俳论原典都没有把"しほり"标记为"怜"，而是通常写作"しをり"，汉字训作"枝折"、"萎"、"挠"，而不是"怜"，表示的是一种柔婉、曲折、萎靡、可哀的"蔫"之美。不知这个"怜"字引自何处。而且这一章对"寂"概念的分析论显得蜻蜓点水、浅尝辄止，显然也是因为对日本古今"寂"论原典缺乏研读所致。不直接研读原典，就只能使用二手材料，如第61页在谈到"幽玄"问题的时候，引用了藤原俊成的一段话，并有"藤原俊成在其《古来风体抄》中说"这样的说明。然而查《古来风体抄》却不见那段话。那段话实际出自《慈镇和尚自歌合》中。这样的错误，显然也是在第二手资料转引过程中出现的。

接下来出版的邱紫华先生著《东方美学史》（上下卷，商务印书馆2003），问题更为突出。该书第五编《日本的美学思想》约10万字，对日本文学艺术中所表现出的审美意识及审美思想等做了评述。但该书在写作过程中似乎未能参阅日文文献，而作者执笔写作时国内出版的关于日本文论、美学的翻译出版极少，因而作者只能根据曹顺庆主编《东方文论选》、今道友信《东方美学》、叶渭渠和唐月梅《日本人的美意识》及《日本文学思潮史》、铃木大拙《禅与日本文化》等为数很少的中文著作或译作来写作。在这种条件下，要写好日本美学颇为艰难的。实际上《东方美学史·日本的美学思想》关于日本美学的实质性内容并不多，更多的篇幅是关于审美文化史背景的一般性描述。对日本文学文化基本背景的描述、对日本美学的评述、概括都出现了一些不准确、不到位乃至错误的地方。例如在讲到日本民族审美意识特点的时候，概括为三点："第一，崇尚生命之美，赞赏生机盎然之美"；"第二，美与善同一"；

"第三，色彩具有明确的人类文化学及审美象征的意义"；"第四，以植物生命为象征体系的审美意识"（第1057—1068页）。其中第一、第三、第四条很难说是日本美学的"特点"，因为其他民族的审美意识大体也都如此；关于第二点"善与美同一"，相信凡有日本文学阅读经验的人都知道，古今日本人审美意识的最大特点是：美是在不道德（不善）中产生的，而最能体现日本人审美价值的"物哀"论，其鲜明地反道德、超伦理性就是明证。因而，"善与美同一"说是值得商榷的。

《东方美学史·日本的美学思想》在对日本美学基本范畴的把握上，也显得无序和混乱。例如，在《日本美学范畴》一章中，作者把"物哀"这一范畴与"风"、"雪"、"月"这样的文学意象词汇，同样作为"美学范畴"来看待，甚至把"白"、"青"、"黑"、"赤"这样的色彩用语也视作"美学范畴"（1117页）。把"一即多"、"简素"、"余白"、"贫穷"（第1136页）之类的中文词语也作为"日本美学范畴"。这就将"美学范畴"扩大化、普泛化了，"美学范畴"也就失去了应有的规定性。在概括"日本美学范畴的特点"的时候，作者认为日本美学范畴具有"形象性"、"象征性"、"情感性"三个特点。这样的概括也很成问题。第一个特点"形象性"，原来作者举出的"范畴"的例子是"风"、"雪"、"月"、"白"、"青"、"黑"、"赤"这些自然物或自然色彩，无怪乎由此得出了"形象性"的结论。实际上，只要称之为"范畴"，就是一种抽象概括，而不可能具有"形象性"，即便德国哲学家斯宾格勒所说的"基本象征物"，虽不无形象性，也是高度抽象的结果。实际上，真正的日本特色的美学范畴"物哀"、"幽玄"、"寂"、"意气"、"间"、"言灵"等，也是非常玄妙和抽象的。作者所说的第二个特点"象征性"本来应该是文学艺术形象塑造的一个特点，而言范畴具有"象征性"，不知何指。作者为说明这一特点举出的例子只是"白"、"花"和"月"之类。同时把"空寂"、"贫困"、"余情"、"自然"、"无"等概念的"难以令人深切理解和把握内在特征"也归结为"象征性",非常牵强。第三个特点"情感性",是作者把"物哀"等所指涉的情感内容,混同为"范畴"的特性了。范畴,无论指涉不指涉情感内容,都同样是一种理性的抽象概括。关于日本美学范畴的发展逻辑,作者断言所有的美学范畴都是由"真"为"逻辑起点"(第1122页),但是对这一重大论断,却完全没有做任何论证。作者关于日本美学范畴形成的描述,也有许多与事实不符,如谈到"物哀"时,说"在'哀'字之前冠以'物'而成为'物哀'的范畴,是由紫式部完成的。"(第1138页)实际上,"物哀"这个词早在紫式部之前就使用了,如在纪贯之的《土佐日记》中就有用例,实际上《源氏物语》对"物哀"的使用很少,后来经由本居宣长对《源氏物语》的解读阐发,才使"物哀"成为一个美学范畴。总之,作者未能深入日本美学原典内部,未能将真正的"美学范畴"与一般性的词语、概念区分开来,未能对日本美学的基本范畴区分出层级,并构拟出其中的逻辑结构。这一问题,到了后来在《东方美学史》基础改写的《东方美学范畴论》(中国社会出版社2010)一书涉及日本美学范畴的部分,也仍然没有改观。此外,《东方美学史·日本的美学思想》对文献的引述注释有许多不统一、不规范、不完整之处,脚注中的许多文献只列出书名,而不写出处。有的该注明出处的而未注明出处,如第1078—1079页用了近千字讲述了菅原道真的悲剧故事,却只字未提该故事出自什么文本。

二、关键词界定混乱,"文"论云山雾海

如果说,上述的两种著述出现的问题主要是日本文论与美学研

究初创期所存在的问题，那么下面要谈到的问题，恐怕更多的是治学路数与治学态度的问题了。

本来，从基本范畴、概念入手，是日本文论、美学与中日比较诗学的很好的切入口。林少阳先生著《"文"与日本的现代性》（中央编译出版社2004）一书，以"文"为关键词展开论述，从书名上看是有新意的，也较能引起理论研究者和爱好者的注意。全书有三个部分，共分七章，研究了从江户时代到当代的七位日本知识分子的相关思想。

书名既然是《"文"与日本的现代性》，那么"文"与"现代性"两个词，理应是该书的关键词，然而作者始终没有对两个关键词做出明确界定。关于"文"，作者开门见山明确指出："'文'的概念是东亚知识分子，尤其是中国知识分子思想史的一个最核心概念……本书将从'文'的角度，重新审视日本知识分子史。"（第1页）"文"既然是如此重要的"一个最核心的概念"，那么，"文"究竟什么呢？然而除"绪论"之外，全书只有论述荻生徂徕的第一章、论述夏目漱石《文学论》的第二章，直接涉及"文与现代性"；其他大部分章节，从章节标题到具体行文，竟然很难找到"文"这一概念的影子，不免给人以"文不对题"之感。在"绪论"部分和关于"文"的界定，作者一会儿说是"文"指的是一种"语言"（绪论第8页、正文第51页）或"特殊语言"（绪论第2页），一会儿说"文"是"作为话语历史的日本知识分子的'文'"（绪论第5页），一会儿说"文"是"思想史概念"（绪论第9页），一会儿说"文"是"知识分子思想本身"，一会儿在"言文一致"的意义上暗示"文"是与"言"（口头语言）相对的书写语言（正文第72页）；在谈到夏目漱石的时候，又说"'文'的形式是多样的，包括诗、俳句、书画、小说等"（正文第99页），甚至于说"文"是"中国革命"的"一种具有普遍意义的'文'的表现形式"（正文

11页)。总括起来,"文"似乎具有语言学、思想史、革命史、文学艺术各种体裁样式等多方面的指涉,其内涵没法确定,外延就更加漫无边际了。至于"现代性"是一个时间观念,还是一个文明形态的价值判断,它与"文"的连结点何在,全没有透彻论述。由于缺乏关键概念的明确界定,论述过程过于虚泛,枝蔓丛生、迂回漫延,看似滔滔不绝,说东道西、纵横南北,但整体上缺乏聚焦点,思路不清,零乱不得要领。所谓"围绕着'文'之概念"将六七个思想家、文学家的论述"加以谱系化"(见小森阳一序)这一点,并没有很好地加以实现。

《"文"与日本的现代性》问题很多,为篇幅所限,这里只以第二章《"文"与现代性——夏目漱石的〈文学论〉》为例。因为从章节名称到具体内容,看上去这一章是最为切题的一部分,也是全书最有代表性的章节。

作者声称这一章中要"在语言的层面上分析夏目漱石与现代性之间的关系是如何在'文'这一概念上展示的"(第61页)。然而凡是读过夏目漱石《文学论》的人,都会知道《文学论》除了在个别地方引述"汉学者"所谓"山川河岳、地之文;日月星辰、天之文"之类的表述外,并没有把"文"作为一个概念范畴来使用,更没有对"文"做出界定。《文学论》所使用的是"文学"(有时候是"文章")这一概念。原来,用"文"这一概念来解读《文学论》,只是作者的一种主观性的概念预设而已。日本当代左翼批评家柄谷行人在《日本近代文学的起源》一书中,认为夏目漱石的《我是猫》不是"小说",而只能称其为"文",他所谓的"文"指的是西方影响下的近代小说形成之前的混合的文体类型。林著以"文"来看夏目漱石,很显然是从承接柄谷行人的。

作者认为,应从三个方面考察夏目漱石的"文"。"首先是文体意义上的,如'美文'、'写生文'……其次是偏于语言的书写体

(écriture)意义上的'文'……三是存在论(ontology)意义上,作为精神寄托对象的'文'……本文试图按照对漱石的'文'的细分,揭示漱石之'文'的特质。"(第62—63页)然而作者用了三四万字,从日本江户时代的荻生徂徕,说到当代的子宣安邦,小森阳一;从西方的海登·怀克、福柯,说到尼采、德里达、梅洛·庞蒂,再到中国的钱钟书;从格式塔的"场",再到现象学,迂回曲折兜了一圈又一圈,要说明的道理却很简单:夏目漱石在《文学论》中通过(F+f)这一公式,要打破汉文学与英国文学之间、"形式对内容"、"主观对客观"之间的"二元对立的设定",要以多义性的"文",反抗主流秩序的"一义性",并断言"漱石似乎难以用近代意义上的'小说'这一新的'文'的形式尽抒其复杂的内心世界。无论如何,正是'文',才是他的精神支柱。"(第99页)

而实际上,这些结论是被作者极其主观地"分析"出来的,也是经不住推敲的。细读《文学论》就不难看出,漱石的(F+f)这一公式,表示的文学作品的理性因素与情绪因素两者的相加相融,本身就建立在"二元对立"的基础上。而且,联系漱石关于文明论与文学论的相关著述,就可以知道他作为一个近代知识分子,其基本思维方法与言论方式本身就是"二元论"的。例如"余裕论"与"没有余裕"、"人情"与"非人情"、"文学"与"科学"的二元文学论;"西洋的开化"与"日本的开化"、"个人主义"与"国家主义"等的文明论的二元论等等。实际上,前提是必须先承认"二元对立",然后才有"打破"对立的问题。漱石在《文学论》中,用了大量篇幅分析作品中的这两种因素,以及两种因素的融合,与其说是要"打破二元对立",不如说是首先正视二元对立,然后寻求"对立中的融合统一"。而作者断言"文"与"近代的小说"两者在漱石身上形成对立与矛盾,这一断言本身恰恰落入了"二元对立"思维的牛角。实际上,漱石的"文"与"文学"之间,在传统与近代之间是同一的、浑融的，而非对立的。漱石的全部创作，正是传统与现代、东方与西方矛盾统一的范例。就《文学论》而言，这是一部在西方文学影响写出来的崭新的"文学原理"类著作，书中所举出的作品例子大都是 19 世纪的英国文学作品，都是很"近代"的。漱石就是要用这些英国"近代"作品为例，来阐发他的"文学论"，并在《我是猫》、《草枕》、《心》等一系列作品中加以实践。如此，怎么可以得出"漱石似乎难以用近代意义上的'小说'这一新的'文'的形式尽抒其复杂的内心世界，无论如何，正是'文'，才是他的精神支柱"这样的结论呢？难道作为众所公认的日本近代文学之代表的夏目漱石，是一个反"近代"的复古主义者吗？如果是这样，漱石的《文学论》如何实现所谓的"现代性"？作者的主题论旨——"文与日本的现代性"又如何来说明呢？这种结论岂不是自相矛盾的吗？诚然，漱石也喜欢传统意义上的"文"——汉诗、俳句、东洋书画，但这一切只是他的修养的组成部分，而他的主要成就恰恰正在于那些"近代意义上的'小说'"，他的"精神的支柱"也主要在此。

统观《"文"与现代性——夏目漱石的〈文学论〉》一章，并没有充分尊重《文学论》文本，没有从文本细读中得出可靠结论，而是从自己预设的"文"观念出发，大量援引各色理论，在《文学论》的外围东拉西扯，云山雾罩，却没有对《文学论》本身做出切实的解读与阐发，得出了似是而非、貌似复杂而实则浅显的结论，既缺乏新意，也无助于读者对漱石《文学论》的理解。中国古代文论中有"为情而造文"之说，《"文"与日本的现代性》一书似也带有"为'文'而造文"的强烈色彩。使用这种套路写书的，在当今的西方、日本乃至中国都不乏其人，然而这似乎并不是真正的学术研究与学术著述的正确有效的途径。

此外，在文字表述等技术层面上，该书也有大量错误。许多引文，由于不像引自第一手的原典，或者由于其他原因，而出现过多的错别字、引文不准及出典错误，这些几乎达到俯拾皆是的程度。仅以《"文"与现代性——夏目漱石的〈文学论〉》一章为例，仅就该章的中文脚注和引文内容进行核对，至少可以发现二十多处疏漏和错误。只是本章一开头引用鲁迅《藤野先生》中的一段文字，在七十来字的引文中竟有四处错误。至于古文的引用、年代日期等，差错就更多了。如第 60 页弄错了漱石辞退政府授予的名誉博士学位的时间；第 61 页弄错了《文学论》产生的时间；第 104 页的脚注弄错了夏目漱石进入东京帝国大学文学部英文学科的时间；第 106 页弄错了漱石在东京帝国大学讲授《文学论》的时间……此外的大量的硬伤错误，不遑一一列举。据说本书作者师从日本东京大学著名教授，《"文"与日本的现代性》一书实际上是向该校正式提交的博士论文的"准备篇"。但是，《"文"与日本的现代性》一书似乎没有很好地体现日本学术界传统的科学实证精神和严谨的治学态度，却更多地沾染了当今一些新派时髦学者貌似博学、貌似很"理论"，实则于理不通、浮躁花哨的文风。

  后来，作者或许感到了书中的问题，又出版了一个修订版《"文"与日本的学术思想——汉字圈1700—1990》（中央编译出版社2012）。作者在前言中称本书"除了纠正原书文字方面的错误，并删掉两章附录及部分内容外，由原书的七章，扩充为十二章，补充了近十六万字的新内容"。修订本自然减少了作者意识到的一些错误，但对"文"仍然没有清晰界定，书名改为《"文"与日本的学术思想》，与初版本的《"文"与日本的现代性》，实际上论题发生了很大转变，但是在整体内容没有太多变化的情况下，"日本的现代性"这一论题，是如何一下子转换为"日本的学术思想"乃至整个"汉字圈"近三百年历史问题的？这是一个令人困惑的问题。

三、文论史、批评史的粗陋

对日本文论加以纵向的梳理和横向的综合性研究，是研究展开的两种重要途径和方式。在纵向的历史研究方面，这里要提到两本书，一本是靳明全先生著《日本文论史要》，一本是叶琳等先生著《现代日本文学批评史》。

《日本文论史要》（中国社会科学出版社 2010）是在作者所承担的国家社科基金项目《日本文学批评史》最终成果的基础上修改而成。在日本，《文学批评史》、《评论史》、《论争史》之类的著作成果已有不少，但在中国，迄今为止还没有相关的专门著作，因而该选题是有意义和价值的。如果做得好，可以填补中国的外国文学批评史研究的一个空白。但是，正因为这个课题的研究难度相当大，对文献的要求、对理论的要求也很高。要做得好，首先必须对日本文论原典加以广泛涉猎，并且从文字上、内容上真正吃透。日本古代文论原典用古文写成，近代文论文白夹杂，现代文论资料浩繁，要写成一部自古及今的《日本文学批评史》，困难可想而知。事实上，作者似乎也付出了一定的努力，但努力显然很不够，终于未能做出真正的《日本文学批评史》，故而在出版最终成果的时候，将书名更改为《日本文论史要》，这就一定程度地回避了通史所应具有的全面性系统性，同时偏离了国家项目立项的宗旨，减弱、降低了原有选题的学术价值。

从分量和结构上看，《日本文论史要》总字数只有 20 万，其中，"附录"的日本文学批评的译文约占全书篇幅的三分之一。而且，在附录的这些译文中，古代部分大部录自《东方文论选》，并非作者自译；近代文论部分大部分文章是早已经有了译文的篇目，如坪内逍遥、有岛武郎、厨川白村的文章，一般读者很容易查到，这些篇目虽署"靳明全译",但和已有的译文关系如何,复译的译文质量是否有提高,尚有待译本的对比分析才能做出结论。但有一点可以肯定:在所附录的译文中,有的篇目存在大面积的错译。(错译问题属于另外的论题,在此从略。)不管怎么说,对国家级课题的高端学术著作而言,将本来已有译文的篇目附录于书后,除了徒充篇幅以外,只能增加该书的含水量。

除去附录的译文,属于作者实际撰写出来的字数只有13万字左右。这么小的篇幅,对于日本文论史而言,实在太单薄了。即便是"史要",相对于古今日本文论史的丰富内容,分量也显得严重不足。日本学者久松潜一《日本文学评论史》只写古代部分,就有厚厚五大卷,约合中文150万字,相当于《日本文论史要》的十几倍。写"史"者、读"史"者,都期求丰富的资料信息。首先是史料、然后是史识。史料不齐,史识焉附?本书在史料上的严重欠缺,并不是卷首二百来字《自序》中所称的"要而不繁、简明扼要",而是残缺不全、丢三落四,如此,"史"的价值便大打折扣了。

从总体构架上看,《日本文论史要》采用的教科书式的写法,在章节结构上以"概述"加人头,来谋篇布局,未能提炼出问题点,也未能对文论文本做出应有的解读和阐发。在实际的行文中,流于浅层的介绍,缺乏深入的理论剖析,缺乏独到的见地。特别是站在中国学者立场上的比较文学的分析、美学层面的分析,就更为贫弱了。全书甚至连一个提纲挈领的、对日本文论发展规律及民族特点加以总结的序言、绪论都没有。作为本身就是研究"文论"的著作,却如此不"理论",是超乎想象的。诚然,教科书式的写法、教科书式的读物也不无用处,教科书可以做得很基础、可以写得很通俗易懂,但无论如何也不能粗糙浅陋。尤其是作为国家级研究课题的最终成果,本来应该是以"原创"为根本追求,不能仅仅写出入门读物便宣告"圆满结题"(该书"后记"语)。

《日本文论史要》理论建构上缺失，文献资料方面也存在着残缺不全、顾此失彼、引证不规范的问题。例如，在古代部分，"连歌"论相当重要，日本古人写了不少"连歌论"的专著和文章，很有理论价值，而《日本文论史要》中却只字不提。难道作者不知道日本出版的任何一种《日本古典文学大系》在文论方面都必然收录"连歌论"吗？再如，关于世阿弥的戏剧理论，《日本文论史要》只讲《风姿花传》，而对世阿弥的其他十几部相关著作只字不提，这就不可能全面把握世阿弥的戏剧理论体系。总体上看，在文献资料方面，从古代、中世、近世部分的脚注中就可以看出，作者所依据的材料，主要是曹顺庆主编《东方文论选》一书中王晓平先生的译文，而对日本原文原典，却基本没有触及。例如，作者之所以不提连歌论，是因为连歌论原典那时尚没有中文译文；之所以对世阿弥《风姿花传》之外的其他著述不提，是因为那时其他著述尚没有中文译文；之所以对净瑠璃论、歌舞伎论等近世戏剧艺术论不提，也是因为那些文献尚没有中文译文。凡是有中文译文的，就写；凡是没有中文译文的，就省略，这显然是作者取舍时的主要考量。像这样主要靠有限的中文译文来研究和撰写《日本文论史》，就势必捉襟见肘。令人困惑的是，作者在"后记"中声称自己在日本各大图书馆"收集了《日本文论史》的大量一手资料"，但是这"大量一手资料"究竟用在了什么地方呢？

有时貌似引自原典，实则可疑。如第50页、第51页的脚注写明：所引用的井原西鹤、广濑淡窗、荻生徂徕的话，分别出自岩波书店版中村幸彦校注《近世文学论集》第6页、第9页、第6页。乍看上去，这似乎在引用原典，但实际上所引并非原典，而是对编者的《解说》文字的转引。更有甚者，第23页，引了菅原道真《新撰万叶集序》中的几句话，该页有作者的脚注云："佐佐木信纲编：

《日本歌学大系》第一卷,靳明全译,文明社昭和十五年版,第85页。"而这个短短的脚注却隐含了三个错误:

第一,该段话不见于佐佐木信纲编《日本歌学大系》第一卷85页,而是在第35页;

第二,该段话原文为汉语,无须翻译,也根本不存在"靳明全译"的问题;

第三,该段话在引用时出了错。原文是"青春之時、冬玄之節、隨見而興(既作,觸聆而感自生。)凡厥所草稿不知幾千"。作者却错引为:"青春之时,冬玄之节,随见而兴既作。触聆而感自生。凡厥取草稿不知几千"。作者的错引,把括号去掉了,把句读改变了,把文字置换了("所"字换为"取"字),致使原文的意思也变异了、莫名其妙了。由此而不得不令人怀疑全书文献引用、翻译的可靠性。

此外,令人纳闷的是,在很多场合下,作者都援引《东方文论选》中王晓平先生的译文,而菅原道真《新传万叶集序》在《东方文论选》中也选录了,而且文字上与佐佐木信纲编《日本歌学大系》中的原文完全一致,为什么对这段不需要翻译的汉文,反而要舍近求远,需要"直接"引自佐佐木信纲编《日本歌学大系》呢?这要么是"伪引",要么是暴露了引用上的随意性和不严谨性。这样的问题,在《日本文论史要》中还大量存在着。篇幅所限,此不一一赘述。

近代部分的内容上的顾此失彼缺漏也很严重。例如,在日本近代文学中,自然主义是文学主潮,也是最具有日本特色的理论评论现象,但《日本文论史要》课题却几乎没有论及;再如,谈新感觉派文论,不谈该派最重要的理论家横光利一,却只谈川端康成。对于日本近代第一流的几个评论家和文论家,如高山樗牛、北村透谷、长谷川天溪等,完全没有论及;对日本对外侵略期间,文学批评如何协助对外侵略，是 20 世纪 30—40 年代日本文评中不能回避的问题，却丝毫不涉及，如此等等。战后六十多年来的日本文学评论，丰富多彩，最值得好好梳理和评述。然而，《日本文论史要》却只写到 20 世纪 30—40 年代为止，匆匆收笔。作为"史"而缺乏当代史部分，也是一种很大的缺憾。

总之，我们不得不说，《日本文论史要》一部粗陋、草率的产品。不仅资料上不可靠，内容也残缺不全，无法显示日本文论史的系统性，无法呈现日本文论史的演进轨迹与发展规律，也就无法担负"史"之名；"史"固然有详有略，但本书对日本文论史中最不能忽略的内容却也忽略了，因而也不能担负"史要"之名。

日本文论史方面的另一部著作是叶琳等著《现代日本文学批评史》（上海外语教育出版社 2008）。作者把"现代文论"界定为 1920 年代初至 1970 年代末，共六十年。这段时期日本文学批评流派甚多，文章甚多，情况更为复杂。作者以时间推移为线索，以团体流派为单位，分专章依次对无产阶级文学批评、"艺术派"文学批评、战争时期文学批评、战后文学批评、"传统派"文学批评，"批判现实主义"文学批评、经济高度增长时期的文学批评、女性文学批评等，做了评述。尽管此前日本学者的相关研究相当不少，"文学论争史"、"文学评论史"等已有多种，相关资料集也出版了若干，但这样的中文著述此前还没有，因而《现代日本文学批评史》选题本身很有价值。

但是，遗憾的是，《现代日本文学批评史》在很大程度上偏离了"文学批评史"的正题，书中有太多的内容，评述的是一般文学史上都讲的作家作品，而不是"文学批评"本身。这种情况，在第一章《无产阶级文学批评》和第二章《现代艺术派的文学批评》中尚不太突出，到了第三章《战争时期的文学批评》则开始明显。第四章以后，不属于"文学批评"的内容逐渐增多，乃至有的章节用了超过一多半的篇幅来综述文学史的演进及作家作品,使人感到作者似乎忘记了是自己在写"文学批评史",而是在写一般的"文学史"!而到了第六章《批判现实主义的文学批评》,几乎全部篇幅在评述作家创作,至于"批判现实主义"有哪些"文学批评"的文章、有哪些理论主张,则完全没有涉及。第七章《高度增长时期的文学批评》共30多页,用于"文学批评"评述的文字不超过一页。第八章《女性文学批评》中的三节分别谈女性文学的风格、创作主题及女性文学的贡献,几乎不谈女性文学批评是怎样的。更不用说最后一章《典型作家的文学批评》,更是无关乎"文学批评",不过作者在"前言"中明确做了说明,说因为那些作家很重要,所以需要"从理论角度"做"个案评析"。

诚然,文学批评与文学创作是密切关联的,但是,"文学批评"与"文学创作"是两个不同的领域,前者是"理论"形态的东西,后者是虚构叙事、情感想象的东西;前者涉及理论文本,后者涉及虚构性作品文本,这是无需多说的常识。然而遗憾的是,《现代日本文学批评史》的大多数章节却将两者混淆起来,不以"理论文本"的评述、解析和阐发为主要任务,于是偏离了"文学批评史"的正题。在这种情况下,书中所提到或评析的文学评论的文章篇目也出乎意料得少,"文学批评史"在很大程度上变成了一般的文学史。该书作为"国家社科基金青年项目"的最终成果,出现这一问题是很不应该的。至于书中出现的一些细节问题,如第126—127页谈到诗人金子光晴"反战"诗歌的时候,却不提(或不知道)该诗人也写过歌颂战争的诗歌;第144页提到"国民文学"主张的时候,只字不提"国民文学"最有影响的提倡者之一高山樗牛的观点等等,还有书后附录的参考书目和论文目录,许多的与作者论题密切相关的中文及日文的重要文献未能纳入视野,显示了作者对文学史料把握的残缺不全与片面性。

以上指出的相关著述中的问题与缺憾，来自笔者研究和撰写日本文学研究史过程中的阅读体验。需要强调的是，拙文虽然不得不提到相关作者的名字，但是对事不对人，纯粹就学术而谈学术，而且仅就所评述的特定著作而言，并不是对作者的整体学术做出的评价。本文写作虽然基于纯学术立场，但毕竟水平所限，只是一孔之见，姑且提出来就教于作者和读者，并期待相关作者或读者提出反批评，以有助于活跃学术气氛，吸取学术史经验，推动学术发展，使中国的东方学、日本学及日本文学、文论的研究取得更大进步。最后，与本文论题相关的批评文章，还想推荐祁晓明教授《近年来中、日比较诗学研究中存在的问题》一文（原载《轩蠹集：当代视野下的语言文化研究》，对外经贸大学出版社2011），该文指出了《东方美学史》、《日本诗话的中国情结》等相关著述中的问题与错误，可以与拙文相互参读。

我国的日本汉文学研究的成绩与问题[①]

一、对日本汉诗的专题研究

汉文学是日本传统文学的重要组成部分，有上千年的历史传统。中国学界对日本汉诗文、特别是汉诗的关注较早，早在唐代，李白、王维等就与渡唐日本诗人晁错等有相互唱和之作。宋元时期中日诗僧也有往来，日本诗僧流布于中国的作品，也斑斑可考。但总体而言，流入中国的日本汉诗极少，中国人对日本汉诗长期缺乏关注。到了清末，俞樾（1821—1907）曾应日本人岸田吟香的请求，编选日本汉诗集《东瀛诗选》四十卷并补遗四卷，凡五千余首。在《东瀛诗选》的序言及《东瀛诗记》中，俞樾对日本汉诗有所评论，并将日本的汉诗与中国诗做了一些比较。也可以把俞樾的这些文字作为中国的日本汉诗评论与研究的滥觞。直到1980年代后，中国开始对日本汉诗加以编选刊行和研究。首先对日本汉诗按主题题材加以编辑整理。其中，从中日两国交谊、往来的角度编选的日本汉诗就有数种。有张步云《唐代中日往来诗辑注》（陕西人民出版社1984），杨知秋编注《历代中日友谊诗选》（书目文献出版社1986），孙东临、李中华选注《中日交往汉诗选注》（春风文艺出版

[①] 本文原载《东北亚外语研究》（创刊号），2013年第1期。

社1988），黄铁城等编注《中日诗谊》（陕西人民出版社1995），孙东临编注《日人禹域旅游诗注》（武汉出版社1996）等。这些选集一则可中日交流史提供诗证，二则可为读者的鉴赏提供材料。从纯文学欣赏的角度编选注释的日本汉诗集也有几种，其中包括黄铭新选注《日本历代名家七绝百首注》（书目文献出版社1984），程千帆、孙望选评《日本汉诗选评》（江苏古籍出版社1988），陈生宝编著《森鸥外的汉诗》（日文版，明治书院1993），马歌东编选《日本汉诗三百首》（世界图书出版公司1994），刘砚、马沁编《日本汉诗新编》（安徽文艺出版社1988），王福祥、汪玉林、吴汉樱编《日本汉诗撷英》（外研社1995）。2009年，广西师范大学出版社、华东师范大学出版社出版《日本汉文著作丛书》，列出的书目有从古代到现代的日本汉文作品十八种，已出版的有《一休和尚诗集》、《夏目漱石诗集》、《内藤湖南汉诗文集》等。

在此基础上，近三十年来，特别是1990年代以来，许多学者们展开了对日本汉诗的研究。其中，有的研究从考释的角度展开，如北京外国语大学的王福祥教授编著的《日本汉诗与中国历史人物典故》（外研社1997），以178位中国历史人物为切入点，选出含有这些历史人物典故的汉诗476首，并对诗人生平略作简介，既是一部独特的日本汉诗选集，也是一部有特色的中日比较文学的专著。由此可以看出以中国历史人物（既有真实人物，也有神话传说中的人物）为题材的日本汉诗已经形成了一个重要的部类。冠于卷首的长文《日本汉诗与中国文化》描述了日本历代汉诗的发展演化的轨迹，对日本汉诗人的思想情操、创作中所收的不同时代中国诗风的影响，日本汉诗与中国的时令节气、节日习俗，日本汉诗的主要的修辞手法等，都结合具体作品做了分析。

最早对某部作品进行专门的研究的，是四川外国语学院宋再新教授题为《和汉朗咏集文化论》（山东文艺出版社1996）的小册子。

《和汉朗咏集》是平安时代编纂成书汉诗、和歌佳句集锦，编者据认为是著名歌人藤原公任。全书分为两卷，共收中国诗文佳句234句，日本汉诗文佳句354句，和歌216首。宋再新教授认为，该书将中国文学、日本汉文学、日本传统文学的佳句汇于一集，通过该书的阅读研究，可以很好地理解三者之间的关系，看出中国文学对日本的影响，认识日本人文学固有的文学观和文学的特殊性。作者指出：《和汉朗咏集》对汉诗的选择标准带有明显的日本平安朝宫廷贵族文化的取向和趣味，平安贵族崇尚唐文化，提倡华贵、风雅。所编选的佳句，都是闲适、绮丽一类。其中入选最多的白居易的佳句（共135首）也都是此类风格的诗剧，而对于白居易自己最得意的乐府讽喻诗中的忧国忧民、社会批判的诗剧，则几乎不选。又指出："《和汉朗咏集》所提倡的并不是中国古代文人热衷的'诗言志'、'文以载道'，他们仿效的是侍宴应制、酬酢唱和、钟情的是中国文学中描写自然风景、卿卿我我的作品。"（第9页）。这些话，在当时对于中国读者而言，都是新颖的和富有启发性的结论。十年后，宋再新教授又出版了《千年唐诗缘——唐诗在日本》（宁夏人民出版社"人文日本新书"，2005），在研究思路上与上书相似。《千年唐诗缘》以《千载佳句》为主要研究对象，展开了唐诗在日本的接受研究。该书重点不是全面地分析唐诗在日本的影响（那需要更大的篇幅），而是通过考察日本人对唐诗的理解和鉴赏经过，了解各时代的日本人接受唐诗影响的文化背景和鉴赏。作者指出，日本人对唐诗的选择欣赏与中国人是有差异的，他们喜爱的诗句诗篇与中国人最推崇的诗句诗篇并不相同。这一点集中体现在公元950年前后平安时代学者大江维时所编纂、并被历代读者所酷爱的唐诗佳句选集《千载佳句》一书中。该书收集153个唐代诗人的1083联七言诗佳句，其中白居易的诗就占了一半，就可以发现日本人对唐诗是有分捡选择和过滤的。他们以和歌的审美标准来选唐诗，而将表现社会政治、忧国忧民的唐诗摒弃在外了,他们唯尊白居易,而且独尊白居易描写风花雪月的作品。到了江户时代,随着汉学水平的普遍提高,传为中国明代李攀龙编选《唐诗选》以及明清两代尊崇李杜的风气传到日本,日本人开始全面的了解唐诗,对李白杜甫也重视起来。直到当代,日本人对唐诗仍很重视,中学课本中有唐诗,出版社不断推出各种唐诗选本。《千年唐诗缘》按照这样的思路,描述了上千年间唐诗在日本的接受轨迹,分析了唐诗对日本民族诗歌乃至民族文学的影响。书中对日本独特的审美趣味的强调及相关结论,与上述的《和汉朗咏集文化论》是一致的。

同样收入宁夏人民出版社"人文日本新书"的日本汉诗研究专书,还有苏州大学严明教授的《花鸟风情的绝唱:日本汉诗的四季歌咏》(2006 年)。该书是一部赏析性的书,把日本汉诗按春夏秋冬四季加以编排,列出描写四季风物的原作,并加以鉴赏,也时有中日诗作的比较分析,该书可作为了解日本汉诗基本面貌的入门读物。严明的《日本狂诗艺术特征论》(《东亚文学与文化研究》第二辑,2012)一文,对日本"狂诗"的由来及其艺术特色做了透彻的概括分析,是这方面的不可多得的好文章。

从 1990 年代起到新世纪头十年的二十多年间,陕西师范大学马歌东教授在中国和日本的相关书刊中,陆续发表了十几篇论文,其中有《物理·事理·情理·禅理——试论中国古诗与日本汉诗中的造理表现》(1990)、《日本汉诗的运命》(1991)、《试论日本汉诗对王维五言绝句幽玄风格之受容》(1995)、《试论日本汉诗对于杜诗的受容》(1995)、《试论日本汉诗对于李白诗歌之受容》(1998)、《日本的诗话的文本结集与分类》(2001)、《训读法——日本受容汉诗文之津桥》(2002)、《俞樾〈东瀛诗选〉的编选宗旨及其日本汉诗观》(2002)、《唐宋涉脍诗词考论——兼及日本汉诗脍意象》(2002)、《日本五山僧汉诗研究》(2003)、《中日秀句文化渊源论》(2003)

等。后来,这些论文结集为《日本汉诗溯源比较研究》,由中国社会科学出版社 2004 年初版发行。后来又增补了两篇文章,以相同的书名由商务印书馆 2011 年再版发行。

《日本汉诗溯源比较研究》的大部分论文,在选题、材料或结论上具有一定的创新性。例如,在《日本汉诗的运命》一文中,作者从日本的历代诗化的分析中,认为日本人对日本汉诗的评价向来是以中国为标准的,日本汉诗中的所谓"和臭"(又作"和习"、"倭臭"、"倭习",指汉诗中的日本式字句与表达习惯)是极力避免的。作者指出,到了江户时代,"日本汉诗已经相当成熟,能够创作性地显示出日本汉诗的民族特色,达到了'日本的汉诗'这一至境。如果广义地把这也是为一种'和臭'的话,这已与道真时代的'和臭'有了质的变化。从产生'和臭'到'和臭'减少,再发展到无'和臭'却显示出民族特色,这是日本汉诗走过的合乎逻辑的进程"(初版本,第 18 页)。这样分析和结论是十分准确的。也就是说,"和臭"或"和习"是日本人汉语水平和汉诗水平不高所产生的迫不得已的现象,并非是日本人故意显示"和习"来标新立异,"和习"更不是显示日本民族特色的有效途径。这与当下有些"和习"研究所得出的相反的结论,形成了对比(详后)。在《训读法——日本收容汉诗文之津桥》一文中,作者介绍了日本汉诗文训读法的形成和完善的过程,认为:"训读法不仅是日本人接受汉籍并进而创作汉诗文的语言工具,更重要的是,向使日本人一味用音读法处理汉诗文,则汉诗文就始终只能是极少数文化贵族的文学,汉诗文在日本就永远只能是'外国文学',就不可能有持久的生命力,不可能出现江户时期的鼎盛,更谈不上融入日本文学。成为构成日本文学的和汉两大体系之一"(第 45—46 页),这样的分析也是颇得要领的。还有几篇论文选题具有探索性和创新性,如《物理·事理·情理·禅理——试论中国古诗与日本汉诗中的造理表现》(1990),从

"理"和"造理"的角度对中日诗做比较研究，是一个十分重要的论题，但可惜作者只谈了中国古诗中的"造理"的分类，从中日有关诗歌中分析两国诗歌在造理上的相通性，却没有联系日本古代文论，分析日本人对"理"的独特理解，特别是和歌、物语为代表的日本传统文学对说理、讲道理、即落入所谓"理窟"的反感和排斥，来揭示中日文学在"理"上的根本不同。在《试论日本汉诗对王维五言绝句幽玄风格之受容》一文中，作者从中国诗话史料中，看出许多论者用"幽玄"或"穷幽入玄"一词，来概括王维的诗风，特点是"伤暮悲秋、境入静寂"，并指出日本汉诗也有王维式的"幽玄"之句。这是一个很好的、创新性的选题，但可惜作者只是从具体作品的风格分析中来论"幽玄"，未能联系日本古典文论特别是源远流长的"幽玄"论从理论上进一步深入探讨，对"幽玄"的诗学内涵、中日"幽玄"的美学差异等，也没有理论分析。在《中日秀句文华渊源考论》一文中，作者从语义学的角度，对中国诗学中的"秀句"一词做了考辨，并对"秀句"的基本审美特征做了分析概括，并在此基础上论述了日本对中国"秀句"文化的受容。虽然该文未能联系日本古典和歌论、连歌论、俳谐论，对"秀句"作为文论概念的概念做出深入阐释，却为今后的进一步研究，开了一个好头。

总体看来，《日本汉诗溯源比较研究》中的相关论文，开启了一系列创新性的选题，代表着1990年代后二十年间中国的日本汉诗研究中的高水平，为今后的研究铺垫了很好的基础。

《日本汉诗溯源比较研究》之后的另一部日本汉诗的论文集，是旅日学者蔡毅先生的《日本汉诗论稿》（中华书局2007）。该书收录作者的18篇论文，其中主要是考据、考证性的文章，包括《空海在唐作诗考》、《韩志其人其事》、《祇园南海与李白》、《市河宽斋简论》、《从日本汉籍看〈全宋诗〉补遗——以〈参天台五台山记〉

为例》、《市河宽斋与〈全唐诗逸〉》、《市河宽斋所作诗话考》、《长崎清客与江户汉诗——新发现的江芸阁、沈萍香书简初探》、《陈曼寿与〈日本同仁诗选〉——第一部中国人编辑的日本汉诗集》、《俞樾与〈东瀛诗选〉》,《黄遵宪与日本汉诗》、《明治填词与中国词学》等,多有探幽发微的寻觅与发现。还有对日本汉诗的赏析与批评的文章,如《试论赖山阳对中国古典诗歌传统的既成与创新》、《超越大海的想象力——日本汉诗中的中国诗歌意象》。特别值得注意的是,在日本汉诗的研究思路与研究方法方面,作者也提出了一些高见,如在《日本汉籍与唐诗研究》一文认为,纵观日本对唐诗的接受史,有两个现象尤其引人注目:一是平安时代白居易的文坛独步,一是江户时代李攀龙编《唐诗选》的天下风行,由此看到日本汉籍对唐诗研究所具有的独特意义。那就是中国的白居易研究应该借助日本所收藏的、中国国内不见的各种白居易文集抄本、刊本;而对唐诗字句的注释,也应该参照日本人对《唐诗选》的翻译注解。在《日本汉诗研究断想》一文中,作者认为中国学者研究日本汉诗,重要的是发现日本汉诗与中国古诗的不同,"求异是难点,也应是日本汉诗研究的重点,正是在这里,日本汉诗才展示出它独特的魅力"。例如,由于日本"民风自古开放,'男女之大防'较中国远为松弛,日本汉诗,特别是江户时代的汉诗,爱情之作时可寓目。赖山阳和江马细香的'生死恋',就具有现代性爱的平等精神,其互诉肺腑之作,足可谱写一曲新的'长恨歌'。其他如对自然景物的描写,中国文学中一直作为恐怖形象的大海,在日本汉诗中却是明朗亲切的存在,大陆国家和海洋国家的差异,于此得到鲜明的体现"。(第168—169页)基于日本汉诗特殊性的强调,作者认为,"日本汉诗最有价值的,并不是五山僧侣们与中国诗惟妙惟肖、难分二致的诗作,而是江户中期以后逐渐兴起的'汉诗日本化'的作品。"这些看法都可为中国的日本汉诗研究的着眼点和方法，提供有益的参考。

试图从"文体学"这个特定的角度，对日本汉诗做出研究的是吴雨平女士的《橘与枳：日本汉诗的文体学研究》（中国社会科学出版社2008）。该书是在博士学位论文的基础上修订而成的。对汉诗作"文体学"的研究，研究日本汉诗的体裁样式，即语言、结构、体裁、体制等，是一个很好的思路和角度。作者在该书"绪论"中，表示要"将日本汉诗作为特殊的'文体'，对其'生命史'进行文体演化的研究，考察日本的汉诗诗体、诗风的形成、发展和变迁，并且同时关注这种过程与作为文体环境的日本社会历史进程中各种政治文化思潮的关系，以及日本各个历史阶段政治、军事、文化和经济势力的消长对日本汉诗的作用，即通过对日本汉诗这种特殊文体的内部与外部研究，来探讨它尚未被完全挖掘的历史文化及文学价值。"（第2页），但是作者没有将文体作为"体裁样式"来把握，而是对"文体"做了极其宽泛的理解，"认为'文体'既是语言的编码方式、体裁文类，更是文体风格、体裁内容、表现方法乃至作家的主体精神，甚至是时代精神和民族感情的凝聚。这可以看作是本书对日本汉诗进行文体和文体意识研究的理论预设。"（第6页）这样一来，"文体"就从内容到形式、从作者到社会，从社会到历史文化，无所不包了。在这样宽泛的理解中，"日本汉诗的文体学研究"实质上就变成了"对日本汉诗这种文体的研究"；换言之，在这种语义中，"文体"这个概念就完全被虚化了，实际表述的是"对日本汉诗的研究"。统观全书，对日本汉诗的严格意义上的"文体学研究"的内容极其微少。全书共有七章大都是对日本汉诗及相关历史文化各个方面之关联的评述，而不是真正的"文体学研究"本身，因而作者并没有集中阐述出"橘与枳——日本汉诗的文体学研究"这一标题所表示的主题，没有集中论述中国诗（"橘"）在文体上如何变为日本汉诗之"枳"。这样一来，从书名上看论题很鲜明集中的

"文体学研究",便弥漫为关于汉诗的历史演变、文化背景、诗人创作及其与中国文学之关系的一般化的评述。在这种情况下,尽管书中也有一些作者自己的心得,但要写出更多的创意和新意,就相当困难了。

旅日学者张石先生的《寒山与日本文化》(上海交通大学出版社2011),是以寒山及寒山诗在日本的传播与影响为切入口的日本汉诗与中国文学之关系研究。众所周知,中国唐代诗人寒山在近百年的各种中国文学史书上长期没有记载,但其诗作传到韩国、日本和欧美世界后,却产生了很大的影响,这是一种颇为值得研究的现象。近年来,研究寒山对日本文学、文化影响的文章陆续出现,但一直没有出现专门的成规模的研究专著,张石先生的《寒山与日本文化》填补了这方面的空白。全书分两编,第一编《寒山与中国文化概论》,详细分析寒山及寒山诗的内容与艺术特色,分析了寒山诗对中国文化与中国文学的影响。第二编《寒山与日本文化》是全书的重心,对寒山诗传入日本的途径、保存、流传和出版刊行情况做了描述,对寒山诗与日本佛教、特别是禅宗及著名僧侣的关系做了评述,对日本古代文学、近现代文学接受寒山诗的影响做了全面分析,对日本绘画等美术中的寒山题材及寒山形象做了梳理呈现,还进一步论述了寒山对日本人现代社会生活的影响。其中,作者对寒山与日本文学的关系论述尤其详细,包括日本五山汉文学、谣曲中的寒山题材,寒山诗与松尾芭蕉、良宽等人创作的关系,近现代作家坪内逍遥、森鸥外、夏目漱石、芥川龙之介、冈本可能子、安西冬卫、井伏鳟二等作家对寒山形象的描绘及受寒山诗作的影响等,都做了详细的论述。作者指出,寒山诗中的禅宗思想、乐观放达的"笑"的魅力、修炼孤独与享受孤独的精神,都是寒山及寒山诗能够影响日本近现代文学的原因。而寒山诗中的无常观、简朴清贫的生活观和与大自然融为一体的自然观,则是寒山诗能够影响日本文化的深层原因。在研究方法上，该书将比较文学的传播研究、影响研究与文学研究的文本分析、文献考据等结合起来，既有扎实的文献功底，又有透彻的理论分析。使《寒山与日本文化》成为一部了解该领域的不得不读的书，也是中国古诗对外传播与影响研究的一部力作。

二、对日本汉诗文及汉文小说的综合研究

除上述对汉诗专题个案问题研究的成果外，对日本汉诗文、汉文小说的综合研究的成果也陆续问世。所谓综合研究，就是日本的汉文学作为一个整体来把握，既有历史演变的寻绎、也有空间关联的梳理，乃至将日本汉文学置于整个东亚汉文学的系统中加以观照。

在综合研究方面，王晓平教授的《亚洲汉文学》（天津人民出版社2001年初版，2009年修订版。修订本只校正舛误，内容结构未变）是我国第一部系统评述"亚洲汉文学"的专著，填补了中国文学对外传播研究和国外汉学研究中的一个空白。在这部书中，王晓平提出了"亚洲汉文学"的概念，强调将"亚洲汉文学"作为一个整体加以总体研究的必要，认为迄今为止东亚各国进行汉文学研究都是国别范围的研究，应该将亚洲有关国家的汉文学研究作为一个整体，纳入相互关系及比较研究之中。作者在初版序言《亚洲汉文学的文化蕴含》中，高屋建瓴地综论了亚洲汉文学发展规律、特性和特色的文章。作者指出："各国汉文学大抵经过中国移民作家群与留学生留学僧作家群活跃的准备阶段，便由成句拼接到独立谋篇，从步步模拟到自如创作，从摹写汉唐风物到描绘民族今昔，迈进本土汉文学阶段，并与中国的文学思潮形成彼伏此起、交相辉映的格局。"认为历史上亚洲汉文学出现过四次高潮。第一次高潮出现在

8—10世纪的日本，是汉唐文学的咀嚼期；第二次高潮在12—15世纪的高丽，是宋元文学的咀嚼期；第三次高潮在15—17世纪，是程朱理学文艺思想的光大期，各国汉文学的发展水平逐渐接近；第四次高潮出现在18—20世纪初，是亚洲汉文学的全盛期，也是明清文学的咀嚼期。作者认为亚洲汉文学是模拟性与创造性的矛盾统一，其创造性主要体现在汉文的阅读方法的多样性、民族语言的汉化、变体汉文及文体的创造、翻译注释与改编形式的配合；尤其重要的是亚洲各国汉文作者并不把汉文看成是外国文学或官方文学，而是个人抒情叙事的必不可少的方式。王晓平认为"区域的国际性"是亚洲汉文学的重要特性，在历史上亚洲各国交往中起了重要作用。将汉文学区域化、国际化是由若干不同类型的作家群体来实现的，他们包括帝王群、臣僚群与文人群、释门群、道门群、闺秀群。在修订本序言《汉文学是亚洲文化互读的文本》中，王晓平进一步提出了"汉文学是亚洲学人同读共赏的文学遗产"、"汉文学是东亚文化交流的宝贵结晶"、"汉文学是亚洲学人共同的学术资源"这三个命题，从文学鉴赏、文化交流、学术研究三个角度论述了亚洲汉文学的意义。《亚洲汉文学》全书以专题论的形式设计全书的构架，分《书缘与学缘》、《歌诗之桥》、《迎接儒风西来》、《梵钟远响》、《神鬼艺术世界》、《传四海之奇》、《走向宋明文学的踏歌》、《辞赋述略》、《送别夕阳》共九部分。也许是为了追求行文的活泼可读，全书按普及读物的风格样式谋篇布局，这样的结构布局似不利于在时序和空间关联上揭示亚洲汉文学的内在联系，不利于体现作者在序言中提出的对亚洲汉文学的演变规律及特征的基本把握，这似乎是书中美中不足之处。

在亚洲汉文学的整体研究方面，王晓平之后，高文汉、韩梅合著的《东亚汉文学关系研究》（中国社会科学出版社2010年）一书，则将日本与韩国的汉文学作为一个整体加以研究，作者在"前言"

中提出本书的研究目标是"以梳理日、韩汉文学的发展、变化为基础，运用比较文学的研究方法，从韩、日汉文学的重点作家、主要文学流派的体裁、文学价值观、审美取向、表现手法、思想倾向等问题入手，以期探明中国文学对日韩汉文学的影响，韩、日汉文学在接受过程中的变异以及它们之间的内在联系，进而总结、归纳东亚汉文学发展的共同规律。"应该说本书部分地实现了这一目标。但本书作为国家社科基金项目"东亚汉文学关系研究"的最终成果，理应在原创性、体系性上应该要求更高。从全书架构上看，全书没有将日、汉汉文学纳入"东亚汉文学关系"的整体框架中加以论述，而是以上、下两编、花开两朵各表一枝的方式，将日本汉文学、韩国汉文学分别论述。这样当然有利于两个执笔者分头撰写，却不利于全书的完整立意的表现。在"上篇"即日本汉文学部分中，一共六节（实际上，若按约定俗成的写作规范，"编"之下应改是"章"，"章"之下才是"节"，但作者在"编"之下直接表记为"节"），包括第一节《日本汉文学史略》、第二节《中国典籍与日本汉文学》、第三节《中日文化交流与日本汉文学》、第四节《中国文化对日本汉文学的影响》，第五节《中国古典文学与日本汉文学》。从各节的名称中可以看出，在概念表述、内容思路上有互相重叠、纠缠不清的问题，例如"中国典籍"、"中国文化"、"中国古典文学"是相互包含、相互交叉的概念；而"中国典籍"的流传与"中日文学交流"也是相互包含和交叉的。因此在论述上就不免也有叠床架屋之感。该书的上编（日本部分）约有 14—15 万字，篇幅不大，所使用的材料较为常见，也难以容纳更多的材料，并且在内容材料方面与作者早先出版的《日本古代文学比较研究》等有不少的重复。

在汉文学研究方面，高文汉教授还有一本《日本近代汉文学》（宁夏人民出版社"人文日本新书"2005）是日本汉文学的断代史，对明治时代及大正时代的汉文学做出了较为全面的评述和研究。此前，在日本有《明治汉文学史》（三浦叶著，1998）等相关著作，但在中国，此前还没有综合评述明治时代日本汉文学的专书，因而该书在选题上填补了一处空白。作者指出，明治七八年以后，随着过度西化的反思，汉学重新得到评价，汉文学再次复兴，并于明治二、三十年代迎来了"日本汉文学史上的第四次繁荣"。据日本学者统计，明治年间日本出版的汉诗文集多达 2700 种，数量惊人。因而，这段汉文学史极有研究的必要和价值。全书分为五章。第一章《明治汉文学复兴的背景》，谈了学制及汉学学塾、诗社与文会、出版业的发展、中日文人的交流等对汉文学复兴的影响。第二章《明治前期的主要诗人》，评述了小野湖山、冈本黄石等十几位诗人的创作，第三章《明治中、后期的诗坛》评述了"森门四杰"及其他几个作家，第四章《明治时期的文坛重镇》，评述了中村敬宇等六位汉文作家的汉文创作。而第五章《大正、昭和前期的汉文学》分两节谈了汉诗与汉文的创作。作者主要使用了作家介绍与作品分析的方法，这在日本近代汉文学的研究的前期阶段是合适的、可行的。另外，全书第一章、第三章前面，都有一段引言性的文字，但其他各章却没有，造成了结构上的不对称，算是白璧微瑕。

长期以来，对日本汉文学的研究，主要是研究汉诗与汉文，而"汉文"主要是指散文，而常常忽略小说。实际上，日本的汉文小说也是日本汉文学的重要组成部分。对此，日本学者在 1920 年代以后，就有学者陆续加以整理和研究。在中国，台湾地区的学者王三庆等，从 1990 年代后期，也陆续发表和刊行从日本收集到的汉文小说。2003 年，王三庆等四位学者主编的《日本汉文小说丛刊》（第一辑）由台湾学生书局出版发行。在大陆地区，1988 年，上海师范大学孙逊教授的论文《日本汉文小说〈谭海〉论略》（《学术月刊》2001.3）开中国大陆日本汉文研究风气之先，又发表《东亚汉文小说：一个有待开掘的学术领域》(《学习与探索》2006.2)一文，呼吁对日本等东亚各国的汉文小说展开研究。孙逊教授还主持了国家社科基金项目《域外汉文小说整理与研究》的研究课题，他主编的《海外汉文小说研究丛书》也由上海古籍出版社社出版发行，该丛书首先推出《越南汉文小说》、《韩国汉文小说研究》和《日本汉文小说研究》等专著，都是中国的海文汉文小说研究标志性成果。

其中，《日本汉文小说研究》(2010)由孙逊教授指导的博士研究生孙虎堂承担，该书也是在他的博士论文基础上修改而成。该书"绪论"部分对日本汉文小说的研究理路做了清晰的阐释。作者认为，"日本的汉文小说"这一概念，广义上是指日本境内现存所有小说类汉籍，狭义上则指古代日本人用汉字书写的小说著作，而《日本汉文小说》的研究对象就是后者。他还进一步对"日本汉文小说"的概念做的名与实做了辨析，认为从文字体式的层面上，"日本汉文小说"应该指纯汉文或夹杂极少量变体汉文的小说作品，而不应包括和汉混合体或含有较多变体汉文的小说作品；在文体层面上说，不能仅仅拿现代小说的标准或欧洲文学理论中的"小说"标准来衡量日本汉文小说，而应该参照中国传统的小说及日本本土的叙事文学的标准来衡量，否则就会把数量众多的"笔记体小说"排除在外；从作者的创作方式上说，日本的汉文小说分为"原创型"和根据既有的日文作品加以翻译改编的"翻译型"两大类，由于绝大多数的"翻译型"小说并非是对日语小说的忠实翻译，而是在章节选择、情节取舍、人物形象等方面有着较多改变的再创作。因此，研究日本汉文小说，也应该将这类"翻译型"的汉文小说也包括在内。

在确定了"日本汉文小说"的内涵和外延之后，作者又对日本汉文小说加以分类，认为应该综合考察作品的篇章体制、话语方式、流传方式等各种因素，参照学界一般通行的中国古代小说分类标准，将日本汉文小说分为笔记体、传奇体、话本体、章回体四类。然后根据这四种分类，确立了正文的四章。第一章《笔记体日本汉文小说》，又分为"轶事类小说"、"谐谈类小说"、"艳情小说"、"异闻类"小说共四节；第二章《传奇体日本汉文小说》，分为"民间传说类小说"、"世情类小说"、"民间故事类小说"、"艳情类小说"、"'虞初体'汉文小说"、"志怪类小说"共六节；第四章《话本体日本汉文小说》，分为"世情类小说"、"艳情类小说"两节；第五章《章回体日本汉文小说》，分为"历史演义类小说"、"才子佳人小说"、"神魔类小说"、"英雄侠义类含义小说集"共四节。分类是研究的基础，科学的分类和科学研究的基础，对于日本汉文小说这样的此前并没有以"小说史"这样的形式加以系统研究的文学现象，正确的分类是十分重要的。可以看出，作者每章的分类（一级分类）基本上是以文体为依据，而各节的分类（二级分类）基本是以题材为依据，这样的层级分类能够涵盖不同时期日本汉文小说的各种类型，并由此成功地搭建了全书的框架，使日本各时代的汉文小说在混沌中显出了秩序。作者充分吸收了日本学者和中国学者的现行研究成果，对文本做了尽可能地搜罗，并在此基础上对四十多种重要作品做了细致的文本分析，作为小说史著作，点线面结合，眉目清秀、以史代论，作者初入学术之门的博士和年轻学者，所显示了良好的学术功底是令人欣慰的，也足见一个好的选题往往是困难的选题，困难的选题不容易做，但只要下工夫就可以做好，同时也可见出博士生导师的好的选题策划与指导，对博士生做出好的学位论文来，是何等重要。

从语言学角度研究汉文学，也是一个颇有价值的研究领域。众所周知，日本汉文学是用汉语书写创作的，在假名没有发明之前，日本古代的第一批日语文献，如《古事记》《万叶集》也是用汉字（万叶假名）来标记的。那么，如何看待日本古代文献在汉语的使用中的不可避免的不规范现象？如何看待和评价那些日本化的汉字、日本风格的汉字词语与汉语句式？其形成受到了哪些因素的影响？如何利用这些汉字汉语的日本化现象，来研究中日古代文学关系？这是日本汉文学研究及汉字影响研究的一个重要问题。对外经贸大学马骏教授的《日本上代文学"和习"问题研究》（《国家哲学社会科学成果文库》之一，北京大学出版社2012），在这方面做了深入的探索，选题新颖，论题重要。在该书出版之前，马骏教授还出版了《〈万叶集〉和习问题研究》（知识产权出版社2004），并在《日语学习与研究》等杂志上发表了二十几篇相关论文。这些成果最终都纳入了《日本上代"和习"问题研究》一书中。

所谓"和习"，也写作"和臭"，指日本人受自身语言的影响，在使用汉字、汉语时夹杂着的日语习惯及不合汉语规范的表达。从"和习"角度评论与研究日本的汉文学，始于江户时代的儒学家荻生徂徕。但从荻生徂徕起，都后世的日本的大部分研究者，都是以规范的汉语为标准，对"和习"采取批评和否定的态度。《日本上代"和习"问题研究》在参考和吸收日本人的相关研究的基础上，用语言学及比较语言学的方法，对日本的"上代"（奈良、平安时代）用汉字标记的史书《古事记》、和歌集《万叶集》、用汉文书写的史书《日本书纪》、地方志《常陆国风土记》和汉诗集《怀风藻》等五部文献中的"和习"现象，进行了比较语言学层面上的细致入微的分析研究，资料丰富细密、引述不厌其烦，使全书篇幅较大，达70万字，在方法、套路与著述方式上与日本学界擅长的微观研究很是接近。书中绝大部分内容是列出原文，从字、词汇、词组、句法的角度，做微观的语料分析，从而见出"和习"日语与规范汉语之间的关系，解释有关日本原典与中国典籍之间的接受与变异的复杂关系，指出了哪些中国文献对日本的某部典籍发生了哪些影响，对来自不同文献的不同影响，即"出典"问题，也做了细致的考辨和分析，并由此对日本学者的相关看法与结论做了一些质疑、指弊和矫正。作者特别强调：与中国的传世经典相比，汉文佛经的语言文体对日本上代文学语言的影响，远远超出了人们的想象，一些被视为"和习"的语言现象，实际上并不是"和习"是传入日本的汉译佛经中的语言影响所致，认为应该在中国传统文学典籍与汉译佛经的交互作用中，来展开"和习"的研究。在对"和习"现象的评价方面，作者指出：长期以来，日本学者以规范的汉语的来看待和评价"和习"现象，并做出负面评价，是偏颇的；认为"和习"现象是中日古代语言文学交流中的一种自然现象，反映了日本人在使用汉语过程中的一种"主体意识与创新精神"，是日本作家根据本国传统文化、审美趋向、风俗习惯乃至生活环境等所创造出的新的文学表达内容与形式，因而应该对"和习"现象做出积极的、正面的估价。诚然，从比较文学的"变异研究"及"创造性叛逆"的角度看，作者的这一看法是很有道理和很有价值的。但是另一方面，任何一个时代的日本人，既然要使用汉语来写作，主观上恐怕都希望能够使用地道的汉语，而不可能是故意破坏汉语并由此来体现"主体意识与创新精神"。对"和习"的评价，恐怕不能从荻生徂徕等日本学者的负面评价，一下子掉转方向做出完全正面的评价。要对"和习"问题做出正反两方面的分析，就不能不承认有一些"和习"的确是日本人汉语水平有限所造成的，它影响了汉语的有效、正确的表达功能，日本人主观上也极力规避，但规避不掉；而另有一些"和习"，特别是一些新的日本汉字的创造，一些新的汉字词的创制，是对汉语的正面贡献。此外，本书的书名《日本上代文学"和习"问题研究》，似乎也带有很强的"和习"色彩。首先是"上代"这个词，在日语中是"上古"的意思，而作为中文词汇一般用于"上一代"的缩略语。对"上代"这一"和习"式的表达，中国读者可能会莫名其妙；其次是"文学'和习'"这个词组，所指涉的当然是"文学中的和习",但是,严格而论,文学中的"和习"不同于语言中的"和习",文学中的"和习"应该指日本文学不同于中国文学的独特的"和风",包括题材主题、人物形象、情节结构、审美取向、艺术风格等方面的民族气派。这种"和习"不是"问题",而是天经地义的事情。该书所研究与其说是"文学"的"和习"问题,不如说是语言中的"和习"问题,而且作者所研究的五部文献中,除了《万叶集》和《怀风藻》是文学作品外,《古事记》、《日本书记》、《常陆国风土记》虽有一定的文学价值,却主要属于历史、地理风土方面的文献,而不是一个意义上的"文学"作品。总之,《日本上代文学"和习"问题研究》虽因大量资料的胪列,而某种程度地掩蔽了学术思想的表现与提升,但作为立意新颖的著作,细密、厚重,具有丰富的文献信息和很大的劳动含量,为从"和习"角度研究日本汉文学的发展演变,探索以汉字、汉语为媒介的中日文学关系开了先路。

三、日本汉文学史的撰写

日本汉文学史的撰写,是对日本汉文学加以纵向的系统研究的重要方式。

最早为汉文学写史的,是肖瑞峰先生的《日本汉诗发展史》(第一卷,吉林大学出版社 1992),该书第一编《绪论:日本汉诗概观》,对日本汉诗的历史地位、日本汉诗形成和发展的原因做了概括的评述和分析;第二编《王朝时代:日本汉诗的发轫与演进》对平安王朝时代汉诗的基本状况、第一部汉诗集《怀风藻》、三部敕撰汉诗集《凌云集》、《文华秀丽集》、《经国集》,以及敕撰集之后的汉诗总集《本朝丽藻》、《本朝无题诗》等,都做了评述。对王朝汉诗的最高代表菅原道真及空海等其他十几为重要诗人做了专章专节的介绍。该书借鉴吸收了日本学者的研究成果，开了中国的日本汉诗史系统研究的先河。遗憾的是该书只写出了第一卷，二十年后的今天，仍然未见第二卷出版。

到了2011年，出现了从史的角度系统描述日本汉文学发展史的专门著作，那就是上海外语大学陈福康教授的《日本汉文学史》（上中下卷，上海外语教育出版社）。

近百年来，日本的汉文学史类的相关著作已经出版了十几种，其中包括芳贺矢一的《日本汉文学史》（1909）、冈田正之的《日本汉文学史》（1929）、绪方惟精的《日本汉文学史讲义》（1961）、市川本太郎的《日本汉文学史概说》（1969）、猪口笃志的《日本汉文学史》（1984）等，此外还有一些断代的汉文学史，如川口久雄的《平安朝文学史》（1981）、山岸德平的《近世汉文学史》等，对此，陈福康教授在《日本汉文学史》的"绪论"中都做了评述和评价。认为上述著作中体现日本汉文学研究最高水平的是猪口笃志的《日本汉文学史》，但也存在着论述上的缺项（例如没有谈到日本的词）、写了一些不该写的非文学的内容，以及一些见解有问题等。陈福康教授认为："这么多年来我们偌大的中国竟然还没有一部《日本汉文学史》，真正是说不过去的。"（但不知为什么，他没有提到近年来中国学者在汉文学方面的研究成果，如上述的萧瑞峰、高文汉的研究。）怀着这种责任感，他倾数年之功，写成了上中下三卷、篇幅达一百多万字的《日本汉文学史》，作为日本汉文学的大规模通史，填补了一项空白。

《日本汉文学史》在绪论中，援引钱钟书关于文学史研究工作具有"发掘文墓"和"揭开文幕"的功能这一说法，认为"前者殆指文史考证带有考古发掘的性质；后者则说叙述文学史就像演历史剧，还有让观众（读者）欣赏的目的。"（第21页）并据此建立了自己的文学史写作价值观，认为日本汉文学史的研究具有"发掘文墓"

和"揭开文幕"双重的意义。在谈到本书的追求时又写道:"本书最力求做的,是以科学的理论为指导,放出中国人的眼光,对日本汉文学进行审视、鉴赏、品评、研究。既充分参考日本学者的论著,又坚持独立思考。既反对狭隘的民族主义,注意揭露汉文学中一度游荡的军国主义幽魂;也注意反对大汉族主义,反对带着过分的文化优越感来对待日本汉文学。在论述中,做到史学与美学的结合,宏观与微观的统一。坚持论从史出,尽可能广博地占有史料,包括少量保存于中国古籍中的史料。采铜于山,不炒冷饭。"(第36页)

综观全书,作者基本上达到了这一总体目标。尤其是在史料收集方面,作者发挥了自己的长处。众所周知,对于文学史乃至所有的历史著作而言,"史料"和"史识"是两个要件。史料是基础,史识是灵魂。陈福康教授首先是文献学家,《日本汉文学史》的最大特点和优点之一,就是篇幅规模大超出了以前同类著作,因而能够容纳更多的文献资料。同时,在史料使用中,也有一些文献考证式的发现,如对日本人的一些汉文学作品的抄袭或雷同现象做了指陈,还发现了一些汉文学史著作在资料使用上的一些错误。陈著的史料丰富主要体现作家作品的发现和论列方面,如作者在绪论中所说,"本书精心挑选引录的作品,比猪口一书多得多,仅从涉及的作家人数来说,猪口写到二百四十余人,本书则达六百四十来人"。涉及的作家多,在选录的作品更多。几乎每个汉诗人,都选录了一首乃至数首完整的作品。在作品之后,便是对作品的鉴赏分析。这样,整部《日本汉文学史》的主要篇幅是作品选录和评析。这样做的好处就是能够将日本汉文学史上的优秀作品在书中加以呈现,不把文学史纯粹写成史家的论述,而是一种作品资料汇编,或者像是作品赏析辞典。作者认为:"在目前中国读者对日本汉文学几乎一无所知的情况下,如果仅仅强调理论阐述,徒作空谈,更是没有意义的。"因而"一些我认为精彩的作品也就爱不忍释地抄录下来,并想贡献给我的读者。因此,我也把这一点作为本书的一个可以'自豪'的特点"。(第35页)这确实是陈著《日本汉文学史》的特点,因而读者把本书作为一部日本汉诗文(主要是汉诗)的选本及赏析书来读,也是很有价值的。

但是另一方面,"目前中国读者"对日本汉文学似乎并非"一无所知"。即便是普通读者,也可以从1980年代以来公开出版的十几种汉诗选本中读到上千首日本汉诗。倘若是为了让读者欣赏到更多的好作品,那么完全可以在书后附录一个"作品选",而不必一定要录在《日本汉文学史》的正文中,否则就不免让众多的作品史料冲淡了作为学术理论著作应有的洗练性和结构的紧密度。从"史料学"的角度看,陈著《日本汉文学史》所收集到的材料是丰富的,有些是稀见的、珍贵的,写进书中加以强调也是应该的。但如果有些作品别的选本也选过,似乎可以简略。另一方面,从著作的定位来说,如果把《日本汉文学史》这样的书,定位为普及性的非学术读物,则多多选录和评析作品是绝对必须的。但如果定位为学术著作,则读者对象就不应假定为普通的"一无所知"的读者,而应定位为学界专业人士。当然,学术著作的雅俗共赏是可能的,但是雅俗共赏应该是以"雅"来提升"俗",而不是让"雅"附就"俗"。应该把学术著作定位为高端,就高不就低,宁愿曲高和寡,不去迎合普通读者,这样才能保证应有的学术水准。实际上,有了学术水准,反而会有较多的读者。因为在我国,仅仅是文科的教授、博士等高端读者,估计得有十几万以上。这些读者的阅读标准不是通俗,而是学术。由此联想到一些学术著作,常常自觉不自觉地将读者假想为外行人,假定这方面的知识只有从我的书中才能读到,因此便写了许多一般化的、从别的书上也可以看到的知识或材料,或者故意使用通俗读物的架构和表述方式,影响学术表达的严谨与科学,这恐怕是不足取的。

写史要有"史识"。陈著《日本汉文学史》在宏观理论的提升方面也有若干亮点，例如，他指出："日本汉文学作品的水平虽然参差不齐，但总的说流传下来的大部分还应属于合格之作。尤其是一些著名作家的优秀作品，确实达到了很高的水平。可以让中国作家也佩服的。我认为，虽然在总体上，日本汉文学不可能胜过中国文学，但是在局部，有一些汉文学作品，如果置诸中国大作家集中也可能难以辨别，甚至有时有'青胜于蓝'的现象。"（第25页）这是在中日比较中做出的可靠的有启发意义的总体结论。但是，"史识"一方面体现在对具体历史现象的概括、提炼与总结，另一方面也更直接地体现为文学史的理论体系的构架上。但这方面，作者似乎显得有些消极保守。全书按日本的朝代更替——王朝时代、五山时代、江户时代、明治时代——来分章，这也是日本学术史上许多人人常用的分期法，每章之下分若干节，第一节是"引言"，以下各节是按人名排列。对这种沿袭已久的典型的"教科书"式的构架，作者在"绪论"中认为："有人称这是教科书写法的固定模式。事实上，日本学者的《日本汉文学史》就都是这样写的，而且它们也确实原先都是教科书。……想到对于绝大多数中国人来说，对日本汉文学史还处于几乎无知的状态，因此，'教科书的写法'倒是非常合适的。"（第34页）使用流行的教科书的构架模式固然有充分的理由，但也就放弃了作者的日本汉文学史理论体系的独特构建，也在一定程度上限制了作者对日本汉文学发展进程的纵向性的独特阐释与把握。例如，日本汉文学史不同于日文（和文）文学史不同的消长规律，汉文学与"和文学"之间的相生相克、相反相成、相辅相成的关系等，都需要在史的构架中得以揭示。

另外，《日本汉文学史》以文献使用和史料收集见长，但也有一些疏漏。例如，书后缺乏一个参考文献。对于严肃的史书而言，参考文献是不能不列的。对近年来中国学者关于汉诗、汉文学的研究成果，特别是几种早于该书出版的汉文学史类的著作，本来就很稀少，即便作者认为没有参考价值，也应该提到才是，而不能不加反应；对于日本学者较晚近的时候出版的类似的书，如1998年出版的三浦叶的《明治汉文学史》等也没有提到。特别是松下忠的《江户时代的诗风诗论》，是一部在日本学术界享誉甚高的巨著，凡80万字，2008年已经译成中文出版，而且在写法上，也是将单个诗人分专节论述，与陈著《日本汉学史》的结构布局颇为相似，陈著若没有参照此书将是一个缺憾，如果参照了此书而没有提及，更是一个疏漏。在汉诗选辑方面，作者在谈到中国学者对汉诗的收集整理出版时，提到了1882年陈鸿诰编选的《日本同仁诗选》、1883年俞樾编选的《东瀛诗选》，1980年代后刘砚、马沁的《日本汉诗新编》、1988年程千帆、孙望的《日本汉诗选评》、1995年王福祥等编选的《日本汉诗撷英》，2004年马歌东《日本汉诗溯源比较研究》所附《日本汉诗精选五百首》，然后写道："这些，就是我写书时所知中国出版的日本汉诗的全部了。"而实际上这并不是"全部"，另外还有张步云《唐代中日往来诗辑注》1984），黄铭新选注《日本历代名家七绝百首注》（1984），杨知秋编注《历代中日友谊诗选》（1986），孙东临、李中华选注《中日交往汉诗选注》（1988），黄铁城等编注《中日诗谊》（1995），孙东临编注《日人禹域旅游诗注》（1996）等，都不能无视。在对日本汉诗的论述方面，作者也有若干重要的遗漏，如明治时期的大两个文坛领袖森鸥外和夏目漱石，都有专门的汉诗集，而且写作水平很高，后来的研究者较多，但不知为何陈著不予论述。还有，最重要的，是日本的汉文学，除汉诗、汉文之外，汉文小说也是重要的组成部分，全书对汉文小说却基本上没有触及，这就使得《日本汉文学史》成为汉文小说缺席的历史，这在汉文学的文体样式上说，无论如何是不全面的。但是，作为第一部大规模的日本汉文学通史，出现这些缺憾是可以理解的，"第一本"常常是难以完善的，如作者今后加以补充修订，相信会更好。

值得好好研究的叶渭渠先生[①]

每个人都总有一天要离开世界,但人和人有所不同。有的人走了,便带走了他在这个世界上的所有东西;有的人走了,却在这个世界上留下了很多东西,后人看到这些,睹物思人,便会常常生起思念之情。叶渭渠先生当然属于后者。

在我们从事的日本文学翻译与研究领域里,叶先生是一个巨大的存在。作为卓有成就翻译家、著作家,他留在这个世界上的东西很多:有六卷本的皇皇巨著《日本文学史》,有三卷本的《叶渭渠著作集》,有200多万字的译作,有主编的20多套日本文学丛书与选集,还有不少散文随笔。这是一笔十分宝贵的遗产。三年前,叶先生留下了这些遗产,永远地离开了。他的离去,使得我国的日本文学圈子似乎一下子空荡了许多。因为在这个领域中,叶先生是一个巨大的存在。

叶先生在世的时候,虽然我们常常通过电话和电邮联系,但见面的机会也并不多。几十年来,其实也就是有限的几次而已。在公开正式的场合,特别值得提到的有两次。一次是1994年4月我的博士论文《中日现代文学比较论》答辩的时候,叶先生是答辩委员会委员;第二次是1999年9月,北京市社科规划办与北师大联合召开拙作《"笔部队"和侵华战争》出版座谈会的时候,叶先生作为专

---

① 本文原载《中国社会科学报》,2014年11月25日。

家莅临会议并做发言。因为这样的缘故,叶先生不仅仅是我的长辈,而且是对我的论文和著作做过指导和评价的师辈。换言之,在我的心目中,他也是我的老师。

除了长辈和老师,叶先生还是我的研究对象。新旧世纪之交的十几年前,我曾在《二十世纪中国的日本翻译文学史》(再版题名《日本文学汉译史》)和《东方各国文学在中国》两书中,用了较多的篇页评述叶先生在日本文学译介方面的成就与贡献。为了写好有关章节,我仔细阅读了叶先生有代表性的著译,用心琢磨了他在日本文学译介方面的观点和主张,并站在学术史的角度做出了评价。拙作出版后,我曾呈送给叶先生、唐先生伉俪祈请指教,并得到了两位先生给予的充分肯定。

叶先生大约七十岁左右的时候,我曾去团结湖畔的叶宅拜访过。从身体状况到精神状态,那时候的叶先生看上去至多五六十岁的样子,而且正值翻译与创作的高峰。但见不太大的一间书房里,并排着两张书桌和两台电脑,平日里叶渭渠、唐月梅夫妇就是这样并肩工作。那间书房的布局和样子,我至今清楚地记得。

在叶先生的学术生涯中,大部分业绩都是在改革开放后的三十多年间完成的。而三十年中成果的大部分,又是在退休后的二十多年间完成的,这就令人十分惊异了。在中外学术史与翻译史上,固然也有不少人留下了与叶先生差不多优异而又丰富的著译,但像叶先生这样,在长达八十多年的生涯中,用最后三十年、特别是退休后的二十年,做出了这样卓越成就的,其实并不多见。

叶先生六十岁以前的那个时代,基本上是一个不容许个人的创造性得以充分发挥的时代。等到迎来新时代的时候,许多人垂垂老矣,不久就离世了。我曾记得 1986 年我去刘振瀛(也是叶渭渠先生的老师)府上拜访的时候,他老人家刚刚具备了比较好的工作条件,看上去身体和精神头都不错,但当我半年后从北京讲师团回来准备再去看望他的时候，却得知先生因癌症已经离世了。刘先生那一辈未能充分展开自己的创造力，是时代的悲哀，也是个人的悲哀。而叶先生有幸赶上了新的时代，虽然是个末班车，却走得很快，走得很顺，走得很远，靠他对事业的执著与热爱，靠他的文化人的责任感，更靠他那过人的努力与勤奋，卓然而成翻译与研究的大家，在某些方面为许多后辈望尘莫及。

由于这样的原因，我认为叶先生作为他那一辈学人的佼佼者，是很有代表性的，很值得在学术史的平台上加以认真的研究，而且觉得这一拨学者岁数都大了，有些口述史料应该先着手准备为好。为此，我曾在全国东方文学年会、研讨会等多个场合，呼吁学界重视对东方文学学术史的研究，特别是对为数不多的有成就的高龄学者的研究，有可能的话，最好写出他们的学术评传。我曾举出了包括印度文学专家刘安武与黄宝生先生、阿拉伯文学专家仲跻昆先生、伊朗文学专家张鸿年先生、朝鲜文学专家韦旭升先生等在内的东方文学领域中的十几位翻译家与研究家，这其中当然包括日本文学界的叶渭渠先生。三年前，我曾带着博士后卢茂君、博士生王升远及硕士生李文静，去叶、唐先生家中拜访，向先生请教，并明确地向两位先生表达了希望对他们的翻译与学术加以研究的意思，并希望在思路和资料上加以指点，两位先生都很配合。本来，那次拜访我打算最多两三小时，以免影响两位先生的工作和休息，但叶先生谈兴很浓，并事先订好了我们的晚餐。叶先生主讲，唐先生在旁边补充，我们交谈了五个多小时。叶先生始终说话底气十足，面无倦色。我们都为叶先生的身体健康感到钦佩和高兴。

然而，不料，一年多后，叶先生突发心脏病住院，我得知后吃惊而又担忧。由于唐先生与卢茂君在第一时间联系沟通过，我得以知悉先生的病情，在先生家人暂时不在身边的情况下，我安排了我的几学生去医院陪护照顾。叶先生出院后，2010 年 6 月 18 日，用钢笔给我写了一封信，夹在一本新书中寄给了我，心中说了一些感谢的话，然后就是再次希望我的《日本古典文论选译》完成后，能够列入《东方文化集成》丛书出版。叶先生在自己身体很弱的情况下，仍关心和支持我等后学之辈，令我十分感动。后来，我在《日本古典文论选译》的"译后记"中引用过叶先生的那封信，并表达了对先生的缅怀和感谢之情。

就在叶先生住院期间，我在本科生《东方文学史》基础课的课堂上，对学生说起了叶先生因病住院。同学们对叶先生的病情都很关心。他们虽然都没见过叶先生，但先生的著译是他们所必读的，再加上我在课上经常提到，因而他们对叶先生并不陌生，而且仰慕已久。于是几十个学生自发地为先生写了祝愿早日康复的明信片，学生班长统一寄给了叶先生。叶先生出院后，对寄明信片的学生，每人赠送了一本亲笔签名的书。还有一些同学在明信片上未署名，叶先生也让班长把书送到他们手中。此事曾在北师大文学院的同学中传为佳话。

叶先生出院后，身体似乎稳定了一段时期。我们也曾通过电子邮件联系过。记得最后一次，大概是在他去世前的不到两个月，我询问他的病情，他告诉我：身体正在恢复，每天可以工作两个小时，前几天出去吃了烤鸭，胃口不错……

然而，到了这年的 12 月中旬，先生却因心脏病再次复发，而溘然长逝了。

叶先生用自己的智慧与勤奋，创造属于自己的历史；现在，他自己也成了历史。

叶先生去世后，我由于撰写国家社科基金重大项目《新中国外国文学研究六十年》（日本卷）的需要，再次从中国的日本文学学术史的角度研究，评述和研究叶先生的学术贡献。又仔细细读了他的《日本文学思潮史》和《日本文学史》等著作，其中，关于《日本文学史》，我写下了这样一段话：

> ……全四卷的《日本文学史》作为迄今为止篇幅最大、内容最丰富、资料最全面的日本文学史，代表了我国20世纪末期之前我国日本文学史研究写作的最高水平，是叶渭渠、唐月梅夫妇日本文学史研究成果的集大成。作者虽然借鉴和参阅了许多已有的日文版文学史，但由于建立了自己科学严谨的文学史观和文学史研究写作方法论，能够有效地避免了日本学者常有的那种材料堆砌、文本细嚼、散漫繁琐、过于感性化、过多臃词赘句、缺乏理论思辨性的弊病，充分发挥了中国学者所擅长的思路清晰、表达准确洗练的优势，体现了中国学者日本文学研究的实力和贡献。这样大规模的、高水平的日本文学史著作，不仅在中国是空前的，即便在日本也并不多见，与日本的同类文学史相比也是出类拔萃的。全书结构合理、罗织周密、知识密集，信息丰富，既可以作为专著连续阅读，也可以作为工具书与资料书供随时查阅使用，具有阅读和收藏的双重价值。对于日本中国的日本文学史学习与研究者来说，可以将此书置于座右。

不仅是《日本文学史》，叶先生留下的全部著作与译作，已经成为中国日本文学翻译史、日本文学研究史中的宝贵遗产，值得我们好好学习、好好借鉴。我希望今后学界能从中日比较文学、比较译本学的角度，对叶先生的著作与译作加以具体而又深入的研究，并希望看到叶先生的学术评传早日问世。

（写于叶渭渠先生逝世三周年纪念日之际）

三　论古今日本文学

日本文学民族特性论[1]

一、思想构造："皇国观念"与"脱政治"的二元结构

我们在研究和总结日本文学特色的时候，所着眼的第一条，就是日本文学的"脱政治性"。对这一条，所有的日本文学的读者至少会有一个直观的感受。与其他民族的文学比较起来，日本文学在这一点上太突出了。日本最古老的经典《古事记》和《日本书记》为天皇家族寻求神圣起源，可以说是带有强烈政治色彩的作品，但《古事记》只写传说中的历代天皇的谱系及其相关的神话故事，并不直接歌颂天皇，而且此后这样的作品再也没有了。在君主王权的政治制度下，竟然没有歌颂君主的作品，不对天皇等政治家个人歌功颂德，这在古代世界极其少见。在中国、印度、古希腊罗马、古代波斯等文明古国的文学中，为帝王歌功颂德的作品不知凡几，日本文学中却极难发现。例如在古代文学中，日本第一部诗歌总集《万叶集》是由一些贵族文人收集编纂起来的，在总数四千多首和歌中，除了歌颂日本江河山水的作品外，歌颂天皇个人的诗歌几乎没有。随后的《古今集》等历代和歌集，都是天皇"敕撰"的，可以说天皇是名誉主编或总顾问，但歌颂天皇的作品完全看不见。平

---

[1] 本文原载《烟台大学学报》，2009年第2期。

安王朝的物语文学是以皇族贵族文人为创作主体的，但主要的作者是宫廷妇女（女官），天皇、皇族及有关当权者自然出现在作品中，但却没有露骨的颂扬逢迎之作，也没有对政治问题做任何评论。我们所见到的只有缠绵哀怨的恋爱故事。在古代日本汉诗中，发思古之幽情，吟山川之美丽、写个人之喜怒哀乐是基本的题材主题，像中国诗人那样书写政治抱负，指陈时弊，评论时政的汉诗殆无所见。镰仓时代出现的"战记物语"，写武士集团之间的争权夺利和惨烈战争，但"战记作者"都是些民间的僧装的"琵琶法师"，他们站在佛教的超越立场上，极力保持政治上的中立态度，掩饰自己的政治立场，只是表现人生无常的佛教观和忠勇风雅的武士道德。到了17—19世纪的江户文学的主流"町人文学"中，只写町人阶级的商业经营、吃喝玩乐，风雅嗜好。除了在"狂言"这种讽刺短剧中对武士大名不无善意的讽刺调侃之外，完全没有政治的意味。而且，在接受中国文学影响的时候，对中国文学的政治倾向则有意加以过滤。在唐代的遣唐使时代，以写政治社会为主的杜甫的诗极少介绍到日本，对白居易的讽喻时政的乐府诗不感兴趣，却对其闲适诗、宫怨与感伤诗极有兴趣，唐传奇小说《游仙窟》等与政治完全无关的私情作品，引进后倍加珍视。

日本传统文学是如此，现代文学也是如此。

日本的传统文学向近代文学的转型，是明治维新这一政治运动推动的结果，但日本近代文学却仍然保持了与政治疏离的姿态。关于这一点，笔者在《中日现代文学比较研究的宏观思考》一文中，从中日比较的角度指出：维新政治为日本近代文学铺设了近代化的轨道，并且有力地将文学向前推动了一把，文学起步了，然后文学和政治两者的距离也越来越远了；而在中国，文学现代化受到了社会政治的两次推动：第一次是维新改良，第二次是五四运动，而真正把文学推向现代化轨道的，则是五四运动。然而，政治对文学给予两次推动之后，并没有离文学而去，而是如影随形，结伴而行。中国现代文学史上的每一次思潮起伏，每一次创作变化，每一回理论论争，都和政治运动、政治背景有着密切的关系。这和日本现代文学形成了鲜明的对比。以文学思潮运动的发展嬗变而论，同样是"政治小说"，日本的"政治小说"主要是政治家消闲时的余技，中国的"政治小说"则是维新革命的直接舆论工具；同样是写实主义文学，日本的写实主义在理论上明确反对文学的功利性，中国的写实主义则力主文学"为人生"的反封建启蒙的功用；同样是浪漫主义，日本的浪漫主义主要是个人逃避社会的情绪独白，中国的浪漫主义则是对时代变革的热烈呼唤。①

日本传统和近现代文学的"脱政治"倾向是怎样形成的呢？

日本学者铃木修次在谈到日本传统文学的"脱政治性"的特点时这样写道：

> 不要靠近现实，在脱离现实的地方才有作为艺术的文学的趣味。而且，想在离开现实的地方去寻找"风雅"、"幽玄"和"象征美"，这是日本艺术的一般倾向。其实，这一点由于外国人不能充分理解，反而吸引了外国人，成为日本美的高深莫测的魅力。日本人一般是这样认识的：因为是艺术，就得离开现实，如果超脱现实是目标，那么，脱政治就是理所当然的。总之，认为在文学这种高级艺术里，如果吸收了政治的话，文学就变得庸俗了。②

他还写道：

---

① 王向远：《中日现代文学比较研究的宏观思考》，《北京师范大学学报》，1997年第1期。

② 铃木修次：《中国文学と日本文学》，东京书籍株式会社，昭和61年，第37页。

……日本文学似乎一开始就是脱离政治的，这究竟是为什么呢？其原因之一，自然可以想到从事文学的阶层的不同。被视为中国头等文学的文学，一直是由被称为士大夫阶层的官僚和知识分子支持的。他们都是以当官为目标而勤奋努力的人，许多文学家，其实，就是官吏。与此相反，日本文学的真正传统主要在宫廷妇女（宫廷女官）、法师、隐士和市民等人之中承袭。这些人都不大关心政治，从政治上来说多数是局外人。日本文学的核心是由政治局外人的文学家的游戏精神所支撑的。这是日本文学引人注目的一个现象。①

在铃木修次的论点之外，似乎还需要补充一个观点，就是古代日本宫廷或贵族府第中的的吟诗作歌的人，并没有别的国家的那种"御用文人"。御用文人在印度、阿拉伯、波斯、欧洲各国都普遍存在，但日本的诗人歌人本身，却是皇族贵族中的一员，他们不靠文章辞赋谋生，他们周围的人在血缘上都有一定的关系，都是亲属，他们上头没有"主人"，因此，他们不用着对谁歌功颂德，和歌只是皇室宫廷的一种娱乐方式而已。

近代日本虽然在政治制度上发生了巨大的变革，但日本近现代的维新革命是自上而下的，社会制度、政治结构是由政治家来确立的，作家仍然保持了政治局外人的立场。日本近现代文学的绝大多数作家都属于自由主义，他们以相近的趣味爱好结成同仁社团，而不是以政治倾向性分派立宗。除特定时期的左翼无产阶级作家之外，其他作家参加党派和政治团体的几乎没有。日本文坛上公认的文坛领袖——森鸥外、夏目漱石，就是自由主义文坛的领袖。森鸥外虽然身为高官，尚能在创作中完全回避政治，标榜文学的非功利

---

① 铃木修次：《中国文学と日本文学》，东京书籍株式会社，昭和61年，第43页。

的"游戏"性；漱石则把表现闲适心境的"余裕"和"则天去私"作为自己的创作信条。日本作家们不但疏离政治，而且也尽力疏离时代与社会，除明治时代受西方社会主义思潮影响的德富芦花的《黑潮》、昭和前期的左翼作家等作家作品外，日本近现代文学作品中有意识地描写和反映社会政治、风云变幻的作品很少，一般都局限于封闭的个人生活，且着意地营造超时代的氛围，构筑虚幻的美的世界。日本的绝大多数批评家们也都以这种价值观念衡量和评价作品。在脱离政治、疏离时代的观念下，个人、个性，是日本现代文学的基本内核。个性意识、个性解放，甚至个人主义是日本现代文学所探究、所表现的中心课题。个人的遭际、个人的体验、个人心理的刻画、个人的喜怒哀乐虽与社会有关，但作家们并不着意把个人放在社会的大视景中去表现，而是尽可能孤立尽可能纯粹地描写个人，表现个性，以至在小说创作中形成了最典型、最流行的个性化文体——"私小说"，又在"私小说"的基础上形成了所谓"纯文学"，即剔除社会性的文学。在日本作家看来，文学中加上了社会的政治的东西，就有碍于文学的"纯粹"，所以，"纯文学"的价值观一直是日本现代文学最核心的文学价值观。

　　日本作家脱离政治、疏离社会的倾向，一般情况下，就是对政治不闻不问，但是，在非常情况下，对政治的这种不闻不问的态度，就意味着一种服从和顺应。在一定的历史条件下，却容易走向脱政治的反面。那么，在什么情况下会走向"脱政治"的反面呢？

　　上述的日本文学的"脱政治"之"政治"，是在狭义的"政治"层面上而言的。狭义上的"政治"，指的是国内政治，即一个国家内部的政府、政党、派别组织或个人围绕国家管理、国民利益分配等所进行的相关活动。日本作家对这个层面上的政治采取了超越的、疏离的立场。但政治还有广义上的概念，就是"国际政治"，它涉及国家之间的利害关系。在古代，由于列岛的特殊的自然环境，日本历史上日本虽然曾受到蒙古的威胁,但却没有受到外来侵略,对外关系、国际政治关系相对单纯,作家们也无缘于国际政治,但这并不表明日本人、日本作家缺乏国际感觉。相反,由于历史上中国文化与对日本文化的不平衡,中国文化使日本产生了强大存在感和压迫感,促使日本文人与作家较早产生了民族主义思想。这种思想集中表现为"皇国"("神国")观念、大日本主义及排外意识,而其根源则可以追溯到一千多年前的《古事记》和《日本书纪》。

《古事记》和《日本书纪》采集和编撰了一整套关于天皇神圣的神话故事(学者们称为"记纪神话"),它所显示的以皇国、神国观念为核心的历史观,成为日本独特的宗教——神道教的基础,并且潜移默化为日本官民的一种潜意识。在 14 世纪至 17 世纪的天皇朝廷与武士幕府的权力斗争中,虽然武士幕府掌握国家实权,天皇的权力常被架空,但在皇统和神国观念的支配下,历代幕府大将军却极少想到要取天皇而代之,而是常常采用"挟天子以令诸侯"的方法,承认天皇精神上的权威,从而继续保持了日本天皇的"万世一系"。历代公卿及学者文人也著书立说,借用从中国传来儒教、佛教、道教的理论与概念,对《古事记》《日本书纪》加以阐释与研究,弘扬所谓"神皇之道"、"皇道",最终将"神道"凌驾于儒佛之上。例如日本南北朝时代北畠亲房(1293—1354)在《神皇正统记》(1339—1343)一书开篇就宣称:"大日本者神国也,天祖创基,日神传统矣。"他强调日本的国体和中国、印度不同,作为神国优越于万邦。江户时代的山麓素行(1622—1685)在《中朝实录》一书中,极力摆脱过去的日本儒学者对中国的崇拜意识,借用中国的概念,将日本称为"中华"、"中朝"、"中国",江户时代的所谓"国学"家们提倡认真研究日本的古典《古事记》《日本书纪》《万叶集》《古今集》和《源氏物语》等,从中发现独特的、值得自豪的"真正的日本精神"。例如"国学"的代表人物贺茂真渊(1697—

1769）从研究日本古代歌集《万叶集》入手，在《歌意考》一书中极力赞美日本古代，提炼其中的"万叶精神"，寻求日本精神的源头，《国意考》一书中，进一步宣扬所谓"国意"，将"国意"归结为以《古事记》等日本古典为源头的皇道，并以"皇国之道"挑战来自中国的儒教之道。"国学"派的集大成者本居宣长（1730—1801）则以《古事记》为日本人的精神故乡，排斥中国文化，宣扬日本"国学"的优越。本居宣长明确宣称："世界虽有多国，但由祖神直接生产国土者，只有我日本……我国乃日之大神之本国，世界万国中最优之国、祖国之国。"从这种日本至上论和日本优越论出发，本居宣长更进一步从《古事记》及《日本书纪》的"八纮一宇"的思想，导出了日本的神就是世界的神，日本乃世界中心的论断。本居宣长的门人平田笃胤（1776—1843）在《古道大义》一书中，也极力宣扬"神国"、"皇国"观念，说日本是"万国之本国"，日本的造化三神，也是世界万国的神。为此平田笃胤把中国和印度等他所知道的世界各国的神都说成是日本的神，说中国的盘古氏、印度的创世之神大自在天，都是日本的产灵大神的异称，中国的燧人氏是日本的大国主神，中国的三皇五帝的三皇，分别是日本的伊邪那歧、伊邪那美、素盏鸣尊，这就把日本说成了全世界的教主和精神文化中心。

可见，在明治维新之前一千多年的日本历史上，存在着一以贯之的日本至上、日本中心、日本优越的历史观，对此，现代日本著名学者中村元说：

> ……路易十四讲过"朕即国家"，这句话由我国的天皇来讲就再合适不过了。在古代印度的政论书籍中，虽然也有"国家是国王的国家"之类表述，但印度人却没有天皇崇拜这样的习惯。

不用说，把天皇作为一个活的神来加以崇拜是与国家至上主义有密切关系的。事实上，直到昭和二十年（1945年），天皇崇拜一直是日本最强有力的信仰形式，甚至于在战败以后的今天，天皇作为日本国民统一的象征，仍然有他自己的地位。日本人喜欢把天皇这样一个活生生的人看作日本国民的集中代表。虽然在其他民族中并非没有这种现象，但是这一现象在日本具有一种特殊的意义……只有在我们日本，从神话时代以来，国土与皇室就是不可分离的。①

从古今日本文学中，可以找到大量例证来印证这一论断。日本古代作家都是皇国主义者，古代文学作品中虽很少出现直接歌颂天皇的作品，恐怕主要因为皇室的权威在《古事记》编纂后并没有受到任何质疑和挑战。因为从历史和现实中看，最需要别人歌颂和美化的人，常常是心虚的、不稳固的。武士势力崛起后，天皇的权力受到削弱，但天皇的权威却没有削弱，尊皇意识更加强化。在《平家物语》等战记物语中，作者对武士飞扬跋扈、轻视皇室权威做了明显的批评。到了近代文学中，受到西方民主文化影响的作家们，仍然将天皇作为精神支柱，森鸥外、夏目漱石两位文坛领袖，都在相关作品中对明治天皇的驾崩做了剧烈反映，同样的，这两位作家对明治天皇政府发动的一系列对外侵略战争，包括日清战争（甲午中日战争）、日俄战争等，都表现出了支持的态度，并写下有关的汉诗为战争叫好。其他所有作家对侵华战争都异口同声地为对外侵略呐喊助威。仅有的所谓反战的作品——如女作家与谢野晶子的诗《你不能死》，也不是反对侵略本身，而是痛惜在战争中牺牲的同胞的

---

① 中村元：《东方民族の思惟方式》，《中村元选集》第三卷，昭和37年，第193—194页。

生命。20世纪30年代，日本侵略中国东北，继而侵略大半个中国，此间日本文学通过多种形式，支持侵华战争，绝大多数程度不同地"协力"了侵略战争，或参与了军国主义团体组织，或炮制所谓"战争文学"。这一切，都是为了出于服从天皇的"圣断"，而天皇的"圣断"是毋庸置疑、绝对正确的。作家们这样做出自近乎本能的皇国意识和日本国家主义，并不认为这会将文学庸俗化。因此可见，日本作家所能超越的，只是国内的党派政治。他们不是"政治主义"者，却是国家主义和民族主义者。当政治超出了国内的党派、政权之争，涉及对外扩张、涉及国家利益的时候，日本作家大都本能的、不假思索地服从国家利益，拥护和协助以天皇为中心的国家政权的对外行动。直到今天，也有不少右翼的、保守的、主张对外奉行强硬路线的文人作家主张让天皇由战后的"象征天皇"重新成为国家元首。

二、情感表征：情趣性、感受性的极度发达

日本文学的第二个特点，表现在日本文学的情感表现方面，我想概括为"情趣性、感受性的极度发达"。

日本文学，无论是长篇的物语，还是短小的和歌俳句，都注重情趣性，感受性的表达。所谓情趣性，感受性，是相对而言的，任何一个民族的文学都具有一定的情趣性，感受性，这是人类文学的基本要素之一。所谓情趣性、感受性的极度发达，主要意味着思想性、说教性、哲理性、逻辑性、叙事性的相对薄弱。日本和歌、俳句形式十分短小，只能描写简单的物象，表现瞬间的情感波动和即时的心理感受。和歌的表现方式影响了随后产生的散文的物语文学，以和歌为中心的"歌物语"情节结构简单得近乎没有情节，可以说是和歌表现形式的一种延伸；在"歌物语"和"传奇物语"基

础上形成的成熟的《源氏物语》，虽然卷帙浩繁，但在结构上基本上是短篇"歌物语"的连缀，叙事相当的片段化，特色和基调仍然是情趣性与感受性。江户时代的"国学家"本居宣长将其概括为"物哀"。我在《东方文学史通论》中对"物哀"做了一个解释和界定："'物哀'这个词很难译成汉语，其含义大致是人由外在环境触发而产生的一种凄楚、悲愁、低沉、伤感、缠绵悱恻的感情，有'多愁善感'和'感物兴叹'的意思。"[①]在日本的戏剧（能乐）理论中，理论家把这种格调概括为"幽玄"，"幽玄"就是一种语言难以表现的幽深的趣味和余情，是一种言外余韵与朦胧之美。现代学者铃木修次则把这一点概括为"幻晕嗜好"，他说："日本人通常不好明确表态，宁可含糊其辞，具有一种特别喜爱含蓄的言外余韵、崇尚模糊的阴影及典雅的表达方式的倾向。这里权且称之为'幻晕嗜好'。换句话说，这是一种喜好朦胧的心理。日本人这种喜爱含蓄的余韵的心理，似乎是从古至今一脉相承的。曾几何时，它发展为对感伤情绪的留恋。"[②]

日本古典以情趣性、感受性为基调的"物哀"、"幽玄"的文学审美理想，对后来的日本文学产生了深远的影响。近现代日本文学中，主流的文学价值观是"纯文学"的价值观。所谓"纯文学"，就是不以情节构架和组织的叙事取胜，而以情趣与感受的表达见长的文学。与此相对，那些讲究情节故事的组织构架并以此吸引读者的作品，被称为"大众文学"，在品位上处于"纯文学"之下。

日本文学为什么会有如此发达的情趣性、感受性呢？

日本中村元先生在《东方民族的思维方式》一书中，从日语的表达方式所所表现出来的"思维方式"入手，对此问题做了分析。

---

① 王向远：《东方文学史通论》，上海文艺出版社，1994年，第114页。
② 铃木修次：《中国文学と日本文学》，东京书籍出版社，昭和62年，第102—103页。

他认为，日语句子的表现形式更侧重感情的因素，而不那么注重理智的因素。日语句子的表现形式更适于表达感情的、情绪的细微差别，而不那么适于表达逻辑的正确性，日语不注重严密准确地正确地表现事物，而满足于模糊的、类型化的表述。在早期的日语中，用来表示感性的或心灵的感情状态的语汇是很丰富的。另一方面，用来表示能动的、思维的、理智的和推理作用的语汇却非常贫乏。日语的词汇绝大部分是具体的和直观的，差不多还没有形成抽象名词。因此只用日语词汇就极难表现抽象的概念。后来佛教和儒教传入了日本，哲学的思考发展起来了，用来表达这些哲学思考的词汇完全是汉字，写法与汉文一样，只是读音不同而已。虽然佛教在一般民众中间得到了如此广泛的传播，但是佛教经典从来没有被翻译成日语。因为抽象概念太多，翻译成日语十分困难。在日语著作中，只要一涉及术语概念，日本学者就仍然因袭使用汉语词汇。中村元认为："德国人以纯粹的德语建立了各种哲学体系。这种尝试甚至可以追溯到中世纪的爱克哈特时代。另一方面，日本直到最近还没有发展出用纯粹和语来表述的哲学。因此，我们不得不作出结论，承认纯粹的和语不像梵语、希腊语或德语那样适合于哲学的思索。"①的确，思维决定语言，语言又决定思维，日本语的情感性、感受性表达特点，决定了日本文学具有同样的特点。

　　日本另一位学者铃木修次在《中国文学与日本文学》一书中，则从日本古代的宫廷贵族社会的人际关系和生活环境来解释"物哀"的审美情趣的根源。他认为，日本文学本来就是以同一家族的小集团为对象。在宫廷女官社会这样受限制的世界里，或者也可以说在趣味和嗜好颇为相同的被称为"同好者集团"的小社会里，首

---

① 中村元：《东方民族の思惟方法》，《中村元选集》第三卷，东京：春秋社，昭和37年，第285—286页。

先产生了文学的要求。它恰好具有家族之间的语言活动性质。在这样的环境里，没有必要盛气凌人，没有必要冠冕堂皇地进行思想、逻辑的说教，倒是有使人相互安慰、分担哀愁、体贴入微的必要，咏叹也最好只摘取心有灵犀的那一点，以心传心即可，在平常彼此了解的同伴当中，也就没有必要不厌其烦地做解释了，点到为止，只求对方心领神会。达到了这种境地的时候便诞生了短歌（和歌）的艺术形式。即使是物语文学，也不外乎是同宗同族的伙伴之间的语言文字的交流。在这样的世界里，"物哀"的感受，以及对于这种感受的领会，变成了重要的文学的因素。一句话，铃木修次认为，日本文学中的情趣性、感受性特点，来源于平安王朝女性作家较为封闭的家族氛围与人际关系。

  当代日本学者土居健郎在《"撒娇"的心理构造》①一书中从心理学的角度，认为由于日本社会以天皇制为中心的家族性、集团性的结构，日本人心理上有一种"撒娇"的心理原型，那是类似于婴儿对母亲的依恋那样的感情，是人与人之间心理上的相互依赖的感情。日本人的感受性、神经质、哀怨性、羞耻心、对上司的顺从、重礼节、物哀的审美心理等，都来源于"撒娇"的心理构造。按照土居健郎的"撒娇"理论，我们可以对日本文学的感受性、情趣性特色的形成作进一步体味和理解。在一定意义上说，以情趣性、感受性为主要特征的"物哀"的审美心理，也是一种类似于"撒娇"的心理表现。"撒娇"是事实上的弱者和情感心理上的弱者寻求心理支持的一种言语与动作行为，"撒娇"常常表现为哀怨、倾诉、娇嗔、感伤等消极的表达形式，日本文学中的"物哀"、"幽玄"的审美意识中，所包含的情绪和情调，与"撒娇"的情感与情调是十分一致的。因此，日本文学中弥漫的淡淡的哀愁、缠缠绵绵悱恻的情

---

① 土居健郎：《あまえの构造》，东京：弘文堂，昭和46年第1版。

绪，广义上，可以归位一种"撒娇"的表现。它带有是一种家庭化、亲属化人情的温馨，与中国文学、欧洲文学中的社会化的严肃、印度文学中的宗教化的神秘，形成了不同的格调。这种格调只有在剔除社会性的、局限于个人私生活领域的"纯文学"、"私小说"中才可以保持。同时，将"撒娇"作为一种特殊人际关系中的一种心理表现，也有助于理解日本文学的物哀、悲哀趣味与日本人的民族性格之间的关系。曾有一些学者从日本文学"物哀"趣味出发，断言日本民族是一个悲观的民族，但实际上，物哀、悲哀的趣味恐怕也只是一种"撒娇"的文学表现，事实上，日本民族总体上还是一个较为乐观的民族，虽然不是彻底的乐观。这一点，我们可以从江户时代井原西鹤等人享乐主义的作品得到印证。

日本学者和辻哲郎《风土》一书中，从文化地理学的角度，解读了日本的丰富的情趣性、感受性的来源。他认为，日本因位于季节风地带，季风地带特有的感受性在日本人身上表现得极为特殊，其特点是感情富于起伏变化。久松潜一在《日本文学的风土与思潮》一书中，将日本文学定义为"季节的文学"；美学家今道友信在《东方的美学》一书中，认为表现日本人审美意识的基本语词中都是来自于对植物特征的概括，如华丽、艳丽、娇艳、繁盛、苍劲、枯瘦、高大等等；静寂、余情、冷寂等，也大多与植物由秋到冬的季节性状态有关，所以他将日本人的这种被四季、台风所左右的心理特征概括为"基于植物世界观的美学"。① 〔191〕

三、审美取向：以小为美的"人形趣味"

日本文学的第三个特征是"以小为美"的审美取向，如果要为

---

① 今道友信：《东方的美学》，蒋寅等译，北京：三联书店，1991年，第191页。

这种趣味找一个象征物的话，那就是"人形"。人形就是人偶，或称偶人，是日本人最为钟爱的一种手工艺品，其特点是小巧，它因小巧而显得精致，因小巧而显得美与可爱。这种小巧、精致、可爱的"人形趣味"，深深植根于日本的文化，影响了日本文学的面貌。

以小为美的"人形趣味"的形成与日本的生活环境有关。相对封闭的岛国环境，少有的单一民族国家，使得日本人善于在小范围内、小圈子内行动，喜欢在细节上用功，宏观总括力贫弱，而微观把握力较强。形成了日本人的所谓"岛国根性"。"岛国根性"表现在文化创造力上，就是善于"缩小"而拙于"扩大"。与同样是岛国的英国比较，就更可以看出日本人的这一特性。英国人虽处岛屿，但具有极强的大陆意识与全球视野，15世纪以后，通过战争与和平等种种手段，建立了在各大洲拥有广大殖民地的世界第一王国，使英语由一种较为后进的语言而成为当代最为普及的世界性语言。历史上，当日本人在岛国的狭小范围内努力经营的时候，国家和社会往往兴旺发达，而当它试图"扩大"、扩张自己，使"小日本"成为"大日本"的时候，往往事与愿违。日本人也曾经试图"雄飞海外"，早在16世纪末丰臣秀吉为实现将日本首都建在北京的梦想，发动了侵略朝鲜的战争，20世纪上半期又发动了对中国及亚洲的侵略战争，但都以失败而告终。第二次世界大战中，日本人在具体的战役中常常能够占上风，但由于总体战略上的错误，每一次局部的胜利都为总体上的失败埋下了伏笔，显示了"小"的战术上的精明，"大"的战略上的拙劣。上千年的岛国文化积淀，历史的经验与教训，使日本人逐渐在"缩小"上找到了自己的文化定位，形成了"以小为强"、"以小为美"的价值取向，造就了鲜明的文化特色。这首先表现在物质产品的方面，小巧玲珑成为日本产品的特性。例如从中国和朝鲜传到日本的团扇，经古代日本人的折叠缩小，发明了折扇；各国都使用的展开的雨伞和阳伞，经现代日本人的折叠缩小，在1950年发明了便于携带的折叠伞，在1980年代又进一步发明了长度仅有十八公分的三段式折叠阳伞。在图书的印制方面，袖珍的口袋本图书，日本人称之为"文库本"，做得简朴而又精致小巧，深受读者喜爱，在种类上占到了日本图书出版的三分之一，在发行量上占了将近一半，这在各国图书出版中都是罕见的。一般认为，在当代世界，"美国科学第一，日本技术第一"，在科学上日本人的原创性并不突出，但却善于将别人原创的东西进一步精致化、微型化。战后，日本生产的收音机、汽车、照相机、电脑等机械和电器产品，也都以轻便小巧行销世界。日本的集成电路芯片，在全世界做得最小，成为日本高科技的象征。在文化与文学方面，古代日本人接触了大陆文化后，深感岛国的狭小，在自卑之余，有意识地将"小"的自卑心理，渐渐转化为一种自豪与自信，这一点，我们可以从流传已久的以"小"胜"大"为主题的民间传说故事中得到印证。日本的民间故事中的英雄人物，常常是个小不点儿。例如《一寸法师》中的一寸法师，生下来还没有手指大，却战胜了巨大的魔鬼；《五分次郎》中的五分次郎是从一个老奶奶的拇指里生出来的，只有五分高，他们都勇敢地钻到魔鬼肚子里，令魔鬼乖乖求饶；《桃太郎》中的桃太郎是桃子中生出来的小人儿，却率领各种动物构成的大军，远征鬼岛，大获全胜；《竹童子》中的竹童子是从竹心里生出来的，却成为勇敢的武士。江户时代江岛屋碛的小说《豆男》中的主人公豆右卫门是一个豆子般大小的男人，却是官运亨通，艳福不浅。这些故事所表现出的，是"小的就是强的"这样一种心理上的自我暗示。在日本最早的传奇物语《竹取物语》中，比拇指肚还要小的赫映姬却成长为日本无双的美女，引来了许多慕"美"而来者，体现出的就是"小的就是美的"这样一种理念。平安时代女作家清少纳言在随笔集《枕草子》第一三六节中的一段话，颇能表明日本人的"以小为美"的审美意识。她写道：

可爱的东西是：画在甜瓜上的幼儿的脸；小雀儿听见人家啾啾地学老鼠叫，便一跳一跳地走来……三岁左右的幼儿急忙地爬了来，路上有极小的尘埃，给他很敏锐地发现了，用很可爱的小手指撮来，给大人们看，实在是很可爱……雏祭（桃花节）的各样器具。从池里拿起极小的荷叶来看，极小的葵叶，也都很可爱。无论什么，凡是细小的都可爱。①

日本语言文学中的这种"以小为美"的缩小趋向，表现为对大陆文化的删繁就简，从文字上看，众所周知，日本的字母"假名"就是将复杂的汉字删繁就简创造出来的。日本文学的各种文体，都以体裁短小、字数少，格局狭窄为特色。例如，古代第一部和歌总集《万叶集》中的和歌，在题材有长歌、短歌，旋头歌等形式，但到了《古今集》，篇幅较长的长歌等类型都被淘汰了，只剩下了"五七五七七"三十一个音节的短歌，"短歌"本身就是对汉诗的简化和短小化，日本古代歌人根据一句汉诗就可以写成一首短歌，这就是所谓"片歌取"的方法，到了后来，"五七五七七"变成了"五七七"共十七个音节的俳句，使俳句成为世界文学中最短的诗型。可见，在日本韵文的发展演变历程中，短歌将汉诗缩小，俳句又将短歌缩小，遵循的都是"缩小"趋向。在散文方面，平安王朝的《伊势物语》等"歌物语"是以一两首和歌为中心写成的小故事，篇幅一般只有两三百字，简短得近乎没有叙事情节。《宇津保物语》、《源氏物语》尽管篇幅很大，但内部的结构却像日本人最爱吃的"饭团"，是一粒粒米攒起来、粘合起来的，在结构上具有非逻辑上的、零散化的特征。归根到底还是以"小"的片段故事为基本单

---

① 中文译文见《日本古代随笔选》，周作人译，北京：人民文学出版社，1988年，第186页。

位。在日本古今文学中，最具有特色的不是那些鸿篇巨制，而是那些短小的体裁，例如戏剧中的讽刺短剧"狂言"，近代小说中的短篇小说，特别是大正末年，冈田三郎、武野藤介等作家提倡写二三页稿纸长的微型小说，这种小说发表出来所占篇幅类似手掌大小，被称为"掌小说"，后来川端康成亲自写出上百篇"掌小说"，星新一发明了"一分钟"小说，将微型小说的流行推向高潮。微型小说在日本如此受人欢迎，这在外国文学中是罕见的。

日本文学中的"缩小趋向"不仅表现在外在形式、体裁上，更表现在文学艺术作品所营造的艺术空间上。日本人不太喜欢荒漠的自然风景，而喜欢人工化的自然，于是庭院园林艺术，盆栽艺术、插花艺术，都表现出了将大自然缩小、使其"小自然"化的审美趣味。在日本各个城市，马路两侧的行道树，院子中的树木，公园里的松柏，都定期进行人工修剪，使树冠保持小巧可爱的形状。日本作家不喜欢描写宏大的场面、壮观的景象、崇高的形象，而是喜欢描写庭院景色，室内气氛，让人物在狭小的空间格局内行动。所有的日本文学名著的空间特点都是狭小，以《源氏物语》为代表的古典文学，以"私小说"为代表的近代纯文学，从空间上说都可以叫做"室内文学"或"家屋文学"。当日本文学迫不得已要描写广阔空间的时候，都像日本的庭院艺术一样，遵循着将大自然缩微、缩小、拉近的原则。逐渐将远景淡出，而将焦点集中在狭小空间的事物上。当代韩国学者李御宁在《日本人的缩小趋向》一书中谈到日本文学空间缩小化的问题时候，列举了日本近代著名诗人石川啄木的一首短歌：

东海の小岛の矶の白砂

われ泣きぬれて

蟹とたわむる

这首和歌的大意是:"东海的小岛上的海岸的白色沙滩上,我哭出了泪水,摆弄着一只螃蟹"。引人注目的是在第一句中,诗人用了三个结构助词"の"("的")将四个表示空间的名词——"东海"、"小岛"、"矶"(海岸)、"白沙"——连接起来。短歌素以简洁著称,从汉语和英语的角度看,一个短句中连用三个"的",显得相当累赘和啰嗦。但李御宁认为,石川啄木正是因为连用了三个"的",才能够将空间一层层地逐渐压缩。"首先把辽阔无际的'东海',用'的'缩小至'小岛',然后从'小岛'到'海岸',再从'海岸'到'白色沙滩',一层层压缩,直至压缩成一个点——'螃蟹'的甲壳,最后用'我哭出了泪水'把一片汪洋大海变成了一滴眼泪。"①从比较文学的角度看,欧洲文学、中国文学在写到类似场面的时候,作者或许更喜欢让抒情主人公主人直接面对广阔无垠的大海,而不是脚下的海滩和小小的螃蟹。再如《夏目漱石》的长篇小说《我是猫》,所有场景几乎都安排在房间内,而且主要是主人公的书房内。川端康成的《雪国》,一开头就写道:"穿过县界长长的隧道,就是雪国了。夜空下白茫茫一片。火车在信号灯前停了下来。"用"穿过隧道",将"雪国"与外界分割开来,以便使"雪国"成为一个可以置身其中的有限的特殊空间。有的作家更有意识地将描写狭小空间作为一种艺术追求,例如岛崎藤村在谈到长篇小说《家》的写作时曾不无自负地说:《家》"对屋外发生的事情一概不写,一切都只限于屋内的情景。写了厨房,写了大门,写了庭院。只有到了能听到流水声的屋子里才写到河……运用这种笔法要写好《家》的上下两卷,长达十二年的历史,很不容易"。在日本文学中,作家诗人们就是这样使用一切手段将大的环境、大的事物加以缩小,以追求"人形趣味",求得"小"中之美。

---

① 李御宁:《"缩み"志向の日本人》,东京:讲谈社文库,1984年,第47页。

论井原西鹤的艳情小说[1]

井原西鹤(1642—1693)是日本江户时代的著名作家,也是日本古典文学中的一流作家。他的创作继平安时代的《源氏物语》、镰仓时代的《平家物语》之后,形成了日本古典小说的最后一个高峰。他的"浮世草子"即市井艳情小说生动地反映了日本町人(商人、手工业者)的生活面貌和某些本质特性。本文试图从社会文化学、伦理学、美学等角度,对西鹤的艳情小说进行分析评述。

西鹤的第一部艳情小说是发表于1682年的《一代风流汉》[2](原文《好色一代男》)。这部小说出手不凡,在大阪、江户印行数次,大受市井读者欢迎。《一代风流汉》分8卷54章,以编年体的形式描述了主人公世之介一生的爱欲生活的经历。世之介是一个色鬼与一个高级妓女的私生子,七岁时就懂得了恋爱,在那年夏天他拽着一个女佣的袖子说:"你不明白恋爱要在暗处搞吗?"从这时至十九岁期间,他与上了年纪的女佣人、表姐、有夫之妇及各种妓女发生关系。世之介一边做些小买卖,一边浪迹四方,追求色情享乐。三十四岁时,父亲去世,世之介回家继承了巨额家产,其后凭借金钱的力量,更加为所欲为。在京都、大阪、江户三城与第一流的名妓结交。六十岁时,他已对狭小的日本失去兴味,便约好友7人,乘

---

[1] 本文原载《外国文学评论》,1994年第2期。
[2] 见《五个痴情女人的故事》(井原西鹤小说集),王向远译,上海:上海译文出版社,1989年。

所谓"好色丸"船,到"女护岛"追求新乐去了。

对这样一部通篇描写肉欲的作品,我们必须做历史的、辩证的分析和研究。

日本的町人阶级是在封建社会末期发展到一定程度的商品经济中产生出来的,在士农工商"四民制"和其他封建等级制度的束缚、压抑之下,他们在政治上毫无地位,处于社会的最下层。然而,他们却掌握了相当的经济实力,是一个生气勃勃的阶级,充满了旺盛的生命力。町人阶级自然而然地要求在社会上实现自己的存在价值,可是他们头上却盘踞着垄断权力的封建武士阶级,町人无权参与管理和改造社会的事业,因而他们奔腾的生命力便不可能在社会上找到一个有价值的实现场所。他们也就必然把这种生命力转移于感官的刺激与享乐,以便在这种官能享乐中寻求人生的意趣与安慰。同时,江户时代尤其是元禄年间安定的社会环境以及町人优越的经济条件,更强化了这种享乐意识。而深深地浸润于日本国民心中的人生无常的佛教观念,与日本国民原有的重视现世生活的思想意识结合在一起,又给这种及时行乐提供了宗教上、心理上的依据。长期以来封建思想的严密统治以及对庶民实行的愚民政策,使当时的町人阶级缺乏对社会与人生的深刻、透彻的认识,他们未能产生明确的阶级观念和反封建思想,反而在观念上容忍封建统治。一句话,当时的町人阶级没有理智与思想上的解放,而仅仅是依照本能首先实现了情感上的"解放"。这有助于我们理解为什么西鹤把官能享乐作为首要的描写对象,它实际上反映了町人阶级的普遍追求。据史籍记载,当时的各种游乐场所——冶游场、剧场、茶馆等——达到了历史上的鼎盛时代。这可以与西鹤的描写互为印证。

显然,《一代风流汉》未能在积极的意义上产生自觉的反封建意识,但它所体现的反理性与反道德的倾向,却是对传统封建道德的一个冲击。西鹤把主人公写成一个只为肉体享受而生活的人,无条件地肯定了对性快乐的追求，而不用任何外在的准则来规制它。嫖妓当然是封建道德所允许的，但世之介却也染指有夫之妇（卷三），甚至强行污辱民女（卷四）。这在当时也是违法行为，而西鹤却不对此作道德判断。在这里，西鹤采取了一种道德虚无主义态度，实则体现了一种快乐主义的伦理观点。以肉体快乐本身为善，而排斥其他善恶标准。

这种道德虚无主义或快乐主义本身显然不是一种积极的、直接的反封建意识。以人类文明的一般准则而言，反道德、反理性的纵欲主义过去是、而且将来也还是反文明的恶行。然而，在西鹤所处的时代，这种恶行却也带来了一些积极的结果。正如恩格斯所说，"……恶是历史发展的动力借以表现出来的形式。这里有双重的意思，一方面，每一种新的进步都必然表现为对某一神圣事物的亵渎，表现为对陈旧的、日渐衰亡的、但为习惯所崇奉的秩序的叛逆，另一方面，自从阶级对立产生以来，正是人的恶劣的情欲——贪欲和权欲成了历史发展的杠杆"。①西鹤所描写和表现的固然是一种"恶劣的情欲"，但从历史发展的角度看，它在反封建的最初阶段上，起到了一定的积极作用。西鹤肯定人的情欲追求，是在物质本能意义上发出的解放个性的先声。当封建的理学思想在日本江户时期占据统治地位的时候，这种解放情欲是与"存天理，去人欲"的封建观念相对立的。横向考察整个历史还会发现，体现于《一代风流汉》中的思想意识甚至具有某种世界性的意义。15、16世纪是世界历史的重大转折时期，世界东、西方两端（尤其是中国、日本和英国）生产商品化的共同发展，使东西方在经济上同步前进②。西方的反封建的人本主义思潮声势浩大，首先提出了个性解放的要求。而

---

① 《马克思恩格斯选集》第4卷，北京：人民出版社，1972年，第233页。
② 参见《十五、十六世纪东西方历史初学集》，吴于廑等译，武汉：武汉大学出版社，1985年。

个性解放的第一步,则表现为冲破中世纪禁欲主义的束缚,包括实现性的解放。于是在文学上,西方出现了薄伽丘的《十日谈》、乔叟的《坎特伯雷故事集》那样的作品。在东方,中国明代中叶以后,也出现了以性解放为先导的所谓"东方人本主义思潮",以李贽为代表的思想家举起了反禁欲主义的旗帜,文学领域内出现了"三言两拍"中一些专事描写情欲的作品,还有《金瓶梅》、《肉蒲团》之类含有大量色情成分的市井小说,封建道学受到了前所未有的冲击。西鹤则是东方人本主义在日本的第一个代言人,其创作成为世界性人本主义思潮的一个组成部分。

然而,东方的人本主义思潮从一开始就潜伏着一个危机,这个危机在西鹤身上表现得尤其显著。西方的人本主义把反禁欲主义的性解放作为个性解放的第一步,进而提出了全面发展个性的要求;东方的人本主义尤其是西鹤却不求全面打破封建思想桎梏,而只把性解放本身作为目的,作为最终满足。东方的人本主义未能由此继续前进,进而生发出近代资产阶级的思想意识,所以这种人本主义只能夭折于萌芽状态。正如日本近代哲学家广田永志所说,这种人本主义"对人性的肯定不是表现为对容许个性全面发展的社会状态的期望。反而由于性的陶醉使人们忘却了人性的广阔展开,从而表现为梦想逃避压制人性制度的东西。"①事实上,西鹤在中后期作品中又反过来向町人阶级宣扬封建的伦理规范,这不仅证明了西鹤对压制人性的社会的"逃避",甚至可以认为是他对那种社会的认同。

这种没有得到正常发育的人本主义在对封建思想冲撞了一下之后,反倒成了资产阶级思想意识形成的障碍。这是西鹤深伏的最大危机。马克斯·韦伯在其权威著作《新教伦理与资本主义精神》一

---

① 广田永志:《日本哲学思想史》,陈应年等译,北京:商务印书馆,1983年,第238页。

书中指出,西方的新教伦理即禁欲主义与近代资本主义具有一定的生成关系,"这种禁欲主义反对的就是一件事情:听任本能地追求享受和这种享受所提供的一切。"①韦伯认为这正是西方资本主义得以形成和发展的原因,而禁欲主义正体现了资本主义精神。韦伯虽然片面夸大了禁欲主义的作用,忽视了资本原始积累的阶级实质,但他的话确有一定道理。按照这个观点,西鹤在《一代风流汉》中所主张的与西方近代的那种资本主义精神恰恰是背道而驰的,它正是阻碍日本资本主义生成的因素之一。这样,西鹤作为一个新兴阶级的代言人,其思想意识却妨害了本阶级的进步成长。纵欲主义起到了引导町人阶级玩物丧志的作用,泯灭了西方早期资产阶级那样的进取精神。也正是在这一点上,东西方市民阶级才出现了歧异:一个被封建阶级浸淫和同化,一个继续发展成长为近代资产阶级。日本町人阶级最终未能成为近代资产阶级革命的先驱,反而站到了革命的对立面。

有的日本学者指出,世之介这个人物缺乏个性特征,是一个复合体,是当时众多的风流汉的集合,②这是颇有见地的。西鹤有意漠视了对世之介个性特征的描写,书名"一代风流汉"即表明他要描写的是"一代"而非"一个"风流汉。而且,作为一个情欲亢进的病态人物,世之介是个非个性化的人物。马克思说:"人的本质并不是单个人所固有的抽象物。在其现实性上,它是一切社会关系的总和。"③西鹤没有把世之介放在一定的社会关系中加以描写,却为他安排了一个不受社会束缚的特殊环境——冶游场。世之介生活的全部目的、全部内容都是追求官能享受。他只是人的情欲的一类代

---

① 马克斯·韦伯:《新教伦理与资本主义精神》,黄晓京、彭强译,成都:四川人民出版社,1986年,第156页。
② 《定本西鹤全集第一卷·解说》,野间光辰。
③ 《马克思恩格斯选集》第1卷,北京:人民出版社,1972年,第18页。

表，具有一定的抽象性，他的性格是极端单一化的，所以他也就无法体现出一个完整的人格。日本哲学家西田几多郎说得好："无论什么人，只要他不是白痴，就不会满足于纯粹的肉体的欲望。……总之，人们不是生存在肉体上，而是在观念上有其生命的"，"每个人逞纵自己的物质欲望，反而是消灭个性"。①西鹤所追求的正是这种无个性。

《一代风流汉》发表两年后，西鹤又推出了《二代风流汉》等作品，亦以妓院为舞台，描写爱欲生活，与《一代风流汉》大同小异，但《一代风流汉》中的那种明朗乐观的色彩渐已淡薄。西鹤看到，既然冶游场是以金钱为转移的世界，那么个人的意志、愿望和自由就不可能不为金钱所控制，个人也就没有真正的爱与享乐的自由。自《二代风流汉》起，西鹤开始注意反映冶游场的阴暗面，由无条件地全面肯定町人阶级的生活方式，转到冷静地剖析这种生活方式的弊端和缺陷。如果说《一代风流汉》带有较强的非现实色彩，那么，自《二代风流汉》开始，写实的成分大大增加了。不过，无论是《一代风流汉》还是《二代风流汉》，描写的都是妓院这种特殊的、有限环境中的人物和事件，这里是一般的社会道德和法律约束不到的地方，这里的人与人之间的关系首先体现为妓女与嫖客的关系，即金钱买卖关系，因此，这种环境毋宁说是一种不能正确反映人与社会、人与人之间本质关系的特殊环境。西鹤要全面深刻地反映町人阶级的生活，也就不能囿于妓院这个狭小的世界而必然要反映一般社会中的町人生活。1686年《五个痴情女人》的诞生，标志着西鹤创作的可喜转折。

《五个痴情女人》②（直译应为"好色五人女"）是一部短篇小

---

① 西田几多郎：《善的研究》，何倩译，北京：商务印书馆，1965年，第112页。
② 见《五个痴情女人的故事》（井原西鹤小说集），王向远译，上海译文出版社，1989年。

说集。全书分五卷，由五个独立的短篇构成，都是以1660年至1680年间町人社会发生的真实事件为素材。西鹤写作以前，这些事件都以流行歌曲或歌祭文（当时的一种俗曲）的形式在市井广泛流传。西鹤没有拘泥于生活真实，而是对此进行了艺术的加工和改造，以充分表达自己的创作意图。

五个短篇在内容上可分为三类。第一类是青年男女相爱的故事，包括卷一《姬路的美男子清十郎的故事》和卷四《恋草缠绕的蔬菜店的故事》；第二类是家庭妇女的越轨事件，包括卷二的《一往情深的箍桶匠的故事》和卷三《发生于历书中段的故事》；第三类是卷五《源五兵卫的恋爱故事》，内容比较特殊。

先看属于第一类内容的两篇小说。

卷一《姬路的美男子清十郎的故事》写播州宝津的酿酒作坊"和泉屋"有个名叫清十郎的青年，常和一些男女狂欢作乐，与妓女皆川关系尤深，因而被父亲逐出家门。清十郎托熟人介绍当上了"但马屋"的伙计。"但马屋"有个妙龄姑娘小夏，暗中与清十郎来往并发生关系，遭到家庭阻挠和反对。两人为了摆脱束缚，趁外出赏花之机私奔，途中被人截获。清十郎被投进牢狱，小夏则被监禁。不久，"但马屋"丢失了七百两金子，怀疑为清十郎所窃，清十郎有口难辩，被处死刑。小夏得知情人已死，精神失常，想在清十郎墓前自杀被人劝阻，遂削发为尼，为清十郎祈求冥福。

《恋草缠绕的蔬菜店的故事》说的是江户本乡一家蔬菜店因失火全家到寺院避难。这家十六岁的姑娘阿七与寺中小学徒小野川吉三郎一见钟情，二人常常幽会。不久，阿七家盖成新房，阿七随家人迁回新居。两人分离，不胜思念。有一冬夜，吉三郎化装成小商贩来到阿七家，两人得一夜之欢。分手后阿七恋情难耐，想到如果她家再次烧掉，她便能再去寺院避难从而与吉三郎相见。于是她放火烧家。结果，阿七因纵火罪被判处火刑，吉三郎得知后自杀未成,出家为僧。

这两篇小说的思想价值首先在于歌颂了青年男女的爱情。这种爱情不同于《一代风流汉》中的爱欲,它完全建立在感情的基础上,排除了一切世俗的偏见和狭隘的功利性。它已经具备了恩格斯所说的"现代的性爱"的性质,它"常常达到这样强烈和持久的程度,如果不能结合和彼此分离,对双方来说即使不是一个最大的不幸,也是一个大不幸;仅仅为了能彼此结合,双方甘冒很大的风险,直至拿生命孤注一掷"[①]。卷一中的清十郎和小夏为了相爱而私奔,卷四中的阿七为了能与恋人相见而放火烧家,都是"甘冒很大风险",而小夏、阿七最后也都是"拿生命孤注一掷"了。

这两篇小说对于阻挠、破坏和毁灭纯洁爱情的家长意志、门第观念、道德习俗和法律制度进行了否定和批判,对主人公的悲剧结局表示了深切同情。例如在卷一中,作为佣人的清十郎与东家小姐小夏相爱,而小夏的兄嫂却以家长意志和门第观念强行阻挠和干涉,他们是不得已私奔才酿成悲剧的。西鹤对封建法律制度的揭露在这里表现得尤为深刻。在卷一中,官府在没有丝毫证据的情况下,臆断清十郎窃金并将其处死;卷四中的少女阿七因思念恋人一时冲动而放火,被官府处以火刑。西鹤对主人公之成为封建严刑峻法的牺牲品表现出深深的悲哀。他第一次触及到了町人阶级的生活欲望与封建制度之间不可调和的矛盾。马克思说过:"当旧制度还是有史以来就存在的世界权力,自由反而是个别人偶然产生的思想的时候,换句话说,当旧制度本身还相信而且也应当相信自己的合理性的时候,它的历史是悲剧性的。"[②]旧的封建制度完全不承认个人的恋爱自由,在那种"悲剧性"的历史时期,象清十郎与小夏、吉

[①] 《马克思恩格斯选集》第4卷,北京:人民出版社,1972年,第73页。
[②] 《马克思恩格斯选集》第1卷,北京:人民出版社,1972年,第5页。

三郎与阿七那样追求自由的爱情，就必然与封建的伦理道德和法律制度发生冲突，也就必然导致悲剧。他们的失败与毁灭不在于他们个人的错误，而在于历史的错误，他们的悲剧也就是历史的悲剧。

再看第二类两篇小说。

《一往情深的箍桶匠的故事》描写大阪的女佣人阿选被一位箍桶匠看中，在一个老太太帮助下，他们借参拜伊势神宫之机见了面并私定终身。不久两人结婚，生儿育女，美满幸福。一次，阿选给街坊家帮工，这家男主人长右卫门从棚架上取钵子时，不小心将钵子掉到阿选头上。因头发蓬乱，被长右卫门之妻怀疑并唾骂，阿选决意报复。有一次趁她丈夫熟睡之机将长右卫门叫到家中私通，却被丈夫发现。阿选无地自容，当场自刺身亡，长右卫门也被逮捕处刑。

卷三《发生于历书中段的故事》，说的是京都一个装裱匠娶美女阿山为妻。有一次装裱匠因事外出，托长工茂右卫门照顾阿山。女佣人小玲爱上了茂右卫门，托阿山代写情书，阿山为了取笑茂右卫门，在代写的情书里约定小玲与茂右卫门夜间幽会，她自己取代小玲躺在约定的床上，并派其他佣人持棍埋伏四周，只等茂右卫门来时加以捉弄。但因时间过晚，阿山和埋伏的佣人们疲倦过度，沉沉睡去，这时茂右卫门入房行事。事后阿山醒来，发现弄假成真，深恐惩罚，乃与茂右卫门私奔，隐于山间。不久被发现，双双被处死。

与上述描写青年男女纯真的爱情相反，这两篇小说描写的是有夫之妇的私通事件及其悲剧结局。西鹤为什么要把纯真的爱情故事与奸夫奸妇事件放在同一书中加以描写呢？首先，可以肯定这并非西鹤拘泥于真人真事的结果，因为《一往情深的箍桶匠的故事》的素材是一个强奸事件，而西鹤有意改写成了一个通奸事件。我们知道，在一夫一妻制业已成为人类文明婚姻的基本形式之后，私通无论在封建社会还是在民主社会都不是、也不应该是被提倡的,这是一种不道德的行为,西鹤之所以要选取这类题材,意在反映町人阶级自身生活中存在的过失与错误。在这里,主人公的悲剧表现为另一种形式,正如车尔尼雪夫斯基所说,主人公"所以遭受毁灭或者痛苦是因为他犯了罪,或者犯了错误,……这样就和主宰着人类命运的律令发生矛盾。……他们的性格就是这样的,他们无法采取别的行动,他们的毁灭就是他们本身的罪恶的不可避免的、必然的结果"①。事实上,这种犯罪事件在当时町人社会中多有发生。这是町人阶级追求自由与享乐必然会带来的消极的"附属物",是他们反抗旧的传统观念时出现的矫枉过正的现象,同时,这种行为必然为当时的道德伦理和法律制度所不容。这样,悲剧便不可避免。这不但是历史的悲剧,而且也是主人公自身的悲剧。

在这里,西鹤对主人公的是非功过是带有主观评价的。他热情地赞美私通事件发生以前主人公夫妇恩爱、和谐的生活,对主人公的私通,他直言不讳地加以否定和谴责,对他们的悲惨下场,又寄予了深切的同情。这不是站在封建法律制度一边,而是站在主人公一边,为之洒下同情的眼泪。这种较鲜明的主观倾向性在西鹤的其他艳情小说中是罕见的。

西鹤早在其前期作品《西鹤诸国奇闻》(1685年)中就借作品中的人物之口表明了他的恋爱观。他写道:

> 既然生为人类,女人找一个男人,就是理所当然。我(封建诸侯"大名"的侄女——引者注)爱上了那位庶民子弟,缘分该是如此。我怎会不知世间何为不义呢?有夫之妇,再爱另外的男人,或者丈夫死后再寻后夫,才可以说不义。未婚女子,一

---

① 《车尔尼雪夫斯基论文学》中卷,北京:人民文学出版社,1965年,第59页。

生只有一个男人，不能说是不义吧？选中庶民子弟而结为夫妻，以前就有先例，我丝毫也无不义。

诚然，这还不是全面彻底的反封建观念，但也包含着对封建传统的某种程度的叛逆。如果说，卷一和卷四描写青年男女相爱是这个恋爱观的正面阐述，作者歌颂了主人公专一的、热烈的、非门第观念的、以双方感情为基础的爱情，那么，卷二和卷三则从反面阐明了这个恋爱观。按照这个观点，阿选与长右卫门的私通、阿山与茂右卫门的私通都是"不义"的。西鹤一反《一代风流汉》中反理性、反道德的虚无主义态度，由游戏式地、单纯地肯定对享乐的追求，转变为从伦理道德的角度严肃认真地反映町人的错误与犯罪。更可贵的是，西鹤正确地把握了封建道德与人类一般文明准则的区别，从而在当时严酷的封建统治之下，找到了町人的行为道德与封建伦理法律之间的一种"调和"方式。

再看卷五《源五兵卫的恋爱故事》。这个故事说的是一位名叫源五兵卫的男人与两个同性少年相爱，两少年先后暴死，源五兵卫十分悲伤，进山为僧。有一富家姑娘阿满爱慕他，屡投情书不见回音，便女扮男装找到源五兵卫。源五兵卫为阿满的真情所动，于是同她结为夫妻。起初两人曾靠卖艺糊口，后来家里人找到阿满，原谅她私自出走之过，并把巨额家产让给他们夫妇，结果皆大欢喜。

这个故事的独特之处在于：一是同性恋的描写，二是以喜剧形式收场。

同性恋是个相当复杂的问题，并与文学有着很密切的关系。各个民族、各个历史时期对它的道德评价是不一致的。古希腊罗马人认为此事合情合理，并反映在文学和哲学著作中。波斯13世纪大诗人萨迪在其名著《蔷薇园》中也有正面描写。《圣经》则视同性恋为不道德。中国明末清初时期也盛行"好男风"，大量明清小说均有表现。而在日本，同性恋一直是被允许的。[①]西鹤时代的同性恋则是在个性解放的文化背景下盛行的。《源五兵卫的恋爱故事》更多地带有西鹤前期作品的那种游戏倾向和客观态度。西鹤对源五兵卫的行为不加褒贬，只是两个美少年先后突然夭亡，使人觉得有些不合常理。西鹤这样描写似乎是想说明，追求这种同性之爱不会有任何幸福，它是短暂和缥缈的，正如这一卷第三个标题所言："男色不可求，残花握手中。"男女爱情才是值得追求的，而且会给人带来幸福。因此，西鹤将同性恋与男女之爱的结局作了鲜明的对比。

在《五个痴情女人》中，西鹤一反《一代风流汉》中的明朗乐观的基调，一再感叹人生如梦、浮世无常。他看到了町人社会时常发生的祸难与毁灭却又无可救助，因而陷入了悲观主义与宿命论中。他笔下的人物没有明确的反抗意识，只有一些自发、消极的拂逆行动。他们本来是作为封建统治阶级的对立者产生发展起来的，但封建的思想观念又渗透到他们的深层意识中，所以，西鹤描写的这些悲剧，既有深刻的社会的、阶级的根源，又有人物自身精神上的原因。意大利作家薄伽丘的《十日谈》产生于和《五个痴情女人》相似的历史时代，在《十日谈》中，我们常常可以看到市民阶级的主人公机智勇敢的反抗和他们胜利后的喜悦，而《五个痴情女人》中的主人公更多的是悄悄的行动和消极的逃避。由此我们可以看出日本町人阶级的软弱性。

如果说《五个痴情女人》片断地、截面化地反映了那个时代女人的生活和命运，那么可以说《一代荡妇的自述》则是画卷式地反映女人一生遭遇的作品。

---

① 参见赖肖尔《日本人》，孟胜德、刘文涛译，上海译文出版社，1981年，第150页。

《一代荡妇的自述》①（原名《好色一代女》）发表于1686年6月，是继《一代风流汉》之后的又一部长篇。书中采用无名无姓的"一代荡妇"自述的形式，其构思颇受中国唐代张文成《游仙窟》的影响。"一代荡妇"天生丽质，被选入宫廷，但在宫廷糜烂生活的熏染下，成为淫荡生活的牺牲品。她十三岁就和宫中年轻侍从恋爱，事情败露后被赶出宫廷。继而做舞女，不久被选为某"大名"之妾，但因大名患病而被休掉。后来，因家中无力偿还借款，便卖身为妓，作为高等妓女红极一时。由于她过分矜持，怠慢客人，被降为中等妓女，再降为下等妓女。后来做过和尚的姘妇、町人和大名家的佣人、歌比丘尼、茶馆和澡堂中的女招待、私娼、夜娼等三十余种职业，其中大多是卖身和与卖身有关的职业。年老色衰后，她在寺院看到五百罗汉像，回顾一生遭遇，痛苦万分，遂出家为尼，隐遁山间，终日念佛忏悔。

　　《一代风流汉》与《一代荡妇的自述》分别从男女两个方面描写了人物好色生活的经历，两个作品具有许多共同点。在《一代荡妇的自述》中，"西鹤似乎有一个特别的意图，他要借一个主人公描写出当代女性的所有风俗，这就是从女性的侧面反映出社会风俗史，也是卖笑史"②。和《一代风流汉》中的世之介一样，"一代荡妇"是一种类型的人物的集合，西鹤主要不是把她作为个别、而是作为一般来描写的。不过，《一代荡妇的自述》也在许多重要方面显示出了和《一代风流汉》的不同。首先，西鹤在这里重视并反映了环境对人物的影响与制约。世之介大都是在一种超社会的氛围中行动，而围绕着"一代荡妇"的却是一个个真实具体的社会环境。这些环境或对她起潜移默化的作用；或使她触景生情，不能自已；或

---

① 见《五个痴情女人的故事》（井原西鹤小说集），王向远译，上海译文出版社，1989年。
② 《好色一代女解说》，岩波文库。

使她束手就范，听天由命。由于写出了人物与环境的关系，"一代荡妇"的个性色彩比世之介浓厚了一些，但是，西鹤未能正确地把握人物与环境的辩证关系，以至于时常出现性格与环境的游离，导致人物性格的二重分裂。如主人公多次忏悔，决心戒色，而在某种情形的刺激诱发之下，又屡屡故态复萌。有的日本研究者也指出，"一代荡妇"的性格和心理发展使人感到缺乏一贯性，诚然如此。"一代荡妇"是双重性格的一个简单组合，灵与肉、道德与情欲两个对立面始终未能在她身上达到有机统一，处于一种分裂状态。这种性格分裂的必然结果是"一代荡妇"精神失常以至发疯。这恰好暗合了弗洛伊德关于精神病起因的理论。显然，"一代荡妇"的那种不合逻辑的神经质的行为，只能用变态心理学才能解释。所以，总的看来，"一代荡妇"，的性格中含有较多的病态成分。

　　出现这种情况是由西鹤的思想矛盾造成的。他在《一代风流汉》中采用了道德虚无主义态度，浪漫化地写出了理想的享乐生活。但当他一旦把人物从他所设置的特殊的理想环境中安排到现实社会中的时候，那种理想便与现实发生不可避免的冲突。从根本上说，西鹤不是一个反道德主义者，可以说他是一个有道德追求的人。町人阶级作为一个新兴的阶级应该有哪些相应的道德伦理观念和行为规范，西鹤从《一代风流汉》中就开始了探讨。后来的创作表明，西鹤否定了他在《一代风流汉》中所持的道德虚无主义。他在《五个痴情女人》里描写了町人的行为与封建伦理道德的冲突。他赞同町人对幸福与享乐的追求，同时又以伦理道德来要求他们。可是，这种伦理道德绝不可能超出封建主义的范围。这样，他既认同町人对自由享乐的追求，又不可能使主人公在理智上确认一种新的伦理规范。这种不可调和的矛盾集中体现在《一代荡妇的自述》中。主人公时而放纵性欲，时而忏悔；时而矜持自负，时而忧伤自悲；时而玩弄计谋、刻意报复，时而自责自愧。如此反复，直至终生。本能的要求与"良心"的惩罚始终都在搏斗,因而出现了"一代荡妇"的二重性格的分裂。

还需要指出,"一代荡妇"的情感放纵没有建立在理性思想解放的基础之上。她的悲剧主要是精神的悲剧。这与近代资产阶级文学中那些表现类似主题的小说中的主人公们形成了鲜明的对比。如有岛武郎的长篇小说《一个女人》中的叶子是在解放了理性思想的基础上解放情感的,她有意识地、大胆地追求性自由和爱情自由,所以她在自身精神世界上是统一、和谐的,她的悲剧主要不是由精神矛盾而是由自我与社会的矛盾造成的,这与《一代荡妇的自述》的情形大相径庭。

在西鹤为数不多的长篇小说中,《一代荡妇的自述》被认为是"最成功的作品",在日本影响很大。几年前在我国北京举行的"日本电影周"上,根据《一代荡妇的自述》改编的电影《西鹤一代女》与我国观众见面后,也给人们留下了深刻印象。

总的来说,《一代风流汉》、《五个痴情女人》、《一个荡妇的自述》等艳情小说为我们形象地了解日本町人阶级提供了不可取代的资料,具有很大的认识价值。这些作品的主导倾向是与历史的发展和进步相适应的,尤其是与同时代的宣扬封建伦理道德的所谓"读本"作家相比,更显得难能可贵。当然,西鹤毕竟生活于封建时代,他的思想难免带有封建的烙印,他的反封建意识是不明确和不彻底的。西鹤的艳情小说的创作方法是游戏主义的,这种游戏主义作为日本古典贵族文学尤其是传统的个人内省文学的对立物,显示出了叛逆的、开放的,庶民化的倾向,但同时也反映出市井阶层不健康的卑俗的审美趣味。

中国题材日本文学史研究与比较文学的观念方法①

我国的文学史研究,包括中国文学史与外国文学史研究,经过20世纪近百年的积累,已经有了相当扎实的基础,取得了不少成果,各种中国文学史以及由中国人撰写的各种综合性的外国文学史、世界文学史及国别文学史著作与教材、已达上百种。但是毋庸讳言,除了少量成果外,角度较为单一,作家作品的传记式研究、教科书式的陈陈相因的文学史,占了大多数。同样的,日本的日本文学史研究也存在类似的问题,日本已出版各种各样的《日本文学史》类的著作数以千计,比中国出版的中国文学史研究著作还要多。但是除了少量著作外,在层面角度、结构体系、观点资料上多是大同小异,带有明显的滞定性与模式化的特征。

文学史研究要进一步推进与深化,就必须从通史、断代史、作家评传等单一化、模式化的研究中寻求突破,尝试从不同的角度、不同的层面,发掘和呈现文学史上被忽略、被遮蔽的某些侧面,以各种专题文学史的形式,呈现文学史原有的生动性与复杂性。要做到这一点,就有必要引入和运用比较文学的观念和方法。对此,笔者在《比较文学学科新论》一书及有关文章中,曾提出"涉外文学"的概念,将各国文学中涉及"外国"的作品,包括以外国为舞台背景,以外国人为描写对象,或以外国问题为主题或题材的作

---

① 本文原载《中国比较文学》,2007年第1期。

品，归为"涉外文学"的范畴，并认为"外国题材中国文学史"的研究、"中国题材外国文学史"的研究，是比较文学的"涉外文学"研究的两个重要领域，主张从比较文学的"涉外文学"的角度，从域外题材切入，更新文学史研究的视角。①就中国学者来说，要在外国文学史、世界文学史研究上有进一步的深化和发展，必须强化中国人独特的学术个性，必须发挥中国学者独特的优势、利用我们得天独厚的、外国人不可取代的条件进行富有独创性的研究。其中，研究涉及中国的外国文学，即研究中国题材的外国文学，就是一个很好的突破口。

"中国题材日本文学史"的研究，就是上述理论主张的一个具体实践。它属于日本文学研究，更属于比较文学的研究。在这里，"题材"这一概念不同于比较文学法国学派所提出的"形象学"中的所谓"形象"；所谓"日本文学的中国题材"，也不同于"日本文学史上的中国形象"。"题材"当然可以涵盖"形象学"的研究对象——异国形象及异国想象，但同时它又不局限于异国形象及异国想象。它包括了异国人物形象，也包括了异国背景、异国舞台、异国主题等；它包括了"想象"性的虚构文学、纯文学，也包括了有文学价值的非纯文学——写实性、纪实性的游记、报道、评论杂文等等。另一方面，文学的题材史的研究既是文学研究的一种途径与方法，又不是一种纯文学的研究。因为题材不是纯形式问题，它承载着丰富的社会文化内容，对题材的研究本质上是一种文化研究、特别是文学社会学的研究。而对中国题材日本文学史的研究，实际上是中日双边文化交流关系史的研究，是中国文化在日本的传播与接受的研究，是比较文学与比较文化的研究。

---

① 参见王向远著《比较文学学科新论》，第三章第五节"涉外文学研究"。江西教育出版社，2002年，或《论涉外文学和涉外文学研究》，《社会科学评论》，2004年第1期。

所谓"中国题材",从日本文学史角度看,就是一种"外国题材"。采用异国、异族的题材进行创作,这在世界古今文学史上是常见的现象。例如在欧洲文学中,古罗马作家从古希腊取材、近代英国莎士比亚的戏剧从丹麦取材,现代美国作家海明威从西班牙取材,现代英国作家吉卜林从印度取材,当代英国作家格雷厄姆·格林从亚洲、非洲和拉丁美洲各国取材;在东方文学中,阿拉伯的《一千零一夜》从印度、波斯取材,朝鲜、越南等国的文学从中国大量取材……,这些都构成了世界文学发展史上的一种值得研究的现象。然而,和世界各国文学史上的"外国题材"比较而言,日本文学史上的"中国题材",却具有许多特殊性和复杂性。

日本文学对中国题材的大量撷取、借用和吸收,根据其需要,其途径、方式与处理方法也有所不同。总体来看,日本人是在两个层面上摄取和运用中国题材的。第一个层面,就是中国题材的直接、较为完整的运用。在这个层面上,作品的舞台背景、人物形象、故事情节等,都明确表明为中国。第二个层面,就是对中国题材加以改造,将中国题材的某些诗歌意象、情节要素、故事原型、人物类型、糅入日本文学当中,也就是日本人所谓的"翻案"(亦即翻改)。"翻案"后的中国题材,不再有"中国"的外在标记,须经后世的研究者加以考证与研究之后,才能搞清它们与中国题材的渊源关系。如日本江户时代的"读本小说",大量翻改《水浒传》、《剪灯新话》、"三言两拍"、《聊斋志异》等中国明清小说,中国题材在这些日本作品中已经不具备原有的完整形态,而是被吸收到日本题材之中了。如果说第一个层面的作品对中国题材的处理方式是"易地移植",那么第二个层面的作品则是把中国的枝条嫁接到日本树木上的"移花接木"。"移花接木"是日本文学对中国文学及中国题材深度消化的结果,已经不再属于严格意义上的"中国题材"。因而,本书所谓的"中国题材日本文学",指的就是第一个层面上的作品，即相对完整的中国题材在日本的"易地移植"的历史过程及种种情形。

中国题材在日本"易地移植"的历史，是与整个日本文学的发展历史相伴随的。中国题材的日本文学已经有了长达一千多年的历史传统，在不同的历史时期都没有中断，至今仍繁盛不衰。可以说，在世界文学史上，没有任何一个具有独自历史传统的文化和文学大国，像日本一样在如此长的历史时期内，持续不断地从一个特定国家（中国）撷取题材。从世界文学史上看，从异国异域撷取题材，往往是为了猎取外国风情，满足作家及读者的"异国想象"。就中国题材而言，近代欧洲各国（例如法国、德国、英国）的有关作家也曾经从中国古典中取材，也描写过现实的中国，但基本上不出猎奇和想象的范畴。与之相比，日本文学从中国取材，远远不只是为了满足异国猎奇与异域想象，而是出于更深刻的动机与内在需要。在古代，由于日本文化与中国文化在发展程度上存在较大的落差，日本文人作家对中国文化怀有景仰之情，中国题材既是日本文学不可或缺的营养与资源，也是汲取中国文化的重要途径和环节。在奈良时代和平安时代，日本文人要引进中国文化，就要学习汉语，要学习汉语，就要学会写作汉诗汉文，而要摹仿和写作汉诗汉文，就要熟悉汉诗汉文中的中国历史文化典故和人文地理，而一旦对中国历史文化典故与人文地理有所熟悉，就会在汉诗汉文的创作中使用中国题材。反过来说，不使用中国题材，日本人就学不来本色地道的中国文学；而学不来本色地道的中国文学，襁褓中的日本文学乃至日本文化就缺乏足够的营养来源。中国题材对于日本汉诗汉文这样的"外来"文体是重要的，对于"说话"、"物语"这样的日本文体也同样重要。在12世纪短篇故事总集《今昔物语集》的天竺（印度）、震旦（中国）、本朝（日本）三部分中，不仅"震旦"部分十卷共一百八十多个故事全部取材于中国，就是"天竺"部分的五卷并非直接从印度取材,而是间接从中国汉译佛经、中国佛教类书中取材。其余日本部分的许多佛教故事有许多也受到中国的影响。不久之后,则出现了《唐物语》那样专门的中国题材的短篇物语集。14世纪成熟的日本古典戏曲"能乐"所流传下来的现存二百四十种能乐剧本(谣曲),从中国取材的就有二十几个,占总数的十分之一。尽管只有十分之一,但从题材来源上看,除了十分之九的日本题材,就是十分之一的中国题材。换言之,谣曲中所有的外来题材都是中国的。

进入近代之后,中国题材日本文学获得了长足的发展。和传统文学不同,日本近代文学不再以中国为师,而是追慕和学习西方文学。照理说在这种大语境下中国题材应该从日本文学中淡出,但事实恰恰相反,近现代日本文学对中国题材的摄取,比传统文学更广泛、更全面,从事中国题材创作的作家更多,中国题材的作品更丰富多彩。中国题材日本近现代文学的最突出的特点,就是打破了古代文学缺乏中国现实题材的局面,中国现实题材开始大规模进入日本作家的视野,现实题材与历史题材的齐头并进、双管齐下,中国题材的创作在日本文学的总体格局中更为引人注目。

先说中国历史题材。

明治维新后,日本社会进入了以学习和摄取西方文化为主潮的时代,但江户时代随着儒学的正统化而繁荣起来的汉学传统,维新后仍在延续,作家们除了创作汉诗汉文外,还利用自己的中国古典文学及古代历史文化的修养,创作中国历史题材的文学作品。由于社会生活的变迁,中日关系的变化、西洋式新文体的普及,古典文学中对中国题材"移花接木"的方式基本不存在了,但对中国历史题材的"易地移植"更为普遍。近代日本作家的中国题材创作不仅将古代日本文学的中国题材在近代文学中承续下来,而且尝试着将中国古代历史题材移植于、运用于近代新的文体样式中,森鸥外、幸田露伴、中岛敦的小说、土井晚翠的新诗、长与善郎、菊池宽、武者小路实笃的新剧（话剧），都使古老的中国历史题材在近代新文学中焕发了新的生命。即使在日本的侵华战争时期，在侵华文学、对华殖民文学独霸文坛的同时，也有中岛敦、吉川英治、武田泰淳等写了一些与侵华战争相对疏离的中国题材历史小说。战后初期，武田泰淳、井上靖的历史小说承前启后，开启了中国题材历史小说的新时代。此后的海音寺潮五郎、司马辽太郎、陈舜臣等作家创作的中国历史小说，融入了当代日本文学的主流。1980—1990年代，不仅陈舜臣等老一辈作家势头不减，更有伴野朗、宫城谷昌光、塚本青史、田中芳树等新一代作家的陆续登场，将中国历史题材小说在文坛和读者中的影响进一步扩大。

日本作家的中国题材历史小说创作，体现出了某些基本一致的倾向，那就是褒扬中国历史文化。对中国历史文化感兴趣并喜欢从事中国题材历史小说创作的人，基本上都是主张中日友好的人士，至少是重视中日关系的人士。他们在作品中普遍表现出对中国历史文化的景仰之情，对中国社会和中国人民所抱有的善意的理解和尊重。弘扬中国文化，将中国历史人物英雄化，成为中国题材历史小说的普遍的价值取向。即使是写中国历史上一些有负面评价的、有争议的人物，他们也从弘扬中国历史文化的角度出发，不对历史人物做过多的道德评价，甚至站在肯定的角度上作出相反的评价。例如，在宫城谷昌光的笔下，淫荡的夏姬是一个值得同情的善良的女人，原百代的《武则天》则站在现代女性主义的立场上，努力描写出作为一个明君圣主、一个伟大女性的武则天的形象，扭转了长期以来站在男权主义角度对武则天的荒淫残忍的定性。再如，从《汉书》开始，史家们均站在维护王朝正统性的立场上，视王莽为谋反者和篡逆者，而给予否定的评价。塚本青史在以王莽为题材的长篇小说《王莽》中，却从另外一个视角来看王莽。在他笔下，王莽是一个少有大志、刻苦读书、笃信孔孟学说、富有责任感、勇于改革的政治家，其改朝换代也受到了民众的热烈支持。而浅田次郎在《苍穹之昴》中，甚至对晚清的慈禧太后、李鸿章，都从另外的视角予以正面的描写和评价。

近代以降，在中国历史题材繁荣的同时，日本文学中的中国现实题材也获得了前所未有的发展。从题材类别上看，可以把中国现实题材的日本文学分为纪行文学、战争文学、通俗文学三大类。

纪行文学是近现代中国题材日本文学的重要组成部分，进入近代之后这类作品的迅猛增加，与日本人大量踏入中国密切相关。在古代，由于交通不便等原因，来华日本人的数量很有限，属于中国现实题材的只有一部分中国纪游诗与交往唱和的诗篇，而到了明治维新前夕，德川幕府拒绝与外国来往的锁国政策有所松动，当时的中国与西方列强的交涉早于日本，因此日本人要了解中国，并要通过中国了解西方，来中国旅行观察最为便捷。明治时代最早进入中国，并对近代中国情况加以报道、对中国人有所描写的，除了途经上海、香港到欧洲的留洋学生、政界与商界人士外，主要是当时的一批甲午战争、日俄战争中的随军记者，然后就是一批作家。粗略统计起来，从明治维新后到1937年日本发动大规模侵华战争前的近七十年间，来华旅行过的著名文学家就有五十多人。他们来中国旅行后，大都有纪行性的作品发表或刊行。此外，还有一些汉学家及中国问题研究家的中国见闻录或中国纪行类的作品也有文学价值。这些人的纪行文学、中国见闻录、中国考察记等名目的作品，数量庞大，近年来日本有学者对这些作品加以整理筛选，以丛书的形式予以出版，但所选作品仍是冰山一角。这些人来中国的动机与目的各不相同，有的身负使命来中国工作或考察，有的是来中国寻求创作的题材与灵感，有的是来中国游山玩水、吃喝玩乐。不同的作家对中国的观察与评论的角度有所不同，都以自己的目之所及、足之所至，一定程度地记录了当时中国的状况，表现出鲜明的时代特征和个人色彩，具有重要的文献价值和一定的文学性。总的来看，他们都对中国的历史文化表示了浓厚兴趣和很高评价，却对现实的中国社会感到失望，对现实的中国人表示不屑乃至蔑视。到了侵华战争期间，中国纪行的写作主体主要是从军记者和作家，本质上属于"从军记"，是战时中国纪行文学的畸形状态，又可以归为侵华文学或战争文学。战后，从1957年开始，陆续有日本作家代表团应中国方面的邀请来华访问旅行，到60年代中期所谓"无产阶级文化大革命运动"爆发之前，曾有五个日本作家代表团陆续应邀来华。"文革"期间和"文革"后的1980—1990年代，来中国旅行的作家更多。在这些中国纪行文学中，有的多角度地描写了战后中国社会的变化，反映了日本作家中国观的变迁，有的回顾战争中在中国的见闻经历，对侵华战争做了一定程度的反省。例如"战后派"作家堀田善卫的中篇小说《时间》是日本战后文学中最早反映南京大屠杀的作品，他的散文集《在上海》，回忆并描写了战时他在上海一年零九个月的体验、也描写了战后访问新中国的所见所闻。在"文化大革命"运动爆发前曾先后三次参与日本作家代表团访华的龟井胜一郎，抱着虚心与忏悔的心情写下了长篇纪行文学《中国之旅》，较为客观地反映了新中国成立初期社会的安定和奋进局面，也如实地表达了对当时的一些事物（如"人民公社"）不能理解、不可思议的心情。"文化大革命运动"时期，武田泰淳、加藤周一、池田大作、曾野绫子、司马辽太郎等陆续应邀访华，在他们的中国纪行中，记述了对文革时期的中国社会的种种观感、各自表达了赞叹、好奇、困惑、不解、冷漠等种种不同的感情。历时十年的"文革"结束后的1970年代末，小说家城山三郎和有吉佐和子率先来中国，目睹并记录了转型时期中国社会的变化。1980年代，中日两国的关系迎来了历史上的最佳状态，在胡耀邦和中曾根康弘主政的时代，在双方政府的安排下，甚至出现了一次就有三千名日本青年一同访华的壮举。日本作家在这个时候访问中国变得更容易，来往也更多了，中国纪行文学也更为普泛化。其中，陈舜臣、水上勉、东山魁夷等老一辈作家艺术家游览中国的名山大川和名胜古迹后写下优美的中国纪行，具有相当高的文学价值。

近现代中日关系的第一关键词是"侵华战争"。与侵华战争相关的"战争文学"也成为中国题材日本文学的一种重要形态。日本政府与军方历来重视战争宣传，早在甲午战争时期，就有日本作家从军，到中国前线采访报道。因此日本近代的所谓"战争文学"一开始就与侵华战争联系在了一起。随后的庚子事变、日俄战争，都有大批从军记者和作家来华。随着日本对华侵略的全面实施，绝大多数日本文学家和绝大多数日本国民一样，积极"协力"战争。他们中，有些人作为"从军作家"开往中国前线，为侵华战争摇旗呐喊；有些人应征入伍，成为侵华军队的一员；更多的人加入了各种各样的军国主义文化和文学组织，以笔为枪，炮制所谓"战争文学"，为侵华战争推波助澜。其中有石川达三、火野苇平、上田广等作家，以中国前线或沦陷区为背景，从不同角度描写了侵华日军和抗日或附日的中国人形象，还有一些作家，如佐藤春夫、多田裕计、太宰治等人，以中国为舞台，以中国人为主人公，写下了宣传与图解"大东亚主义"、"大东亚共荣圈"的作品，构成了战争时期中国题材日本文学中军国政府御用文学的特殊一页。战后，一些战时居住在中国的日本人，开始写作以战时中国为背景的带有回顾与反省色彩的作品。这些作品或追忆战时的中国体验，或揭露、反省日军在中国的暴行，或描写战争、日中关系对个人及家庭命运的翻弄。其中重要的有作家鹿地亘的长篇报告文学《在中国的十年》，描写了日本侵华时期他秘密来华帮助中国人民抗战的十年经历，生动地回忆了他所接触的许多中国政界与文化界的人士，从一个独特的侧面描写了抗战时期中国及中国人。战时居住上海的女作家林京子陆续发表的以上海体验为题材的小说,站在日常生活的角度,以一个少女的视角,反映了1932年上海事变、特别是1937年日本发动全面侵华战争后上海租界的社会生活场景,描写当时居住上海的日本人与周围中国人之间如何相处和交往,在上海的各色日本人的行为活动、日本军队在全面占领上海后的所作所为及中国人秘密的抗日斗争,等等。而另一位作家中园英助则将战时体验的舞台置于北京,怀着留恋的心情写下了《"何日君再来"物语》《在北京饭店旧楼》《我的北京留恋记》《北京的贝壳》等几部作品,描述了他在日本占领下的北京与中国文化艺术界人士的交往。还有一些并没有战时中国生活体验的作家所创作的小说,如南里征典的《未完的对局》和山崎丰子的《大地之子》等,均以日本侵华战争为背景、以中日交流、中日关系为题材,不仅描写战争给中日两国带来的苦难、战时中日两国普通国民的爱与恨的复杂纠葛,也表现战后两国人民为走出梦魇而做出的艰苦努力。同时,还有的作家依靠在中日两国的客观的调查采访,以报告文学的形式揭露日军侵华罪行,其中尤以本多胜一揭露南京大屠杀、森村诚一揭露"七三一"细菌部队骇人内幕的报告文学最有影响。这些作品怀着忏悔和同情描写了受害受难的中国人,代表了日本作家的良知,表明了深刻反省军国主义侵略历史、不让侵略战争重演的善良愿望,在日本右翼势力日益猖獗的今天,显得弥足珍贵,在中国题材的日本文学史上,也是难得的篇章。

进入20世纪后期,日本的中国题材的文学创作也出现在大众通俗文学领域。包括推理小说、战争打斗小说、犯罪小说、冒险小说等。这些通俗作家大都喜欢将作品的舞台背景置于香港和上海。他们一般对中国并不很熟悉,之所以将中国的香港和上海为背景,或许主要是为了强化异域色彩和国际感觉。有些作品以中国的著名人物和著名事件为背景，驰骋想象，具有猎奇意味。还有的作品其舞台背景不在中国而在日本，描写的则是华人华侨。其中的典型作品是作家周星驰的长篇犯罪小说《不夜城》，该小说描写了中国人黑社会在日本东京的红灯区歌舞伎町横行霸道、杀人越货，无恶不作的行径。在他笔下，日本新宿的歌舞伎简直已不是日本领土，而成了中国人犯罪者的乐园，极大地败坏了在日华人的形象，也使日本许多人加深了对来日华人的偏见与歧视。在通俗的战争小说、未来小说中，有以过去的日本侵华战争为背景的，更有以设想中的未来中日战争为题材的。例如森泳、大石英司等人的小说。这些战争小说大都以中国为实敌或假想敌，露骨地表现了对中国的厌恶和敌意，也重塑了人们所熟悉的好战的日本形象。将日本写成进步、正义的代表，又十分阴暗地将中国视为僵化、危险、霸道的共产主义极权国家。那种不加掩饰的自由民主的"大日本"的自豪感，与不加掩饰的对中国的歧视、蔑视，折射出当代右翼势力的仇华反华心理。

综观世界文学史，在漫长的文学史发展演变过程中，一千多年间持续不断地从一个特定的外国——中国——撷取题材，并写出了丰富的作品，形成了独特的文学传统的国家，唯有日本而已。就中国题材的重要性而言，朝鲜传统文学几可与日本文学相若，但由于种种原因，进入近代之后朝鲜文学的中国题材已经萎缩，不成规模，而日本文学的中国题材在近代以后数量更多，20世纪后期以来更取得了空前的繁荣，则是绝无仅有的。可以说，一部中国题材日本文学史，就是日本人借鉴、吸收与消化中国文化与中国文学的历史，也是特定侧面的中日交流史。

鉴于中国题材在日本文学发展史上的地位和重要性，有必要从比较文学的角度，为中国题材的日本文学史写出一部独立的、有一定规模的专门著作，这是一件拓荒性的工作。在日本，笔者没有发现这样的专门著作，在中国更是空白。而研究这个问题，具有重要的文化的、学术的价值与意义。它将有助于读者进一步了解日本文学与中国的关系，有助于从一个独到的侧面深化中日文化交流史的研究，有助于进一步揭示中国文学、中国文化对日本文学的巨大的、持续不断的影响，有助于中国读者了解日本人如何塑造、如何描述他们眼中的"中国形象"，并看出不同时代日本作家的不断变化的"中国观"，并由此获得应有的启发。

在中国题材日本文学史的研究中，笔者体会到，在涉外研究中，比较文学的观念和方法不仅可以帮助我们寻找并填补学术研究的空白点，而且也更有利于充分发挥中国学者特有的优势。诚然，一个国家的学者研究另外一个国家的文化，就是站在自身文化立场上对外国文化的探索、理解与阐释，也是了解和包容异国文化的重要途径和方式，且不论研究水平高低，其研究本身就是很有必要和很有意义的。但是，另一方面，既然是学术研究，就确实存在着一个选题优劣、水平高的问题。就日本研究而言，作为一个中国学人，假如不注意发挥中国文化的优势，不是自觉地站在中国人特有的角度或立场，不去发现只有中国人才有可能做得好的课题，而是和日本学者一样，去研究日本学者擅长研究的问题，那就不能扬长避短而是相反。日本是一个经济文化高度发达的国家，虽然人口只有中国的十分之一，但从事学术研究的人却并不比中国少，说日本的人文社会科学研究者人数之多如过江之鲫，文章著作之富如漫天繁星，也并非夸大。尽管日本学者及其研究成果有相当大的一部分实在平庸无奇，但在众多的"量"中，也必然有"质"的存在，在大量的日本文学研究者及其成果中，也有不少精英学者和优秀成果。在这种情况下，一个中国学者即使勉强跻身其中，也难免不被淹没。不管他有多么好的素质和条件，倘若放弃了中国学者的优势，则他的研究能够在众多的日本学者的研究成果中显出特色和价值来，是难以想象的。因此，我们最好不去重复外国人已经研究过的东西，最好少涉足那些由外国人来研究将更有优势的课题和领域，而应立足于中国文化的立场，在中外文化的交叉处，发现新问题、研究新问题。换言之，比较文化与比较文学的基本观念，就是要求我们千方百计寻找与异国文化的接点，想方设法地"在夹缝中求生存"。

为有源头活水来

——论当代日本的中国题材历史小说与中国历史文化①

当代日本历史小说,按其取材类型,基本上可分为日本历史题材小说和中国历史题材小说两大类。所谓"中国题材历史小说",就是以中国历史为舞台背景、以中国人为描写对象的小说。按笔者考察,在日本当代历史小说中,日本历史题材的作品大约占到90%以上,中国历史题材的作品约占10%,其他国家的题材极少,可以忽略不计。换言之,当代日本的历史小说,从题材上看是由中国历史和日本历史两方面构成的。从1940年代以后直到今天的半个多世纪中,主要以中国历史小说创作而知名的作家,有中岛敦、武田泰纯、陈舜臣、伴野朗、宫城谷昌光、塚本青史等,而更多的作家是日本题材与中国历史题材双管齐下,其中有海音寺潮五郎、井上靖、司马辽太郎、柴田炼三郎、原百代、三好彻、北方谦三、荒俣宏、津本阳、田中芳树、安西笃子等,近年来又出现了桐谷正、井上佑美子、藤水名子、酒见贤一、新宫正春、东乡隆、中村隆资、真树操、立石优、太佐顺、森福都、菊池道人等中国历史小说新作家,加在一起有二十多位。而且战后半个世纪以来,在中国题材历史小说创作领域中,作家们也形成了明显的作家"世代"与"群体",形成了代代相继的梯队结构。假如按照日本人划分年龄阶段的

---

① 本文原载《社会科学家》,2007年第6期。

方法，将十年作为一"代"（例如"三十代"指的是三十岁至三十九岁）来看当代中国题材历史小说作家梯队结构的话，那么，从1950年代至今的半个多世纪，已经有五代作家陆续登场——

  第一代：1910年代出生，1950年起步：井上靖、海音寺潮五郎等，
  第二代：1920年代出生，1950年代末起步：司马辽太郎、陈舜臣等；
  第三代：1930年代出生，1970年代起步：伴野朗等；
  第四代：1940—1950年代出生，1990年代起步：宫城谷昌光、冢本青史、田中芳树等；
  第五代：1960年代前后出生，1990年代末起步：藤水名子、井上佑美子、酒见贤一等。

这就形成中国题材历史小说家世代之间的纵式结构，而且从横向上大部分作家之间具有明显的师承或私淑、乃至同学朋友关系，具有一定的群体性和连带性。如"日本历史小说第一人"司马辽太郎与"中国题材历史小说第一人"陈舜臣是大学同学，关系密切；司马辽太郎以海音寺潮五郎为师，创作上受到海音寺潮五郎的提携；伴野朗、田中芳树以陈舜臣为师，在创作上受到陈舜臣的影响；宫城谷昌光私淑海音寺潮五郎，在创作上受到海音寺潮五郎的影响。总体上看，老一辈中国历史小说家，对新一代的作家的崛起有相当的垂范、带动作用。田中芳树在一段文字中，曾谈到这个问题。他写道："鲁迅说过：地上原本没有路，走的人多了，它便成了路。所谓'中国题材'的创作现在正成为一条大路，都是那些筚路

蓝缕的前辈先生的恩惠。"①这段话既表现了后辈作家的知恩和谦逊,也表明了由于世代交替、互相提携与互相影响的关系,表明当代日本的中国历史小说家们已经形成了一个"文坛"。虽然这个"文坛"的规模还不太大,作家人数不太多;虽然中国题材历史小说在日本当代历史小说中所占的比重只有百分之十左右,但由于作家的勤奋和多产,作品数量却颇为可观。据笔者的大体统计,战后半个多世纪以来,中国题材的历史小说,光长篇作品大约就有二百种左右,短篇作品数量更多,收编成集的短篇小说就有几十部,三分之二以上是1980年代后出版的。其中,陈舜臣一个人的长篇小说就有三十部,宫城谷昌光长篇小说就有十几部,而且多卷册长篇居多。中国题材历史小说中,获得直木奖等各种文学奖的作品,成为畅销书或常销书的作品,所占比例也不小,影响也相当大。

1950年代以来,特别是1980年代至今,中国题材的历史小说创作呈现出越来越繁荣的景象,其中有多方面的原因。

首先,中日历史文化是同根同源的关系,一直以来,日本人将中国的古典视为自身文化遗产的一部分,对于中国古代历史文化,从文化人到普通读者都没有多大隔膜感。尽管近代以后中日之间经历了战争等种种波折,但即使在主张"脱亚入欧"的明治时代前期,中国历史文化也没有被"脱"掉,而且即使是"脱亚论"的首倡者福泽谕吉本人,其汉学修养就相当不错,他能读懂文言文、擅长汉诗和书法。在近代以西化教育为主导的教育体制下,日本这几代人的中国历史文化的修养整体上看是差多了,但1972中日邦交正常化以来,特别是随着中国改革开放、中日经贸、文化关系越来越密切,日本国民对中国越来越关心和关注,阅读有关中国方面书籍

---

① 陈舜臣、田中芳树:《談論·中国名將の條件》,东京:德间文库,2000年,第174—175页。

的越来越多,学汉语的人也越来越多,这些都成为中国题材历史小说繁荣的现实的与心理的基础。

小说家们从中国历史文化中取材,固然存在着语言上的巨大阻隔和障碍,但是,由于日文中也使用汉字,汉字就成为日本作家理解中国文化的一个有力的纽带。汉字使日本作家产生了一种文化上的连带感。作家们不是将中国历史文化作为纯粹的异国文化,而是将中国历史文化作为日本文化的源头,以寻求日本人精神故乡的心情进行创作。正如宫城谷昌光所说:"阅读古代中国的史料,很有意义。我想,探寻一个词在中国的原意,岂不就是探求日本人思考的源流吗?"又说:"我写以中国古代为舞台的小说,并非要向现在的日本读者炫耀自己得到的知识。而是有一个强烈的念头,想弄明白日本究竟是什么,所以才写。"[1]他甚至觉得,使用汉字成了自己思维灵感的重要源泉,一旦对汉字的使用加以控制、对汉字的兴趣减弱的时候,连故事情节的构思都会受到严重制约。想想除日本之外,原本像日本一样也使用汉字的东亚有关国家,1950—1970年代后,却在某些狭隘的民族主义者的主导和主张下,为淡化和摆脱中国文化的影响,将其民族语言中本来就有的汉字人为地完全剔除,宁愿付出因同音词过多而有可能让人不知所云的代价、宁愿付出让自己的国民读不懂用汉文写成的大量民族历史文献的代价,而也在所不惜。相比之下,在日本,尽管明治年代有人在讨论文字改革的时候,曾提出废除日文(包括汉字),使日语拉丁化,但正如五四时期中国的汉字废除论一样,只不过是特殊背景下西化思潮的一种反映而已。事实上,日本一直没有试图用废除汉字的方法来"纯洁"其民族语言,而是把汉字作为其民族语言、民族文化的有机组成部分。这是一种健康的、开放的文化襟怀。日本文化能够一直充满活

---

[1] 宫城谷昌光、秋山虔:《いま〈樂毅〉問いかけるもの》,《波》1999年10月号。

力，日本文学的高度发达，中国题材历史小说的创作的繁荣，无疑都得益于此。

除了有着同根同源的文化，除了汉字的纽带之外，日本对中国历史典籍及文学作品翻译也相当重视，积数百年之功，迄今已经相当完备。许多重要作品都有数种不同的译本出版，特别是规模宏大的《中国古代文学大系》（全六十卷）和《新释汉文大系》（全一百一十六卷）等丛书的问世，作为常销书，为作家们阅读中国文献提供了很大的方便。那些不懂汉语的日本作家，只要利用各种各样的译本就可以系统了解中国历史文化，从中国历史典籍中取材也就变得切实可行了。同时，日本汉学在日本学术史上已经成为一种源远流长的学术传统，学者们对中国历史文化、对中国文学的研究历来相当重视，他们对中国古代文献典籍的研究的水平并不在中国学者之下。例如对甲骨文的研究、对《史记》的研究，对唐诗的研究等，甚至令中国同行钦叹。这种研究进一步强化了日本人对中国历史文化的亲近感、认同感，也为作家们学习、理解中国历史文化，提供了大量可资参考的资料。

另一方面，日本的历史小说具有悠久传统，从12世纪的《今昔物语集》、《平家物语》等战记物语，都属于历史小说或历史文学。上千年的取材，使得日本的历史题材几乎被写尽了。有时候一个重要人物、一个重要事件，竟有十几部、乃至几十部长篇小说去写，作家们不免感到，再写下去，势必难出新意。因此，在博大精深的中国历史文化中寻求灵感和题材，是有见识、有头脑的作家的必然的选择。1994年，中国题材历史小说的新一代作家藤水名子曾在《长安游侠传》的出版招待会上说过："以日本为舞台的时代小说已经有很多伟大的作家了，好像再也没有跻身其中的余地了，所以我就写以〔中国〕大陆为舞台的作品。"藤水名子的感受和选择在中国题材历史小说作家中，恐怕是很普遍的。一旦做了这样的选择，光辉灿烂、绵长悠久的中国历史文化,就打开了日本作家的眼界,丰富了他们的想象力,成为他们取之不尽的题材宝库。

日本的中国题材历史小说创作,体现出了某些基本一致的倾向。

第一个是主题倾向,总的来说是褒扬中国历史文化。

从主题倾向上看,作家们在作品中普遍表现出对中国历史文化的景仰心情,对中国社会和中国人民所抱有的善意的理解和尊重。日本当代中国题材的历史小说作家,基本上都是主张中日友好的人士,至少是重视中日关系的人士。1950—1960年代、及中国的"文化大革命"年代,在中日两国没有正常邦交的情况下,有关作家由于种种机缘,来往于日中之间,起到了桥梁与沟通作用。例如,那时的井上靖、陈舜臣、司马辽太郎等,多次来中国访问和取材,他们回去以后所写的纪行文章,对中国的看法虽有不可思议之处,但基本上是尊重中国国情的,是善意的。其中井上靖先生生还担任了日中文化交流协会会长等职务,为中日两国的交流付出了很大努力。即使是对"文化大革命"那一特殊时期的中国,有关作家仍抱着善意的理解心情。如中国题材作家伴野朗曾作为朝日新闻社的记者常驻中国,在1973年与他人合著的图片资料集《中国大观》中,所收照片均是反映文革时期中国社会光明面的,而对当时政治的混乱和经济的凋敝局面并无反映、指摘或批判,这或许是因为当时外国记者在中国采访的允许范围有限,也反映了战后朝日新闻社的对中国的一贯立场和态度,同时也表现了伴野朗本人超越意识形态的、对中国历史文化的尊敬及对现代中国的尊重。

对中国的现实是如此,对所描写的中国历史更是如此。在有关作家的作品中,弘扬中国文化,他们将中国历史人物英雄化,是一种普遍的倾向。即使是写中国历史上有一些负面评价的、有争议的人物,他们也从弘扬中国历史文化的角度出发,不对历史人物做过多的道德评价，甚至站在肯定的角度上作出相反的评价。例如，在宫城谷昌光的笔下，淫荡的夏姬是一个值得同情善良的女人，原百代的《武则天》站在现代女性主义的立场上，努力描写出作为一个明君圣上、一个伟大女性的武则天的形象，扭转了长期以来站在男权主义角度对武则天的荒淫残忍的定性和歪曲。再如，从《汉书》开始，史家们均站在维护王朝正统性的立场上，视王莽为谋反者和篡逆者，而给予否定的评价。塚本青史在以王莽为题材的长篇小说《王莽》中，却从另外一个视角来看王莽。在塚本青史笔下，王莽是一个少有大志、刻苦读书、笃信孔孟学说、富有责任感、勇于改革的政治家，其改朝换代也受到了民众的热烈支持。而浅田次郎在《苍穹之昴》中，甚至对晚清的慈溪天后、李鸿章，都从另外的视角予以正面的描写和评价。

　　第二个是取材倾向，表现为大都取材于古代，主要是先秦两汉魏晋，而近现代史取材偏少。

　　日本作家的中国历史小说，多选中国古代史题材，而近代题材史较少，其原因是多方面的。这主要是因为上千年来，中国古代历史文化已经融入日本文化中，对于中国历史上的许多人物、典故，日本已经"视为己有"，不把它看成是纯粹的外来文化。这其中，与三种中国典籍在日本的深刻影响极有关系。第一部书是司马迁的《史记》。《史记》早在平安时代就传入日本，历代日本学者都有大量的训读、注解、翻译和研究。日本人西汉之前中国历史的了解，主要是靠《史记》。当代中国题材的历史小说家的第一本案头必备书当然也是《史记》。有些作家，如海音寺潮五郎、宫城谷昌光的有关作品几乎全部取材于《史记》。作家们不光从《史记》中取材，也从《史记》学习观察事件、描写人物的角度和方法。例如伴野朗在《感谢司马迁》一文中认为：《史记》有三个特点，第一是"记述的正确"，第二是"现场优先主义"，第三是有自己确定的历史观，所以他说："这一生能够与司马迁及其《史记》相遇，是最大的幸运和快事。感谢您，司马迁！"①对日本作家的取材倾向有较大影响的第二部书就是《三国志》及《三国演义》，在日本历史上曾形成了好几波"三国热"，诸葛亮、曹操的名字在日本可谓家喻户晓。在近一个世纪里，有那么多的作家写三国志，那么的漫画家画三国志，那么多的学者谈论三国志，许多都是大同小异，作家们竞相写三国题材，出版社竞相出版三国题材。但迄今为止，读者群体非但没有厌倦，没有萎缩，却一天天增长着、更新着，直至近日，高热不退。这表现了日本作家、出版者和读者身上的一种强烈的趋同倾向：一种类型的作品一旦畅销，作者和出版者则群起而摹仿之，读者规模却也相应地随之扩大，久而久之，某种作品便出现了定型化倾向。而出现了定型化，则往往意味着培育出习惯了这种定型化的稳定的读者群。这是一个很值得玩味的阅读现象。对日本作家的取材影响较大的第三种典籍是《十八史略》。《十八史略》是宋末元初的学者曾先之编纂的以各时代的正史为底本的史料集，该书早在室町时代末期(16世纪后期)传入日本，后来在日本出现了不少对此书的注释书和训读书，流传广影响大，乃至出现种种冠以"十八史略"、"新十八史略"之类的读物。由于该书资料截至宋代，所以凭此书日本人无法了解宋代以后的中国历史。总之，在日本，由于后来还没有其他史书像《史记》和《十八史略》产生那样的影响，因而一般日本人、也包括取材于中国历史的作家，对西汉以前的历史最熟悉，也最感兴趣，其次是对宋代以前的历史较为熟悉。作家们在取材的时候，既受到现有的中国历史知识结构的制约，也有必要考虑读者现有的接受视域和阅读兴趣，于是造成了中国历史

---

① 伴野朗：《司馬遷に感謝》，见《中國歷史散步》，东京：集英社，1994年，第251—252页。

小说取材上重古代史（尤其是春秋战国时代和三国时代）、轻近古史的倾向。近年来，年青一代作家意识到了这个问题，并有意加以改变，如田中芳树，他认为作家们在中国几千年的历史中，只在几个领域反复挖掘，"反复折腾，真是太可惜了"，所以有意避开先秦两汉三国时代的取材倾向，而侧重隋唐唐宋元明等时代，反映了他在题材上独辟蹊径的创新追求。

至于中国近现代史方面，则取材更少。近现代史刚刚过去一百来年，因为缺乏足够的时间距离，由于中日历史文化同源异流、尔后分道扬镳，因而中国近现代文化不能蒸馏至日本文化的体系中，再加上日本在中国近代史上所扮演的角色并不光彩，日本文化界学术界在历史认识问题上存在若干误区，许多话题令日本人、包括日本作家难以把握、或不愿触及，而且在战后成长起来的这一代作家的知识结构中，由于教育体制、教科书的编写等多种原因，中国近现代史知识也相对薄弱。因而，日本文学中的中国近代历史题材作品在1990年代之前极少。在这种情况下，华裔作家陈舜臣有意识地改变这种状况，将相当多的精力投入到中国近代史题材的历史小说创作中，除了许多短篇作品外，更写出了几部相当有分量的、有特色的长篇巨著，主要有《鸦片战争》《太平天国》《大江不流》《桃花流水》《山河在》《青山一发》等，1990年中期后来又有新一代作家浅田次郎出版了近代史题材的《苍穹之昴》。总体来说，近现代题材还相当薄弱。而且，陈舜臣的《鸦片战争》应该说是他用功最大、规模也最大的优秀作品，他的许多作品都获了奖，可是《鸦片战争》却没有获奖；浅田次朗的《苍穹之昴》当年成了畅销书，却也与获奖无缘。这说明文学界对中国近现代题材的作品还缺乏足够的重视。

第三，从作品形态上看，有尊重历史与疏离历史、两种倾向，表现出真实与幻美、史料与虚构、历史发掘力与文学想象力之间的矛盾运动。

对于历史小说创作而言，如何处理作家的想象、虚构与历史真实、与史料记载之间的关系，既是一个基本的理论问题，也是一个重要的实践问题。早在明治文学中，作家森鸥外就提出了"尊重历史与疏离历史"问题，并与其他作家展开了讨论。在中国历史题材的小说创作中，作家当然也不能回避这个问题。总体看来，当代作家的在这个问题上呈现出了一定的规律性，就是在创作初期，都表现出以虚构为主的"疏离历史的倾向"，尔后逐渐向历史真实、向史料靠拢和倾斜，最后甚至逐渐有历史小说家慢慢变成了"历史学家"。例如，作家司马辽太郎的第一篇历史小说《波斯的幻术师》是一篇以古代波斯为背景的幻想性的历史小说，后来在小说创作中逐渐写实，回归历史，形成了所谓"司马史观"，成为明治历史、特别是维新史方面的专家；陈舜臣第一篇小说《枯草之根》是有历史小说色彩的推理小说（伴野朗亦如此），陈舜臣前期的创作以这类推理小说为主，中期以后逐渐靠拢中国史料，据史写实，对后期创作，则渐渐以一个中国历史学专家的面目出现，写出了《小说十八史略》（五卷）等大量通俗历史读物，近来出版的《陈舜臣图书馆》（三十卷）时，只收录其历史小说作品，而与历史无关的推理小说类则不收录，可见最终是要定位在"历史"上面。宫城谷昌光则是从写现代题材的虚构小说开始创作的，田中芳树则是在以冒险、言情为题材的作品出名后，涉足中国历史小说创作的。从这些作家的创作历程中可以看出，一般多说，中国题材历史小说家是逐渐由"疏离历史"走向"尊重历史"的，对历史小说而言，"疏离历史"的倾向就是求幻、求美的倾向，"尊重历史"的倾向就是求真、求实的倾向。而且作家年龄越大越倾向于尊重历史史实，愿意创作具有写实风格和有可靠历史依据的作品。这一方面是因为作家随着年龄增长，历史知识的修养越来越丰厚，另一方面是不同年龄段的审美诉求有所侧重，不同年龄、不同创作阶段的作家都经历了由"求美"到"求知"趣味转换，对读者而言同样如此，年轻读者喜欢幻美，追求美中之真；而成年人、特别是中年以上者，则以求知为上，喜欢真中之美。不同年龄段的读者有不同的阅读需求，也决定了不同倾向的历史小说都有自己的读者群。1960年代前后出生的年轻一代的作家的中国题材的历史小说，基本撇开史料，写出了想象奇特、乃至出格的"历史小说"，逸出了历史小说的"本格"，也受到了评论界的批评。因为年轻，中国历史的修养不足，"才"大于"学"，但他们还是有特定的读者群，那就是和他们一样年轻、甚至更年轻的读者。作者是分层次的，读者也是分层次的。什么层次的作者满足什么层次的读者。当代日本二十岁左右、以吃喝玩乐为基本追求的年轻人（主要是大学生们），他们不想读"太难"的小说，他们只想借着读小说，沉浸到幻想的世界寻求轻松，娱乐而已。而淡化史料，强化传奇性和娱乐性的所谓"中国历史小说"，可以满足年轻人的好奇心和想象力。但从长远来看，这些年轻人也会逐渐成长，等到了一定的年龄段之后，他们对历史文化的求知欲望、审美能力就会提高。到那时，他们就会不满足于这类浅陋、纯娱乐的作品，他们或许会成为严肃的中国题材历史小说的读者。根据以上所说老一辈作家的创作规律，没准儿这些年轻作家，到了不那么年轻的时候，学问的修养提高，想象力与时俱进，就会写出"本格的"中国历史小说。而且大量文学史的史实可以说明，三十岁以前能够写好历史小说的人很少见，历史小说作家需要相当时间的历史学修养和历史知识积累，所以历史小说家大都是属于"大器晚成"，日本的几位历史小说大家都是如此。陈舜臣四十岁前后才一鸣惊人，宫城谷昌光四十多岁才写出了名堂。从严格意义上的历史小说的立场来看，日本新生代作家的作品大都处于"未熟"状态，因此，新生代作家有关中国历史的娱乐幻想小说虽然有种种不足，但对引导更多的年轻人进入中国历史文化的广阔天地，无疑具有重要作用。

日本当代文学中的三国志题材

——对题名"三国志"的五部长篇小说的比较分析①

自明治时代以来,在日本影响最大的中国古典作品首推"三国志"(日本人所谓"三国志"包括陈寿的《三国志》和罗贯中的《三国演义》)。一百多年来,日本的"三国志热"持续不断,上世纪90年代后达到最高潮。日本人对"三国志"情独有钟,有着深刻的文化心理根源。除了"三国志"历史故事本身生动精彩、富有艺术魅力之外,首要的原因是其中的人物和情节及所表现的思想感情十分切合日本的民族文化心理。例如其中的忠君思想,与日本的皇道思想不谋而合;尚武精神,与日本的武士道颇为一致;而崇尚义气的道德观念,又与日本传统的"义理""人情"相投。日本读者的"三国志热"与日本作家的"三国志"再创作热是相辅相成的。从1940年代吉川英治的《三国志》开始,到今天为止,有几十个日本作家以"三国志"为题材进行再创作,其中,战后日本以《三国志》为书名的、系统表现三国志历史场景和人物活动的作品,就有近十种,包括1960年代柴田炼三郎的《英雄在此》《英雄的生与死》(通称"柴炼三国志")、花田清辉的《随笔三国志》,1970年代横山光辉的《三国志》、陈舜臣的《秘本三国志》(又称"陈氏三国志"),1980年代林田慎之助的《人间三国志》,1990年代志茂

---

① 本文原载《北京师范大学学报》,2006年第3期。

田景树的《大三国志》，童门龙三的《新释三国志》、北方谦三的《三国志》（又称"北方三国志"）、三好彻的《兴亡三国志》（又称"三好三国志"），进入21世纪后又涌现出了宫城谷昌光的《三国志》、伴野朗的《吴·三国志》（又称"伴野三国志"）、桐野作人的《破·三国志》等。本文拟采用比较文学的文本分析与影响研究的方法，对当代日本文学中最有代表性的"柴炼三国志"、"陈氏三国志"、"北方三国志"、"三好三国志"和"伴野三国志"等五种"三国志"的文本加以评析，以见出日本当代文学与中国历史文化之间的深刻联系。

一、"柴炼三国志"和"陈氏三国志"

1960年代末至1970年代前期，柴田炼三郎和陈舜臣几乎同时在杂志上连载自己的"三国志"，从而拉开了当代日本文学中"三国志"题材再创作的序幕。

柴田炼三郎（1917—1978），著名通俗小说和历史小说作家，著有《柴田炼三郎时代小说全集》全二十六卷和《柴田炼三郎选集》全十八卷。在柴田炼三郎的创作生涯中，关于中国的题材写的不多，除了《三国志——世界的国民文学》等有关中国文化、中国文学的随笔文章外，主要是对《三国演义》和《水浒传》两部古典名著的再创作。文学评论家尾崎秀树认为，"柴田炼三郎作品中，能够使人感到有着中国文学所培养出来的造型感觉，和支撑这种感觉的法国风格的现代主义。"[①] 1968年12月，柴田炼三郎的《三国志·英雄在此》在《现代周刊》杂志连载完成。这是继1943年吉川英治的《三国志》问世后，日本作家第二次以长篇小说的形式对《三国演

---

① 尾崎秀树：《英雄ここにあり·解说》，讲谈社文库，1975年，第530页。

义》进行再创作。该作品规模宏大,单行本分上中下三卷,在许多方面受到"吉川三国志"的影响,例如把关羽的身份写成私塾先生,让一个叫白芙蓉的女性陪伴刘备,与"吉川三国志"可谓同工异曲。作品一开头写刘备、张飞两人偶然相识,而关羽此时缺席,没有《三国演义》中著名的桃园三结义的情节,也算是"柴田三国志"一个特色吧。在情节结构方面,"柴田三国志"写道诸葛亮向后主刘禅献上《出师表》,决定北征,即戛然止笔。这种布局"吉川三国志"很接近。不过柴田炼三郎自己也觉得似这样匆匆收尾,放弃了三国志后一部分的许多精彩素材,未免可惜,遂在1974年5月开始,从前书收尾处起笔,续写《三国志·英雄:生还是死》,在《周刊小说》杂志上连载,到1977年9月连载完毕,后来又结为上中下三卷单行本出版。《三国志·英雄:生还是死》在情节上承续《三国志·英雄在此》,可以说是《柴田三国志·英雄在此》的续篇,一直写到司马炎建立晋朝为止,涵盖了《三国演义》的全部内容。后来,集英社将《三国志·英雄在此》与《三国志·英雄:生还是死》合为《英雄三国志》全六卷,使"柴炼三国志"完整合璧。

著名华裔作家陈舜臣(1924—)的《秘本三国志》1974年1月至1977年3月在《ALL读物》上连载,1977年由文艺春秋社出版单行本,1982年该社又出版六卷本的文库版。关于《秘本三国志》的创作,陈舜臣在《后记》中强调自己不拘泥于中国原典《三国志》,特别是罗贯中的《三国演义》,而是在基本史料基础上进行再创作,要写出"我的三国志故事"。①《秘本三国志》显然实现了这样一个目标。可以说,在迄今日本作家根据《三国志》再创作的所有

---

① 陈舜臣:《秘本三国志·後记》,《秘本三国志》第六卷,文艺春秋文库,1982年,第283页。

作品中，陈舜臣的《秘本三国志》是最大程度地摆脱原典、最富有个人色彩的"陈氏三国志"了。

　　首先，在故事的整体构思上，陈舜臣还根据有关史料，虚构一个此前的《三国志》故事中都没有的人物——少容。作者把少容的身份写成是汉代的道教组织"五斗米道"的首领张鲁的母亲。时年三十五岁左右。在陈舜臣的笔下，少容是五斗米道的核心人物，五斗米道与东汉黄巾起义信奉的"太平道"所主张的武力造反的革命不同，而是主张非战、妥协与和平，并以行医治病为手段，获得了民众的信任与支持。为了达到非战与和平的目标，少容派遣自己的养子陈潜，穿梭全国各地搜集情报，以减少战乱、顾及民生为宗旨，并在各大势力集团之间斡旋，在魏、蜀、吴三国之间充当说客，因此，在情节发展中的作用非常重要。三国志英雄们的举动，大都是通过少容及其陈潜的眼睛映照出来的。少容、陈潜及后来的张鲁，在战争与和平的一些关键的时刻起了决定的作用，三国之间的若干重要战役，都是由他们一手策划的。例如，曹操、刘备相继去世后，三国鼎立格局已完全形成，此时诸葛亮向后主刘禅呈献《出师表》，决定北上伐魏。而五斗米教的首领张鲁，为了避免发生大战而使生灵涂炭，即从中斡旋。他作为魏国军师司马懿的密使来说服诸葛亮，向诸葛亮陈说利弊，说魏国军师司马懿的处境很微妙：假如战胜蜀国，则司马懿更招致妒恨，所以司马懿本不想打；而对蜀国来说，假如得胜，则要攻取长安、洛阳，需要巨大的军力和粮草，反而会使国力空虚。因此不如不战也不和，双方不争胜负，以避免流血牺牲，对天下万民有益。诸葛亮基本同意张鲁的意见，并与张鲁商谈了今后的一些细节安排。此后魏与蜀两国发生了许多虚虚实实的战斗，实际上都是诸葛亮与司马懿的事先的密谋。后来孔明病死，司马懿却并没乘机攻蜀，反而令魏军撤退，并非"死诸葛能走生仲达"，殊不知是司马仲达（司马懿）故意如此——

这就是陈舜臣对三国志有关情节的新解释。

另一方面，作为推理小说家的陈舜臣，根据《三国演义》的原著的某些细节，进行了合理的推理和想象，并对一些重要的故事情节和人物关系，进行了重新解释和设计。例如，在《青梅，煮酒论英雄》一章中，曹操对刘备说：现在是乱世，群雄争霸，我们两人携手联合，将他们一一消灭如何？不过像这样公开联合在一起不行；你可以装作是我的敌人，潜入对方的阵营中，从内部把他们搞垮，用此计将群雄一一消灭，最后就是你我的天下了；作为第一步，你先潜入袁绍阵营如何？刘备赞同曹操的计谋，并潜入袁绍军中。在白马一战中，关羽之所以能够一刀将袁绍手下的猛将斩掉，也是因为事先刘备对颜良说："关羽打算投降，请手下留情。"结果颜良中计，掉以轻心，被关羽轻易斩杀。而颜良的死，则使袁绍的势力大为削弱。刘备将袁绍搞得衰弱不堪的时候，又假装败于曹操，借机从袁绍那里出走，接着按计划投身于荆州的刘表，并设法削弱刘表的实力。曹操忙于北征的六年间，刘备并没有乘机攻取曹操的都城许昌，也是出于刘备的本意。后来刘表病重，其势力摇摇欲坠，刘备便三顾茅庐，请出了军师诸葛亮。而此时曹操要来取荆州，并加紧南下的准备。孔明凭他的神机妙算，知道了曹操和刘备两人的密谋，于是对刘备说："不要再跟曹操玩这种里应外合的游戏了。曹操心狠手辣，他用完了的人，他就会除掉。"刘备顿悟，在刘表死后，听从诸葛亮的三分天下的计策，开始与曹操和孙吴走向三足鼎立。

由此可见，陈舜臣的《秘本三国志》具有强烈的艺术个性，确实不愧为"秘本"。陈舜臣将和平的主题贯穿于整个《秘本三国志》中，与其说是表现群雄争霸，不如说是表现英雄们在争霸中如何尽量减少战火，而曹操、刘备、诸葛亮、司马懿等人的英雄本色，也主要不表现为穷兵黩武的好战，而是计谋和策略的运用，而这方面陈舜臣充分发挥了一个推理小说家特有的才能，将历史史实与逻辑推理两者有机结合起来，形成了《秘本三国志》的独特的艺术魅力。

二、"北方三国志"和"三好三国志"

20 世纪 90 年代，又出现两种"三国志"，被称为"北方三国志"和"三好三国志"。

所谓"北方三国志"，指的是作家北方谦三的《三国志》。

北方谦三（1947— ）擅长创作写实的、风格冷彻的侦探推理小说，著作甚丰，影响较大。其中，以中国三国时代为题材的长篇历史小说《三国志》，是北方谦三迄今为止规模最大、影响最大的作品，全书共 13 卷，从 1996 年 11 月至 1998 年 10 月，两年之间由角川书店陆续出齐，2002 年又出版 13 卷文库本。全书约合中文 150 字。北方谦三在创作《三国志》的时候，有意发挥自己的创作个性。他说过："我不读其他作家写的《三国志》，而且《三国演义》也不看，只看'正史'，我的想法是要从正史中汲取情节，并构思自己的作品。"① 他所说的正史，主要是指陈寿的《三国志》及其中的人物列传。他认为后来作家创作的各种三国志，有不少脱离了正史，对人物性格有所扭曲，是不可效法的，要在尊重史实的基础上创作出独具一格的"北方三国志"，其次就是注意人物性格的合自然性与合逻辑性。由此出发，"北方三国志"第一章一开头，和"柴炼三国志"一样抛弃了《三国演义》中著名的"桃园结义"的情节。在北方谦三看来，三个素不相识的人在兵荒马乱的时代，由几句自我介绍而立刻轻易地结拜兄弟，相约"不求同年同月同日生，只愿

---

① 北方谦三监修：《三国志读本》，春树文库，2002 年，第 18 页。

同年同月同日死"，这种事情是很不自然的；而且正史中虽有三人结拜的情节，但一日之内快速结拜为兄弟，正史中也没有记载，他认为"从小说的写实主义的角度而言，不得不说这缺乏可信性"①。因此他要将缺乏可信性的部分加以写实主义的改造，因此他果断舍弃了"桃园结义"的情节。而让刘、关、张三人在北方草原贩运马匹时相识，后来情谊渐笃，才成为生死之交。

"北方三国志"在情节的处理上是坚持史实与情理逻辑的写实主义原则，在人物性格的塑造方面也是如此。这集中表现为对几个主要人物的描写上面。

例如对于刘备，《三国演义》等相关作品中的定型的刘备的形象是一个性格细腻温良、颇有书生气的人，"北方三国志"却把他写成了既狡猾、又讲"义"（意气）的人，既能笼络人心、又十分暴躁凶狠的人。"北方三国志"中的刘备常常是佩带两把重剑的赳赳武夫，因脾气暴躁，军队操练时一旦有士兵不合要求，则欲亲手当场杀死。而此时张飞等为了维护刘备的名声，而自愿代刘备惩罚士兵。北方谦三认为中国的古典小说写人物易走极端，往往好就好得不得了，坏就坏透了，《三国演义》对刘备的描写就是如此。在北方谦三看来，刘备由一个织席贩履的无名之辈，到成为蜀汉之主，不具备上述性格特征和不可想象的。因此北方谦三绝不像《三国演义》那样，动不动就写刘备放声大哭，认为那不符合他的性格逻辑。

除诸葛亮以外，张飞的形象，也是"北方三国志"中"变容"（形象改变）最大的人物。人们熟悉的张飞的形象，是一个粗鲁不文、易怒好斗、又刚正不阿的人物，而在《北方三国志》中，张飞在战场上还是一个威武骇人的张飞，但在日常生活中却变成了一个十分和蔼可亲的人，而且还拥有了一位温柔体贴的爱妻董香，而最

---

① 北方谦三监修：《三国志读本》，春树文库，2002年，第19页。

后董香及其儿子张苞为吴国的敢死队残杀，从此张飞借酒浇愁，最后他也不是死于自己的部下，而是被周瑜的情人"幽"（北方谦三所虚构的一个女性形象）所毒杀。

关于诸葛亮，北方谦三认为，"诸葛亮这个人物在日本被严重误解了"，日本各种艺术形式中的诸葛亮的形象都是无所不能的天才军师，写他在战场上出现时常常坐在小四轮车上，摇着羽毛扇，以表现诸葛亮的从容潇洒。但是北方谦三认为，在当时的战斗中，以那样复杂的地形，乘那样的小车是绝对不可能的。而且事实上由于兵力和国力不足，诸葛亮在军事上是经常失败的。北方在其《三国志》中所要说明的，就是诸葛亮实际上是一个相当优秀的"民政的人才"，有管理国家的突出才能，但并没有什么军事上的才能，却又不得不从事军事指挥，这是诸葛亮的不幸。在刘备死后，诸葛亮为复兴汉室而出师，对他而言则是一种"悲剧性的理想"，最后只有失败。北方谦三一改人们熟悉的诸葛亮的形象，将一个能够呼风唤雨、预卜未来的神人，还原为一个有着自己的特长、也有着自己的性格缺陷、有着自己的失误、有着自己的烦恼的普通人。

"北方三国志"对三国志中一些相对次要的人物，也做了艺术凸现，例如马超。北方谦三从马超的形象中，找到了他所喜欢描写的日本"剑豪"的那种自由不羁的狂放性格。

虽然北方谦三声称，自己写作《三国志》时除三国志的正史以外不读任何相关作品，但他的《三国志》在许多方面，还是明显地受到了前辈吉川英治、柴田炼三郎、陈舜臣等三国志的影响，例如将几乎所有的人物都写成了英雄，没有《三国演义》的善恶对立的道德判断，主要表现为对曹操的高度的正面肯定和描写，将曹操写成是"真正的英雄"和"天才"，一个有诗人的激情和想象力、政治家的谋略和军事家的果敢的人。可见，"北方三国志"对日本前辈作家的"三国志"自觉不自觉地有明显的借鉴，而"北方三国志"要努力摆脱的，主要是给中日读者造成最大影响的《三国演义》的人物观和历史观，尤其是对《三国演义》中视刘备的蜀汉为王朝正统的历史观不以为然，并通过刘备、曹操的口，表现了自己关于皇权的观念。在北方谦三看来，诸葛亮所坚持的就是日本式的"万世一系"的天皇史观，而魏国的曹操的史观，则很接近日本14世纪幕府将军足利义满、16世纪幕府首领织田信长，他们都曾试图使自己成为天皇，实际上是"反天皇史观"。如果这两个人不是突然死亡，最终就会取天皇而代之。他认为这个话题在现在的日本还不能公开加以表现，而他坦率承认自己在《三国志》中表现了对这个问题的看法。

所谓"三好三国志"，是指作家三好彻创作的《兴亡三国志》。

三好彻(1931—)是推理小说和历史小说作家，记者出身，曾数次来华，1978出版了以当代中国为背景的长篇推理小说《遥远的男人》(1978)和以孙中山与日本的宫崎滔天为主人公的长篇小说《革命浪人——滔天与孙文》(1979)。1997年，三好彻的《兴亡三国志》(全五卷)(即"三好三国志")由集英社陆续出版，2000年又出版了文库版。

"三好三国志"的创作基于三好彻对《三国志》的爱好。他自述十来岁的时候就喜欢读"吉川三国志"的少年缩写本，并深为打动，而当时他也和一般普通的日本读者一样，分不清三国演义的故事与正史(陈寿《三国志》)的区别，而将《三国志》的故事当历史来看，后来知道其中的曹操这个历史人物是被《三国演义》当作反面人物而加以丑化了，特别是当他读到曹操的"骥老(似应为'老骥'——引者)伏枥，志在千里，烈士暮年，壮心不已"这首名诗时，对曹操的印象完全改变了，他凭直觉感到："写出这样的诗句的人，怎么能是个反面人物呢？"并由此决定：自己要重写曹操，重写

《三国志》。①三好彻直觉到,就从这首诗来看,那个三国鼎立的时代肯定是以写出如此名篇的曹操这个人物为中心而旋转的。中国传统文化中最推崇"文武双全"的人,也就是日本人所说的"文武两道",三好彻认为在曹操是"文武两道"的最佳典型。于是他决定以曹操作为中心人物来构思《兴亡三国志》。三好彻为写这部作品做了长期的准备,据他说包括准备材料和写作在内,前后用了十二年的时间,其间他两次到中国来采访和考察,最终完成了《兴亡三国志》5卷。

为曹操"平反",用正史《三国志》来矫正《三国演义》对曹操形象的歪曲,这在日本几乎成了《三国志》再创作者们的共识。但以曹操为中心来写"三国志",似乎还是首次,这也形成了"三好三国志"的一个特色。为了写好曹操,作者根据自己对曹操形象的理解,在细节上有大量的再创作,这些再创作的成分随处可见。三好彻认为这种再创作中的细节虚构"既可以补足史书中的疏漏,又能够有助于描写出更接近史实的曹操的形象"。②例如,为了突显曹操作为全书中心人物的地位,作者在全书的大幕拉开后首先让曹操出场,而不是像《三国演义》那样以"桃园三结义"开头。作者一开始就写了在东汉的都成洛阳,官府在众人围观中对张角的太平道首领马元义处以"车裂"之刑的场面,曹操和袁绍就在这围观的人群中与刘备相识。以下的基本情节的展开,与正史《三国志》及罗贯中《三国演义》并无多大偏离,但三好彻在大量的细节描写上,独处机杼,颇有特色。特别在描写曹操时,不但注意外部行动,更注重传统《三国志》故事所缺乏的心理描写,为了强化对曹操的心理描写。作者还虚构了一个名叫郑钦的历史人物,作为曹操的侧近谋

---

① 三好彻:《兴亡三国志》第一卷后记,集英社文库版,2000年,第640页。
② 三好彻:《兴亡三国志》第一卷后记,集英社文库版,2000年,第641页。

士。郑钦虽性格孤僻，但足智多谋，能够体察曹操的心理与意图，曹操的所思所想，许多是通过郑钦的体察和分析表现出来的。同时，三好彻在表现曹操作为一个政治家和战略家、军事家的同时，始终注意表现其诗人的诗性的一面。认为诗与政治的密切结合，也最宜于表现曹操的形象。三好彻的作品，特别是他的历史小说，擅长塑造那种具有叛逆性、反抗性的、为了实现自己的理想而义无反顾的英雄人物，作者显然在曹操这个人物身上找到了自己的艺术感觉。

三、"伴野三国志"

进入 21 世纪后，"三国志"又出现了新生代，那就是著名中国题材作家伴野朗（1936—2003）的《吴·三国志》，评论界称为"伴野三国志"。

伴野朗对《三国》进行再创作，是从 1992 年写《孔明未死》一书开始的。这是以诸葛孔明为主人公的长篇小说。伴野朗在该书单行本后记中谈到：以前读三国志时，读到孔明死于五丈原，就感到很难受，为了扭转这种痛苦感受，他就想写一篇不让孔明死去的小说。《孔明未死》一书可以说是"伴野三国志"的试笔。作品中对史实的大胆背离，侦探小说手法的大量运用，所谓"卧龙耳"、"青州眼"等谍报机关的出现，都为后来的"伴野三国志"打下了基础。

"伴野三国志"的题名是《吴·三国志》，该作品共分 10 卷，篇幅上与上述的"北方三国志"旗鼓相当。2001 年 1 月至 5 月由集英社陆续刊行，2003 年 2 月至 12 月由集英社出版文库本。和此前的三国志题材的作品相比，"伴野三国志"有明显的特色。首要的特色就是整个作品以吴国为中心。而此前的几乎所有作品，在"三国"的描写中，吴国都处于则是相对次要的位置。这似乎主要是因为吴国除了周瑜之外,缺乏像曹操、司马懿、刘备、关羽、张飞那样的有强烈审美价值的人物,上述的北方谦三在谈到这个问题的时候时曾说:"吴这个国家,在周瑜死了以后,就失去了魅力"。而伴野朗似乎意识到,要在三国志的再创作中出新意,吴国将大有可为。

伴野朗长期从事记者工作,1980年代后期曾作为报社的特派记者在上海待了三年,并有机会游览了从上海到重庆的漫长雄伟的长江及江南广大地区,对中国江南地区及长江留下了深刻的印象。对中国江南和长江的体验,显然是伴野朗的三国志创作"发想"的契机。他意识到,"吴国与长江有不可分割的联系,我的作品的主题应该是——'燃烧的长江'"。①他本来打算用"燃烧的长江"作为书名,后来出版社的编辑认为,书名不带"三国志"的字样,绝对不好卖,所以才改为"吴·三国志",而将"燃烧的长江"作为副标题。

上述的"吉川三国志",因以蜀魏为中心,所以均以诸葛亮死于五丈原为结尾,后来诸家的《三国志》大都受"吉川三国志"的影响,均写道诸葛亮的死为止。"伴野三国志"既然以吴国为中心,就不能承袭这样的套路。伴野朗认为,以诸葛亮的死煞尾,不是真正完整的《三国志》,因为蜀国灭了,曹魏被司马氏篡夺了,但是吴国还继续存在,完整的《三国志》应该继续把吴国的存在接着写下去。从这一认识出发,伴野朗开始了艺术构思。他在第一卷"后记"中谈到了这个问题。首先是主人公应该是谁。既然要以吴国为中心,那主人公当然应该是孙权。然而假如以孙权为主人公,也有难以解决的问题。一是孙权这个人物无法贯穿整个三国历史的始终,二是以孙权为主人公,缺乏艺术上的新鲜感。所以必须另外找

---

① 伴野朗:《吴·三国志·孙策の卷·あとがき》,集英社文库版,2003年,第394—395页。

一个能够贯穿多卷册长篇小说的人物。但要找到这么一个人物很不容易。冥思苦索之际，伴野朗在有关三国志的正史中发现了一个线索，那就是西晋陈寿编著、南朝裴松之注释的《三国志·吴书》，其中在《孙权传》的裴松之的注中，有这么一句话：

  《志林》曰：坚有五子：策、权、翊、匡，吴氏所生；少子朗，庶生也，一名仁。①

  这条记载令伴野朗豁然开朗。他由此知道原来孙坚还有一个名为"朗"的儿子。这个孙朗在《三国演义》及此前的所有三国志作品中都没有出现过，除了裴松之的那一条简单的注释外，没有任何史料谈到孙朗的事迹。但是正因为如此，伴野朗认为孙朗正是他要找的理想的主人公："对于作家来说，这确实是个理想人物。我发现孙朗的瞬间，就决定将他作为我的长篇小说的主人公。就在那一时刻，我的《吴·三国志》的构想将决定下来了。这并非言过其实。和孙朗的相遇，简直就是命定的。"而且，巧合的是，"孙朗"和"伴野朗"还重名呢！伴野朗回忆，当时出版该书的集英社的一位编辑在看校样的时候不经意说："伴野先生真能干啊！用自己的名字给主人公起名，这不是混淆视听嘛！"伴野朗听了这话，以后发感慨道："哪有这档子事儿！那不过是偶然罢了。一方面觉得难以说清，一方面也怀有感谢之情。"

  就这样，"孙朗"这个人物就成了"伴野三国志"中贯穿整个作品的主人公。

  "伴野三国志"的创意，还突出地表现为将三国明争暗斗及其

---

① 伴野朗：《吴·三国志·孫策の卷·あとがき》，集英社文库版，2003年，第394—395页。

成败,归结为三国之间暗中的激烈的"情报战"或称"谋略战"。伴野朗是记者出身,记者的职业要求和职业敏感,使他深知"情报"是何等的重要。他认为,虽然在《三国志》中读不到关于情报战的记述,但他确信在那个时代,三国之间是存在着激烈的情报战的。他认为,三国志的有些情节表明当时的情报搞得非常细致,例如曹操,为了延揽人才,他对当时重要的人物的情报都了然于心。当时的曹操想把徐元直(徐庶)招来,事前对徐做了深入的了解,知道他对老母非常孝顺,于是才设下计谋将徐母骗至许昌,徐元直不得不随母而至。中国还有句老话:叫做"说曹操,曹操就到",可见关于有关曹操的情报是何其多也,曹操对情报的反应又是多么快。为了表现三国之间的情报活动和情报战,"伴野三国志"为三国设立了专门的情报(谍报)组织机构。其中,魏国的情报组织叫"青州眼",其首领是曹操的庶子曹弃。这个"曹弃"是伴野朗虚构的人物,说他因出生时有长相丑陋,差点被扔掉,故名"弃",头脑机灵而性格冷漠,他在"青州眼"中培养"死士"(敢死队),死士们为了获取情报敢于赴死,并充当刺客暗杀要人。曹弃还把自己漂亮的女儿训练为"青州眼"的未来接班人,后来"青州眼"甚至还拥有了名为"神农三只鸟"的能够变换男女角色的具有特异功能的三个骨干,使"青州眼"蒙上了一层神秘色彩。吴国的情报组织叫"浙江耳",而孙朗就是"浙江耳"的首领,"浙江耳"第一代首领是曾开,曾开死后就是孙朗,还有孙朗的妻子、有着超人的预感能力和超常视力的葛初,以及于吉、海然、方术士、云游僧等作者虚构的多名谍报人员。蜀国的情报组织叫"卧龙耳"。"卧龙耳"的首领是春秋时代墨家的后代、第七十五代孙"孙历"。这个"孙历"当然也是伴野朗虚构的人物,作者说孙历的祖父当年曾从背后支持班超远征西域。孙历作为名家苗裔,为"卧龙眼"主干,名至实归,后来孙历的女儿孙艳继父亲之后成为"卧龙耳"的首领。"伴野三国志"中的这些谍报人员，既像是春秋战国时代的刺客和说客，又像是现代的特工人员，文武舌剑并用，并在谍报战中常常发生火并，并由此结下冤仇。尤其是曹妙、葛初等女性活跃其中，颇有看点。"伴野三国志"中每一次战斗的爆发，或每一次战争的避免，都是谍报战的必然归结，而每一次战争的胜败，又都与谍报战——"战场背后的攻防"密切相关。

"伴野三国志"在艺术上的特色，可以用"实而虚之，虚而实之"这八个字来概括。总体来说比起此前的有关作品来，"伴野三国志"的虚构成分更多了。如果说《三国演义》是"七分真实，三份虚构"，那么"伴野三国志"则是五分真实、五分虚构，虚实参半。历史史实与推理、冒险结合在一起，实则更实，虚则更虚，在虚虚实实中，构筑了伴野朗独特的三国志世界。

从以上评述分析的五位作家的"三国志"作品来看，对"三国志"进行再创作，已经成为当代日本文学中的一种现象。由于中国明代罗贯中的《三国演义》在中日两国以形成长久的、根深蒂固的影响，这些日本作家本身也深受《三国演义》的许多影响和启发，但这些当代日本作家要写出新意，必然要某种程度地对《三国演义》加以"颠覆"和重构，而颠覆和重构三国志的主要方法和途径，不外有两条，一是努力回归史实，从中国的正史中寻找史料依据，来矫正《三国演义》中的历史与时代的偏见与局限。这一点与现代中国的学术文化界的做法基本相同，不过他们没有在现代中国常见的以政治和意识形态需要来解释"三国志"的现象，更没有中国式的以"阶级分析"的方法对黄巾起义的肯定与歌颂，对"镇压农民起义"的三国英雄们的否定，以及对王朝皇统观念的批判，相反却把"三国志"中的几乎所用重要人物都视为英雄豪杰，用文化的、审美的眼光审视那些人物，对历史事件及其人物重新加以描写和解释。日本当代作家重构三国志的另一种途径，就是充分发挥由于"大众文学"善于虚构故事的优势，对三国志的情节做了大胆的发挥与延伸。这些作家几乎都是推理小说作家，他们把现代推理小说的一些写法带进了历史小说及"三国志"的再创作，其中有许多大胆的发想与构思，是匪夷所思的，但又是基本合乎艺术规律与审美逻辑的。日本当代作家就是靠回归事实与大胆虚构这两种相反相成的矛盾运动，使得日本作家的"三国志"再创作带上了强烈的时代印记和日本文化印记。

日本的"笔部队"及其侵华文学[①]

一、初期前往中国战场的特派作家

1937年的"七七事变"之后,日本加紧了侵略中国的步骤,中日战争全面爆发。在大举进行军事侵略的同时,日本政府强化了国内的军国主义体制,要求举国一致进行侵略中国的战争。事变爆发几天后的7月11日,日本发表出兵华北的声明的当天,近卫首相召集各新闻通讯社的代表"恳谈",要求他们"协力"战争;13日又召集日本几家著名的杂志社——《中央公论》、《改造》、《日本评论》、《文艺春秋》——的代表,向他们提出了同样的要求。8月24日,日本政府发布《国民精神总动员实施纲要》。9月25日,负责战争宣传的"陆军情报委员会"升格为"内阁情报部"。在这种情况下,日本国内的报刊、广播等舆论工具也开足马力,向国民展开了规模巨大的侵华战争的宣传。许多综合性和文艺杂志,开始采用战时编辑,开辟专门刊登战争报道和战场特写的栏目。起初,报纸一般并不刊登文学性的报道。文学性的报道,或者说是类似"报告文学"的东西主要是由杂志来发表的。但是到了后来,连报纸也刊登所谓"战争小说"、报告文学、战争诗歌、作家的战场通讯之类,

---

[①] 本文原载《北京社会科学》,1998年第2期。

在读者中大有市场，报刊杂志对此类稿件的需求也越来越大，这就使得报社和杂志社除了他们的"社员"之外，又把一些文学家派往战场。8月3日，当时有影响的报纸《东京日日新闻》刊登了一条引人注目的消息："本社为事变报道添异彩，大众文学巨匠吉川英治氏特派，昨日乘飞机到达天津。"8月5日，吉川英治的《在天津》很快写出，并在该报头条刊出。接着，该报又派出了小说家木村毅到了上海。木村21日到达上海，24日便开始发表有关上海的战事通讯。

到了8月底，杂志社开始向中国战场派出作家，如《主妇之友》杂志派出女作家吉屋信子，她作为"《主妇之友》皇军慰问特派员"于8月25日飞往天津，9月3日回到东京，旋即又从长崎飞往上海。吉屋信子在《主妇之友》10月号上发表《战祸的北支现地行》；又在11月号上发表《战火的上海决死行》。同时，《中央公论》杂志把林房雄和尾崎士郎分别派往中国北方和上海。林房雄8月29日进入上海，尾崎士郎8月31日出发前往华北。九月初，《日本评论》杂志派出了作家鹚山润。他们在中国战区采访了三周左右，然后回国。10月，《中央公论》开辟"现地报告文学"专栏，发表了尾崎士郎的《悲风千里》和林房雄的《上海战线》；《日本评论》杂志则发表了鹚山润的《前往炮火中的上海》。这些作品是"七七事变"以后日本最早的一批有关侵华战争的报告文学。接着，11月初，《文艺春秋》社又派作家岸田国士去华北，《改造》杂志社派三好达治去上海。不久，岸田国士在《文艺春秋》上发表《北支日本色》，三好达治在《改造》上发表《上海杂感》。几乎同时，《中央公论》社派出了小说家石川达三，《改造》社派出了作家立野信之。此外，杉山平助、大宅壮一、高田保、林芙美子、金子光晴等作家、评论家纷纷进入中国采访。1938年2月和3月，诗人草野心平、评论家小林秀雄又被派往中国大陆。其中，小林受

《文艺春秋》社的委派，特地来到杭州，给正在侵华部队中当兵、此前默默无闻的青年作家火野苇平现场颁发"芥川龙之介文学奖"，以示对战场作家的特殊鼓励。小林在中国的杭州、南京、苏州逗留一个月，回国后在《文艺春秋》上发表《杭州》、《苏州》等作品。他回国前后，又有浅原六郎、丰田三郎、芹泽光治良、保田与重郎、佐藤春夫等作家作为各杂志社及文化文学团体的特派作家，陆续来到中国。

总之，在"七七事变"爆发后的一年时间里，就有这么多的文学家来到硝烟弥漫的中国大陆"从军"，他们写的"从军记"和"现地报告"之类的文字一时充斥杂志报端，为日本国民的战争狂热推波助澜。这时，日本军国主义政府还没有直接插手组织所谓"笔部队"。这些初期的"从军作家"，都是由非官方的民间机构派出的，当时还没有被宣传媒体称为"笔部队"，但其性质和后来的"笔部队"并无不同。可以说他们是初期的"笔部队"。这些作家都是带着协力战争、进行侵华宣传的目的来到中国战场的，是自觉地为日本军国主义的侵略战争服务的。对战争性质的颠倒，对战争狂热的煽动，对中国抗日军民的丑化和诬蔑，对中国现状的歪曲描写，是这些作家的大部分作品的共同点。但同时也或多或少地描写了战场上的一些真实情况。兹举鹈山润的《上海战线》中的一段文字为例：

我看见了各种各样的死尸。

在第一邮船码头，有死马一样漂浮的黑色的尸体，看起来就像便衣队。据说，黄浦江的赤土色的水，有三层水在流动：表面上的水在涨潮时向上游流动，它下面的却反着向扬子江流动，最底下的水则和表面的不一样向上游流动。

此话是"上海丸"上的船员们说的，也许不假。因为这个缘故，浮尸才不容易冲到扬子江。黄浦江鳗鱼多。支那人似乎不吃鳗鱼，那些鳗鱼正在吃着浮尸。（中略）不，不只是鳗鱼。到了秋天，黄浦江中的蟹是一大名产，留在这里的（日本）民诸君对我说，这里秋天的蟹十分肥美。其中好像真有人品尝过这种美味。

有点儿冷。

在前线看到的支那兵的尸体，就是这个样子。半裸着，仰面超天，火辣辣的太阳晒着，连肚子都成了古铜色。人都死了，还曝尸于烈日之下。在炎热的天气中腐烂的尸体的恶臭味，非常难闻。不知不觉中，我觉得连草丛中的热气都闻不得了。（中略）

在舟山路附近看到的巷战之后留下的烧焦的尸体，最为可怕。只剩下了上半身，倒在路上。胳膊只剩半截，耷拉下的脑壳，泛着奇妙的冰冷的白色。真令人不堪详写。（中略）

那些尸体的可怕情景，深深地刻在了我的脑海中。就像孩子们的胆怯一样，我回到了宿舍之后，那可怕的情景依然纠缠着我。即便喝醉了威士忌，也是拂之不去。晚上上厕所，就着摇曳的蜡烛光，在朦胧的镜子中看到自己的脸的时候，就仿佛看到了白天那些被烧死的死尸的游魂。的确，人的脸在深夜映照在镜子中，是可怕的。那好像不是自己的脸。严格的灯火管制，倒使人生起这多余的恐怖。

然而死尸倒算是好的，街头散落着的土袋子上，沾着鲜红的血。正因为它没有实体，所以容易让人生起种种想象。我心里一阵难受，在土袋前面呆呆地站着。

这就是日本侵略者踏上中国领土制造的人间恐怖！

在初期特派作家的作品中，尾崎士郎的长篇从军记《悲风千里》一直获得日本读者和学者的较高的评价。《悲风千里》描写了日军侵占下的华北地区的情形。但他笔下却很少那种人间的恐怖,而是一种带着温情的"和平"的情景。它恰好代表了日本侵华文学的另一种类型。在其中的《支那的孩子》一节中,有这样一段描写:

支那的孩子,听人说日本兵都是"鬼子"。鬼一样的外貌,鬼一样的残忍,甚至肚子一饿就要吃人。东洋鬼——这个词有表示着一种非常现实的含义。据说只要一说"日本兵来啦",所有正哭闹的孩子都不敢再哭,吓得缩起身子来。然而,日军攻占华北,支那的孩子们才算真正弄清了"鬼子"的真面目。

孩子们肯定都躲在隐蔽处,扭着脖子偷偷地观察追击支那军队的威严的日本兵——没见头上有角,帽子下面也就那样啊,即没有龇牙,也没有咧嘴。和支那人一模一样,也是人的脸。要说这就是东洋鬼子,真有点奇怪呀!无论看多少次,看了哪一个,都不是听说的那种东洋鬼。

于是孩子们从隐蔽处爬出来,怯生生地出现在东洋鬼的面前,远远地靠在一起,朝这边张望。可是,不仅看不出他们有吃人的意思,而且不都笑眯眯的,朝这边看吗?还有的招招手,用半生不熟的中国话喊道:

"小孩!小孩!来!来!"

孩子们起初不敢接近,随着逐渐熟悉,慢慢地靠了过来。于是东洋鬼子给他们牛奶糖,抚摸他们的头。抚摸头的时候,吓了他们一跳。当然他们没有被咬,那牛奶糖里也绝没有放毒。

孩子们已经知道了,原来东洋鬼不是鬼。于是跑回家中,从家里拿来了梨、柿子等,献给"东洋鬼"。

"东洋鬼"乐得笑逐颜开。他们接受了水果,同时付了钱。

  孩子们再次跑回家里,然后把他们的父母兄弟带来了。
  "东洋鬼"不是鬼,农民和城镇居民们由自己的孩子证明了这一点。他们也小心翼翼地走出来,殷勤得有些滑稽。一边打着手势一边表示敬意。随着进一步熟悉,他们打心眼里表示欢迎。或者敬茶,或者送菜,或者帮忙出力,全心全意,没有二心。
  日本军每攻克并占领一个地点的时候,就在被炮火打得如同墓地的空旷无人的街上出现一两个孩子。不久他们从各处走出来,并成为日本和支那握手的契机。
  ………

  众所周知,在日本发动的侵华战争中,有多少中国的孩子们死在了"东洋鬼子"的刺刀和枪炮之下,又有多少孩子被掩埋在"被炮火打得如同墓地"的废墟瓦砾中!而尾崎士郎却在这里刻意描绘颇有"人情味"的场面,这绝不是有的日本学者所说的是什么"人道主义",而是刺刀和枪口下的"和平",也正是日本军队在中国搞的所谓的"宣抚"、所谓的"思想战"和"宣传战"。
  日本在全面发动侵华战争初期由报刊杂志社派出的这些作家,其主观动机是协力日本侵华战争的,事实上他们的作品也或多或少、或直接或间接地起到了这样的作用。但另一方面,这些作家在观察、表现战争的时候,其角度、方法有所不同,主观意图和客观效果也不尽一致。例如,日本作家近代以来受欧洲自然主义的影响很大,注重"事实"和"真实"的描写,而在初期特派作家中,就有一个人由于写了一些"事实"和"真实",而为军国主义政府所不容,因此招致笔祸。那就是石川达三和他的中篇小说《活着的士兵》。作品描写了一支进攻南京的部队,如何在中国烧杀抢掠,无恶不做。石川达三意欲通过这篇纪实性很强的小说,"把战争的真实情况告诉社会"。不料作品在《中央公论》1938年3月号上发表后，石川达三即遭当局逮捕，法院判处他四个月徒刑，缓期三年执行，理由是："描写皇军士兵杀害、掠夺平民，表现军纪松懈状况，扰乱安宁秩底"。这一事件在当时的作家和读者中造成了强烈的震动，也促使军部进一步采取措施，强化舆论管制，干预作家创作。与此同时，作为日本士兵之一员在侵华战场作战的青年作家火野苇平的小说《麦与士兵》在当时发行了120万册以上，成为最畅销书，极大地煽动了国民的战争狂热，也为军部所激赏。《活着的士兵》和《麦与士兵》正反两个事例，显然给了日本军部和政府以明确的启发，并导致了他们对作家从军及其创作活动的干预与管制，并也成为由军部和政府直接出面组织从军作家的所谓"笔部队"的一个契机。

二、军部和政府直接组织派遣"笔部队"

1937年8月20日晚，在东京的许多作家收到了日本文艺家会会长菊池宽的快递明信片，上面写着："内阁情报部和文艺家们有事相商，请于明日即23日午后3时，前来首相官邸内阁情报部开会。"23日，在内阁情报部，以菊池宽为首的12名作家前来赴会，他们是尾崎士郎、横光利一、小岛政二郎、佐藤春夫北村小松、久米正雄、吉川英治、片冈铁兵、丹羽文雄、吉屋信子、白井乔二等。据与会的作家白井乔二在《笔部队编成的经纬》中的回忆，主持人是情报部的几个人，此外还有陆军省新闻班的松村中佐、海军省军事普及部的犬冢大佐、松岛中佐等人。会议开始时，只是随便地交谈一些有关战争时局的问题，后来陆军省的松村中佐站起来，指着墙上挂的大地图，讲解武汉攻坚战的情况，最后提出：希望先派二十名左右的作家到中国前线看看；虽说是从军，但并不对作家提出硬性的要求，完全是无条件的；现在时局重大，相信作家们会有正确的认识；看一看战争的现状，未必马上写出战争文学，但十年后执笔也好，十年以后也好，悉听尊便。云云。

尾崎士郎在题为《一只文学部队》的纪实作品中写到：

> 当时，当军部提出希望作家从军的事情以后，有一位作家不安地提问道：从军没有危险吗？
>
> 大家一下子笑了起来。"没问题"，中佐的嘴唇上浮着自信的微笑。于是菊川信（即菊池宽——引者）和一同召集这次会议的作家久野高雄（即久米正雄——引者），用铿锵有力的语调说："恐怕文坛上有的作家都希望从军，要确定人选还着实需要一两天的时间，无论如何至少需要二十个人。"中佐当场回答："可以。"并且说："还有，在战场上难免有个万一，还是办个生命保险之类的为好。当然，各位都将受到军属的待遇，所以事先会给你们在靖国神社办好安放遗骨的手续。"

白井乔二在《笔部队编成的经纬》中也写道：

> 我们都一齐大受感动。大家在心里似乎都形成了一个相同的想法，那就是作为国民之一员的满腔热血，还有文学家被当做嫩芽一样爱护而产生的一种自豪。我们立即对从军的提议产生了共鸣。与会的作家们几乎全部抱着从军的志向，实在应该说是理所当然的事情。因此，8月23日这一天，将作为划时期的第一步永远铭刻于文艺史上。

具体帮助军部策划"笔部队"事宜的菊池宽，在事后不久发表的随笔《话的屑笼》（原载《文艺春秋》1938年10月号）中说：

作为文艺家协会会长的我，当初想派出四五个人。因为是到激战的中心汉口，我担心愿去的可能不多，就打算去做一做自己熟悉的几个人的工作，召集容易拜托的人来情报部开会。不料，十一、二个赴会的朋友都说愿去。我自己最初没打算去，但是听了情报部人的讲话，就想无论如何要去，下定了从军的决心。情报部说，二十来个人可以，而且明天就得确定下来。军务紧急，不能个别联系，我想，如果和四五十个人联系的话，会有一半人愿去。所以就发出了快递。于是除两三个人之外，都说愿去。

8月26日下午，内阁情报部在首相官邸公布了情报部确定派遣的从军作家的名单，他们是：吉川英治、岸田国士、泷井孝作、深田久弥、北村小松、杉山平助、林芙美子、久米正雄、白井乔二、浅野晃、小岛政二郎、佐藤之助、尾崎士郎、浜本浩、佐藤春夫、川口松太郎、丹羽文雄、吉屋信子、片冈铁兵、中谷孝雄、菊池宽、富泽有为男，共22名。此后，日本新闻媒体对这批从军作家大肆宣传，称其为远征中国大陆的"笔部队"。入选"笔部队"的作家们在报刊上谈感想，说抱负，表忠心，大出风头，一时成为舆论的宠儿。以其中有些本来默默无闻的作家，一跃而成为知名人物。他们从军部领到了高额的津贴、军服、军刀、手枪、皮裹腿等，俨然是一批出征的将军。临行前，政府、军部和媒体为他们举行了隆重的欢送会，然后分"海军班"和"陆军班"两路乘飞机前往中国战场。无怪乎当时有的报刊把"笔部队"的出征说成是"大名旅行"（诸侯巡视的意思）。未被选中的作家，有的怨天尤人，抱怨菊池宽等人做事不公；有的则表示失望，如著名作家广津和郎在《都新闻》上撰文说："有人问我，你想从军参加武汉攻克战吗？我说真是朝思暮想，高兴得心都跳了起来，因为这是出乎预料的幸运的事情。——所以我希望快快得到消息。可是，一看公布的名单里头没有我的名字，真是空喜一场。抱的希望越大，失望也就越厉害"。

在第一批"笔部队"被派往中国的时候，正是规模空前的武汉会战的高潮时期。武汉会战从 6 月 11 日起，进入八、九月份，已经打了两三个月。日本为了最终攻下武汉，正在加紧进攻并占领武汉外围的战略要地；中国军队也集中全力，保卫大武汉。日本赴武汉前线采访的海军班的一行作家，包括菊池宽、吉川英治、佐藤春夫、浜本浩、小岛政二郎、北村小松、吉屋信子、杉山平助等，先飞到上海，访问了日本陆战队本部，次日又访问了日本扶植的傀儡政权"中华民国维新政府"。然后从南京溯长江而上，到达九江，9 月底 10 月初到达武汉会战前线，正赶上了战况激烈的田家镇战役。10 月 11 日，除杉山平助希望看到武汉陷落而继续留在前线之外，其余七人回国。属于陆军班的一行"笔部队"，有人先到南京，有人经杭州、苏州到达南京，有的随军去大别山区。第一批"笔部队"回国以后，军部政府又组织了第二批"笔部队"，他们是：长谷川伸、土师清二、中村武罗夫、甲贺三郎、凑邦三、野村爱正、小山宽二、关口次郎、菊田一夫、北条秀司等人。1938 年 11 月，他们作为海军的从军"笔部队"被派往"南支"，即中国南方地区。

那么，"笔部队"的作家们当时的心态是什么？他们在中国都干了些什么呢？"笔部队"成员之一的尾崎士郎有一部特殊的作品——《一支从军部队》（1939 年 2 月），写的就是"笔部队"的活动本身，从"笔部队"的组成，到赴前线之后的情况，都有具体的描写。并且写出了"笔部队"作家的特有的心理状态和出人预料的行径：一心想参加"笔部队"，又对"大名旅行"的批评心有顾忌；想到战场建功立业，同时又意识到这是一种虚荣心；在汉口攻克之前就想回国，同时又担心社会上的物议。更有一个"老作家"挪用一笔巨款，把它借给同行的弟子使用；一位诗人来到战场，还在追逐女人与酒，等等。这部作品发表后，当时极右的评论家中村武罗夫在《东京日日新闻》（1939年2月1日）的《文艺时评》栏中发表文章质问道："《一支从军部队》的作者究竟是什么写作意图呢？描写那种事情，——把那些行为抖搂出来，究竟要告诉读者什么呢？用那么长的篇幅，写那种题材，如何表现人生的意义呢？或许作者觉得有什么意义，才一味写那种事情也未可知。但只从现象上看，它显示了作者浅薄的黑幕猎奇的趣味。这样说不为过分吧？"他指责作者在描写的时候缺乏应有的所谓"诚实"。现在看来，《一支从军部队》描写的是事实也好，还是杜撰也好，都无关紧要。重要的是它写出了作者的一种情绪，那就是对当时仿佛是"敕选"作家组成的"笔部队"的神圣性的怀疑。它对我们认识"笔部队"及其侵华文学是有一定价值的。

"笔部队"的组成以及开往中国的过程，表明日本军国主义政府已经开始通过国家权力，把日本文学拖入了侵华战争的轨道。是日本文学及日本作家自觉地全面协力侵略战争的象征性事件，虽然参加"笔部队"的人为数并不多，但它是一个恶劣的开端。自此之后，无论是否到中国前线，日本的绝大多数作家们都以不同的方式，为支持和配合日本帝国主义的侵华战争，写了大量侵华的所谓"战争文学"的文字。可以说，"笔部队"诞生是日本文学大规模堕落的开始。日本当代一位有良心的学者说得好："8月23日……这一天作为战争时期重要的时刻，现在有必要从相反的意义上明确地予以记载。从此为契机，到若干年后以英美为敌，把战火扩大到太平洋地区，征用更多的文学家派往南方，这个国家政权一开始就露出骗子的嘴脸，对文学家使用怀柔政策。文学家们不必说抵抗，连不合作也没有，竟趋炎附势，溜须拍马。文学家们应该从这种可耻的堕落中，充分地汲取历史的教训。"（高崎隆治《战时下文学的周边》第10页）

三、"笔部队"制作的侵华文学

1938年底,"笔部队"的大部分作家都已回国,日本许多报刊杂志纷纷召集"笔部队"作家的座谈会,争先恐后地登载"笔部队"作家的从军记、报告文学、小说等,形成了侵华战争期间所谓"战争文学"的一次高潮。各报刊杂志仅在12月份发表的主要的作品就有:

富泽有为男《中支战线》,载《中央公论》
尾崎士郎《扬子江之秋》,同上
　　　　《战影日记》,载《日本评论》
　　　　《站在第一线》,载《日出》
　　　　《战云可测》,载《雄辩》
丹羽文雄《未归的中队》,同上
　　　　《上海的暴风雨》,载《文艺》
　　　　《变化的街》,载《新女苑》
片冈铁兵《战场就在眼前》,载《改造》
　　　　《从军通信》,载《妇人俱乐部》
杉山平助《从军备忘录》,同上
　　　　《从战场寄给儿子的信》,载《妇人公论众》
　　　　《汉口溯江入城记》,载《大陆》
佐藤之助《战火行》(诗),同上
　　　　《南京展望》,载《大陆》
　　　　《中支的自然》,载《嫩草》
岸田国士《从军五十日》,载《文艺春秋》
吉川英治《汉口攻坚战从军见闻》,同上

《从军感激谱》，载《妇人俱乐部》
北村小松《战场》，载《ALL读物》
　　《战场风流谈》，载《大陆》
浜本浩《溯江部队》，同上
吉屋信子、浜本浩、佐藤之助《从军作战观战记》，同上
浜本浩《从军作家和炮弹》，同上
佐藤春夫《战场十日记》，载《现地报告》
　　《闸北三义里战迹》，载《新潮》
中谷孝雄《前线追忆记——汉口攻克战》，同上
　　《南京和庐州》，同上
菊池宽《从军的赐物》，载《大王》
吉屋信子《武汉登陆之日》，载《新女苑》

等等。"笔部队"成员的这些作品，尽管所写的内容、表现的方法有所不同，但是都不同程度地贯彻了军部所要求他们完成的使命。如上所说，军部在劝诱作家从军的时候，曾表示不对作家提出具体要求，只是让他们去中国前线看看，"完全是无条件的"。然而，事实却相反，他们一旦来到前线，就必须按军部的要求去做。和"笔部队"同时作为《都新闻》特派员被派往武汉的井上友一郎，在《从军作家的问题》（《日本评论》1939年1月号）中，引用了"中支军报道部"交给从军作家的《从军文艺家行动表》，这个"行动表"上明确写着：

　　目的——主要向国民报道武汉攻克战中陆军部队官兵的英勇奋战以及劳苦的实相。同时，报道占领区内建设的状况，以促使国民奋起促进对华问题的根本解决。

按照这样的要求来写,"笔部队"作家还有什么创作的自由呢?况且,石川达三因自己对战争的理解和不加掩饰的真实描写而刚刚惹下了"笔祸"。受军部政府派遣的"笔部队"作家们又如何敢越雷池呢?另一方面,"笔部队"成员和火野苇平、上田广、日比野士朗、栋田博、谷口胜等身为士兵的作家不同,他们在战场上待的时间很有限,大多数人只是走马观花式地"观战"。因为这些缘故,他们所制作的"从军记",或是用概念化的、皮毛的描写代替深刻的战争体验,或是用浅薄的抒情、无聊的琐事、道听途说的故事连缀成篇,或故意夸张战场体验,炫耀自己的"勇敢",或赤裸裸地为军国主义作侵华战争的叫嚣和宣传。这就是"笔部队"作家的"从军记"的基本特点。

在"笔部队"中,林芙美子是一个特殊的人物,因为她是"笔部队"中唯一的女作家。女作家从军出征,这本身就具有特殊的宣传价值,当时的报刊也对此大加鼓噪。如《东京日新闻》1938 年 11 月 30 日的一篇文章说:

> 作为唯一的一位日本女性林芙美子女士参加了汉口的入城。(中略)跟随快速部队继续进行决死的行军。日本女性到战场来啦!使全军官兵大为吃惊,如在梦境。
>
> 林女士去了那荒凉的武汉平原,简直是战场上的一个奇迹。她一下子成为战场上的众口皆碑的中心,她的勇敢和谦虚使全军将士从心底里尊敬和感动。她风尘仆仆,风餐露宿。汽车随时都会碰上地雷,但林女士置生死于度外。(中略)林女士的汉口入城,是全日本女性的骄傲。

作为从军的收获,林芙美子回国后发表了书信体的从军记《战线》和日记体《北岸部队》试看《战线》中的一段描写:

战场上虽然有残酷的情景，但也有着美好的场面和丰富的生活，令人难忘。我经过一个村落时，看见一只兵队捉住了抗日的支那兵，听到了这样的对话。"我真想用火烧死他！""混蛋！日本男人的做法是一刀砍了他！要不就一枪结果了他！""不，俺一想起那些家伙死在田家镇的那副模样就恶心，就难受。""也罢，一刀砍了他吧！"于是，被俘虏的支那兵就在堂堂的一刀之下，毫无痛苦地一下子结果了性命。我听了他们的话，非常理解他们。我不觉得那种事情有什么残酷。

对于林芙美子的这些从军记，有的日本评论家认为其问题是缺乏战争报道应有的纪实精神，过多的记录从军中的身边琐事，而且缺乏知识品位。但我认为她制作的从军记——无论是在《战线》，还是《北岸部队》——的症结，就在于她极力把残酷的战争加以诗化和美化，不仅对亲眼目睹的侵华战争毫无反思，而且努力把自己或日本读者的价值观与日本侵华士兵的所作所为统一起来。"真想把武汉的长满棉花的大平原变为日本所有！"（《战线》）——这位女作家就是如此的浅薄和狂妄。

在"笔部队"中，林芙美子被当时的宣传媒体誉为陆军班的"头号功臣"，而杉山平助则被称作海军班的"头号功臣"。杉山平助是"笔部队"中在前线待的时间最长的人。他在加入"笔部队"来中国之前，曾作为初期的报刊特派作家到过天津、蒙古、北京、上海、南京等地。并以此为题材，出版了随笔集《支那、支那人与日本》（1938年5月改造社版）一扎参加"笔部队"后，他只身一人提前一周先行出发，而且又晚于其他"笔部队"的作家，单独一人回国。他跟随海军，溯扬子江而上，在日军攻占武汉时，随军入城。杉山平助对自己在中的这些"勇敢"行为颇为自得。他曾说："看看这次的从军作家或从军记者吧。他们（其中也包括我在内）回国以后极力强调自己是如何冒着危险。有的作家的确是到了第一线，司令官都给他们发了证明书。对自己所冒的危险尽可能地夸大，只是他们自以为是罢了。"(《从军备忘录》)在自得之外，也流露出"的确到了第一线"的杉山平助对其他作家的轻蔑。杉山平助以自己在武汉一带的从军经历，撰文向《东京朝日新闻》投稿，成为日本最早的报道占领汉口的文字。回国后又加以整理充实，出版了《扬子江舰队从军记》。他在上述两本书中，极力宣扬对华侵略，抨击当时日本国内的一些人的所谓"和平主义"。他在《支那、支那人与日本》一书的"前言"中说："现在，无论做怎样的和平主义的念佛，无论蠢地念它一百万遍，现实也不会有一步进展。而且企图搞垮日本的国际上的重压，像无形的钢刀，架在我们的头上。我在〔中国〕现场直接感受到了这一点。直面这一事态，就会使一切退却无为的消极态度变得失去意义。即使在精神的领域，我也从来主张抛弃优柔寡断的态度，转为积极的进攻，此外别无选择。这本书是我支那旅行的报告，同时，在这个意义上也是我思想的一个侧面。"在《扬子江舰队从军记》中，他又以日军在武汉的"胜利"，批判在中日战争问题上的所谓"悲观论"和"怀疑论"。他在该书的"前言"里写道："依照陈词滥调的常识论，在没有实际做起来之前，就散布悲观论调。对于这些愚蠢的人，这又是个何等好的教训！近来日本一部分所谓的知识分子当中，这种可悲的怀疑论者实在太多了。"但与此同时，在武汉前线亲眼看到的残酷的战争现实，看到惨遭涂炭的中国民众，他又不禁流露出一丝人性的良知，甚至也有些"悲观"起来："我在心里暗暗叹息。我为自己还活着感到可悲，这是事实。啊！自己今后仍必须在这痛苦的人世间活下吗？不知不觉地发出这样的叹息，也是事实。每当我看到支那民众那惨痛的样子，我就难受，不禁生出一个念头：自己也想在这场战争中死去。

当然，如果死神要捉住我的话，我又会拼命地逃脱和挣扎。"杉山平助当时就是这样（后来也如此）常常在军国主义的侵略狂热和人性的良知之间徘徊，难怪有的日本的评论者认为他是个"机会主义者"。

而在"笔部队"的另一个成员——白乔二那里，除了侵华的狂热叫嚣外，就什么也没有了。他在《从军作家致国民》一文中有这样一段话："我还想向日本国民再说一遍：这场战争就起因于支那的抗日教育。你们为什么对此置之不问呢？这难道不是一种怠慢吗？我认为，中日开战的理由，除了谁先向谁开了炮、谁先杀了对方的一个军人之外，就因为〔中国的〕这种抗日教育，必须向他们开战！为了我们国家的威严，应该向他们发出这样的宣言：'撤回这样的教育吧！否则就兵戎机见！'如果我们国家没有这样的意志力，真正的国际秩序就不能成立。"白井乔二所希望看到的，是什么样的"教育"呢？请看他的一段描写吧：

> 途中，在硖石车站，支那一所小学的学生出来迎接我们，我很感动。在写着"欢迎日本从军作家一行！"的旗子上，落款是"硖石镇全体师生——开智小学"。每个支那小学生手里都打着太阳旗，在车窗前面挥舞。我们很高兴。抗日教育一变而成为以东洋人和平相处为基调的教育。这种教育早就开始起步了。这在全世界教育界都是值得提倡的。毋宁说非提倡不可。"

这就是白井乔二乐于看到的使中国人成为亡国奴的教育，情愿让日本帝国主义在中国称王称霸的教育！

总之，"笔部队"制作的侵华文学，完全是日本军国主义"国策"的产物。一方面，侵华的"国策"造就了"笔部队"，另一方面,"笔部队"制作的有关作品又在相当程度上为日本的武力侵华推波助澜,从而形成了"枪杆子"和"笔杆子"一哄而上、武力侵略和文化(文学)进攻双管齐下的侵华战争格局。"笔部队"有被动地受军国主义驱使的一面,但不否认,也有自觉地主动地为侵华战争摇旗呐喊的一面。因此,他(她)们对侵华战争有不可推卸的一份罪责。战后被判为"文化战犯"或受到处分的作家是这样,没有被判为"文化战犯"的不少作家也是这样,特别是"笔部队"的作家更是难辞其咎。遗憾的是,在日本战后,有关作家的这段不光彩的历史在各种文学史和作家评论与研究的著作中,被有意的轻描淡写,或有意抹杀了。更令有遗憾的是,在中国近年来的一些介绍和评论日本文学的文字中,有关作家在侵华战争中的所作所为,也被忽略不计了。如吉林人民出版社出版的《日本文学》杂志1986年第1期上,开设了曾是"笔部队"重要成员的林芙美子的"特辑"。该"特辑"中由中国评论者撰写的有关林芙美子的一篇文章,对这位作家的"笔部队"经历只字不提,反而强调她在战后的"反战"。文章说:"尽管林芙美子在侵略战争时期动员去过战场,写过'从军记'一类文章,但在她的战后作品中,反战思想还是很明显的。"诚然,在战后"反战"比起在"战后"仍然恋战要可取一些,但在战后"反战",总像在没有敌人的战场上喊"杀"一样,难免有些虚妄。况且林芙美子在战后是否真的"反战"了,尚且还是疑问;而她在侵华战争中的恶劣行径,我们为什么要为之隐讳呢?但这样的情况反而说明了:在今天,把日本的侵华"笔部队"及其有关作家的行径加以审视和批判,仍然是十分必要的。

主要参考文献:

1. 高崎隆治《笔部队的人们》,见《战时下文学的周边》,名古屋·风媒社，1981年版。

2. 高崎隆治《战争与战争文学》，风媒社，1975年版。

3. 都筑久义《战时下的文学》，大阪·和泉书院，昭和60年版。

4. 《昭和战争文学全集》第二卷，东京·集英社，昭和39年版。

5. 《战争文学全集》，第二卷，东京·每日新闻社，昭和47年版。

日本有"反战文学"吗?[①]

长期以来,我国文学界、学术界的许多人误以为日本有"反战文学"、"抵抗文学"甚至"反法西斯文学",这是亟须澄清的一个重要问题。20 世纪 30 年代中期之前,日本有过"反战文学",但从日本全面发动侵华战争一直到战败期间,整个文坛全面军国主义化,先前反战的"无产阶级作家"也大都"转向"(变节叛变)了。连被我国某些学者视为"反战"、"抵抗"的几个日本作家,如谷崎润一郎、金子光晴等,实际上也没有"反战",他们甚至是在"助战"。严格意义上的"反战"文学,应该是战争中的反战文学。我们不能以战后发表的某些作品为据,断定日本有"反战文学"。这样做会妨碍我们对日本军国主义及战时日本文学的正确认识。

关于日本无产阶级作家的"反战"

在世界各国反法西斯主义的斗争中,共产党员及共产党领导的左翼进步作家都是反法西斯主义的中坚力量。以法西斯德国为例,最早、最勇敢地、有组织进行反法西斯和反战斗争的,是共产党员和无产阶级革命作家联盟的成员。在公开的组织被残酷镇压后,仍然有共产党领导的"红色合唱团"那样地下的反法西斯主义文学组

[①] 本文原载《外国文学评论》,1999 年第 1 期。

织在积极活动。在希特勒上台到1945年希特勒垮台之前，德国共产党作家一直以各种形式在国内外进行着不屈不挠的反法西斯主义斗争，并创作了大量的反法西斯主义文学作品。

但是在日本，情况则大有不同。研究"战争文学"的日本著名学者高崎隆治在《无产阶级文学运动与反战》一文中指出："在（日本）无产阶级文学中，反战作品出乎意料的少。不言而喻，当时的阶级斗争，是不能与反战、反军脱离开来的。第三国际的27年纲领和32年纲领都明确地强调反战的必要性。但是，一般地说，（日本的）无产阶级文学都以无产阶级的前卫观点，以工厂的劳资纠纷和佃农纠纷为素材，着重描写要求提高工资、反对解雇工人、减免地租、改善封建的人际关系等等大众斗争的各种情况，以及在这些斗争中处在前列的英勇献身的革命战士的行为。这样一来，这些作品就与反战、反军失去了直接的联系……直接地以反战或反军为题材的所谓反战小说、反军小说，在数量众多的无产阶级文学作品中，是罕见的。"[1]

高崎隆治先生在这里讲的，的确是一个无可争议的事实。

从20年代初无产阶级文学兴起到"转向"前的这十几年的时间里，在日本无产阶级文学中，尽管"罕见"，还是出现了些许的反战文学。较多的是在非反战主题的作品中表现了一些反战思想，如小林多喜二1932年创作的《党生活者》之类。而以反战为主题的作品，只有两本书。一本是黑岛传治在1930年创作的以1928年"济南惨案"为题材的长篇小说《武装的街道》，另一本是1928年5月由日本左翼作家联合会刊行的题为《反对战争的战争》（第一集）的短篇小说与剧本集。这本作品集收录了20篇以反战为主题的作品。

---

[1] 高崎隆治：《无产阶级文学运动与反战》，载《笔与战争》，东京：成甲书房，1976年，第93—94页。

鉴于日本无产阶级文学反战作品的罕见，这两本书是值得特别重视的。但是，遗憾的是，这仅有的两本反战的文学作品，却遭到了扼杀或夭折：《武装的街道》出版时虽删除了许多明确反战的字句，但还是被禁止发行，一直到战后才得以重见天日，在当时并没有产生什么社会影响；《反对战争的战争》仅仅出了第一集，此后就永远没了下文。而这仅有的两本反战作品，实际上还是在日本全面发动侵略战争之前写作的，也就是说，是在大规模战争之前的反战。当日本的法西斯主义国家体制完全确立，并全面发动侵华战争及"大东亚战争"的十几年时间里，日本无产阶级的反战文学则完全销声匿迹了。

自1928年前后，日本法西斯主义军部政权对共产党及其领导的左翼文坛，进行了残酷的镇压，将一批批的左翼作家抓进了监狱，1933年2月，著名的无产阶级作家小林多喜二被警察拷打致死，此事对日本左翼文坛造成了剧烈的冲击。法西斯主义政权逼迫狱中的作家改弦易辙，放弃共产主义，承认天皇制政权及其对外侵略的"国策"的正确性。在这种情况下，1933年6月，日共领导人佐藤学、锅山贞亲两人，在狱中联名发表所谓"转向声明"，刊登在当时影响较大的《改造》和《文艺春秋》两家杂志上，宣布效忠天皇和军部，放弃马克思主义及共产主义，断绝同共产国际的联系。紧随其后，一批又一批的日共干部在狱中宣布"转向"，狱中的绝大多数作家（据统计占总数的95%以上）都发表了"转向声明"，于是日共历史和日本文学史上，出现了一个所谓的"转向时代"。到了1935年前后，特别是1937年"七七事变"以后，除了德田球一、志贺义雄、市川正一等少数坚定的共产主义者之外，日共的大多数党员和大多数党员作家、左翼作家，在日本全面发动侵华战争乃至"大东亚战争"的时候，都放弃了反战、反法西斯主义的立场。在国际共产主义运动史上，像日本共产党员这样，党的领导干部、广大党员和党员作家，左翼作家的大规模的变节叛变，都是绝无仅有的，即使在法西斯德国都是不曾有过的。

　　日共及日本左翼作家的"转向"，固然是由于日本法西斯的残酷镇压所致，但是，以镇压的残酷程度而言，希特勒德国对左翼作家的镇压要比日本政府的镇压还要残酷得多。日本法西斯主义杀害了一个小林多喜二，而被德国法西斯杀害的作家绝不止一个两个；光在流亡中自杀表示决绝和抵抗的作家就有库·图霍尔斯基、恩·托勒尔、施·茨威格、恩·魏斯、瓦·本雅明、瓦·哈森克莱维尔等；而据称有着"自杀的文化传统"的日本，却没有一个以自杀对法西斯主义表示反抗的作家。从深层看，日本共产党及左翼作家的"转向"，与日本的民族性有着深刻的联系。首先，日本人历来不固守先验的抽象的绝对观念，思想信仰浅薄，常常根据现实需要加以变通和调和；他们对共产主义没有绝对的信仰，在压力之下很容易"变通"和"调和"。如日本法西斯主义理论家北一辉，曾经"信仰"过共产主义，但他后来却把共产主义的原理运用到他的法西斯主义理论中，认为在现代世界上，欧美帝国主义是富人，是资产阶级，而日本是国际上的"无产阶级"，因此日本有权利通过战争夺取被欧美资产阶级"非法占有"的东西。日本共产党及左翼作家的"转向"，具有和北一辉大体相同的思维逻辑。在他们那里，国际共产主义观念，一"转"即可成为"东亚共荣"、"八纮一宇"（意为全世界是一家）之类的法西斯主义观念，这就是日本式的"变通"和"调和"。由此我们可以理解，为什么那么多的日本左翼作家由极左变成了极右，由共产主义者变为法西斯主义者。此外，缺乏大视野的狭隘封闭的岛国国民意识，也是日本左翼作家大规模"转向"的重要根源。在希特勒德国，法西斯的迫害和镇压使得几乎整个德国文学界都移居到了国外。除了80来位表示效忠法西斯政权的文艺家之外，上千名在国内外有影响的作家都离开了德国，并在国外创作了代表德国文学的艺术和良心的"流亡文学"。然而在日本，除了鹿地亘夫妇流亡到中国之外，所有的作家根本没有考虑离开日本，亡命海外，而是几乎全部加入了人数达4000之众的日本法西斯主义政权的附属机构"日本文学报国会"。因此，日本没有德国那样的反法西斯主义的"流亡文学"。留在日本，往往意味着无论如何都要同法西斯主义同流合污。

就这样，由于许多共产党员及无产阶级作家的"转向"，本来就薄弱的日本反法西斯主义文学消亡了。许多党员作家、无产阶级作家，转而成为疯狂的法西斯主义者。他们或积极参加日本的"笔部队"，到侵华战场摇旗呐喊，制作了大量"战争文学"（侵华文学），如林房雄、片冈铁兵、里村欣三、立野信之、前田河广一郎等；或在官方授意下到满洲从事将满洲殖民地化的"大陆开拓文学"、"满洲文学"，如山田清三郎、德永直、岛木健作等；或加入法西斯主义文学团体"日本浪漫派"，如林房雄、龟井胜一郎等。有许多在无产阶级作家中一直有着好名声、直至战后还因为"反战"而受到高度评价的人，如宫本百合子、藏原惟人等，都曾参加了"日本文学报国会"及下属的各种官方的法西斯主义文化、文学组织，总之，1933年以后，由于日本共产党及无产阶级作家对法西斯主义的全面"转向"（变节投降），无产阶级文学很快改变了性质，无产阶级文学的反战文学不只是"罕见"的问题，而是完全绝迹了。

所谓"艺术的抵抗"

如上所述，在日本发动侵略战争期间，日本共产党员及无产阶级作家没有写出反战文学或抵抗文学，那么，非无产阶级作家有没有写出反战文学或抵抗文学呢？

战后，日本文学界一般认为，战争期间，日本和法国一样，也存在着所谓"抵抗文学"。1955年,日本出版了一本《日本抵抗文学选》①,三位编者为此书写所谓"解说",各自发表了对日本"抵抗文学"的看法。这些看法在日本颇具代表性。如花田清辉在"解说"中明确指出:"无论如何,日本的文学家们抵抗了。也就是说,尽管他们被看作是畏首畏尾的人,落后于时代的人,或者是没有出息的人,他们的笔毕竟逆潮流而动了。在这一点上,他们和法国的文学家们毫无疑问是一样的。"杉浦明平说:"第二次世界大战中的日本也肯定有抵抗文学,但是,它却不免具有日本式的暧昧,不是那么显而易见的"。"抵抗,是一种行动,这一点必须事先加以明确。而日本人喜欢情绪化的解释,往往把抵抗看作是一种心理情绪问题。但是,无论心里如何想的,如果不付诸行动,(例如,在群众面前高喊'停止战争吧',这才叫行动)就不是抵抗。即使在心里千万遍诅咒天皇,憎恨战争,当一接到入伍通知书,就整衣正冠,被欢送出门,不久拿起了枪去杀害中国人或菲律宾人中的爱国者,这就不是抵抗。"佐佐木基一说:"我在心里琢磨:说是战争中有抵抗,文学家究竟做了何种程度的抵抗?这是一个很敏感的问题","……如果把抵抗理解为有组织的实际行动的话,那么,这样的抵抗则是完全不存在的。事实就是如此。严格地说,除了沉默、逃避、韬晦、伪装之外,没有真正的抵抗。在这个意义上说,从外表看,战争的协力者和抵抗者,难以找到本质的区别。协力者也好,抵抗者也好,那只是五十步百步之差。所以,只要把文学的抵抗单纯看作是过去的陈述和过去的记录,那么从中非但不能引出和今日相关的问题,而且,连谁是战争协力者,谁是真正的抵抗者,都不易判定。譬如,一个人写的东西肯定了战争,赞美了军人,但了解这个人内心秘密的人,却知道此人是在暗中抵抗的。因而,一个作家的

---

① 花田清辉等编:《日本抵抗文学选》,京都,三一书房,1955年。

态度，具有无限多样解释的可能，问题的实质就变得模糊不清了"。他认为正是因为这一点，才使得战后战争责任的追究和抵抗实际情况的探讨半途而废。

上面引述的杉浦明平和佐佐木基一的话，在我看来实际上等于否定了日本的抵抗文学的存在。但是，他们还是联合编辑了那本《日本抵抗文学选》，又在证实日本"抵抗文学"的存在。这部书选编了战争中有关作家写的小说、报告文学、剧本、诗歌和评论家写的评论、随笔。然而，书中的"抵抗文学"的多数作者，却都是在日本的侵略战争中对战争有过"协力"行为的人，如广津和郎，汤浅克卫、德永直、阿部知二、太宰治、金子光晴等。他们肯定不是"抵抗作家"，而或多或少的是文学家中的"战争责任者"，然而他们竟也写出了"抵抗文学"。无怪乎佐佐木基一说"谁是战争协力者，谁是抵抗者，都不容易判定"这样的话来。重要的是，读完了这部《抵抗文学选》，却无论如何看不出"抵抗"的意味。在那几十篇作品中，找不到对战争、对法西斯主义表示"抵抗"的话。或许是因为我没有日本人那种"抵抗"的"心理情绪"，而看不出"抵抗"的意思来吧？只是有一点可以肯定，从收在这部书里的作品中，也看不出赞美和协力战争的内容。不谈战争，不协力战争，就算是"抵抗"，这就是日本"抵抗文学"的基本标准，也就是"艺术的抵抗"的含义。看来，所谓"艺术的抵抗"，在日本有它的独特含义，那就是，"文学的抵抗"并不等于"作家的抵抗"，一个作家即使在行为上"协力"了战争，但是他只要写了并非赞美战争的纯文学作品，那么这样的纯文学作品就是"抵抗文学"。"抵抗文学"并不是使用某种艺术形式或艺术手段去抵抗，而是写作不涉及时事政治、不涉及战争的纯文艺作品，那就算是"抵抗"了，换言之，不"协力"就是"抵抗"，不赞成侵略战争就是"抵抗"侵略战争。

正是根据这样的衡量标准，有不少在艺术上成就较大，在战争中也写了优秀作品的人,长期以来被视为"抵抗"或"反战"作家。例如,永井荷风在战争中是少有的比较超脱的人,基本上没有协力战争的行为,但是,即使从"心理情绪"上看,也谈不上有什么"抵抗"。他在战争中写的一篇日记中有这样的话:"对于军国政治毫无不安,对于战争更不恐惧,莫如说似乎是欢喜的状态……"。(《断肠亭日记》,1937年8月24日)又如,在战争期间写出了《鲁迅》的竹内好作为著名的中国文学研究家,在战争中是一个大节不亏的人。尾崎秀树在《关于大东亚文学者大会》一文中赞赏竹内好和武田泰淳主持的"中国文学研究会"是"明确地对大东亚文学者大会表示不合作的团体",但是另一方面,竹内好和武田泰淳又加入了"日本文学报国会",因此他们对侵略战争并没有完全的"抵抗";再如川端康成,他在战争期间写的《雪国》等名作都是"纯文学",单从作品上看他对战争要算是"艺术的抵抗"了,他在战后也说过:"我是没有太受战争影响,也没有太受战争灾害的日本人,我的作品在战前和战后没有明显的变化。"(《独影自命》)但是,他在作品创作上固然没有"协力"战争,却在"行动"上积极地"协力"了战争。战争期间法西斯主义军部政府组织的几乎所有为侵略战争服务的文学组织、活动和会议,川端康成都参加了。可见,川端康成绝不是当代中国不少读者印象中的"超越时代和政治"的作家。

在那些被视为"抵抗"或者"反战"的文学家中,有两个人在中国受到了特别的赞扬,他们是小说家谷崎润一郎和诗人金子光晴。因此,对于他们的"抵抗"和"反战"的实情,有必要特别加以澄清。

先说谷崎润一郎。中国著名翻译家文洁若女士在题为《唯美主义作家谷崎润一郎》的文章中说:"谷崎一向反对日本侵华的不义战争。"①这句话很能代表中国读者在战争问题上对谷崎润一郎的良好印象。众所周知，谷崎润一郎在日本侵华期间，创作了长篇小说《细雪》。这是一部以贵族之家的四姐妹婚姻恋爱为题材的作品，1943年在《中央公论》杂志上连载后不久，军部就认为，"在杂志上坦然刊登这样的小说，态度不谨慎。这里表现了彻底的战争旁观的态度"，并以"战时不宜刊登这类有闲文字"为由，予以禁止，直到战后才得以全文出版。战后，日本有人认为，谷崎润一郎把他的"对于战争和战争政治的不同意的态度寄托于这部作品，在作者的非协力和逃避的文字背后，贯彻着言外的抵抗"。但是，事实决非如此。谷崎润一郎在整个日本侵华战争期间，是积极而又活跃地"协力"战争的。他参加了几乎所有重要的协力战争的文学组织，是"大东亚文学者大会"的积极参与者和操办者。1942年2月16日，当日本攻占新加坡之后，谷崎润一郎写了《新加坡陷落之际》一文表示欢呼祝贺，并通过JOAK向日本全国广播。他说："我日本帝国在东洋顶天立地，建立了赫赫伟迹。回首以往，我蕞尔东海岛国，一度起而膺惩老大清国之后，今又举拳奋击，从香港、菲律宾、马来方面，将盎格鲁·撒克逊人的势力驱逐出去。迄今为止，皇军所征之处，光明正大，决没有欧洲人侵略史上的邪恶残暴，可谓不负圣战之名。"谷崎润一郎对日本侵略战争的态度，由此可见一斑。

再说金子光晴。1985年，中国吉林人民出版社出版的《日本文学》杂志第3期，开设了"金子光晴特辑"，翻译介绍了他的"抵抗"和"反战"的诗，并发表了题为《论金子光晴的抵抗诗》的专门论文。文中说：金子光晴"以其战时创作的反战、反法西斯独裁统治的光辉诗篇赢得'抵抗诗人'的桂冠，蜚声文坛"②；重庆出版

---

① 文洁若《文学姻缘》，湖南人民出版社，1997年，第146页。
② 孙利人：《论金子光晴的抵抗诗》载《日本文学》（季刊），1985年第3期。

社出版的《世界反法西斯文学书系·日本卷》的"序"也说：在"二战期间，他默默无闻，孜孜不倦，秘密地进行诗歌创作，战后突然于1948年出版《降落伞》和《娥》等诗集，将这些诗集公诸于众，引起轰动"，并称赞金子光晴的诗"反抗法西斯暴政"，"堪称日本诗歌的珍品"。[①]看来，人们都是根据金子光晴在战后发表的那些诗歌来断定他是"抵抗诗人"的。金子光晴在日本战败数年后，一下子公开了自称是战争中创作的那么多"反战诗"，在本来严重缺乏"抵抗文学"和"反战文学"的日本，自然会引起"轰动"。但是，金子光晴的那些反战诗是在战争期间的创作，还是战后的创作？这是值得存疑的。因为，金子光晴在战争期间的表现，与战后发表的那些反战诗歌很不谐调，形成了鲜明的对照。

事实上，金子光晴在日本侵华战争期间，决非"默默无闻"，而是非常活跃。卢沟桥事件爆发后不久，金子光晴就在《文艺》杂志1937年10月号"歌唱战争"的"特集"中，发表了歌颂战争的诗，诗中写道：

> 必须开战
> 为了必然
> 必须胜利
> 为了信念
>
> 连微微摇动的小草
> 也必须加以动员
> 这里的时间
> 分分秒秒都在对峙

---

① 李芒：《世界反法西斯文学书系(日本卷)·序》，重庆出版社，1992年。

无论怎么说
这都是惊人的壮观！

不久，金子光晴又加入了旨在积极配合"国家的使命"的官方文学组织"日本诗人协会"。1942 年，他的名字又出现在法西斯政府拟议召开的"宣扬皇国文化大东亚文学者会议"的"准备委员"名单中。在第一次"大东亚文学者大会"上，他做了题为《关于大东亚文学者大会》的发言，他在发言中鼓吹日本文化和文学的优越，提出日本从此以后要向东亚的孱弱国家"输出食粮"。1943年，金子光晴加入了"日本文学报国会"组织的"勤劳报国队"，成为日本文学家"协力"侵略战争的马前卒。1943 年，日本攻占缅甸，缅甸伪政权在日本支持下宣布"独立"。金子光晴立即在《日本少女》杂志 10 月号上发表《歌唱缅甸独立》的诗——

亚细亚是一个家族
可怜的妹妹缅甸
在他人的家里
度过了漫长的痛苦悲伤的日月
焦急地盼望着盛大的日子
独立的日子来到了缅甸
灿烂的孔雀旗
在蔚蓝的天空飘扬
缅甸的姑娘们
捧着茵香和睡莲花
献在佛的面前，可信赖的亲人面前
众多的日本大哥的胸前。

这就是战争期间的金子光晴。在战争期间积极协力战争,战后摇身一变,成为"抵抗诗人"。在漫长的战争期间,一面忙于协力战争的活动,炮制鼓吹战争的诗篇,一面又偷偷地写作"反战"或"抵抗"诗歌,藏起来以待来日——这样的所作所为,不能不叫人大费思量。在德国,战后不久曾有"从书桌抽屉里拿出来的文学",即反法西斯的"抽屉文学"的问世。但"抽屉文学"的作者即使在法西斯统治时期也坚持了不妥协的反法西斯立场。金子光晴战后发表的"抵抗诗歌"显然完全不同于德国作家的"抽屉文学"。

日本没有严格意义上的"反战文学"、"抵抗文学"或"反法西斯文学"

高崎隆治先生早在 70 年代的一篇文章中就指出:"在最近的诗歌'热'而引出的诗人的研究和传记著作中,诗人们在战时写作的那些赞美战争的作品,好像根本未曾存在一样,被故意抹杀了。只举出战前和战后的作品来评价该诗人,这种极不诚实的欺骗悍然流行,是目前的实情。而且这样一来,十五年战争中的诗歌历史就成了空白,而一下子跳到了战后,这种不负责任的情况大行其道。现在的情况就是如此"。① 事实上,不只是诗人,日本还有许多文学家,在战后通过种种手段,对战争中的所作所为进行掩饰和辩解,极力摆脱自己的"战争责任",甚至把自己由"战争协力者",说成是"反战文学家"或"抵抗文学家"。如侵华文学的代表人物石川达三在战后就把自己的《活着的士兵》、甚至《武汉作战》说成是"对战争的批判"。不曾想,高崎隆治说的这种情况,竟也流及了我国。我国的一些日本文学研究介绍者,往往依据日本学者战后所写

---

① 高崎隆治:《无名战士的诗集·解说》,东京:太平洋出版社,1972 年。

的文章著作，依据文学家本人在战后的表白，或战后出版的作品，来对日本战争时期的文学、对有关文学家作出评价。这样或夸大了日本"反战文学"、"抵抗文学"的规模及作用，或盲从日本文学界，由深受日本侵略战争祸害的我们中国人之手，轻易地把"反法西斯"、"反战"、"抵抗"之类的桂冠戴到不该戴的人头上，向我国当代读者制造日本有"反法西斯"、"反战"或"抵抗"文学的假象。这样做，对日本人来说，将有碍于他们对战争进行进一步深刻的反省，特别是在很多人不愿反省的情况下更是有害无益；对我国读者来说，将有碍于人们真实、全面、深刻地认识日本发动那场侵略战争的深层根源，以及日本文化人、文学家在战争中所起的作用。战后，有些积极协力战争的日本文学家真心反省了，而且为中日友好做了许多有益的工作，如中岛健藏、龟井胜一郎、金子光晴等，我们应该对此作出积极的评价。但是，我们并不能因为这些文学家在战后为中日友好做出了贡献，就避讳或淡化他们在战争中的行为。这是一个如何对待历史的原则问题。况且一个真正希望中日友好的日本文学家，首先应该是一个敢于正视自己、敢于正视历史的人。

应该指出，在抗日战争期间，流亡中国的左翼作家鹿地亘、池田幸子夫妇和绿川英子等，曾协助中国做过可贵的反战工作，也在中国写作发表了一些反战作品；此外，被中国俘虏的日本士兵，也写了一些反战的文字。吕元明先生把这些在特殊的环境条件下产生的反战文学称为"在华日本反战文学"[1]。这些日军俘虏在中国抗日军队的支持下成立了"觉醒联盟"、"日本人反战同盟"、"日本工农学校"等反战组织及其支部，但人数和规模都很小，常常只有几个人，十几个人[2]。在这些人中产生的反战文学数量很小，而且俘虏

---

[1] 吕元明：《被遗忘的在华日本反战文学》，长春：吉林教育出版社，1993年。
[2] 参见孙金科：《日本人民的反战斗争》，北京：北京出版社，1996年。

们是在中国方面进行强制性反战教育的情况下，才逐渐有所"觉悟"的。由于他们不是文学家，而是普通士兵，因而他们的"反战文学"更多的是一些反战的宣传品。这和二战期间流亡到其他国家的德国作家出于反法西斯的自觉而创作的高水平的"流亡文学"根本不同。另外，在1935年以前，乃至上溯到日俄战争时期和"满洲事变"前后，在日本"既成文坛"和无产阶级文坛上，都出现过反战的作家和反战的文学。但是，如上所说，这些反战文学的数量相当有限，而且到了后来，"反战"的作家常常又改变了反战的立场。除了上述无产阶级作家的"转向"者之外，人所共知的如武者小路实笃，本世纪初反对战争，写过反战剧本《一个青年的梦》和反战文章《我们不需要战争》，但是后来却转变成为好战分子，直至1942年写出了宣扬法西斯主义、鼓吹对外侵略的《大东亚战争私感》；再如著名诗人与谢野宽，1930年还写过反战诗，但在日本全面侵华时期，却成了臭名昭著的战时流行歌《爆弹三勇士》的词作者。

现在有必要强调本文的结论：所谓"反法西斯文学"、"反战文学"或"抵抗文学"，应该是一个历史的概念，而不是超时空的东西。换句话说，它们应该是对特定历史时期一种文学现象的概括。既然是"反法西斯"，就应该有现实的"反"的对象——法西斯；既然是"反战"，就应该有"反战"的现实对象——战争；既然说是"抵抗"，就应该有现实的"抵抗"的对象。在法西斯不存在的时候，谈不上"反法西斯"，同样，在战争结束了的时候，"反战"不免失去了勇敢悲壮。一句话，在战争中不反战，就不是真正的反战；不是在战争中写作和发表的"反战文学"，就不是严格意义上的"反战文学"。日本的所谓"反法西斯"、"反战"或"抵抗"的文学，恰恰都是在战前或战后的作品，现在我们看到的一些明显具有"反战"倾向的作品，虽标明写于战争期间的某年某月，但"写于"并不等于"发表于"。一个作家声称他的某一首诗、某一篇小说

"写于"何时，他人是基本无法查证的。况且，从接受美学的角度来看，一个作家写的作品如果没有发表，就没有读者的接受；而没有读者接受的作品，就如同未曾写作过。总之，全面侵华战争发动以后，日本不存在所谓"反战文学"、"抵抗文学"或"反法西斯文学"。这就是日本现代文学的一个特殊性。以世界文学的"一般"来理解日本文学的"特殊"，是行不通的。

日本文坛在全面发动侵华战争期间，"反战文学"、"抵抗文学"、"反法西斯"死灭，侵华文学泛滥，"战争文学"猖獗，这一事实表明：对外侵略作为一种行为，作为一种思想，具有广泛的社会基础；日本文坛在战时已经全面军国主义化和法西斯化了。日本天皇制法西斯主义"国体"促使日本文坛法西斯化，而日本文坛的法西斯化反过来又强化了日本天皇制法西斯主义国体，两者是相辅相成的。因此，不能单纯地把日本文坛、日本文学看成是法西斯主义的受害者。"一君万民"、"官民一致"的思想，狂热偏狭的大和民族主义、"日本主义"情绪，使得本来应该代表一个民族良知的文学家及文学丧失了良知。文学家放弃良知，放弃反战的责任，是日本文学难以洗雪的耻辱。

重庆出版社出版的《世界反法西斯文学书系·日本卷》所选的所谓"反法西斯文学"，小部分是日本全面发动侵略战争之前发表的作品，大部分是战后发表的作品。这对编选者来说实在是迫不得已的。既然预先认定日本有"反法西斯"文学、"反战文学"，而事实上日本在进行侵华战争及"大东亚战争"期间又没有那样的文学，那就只好在战前和战后搜寻篇目了。但遗憾的是，编选者在"日本卷的'序'"中没有把这一点向读者交代清楚，很容易给我国读者造成不应有的错觉。

法西斯主义与日本现代文学[①]

明治维新以后的日本文学史,和整个日本现代历史一样,充满着发展与挫折,进步与反动,辉煌与黑暗,美好与丑恶。而最严重的挫折,最大的反动,最黑暗和最丑恶的一页,便是现代日本的法西斯主义文学。在世界反法西斯战争胜利五十多年后的今天,翻检这段日本文学史,考察法西斯主义与日本文学的关系,对于我们全面了解日本现代文学的面貌,进一步认识日本法西斯主义的性质和危害,都具有特殊的意义。

日本的法西斯主义早在 1917 年以后便逐渐形成。和德国、意大利的法西斯主义相同,日本法西斯主义也首先是作为反民主、反共产主义的运动而登场的。当时,在"发扬国粹"、"防止赤化"的旗帜下,日本民间出现了"关东国粹本部"、"大日本国粹会"、(1919)"犹存社"、"防止赤化团"(1920)等法西斯主义团体组织。北一辉撰写的、被称为日本法西斯主义纲领的《日本改造法案大纲》也在 1919 年出笼。到了 20 年代末,日本军部控制了国家政权,法西斯主义也由民间势力发展为国家权力,从而进入了猖獗时期。法西斯主义以暴力镇压、行政干预、思想渗透等形式全面介入日本文坛。

首先,法西斯军部当局对日本左翼文坛实施残酷的围剿,左翼

[①] 本文原载《社会科学战线》,1996 年第 2 期。

作家被一批批地抓进监狱。1933年2月,著名的无产阶级作家小林多喜二被警察杀害,给日本文坛造成了剧烈冲击。法西斯当局威逼利诱,强迫狱中的左翼作家改弦易辙,放弃共产主义信仰,承认日本共产党的方针路线是错误的,承认天皇制及侵略政策("国策")的合法正确。在这种情况下,日共主要领导人佐藤学和锅山贞亲首先在狱中发表了所谓"转向声明",宣布"转向"。这份题为《告共同被告同志书》的声明于1933年7月分别刊登在《改造》和《文艺春秋》两家杂志上。以此为契机,狱中的绝大多数作家(据统计占总数的近95%)纷纷发表"转向声明"。"转向"作家大都在"保释"或"缓期执行"的名义下出狱。如此多的左翼作家"转向",即使在法西斯德国和意大利也是不曾有过的。这固然是因为日本法西斯的残酷的弹压,但又与日本左翼作家信仰上的浅薄、狭隘的岛国国民意识不无关系。在德国和意大利,当年大批的左翼作家千方百计流亡国外,继续进行反法西斯斗争,但日本左翼作家亡命海外的几乎等于零。声明"转向"的包括了左翼文坛的大多数著名的或活跃的作家,其中有德永直、中野重治、片冈铁兵、藤森成吉、村山知义、洼川鹤次郎、岛木健作、立野信之、林房雄、武田麟太郎、龟井胜一郎、高见顺等。这些作家的"转向",情况有所不同,有的是迫不得已的权宜之计,"转问"后自恨自责,如中野重治在《论"关于文学家"》一文中曾沉痛地说:"……我背叛了共产党,背叛了人民对我的信赖,这一事实将是永远不会抹杀的。"他转向后创作的小说《乡村之家》中(1935)试图战胜被迫"转向"的耻辱,通过创作继续走"带有根本意义的道路";有的以自己"转向"的经历为题材,描写监狱生活的体验和"转向"前后的矛盾痛苦,如村山知义的《白夜》(1934)、岛木健作的《癞》(1934)和《盲人》《重建》(1937)等;有的顺应法西斯当局提倡的"国策文学",写起了所谓"大陆文学"、"开拓文学"(均以在中国的殖民地生活为题材)、

"农民文学"等;有的则是真正的"转向",日本文学史上几个臭名昭著的法西斯文人,如林房雄、片冈铁兵等,都曾是这样的真正"转向"的作家。他们由无产阶级作家摇身一"转",由极左转为极右,成为法西斯主义的吹鼓手,乍看上去似乎不可思议,其实,这里也隐含着某种必然的内在逻辑。佐野学、锅山贞亲在《告共同被告同志书》中就有这样的话:"我们预想,不只是日本、朝鲜、台湾,将来会建立一个包括满洲及中国本土在内的巨大的社会主义国家。"可见,左翼文学所具有的国际主义观念,也容易蜕变为"八纮一宇"(意即全世界是一家)、"东亚共荣"之类的法西斯观念。这些人的"转向"其实就是叛变或变节。片冈铁兵在狱中发表的《我敢于宣言》(1933)的转向宣言,说自己参加无产阶级文学运动是迫于"历史的压力",说自己蹲了监狱以后,才"对自己有了真正的认识",认识到自己以前"以贫苦大众为对象的人道主义的亢奋,是一种狂妄自大";他宣称只有"转向",才能使自己从一个无产阶级作家的痛苦中解救出来,回归到"本来的自己","我要理直气壮地说:我的转向,对于像我这样的知识分子来说是必然的,一点虚伪的东西也没有。"林房雄比片冈铁兵讲得更为"深刻"和露骨,他在《关于转向》一文中写到:"转向不单是方向的转换,而是人的更生。光把衣服脱光还不行,光用凉水洗身还不行,必须脱胎换骨,洗心革面。这不是外表的问题,而是内心的问题。"他宣称:"马克思主义绝不可成为日本人永恒的心理支柱。……它也许算得上是一种主义,但绝不是让人乐于为之牺牲的大义","不为马克思主义殉身的转向作家,因为还是个日本人,就应该在大义面前从容赴死。"那么,林房雄在这里所说的"大义"是什么呢?就是日本天皇制的"大义名分",就是以天皇制为核心的日本民族主义,也就是法西斯主义。林房雄指出:在世界上,只有日本先有天皇,然后才有国民,才有国家。他在文章末尾以荣幸和感激的语气写道:"要是生在国外的话，我们这些人不被流放就被枪毙，而我国皇恩浩荡，一个人也不杀，却给我们指出了转向的道路。"林房雄还在《勤皇之心》（1941）一文中忏悔说："我也曾是个左翼作家，当我写到这里的时候，我为自己所犯下的罪过不寒而栗。……神的否定、人间兽化、合理主义、主我主义、个人主义，走上这条道路必然要否定'神国日本'。现代日本的文学家，半自觉不自觉、有意无意地走过这条路，于是贻误青春，危害国家，这罪该如何来赎，该如何来偿？！"

不管是被迫的还是真心的，1933年至1934年间，毕竟有那么多左翼作家"转"了"向"，出现了由"转向作家"创作的大批所谓"转向文学"。这些"转向文学"是在日本法西斯主义高压政治下，日本文坛上的畸形产物。正如日本学者本多秋五在《转向文学论》中所说，转向文学是"纯粹日本的国产"。这在世界现代文学史上，都是奇特的。

在围剿左翼文坛，强迫左翼作家"转向"的同时，法西斯当局又采取种种手段向左翼之外的文坛渗透。而本来就具有右翼倾向的作家，和法西斯当局一拍即合。九·一八事变前后，有些作家，如三上於菟吉等，公开和法西斯军部札相勾结，发表法西斯主义言论。在此情况下，1931年4月号的《新潮》杂志发表了佐藤雪夫的《法西斯主义文学批判》一文；次年，舟桥圣一也在《近代文学》杂志的卷头语中对文学的法西斯化提出了警告。1932年4月号的《新潮》杂志还筹划召开了一次"关于法西斯主义与法西斯主义文学"的座谈会。出席座谈会的作家三上於菟吉声称：自己以前奉行的是个人主义，深以为耻；而现在"日本精神"却在自己身上复苏，那就是"为日本独特的民族主义而牺牲的精神"。作家佐佐木津三、近松秋江也发表了同样的论调。对此，作家大宅壮一写了一篇文章，批评三上等人"向法西斯主义转换"，而三上却有恃无恐，公开在1932年1月7日的《读卖新闻》上发表《我的倾向梗概——军部与我》的文章,回答大宅壮一,声称"只希望在新组织(按:指法西斯军人统治)下生存"。紧接着第二天,著名通俗小说作家直木三十五在《读卖新闻》上公开发表《法西斯主义宣言》:"我对全世界宣告:我是法西斯主义者!"像这样公开宣称自己是法西斯主义作家,即使在当时的意大利和德国,恐怕也是不多见的。可见日本文坛上的法西斯主义猖獗到了何种程度!而且,不仅有宣言,还成立了法西斯主义的文艺团体。就在这些"宣言"发表一个月之后(2月4日),《读卖新闻》做了这样的标题报道:"军部提携/法西斯主义文学运动/右翼文坛五氏/五日准备开会。"而且还刊登了右翼文坛五氏——久米正雄、三上於菟吉、直木三十五、白井乔二、佐藤八郎的照片。2月5日,以上五位作家及吉川英治、平山芦江、竹中英太郎等和数位陆军将校会聚一堂,日本文学史上法西斯军人和文学家的最早的结盟团体"五日会"便诞生了。"五日会"中的陆军军官根本博中佐、武藤章少佐、坂田一郎中佐等人,都是极力主张以武力侵华以达到"国家改造"之目的的极端军国主义者。在这些少壮军官的支持下,以直木三十五为首的一些作家以通俗文学为基本形式,开始了一场法西斯主义的鼓噪,站在维护和顺应法西斯军人统治的立场上,鼓吹大日本民族主义,宣扬国粹主义,煽动国民的战争狂热。数月后,直木三十五飞抵硝烟弥漫的上海,在回国的船上写完宣扬法西斯主义的作品《日本的战栗》,于1932年6月由中央公论社出版。同年6月,这些法西斯主义势力进一步扩大队伍,组成了"国家主义文学同盟",吉田实任书记长,核心成员有直木三十五、近松秋江、生田长江、三上於菟吉等人,并创办机关杂志《文学同盟》。在此前后,其他法西斯主义的文学刊物,如《法西斯主义》(1932年3月创刊)、《日出》(1932年8月创刊)等纷纷出笼。1934年1月,直木三十五、吉川英治等人串通斋藤内阁的警保局长松本学,以"五日会"为基础,发起成立了"文艺恳话会",加紧进行法西斯主义文学活动。这个"文艺恳话会"除每月一次的例会外，还有所谓"慰灵祭"、"文艺家遗物展览"、参观军事设施等活动，接着又创办会刊《文艺恳话会》，设"文艺恳话奖"，会员不断扩大。许多著名作家，如川端康成、横光利一、佐藤春夫、正宗白鸟、山本有三、加藤武雄、岛崎藤村、宇野浩二、岸田国士等，都入了会。这个"会"被学者们称为当时日本法西斯主义文学的"桥头堡"。

如果说"五日会"及"文艺恳话会"是法西斯文学的"桥头堡"，那么，"日本浪漫派"就是法西斯主义文学的重镇了。这个以创办于1935年的《日本浪漫派》杂志为中心的文学流派由作家龟井胜一郎发起，先后参加的同仁有保田与重郎、中岛荣次郎、神保光太郎、中谷孝雄、绪方隆士、太宰治、山岸外史、芳贺檀、伊东静雄、萩原朔太郎、佐藤春夫、中河与一、三好达治、外村繁等五十余人。这个"日本浪漫派"推崇19世纪德国浪漫派，批判近代以来的民主主义、"进步主义"，宣扬日本古典中所反映的大和民族的审美意识以及古代的社会秩序，歌颂日本神话传说中的英雄，具有强烈的大日本民族主义倾向，日本文学史家认为它是"昭和十年代的民族主义倾向的中心。"尤其是卢沟桥事变前后，"日本浪漫派"的法西斯主义面目暴露无遗。该派核心人物保田与重郎在《一位戴冠诗人》、《日本之桥》（均1936）、《明治的精神》（1937）等一系列文章中，鼓吹日本民族的"使命"，宣扬大和民族的优越意识。他声称："今日世界唯一浪漫的东西，有理念的东西，本身便是价值的东西，并非虚有形式的东西，以混沌的原因为归宿的东西，这些只有在日本一应俱全。"（《一位戴冠诗人》）该派核心成员芳贺檀极力称颂拿破仑、尼采和希特勒，他写了《古典的亲卫队》（1937）一文，鼓吹独裁崇拜和英雄至上主义。中河与一则在《民族文化主义》（1937）中指出："所谓民族就是全体，全体就必须是永恒的。不过一提到民族这个词,就令人马上想起法西斯主义,我认为这不是什么误解。正因为如此,我要在'民族'这个词后面加上'文化'这个词。"太平洋战争爆发以后,在以所谓"近代的超克"为题的座谈会上,龟井胜一郎发言说:"现在我们正在进行的战争,对外是促使英美势力的覆灭,对内是从根本上治疗近代文明所带来的精神的疾病。"他在提交的论文《关于现代精神的备忘录》的结尾处写道:"比起战争来,和平更可怕。……宁要王者的战争,不要奴隶的和平。"1937年,在"文艺恳话会"因内部分裂而解散的同时,"日本浪漫派"主要成员佐藤春夫等人又勾结警保局长松本学,成立了"新日本文化会",创办机关杂志《新日本》,该杂志编委会成员除浅野晃、藤田德太郎以外,其他五人(林房雄、荻原朔太郎、中河与一、佐藤春夫、保田与重郎)都属于"日本浪漫派"的成员。因此,这个"新日本文化会"其实是"日本浪漫派"的一个分支。此外,属于"日本浪漫派"系统的还有创办于1932年的《考凯特》、创办于1934年的《四季》杂志等。"日本浪漫派"主要成员神保光太郎在1941年编辑出版了由《四季》杂志同人富士川英郎、高桥义孝翻译的《纳粹诗集》,神保在编者序言中说:"应该采取什么方法来确立我们民族的诗歌呢?在现在努力的征途上,日本诗人最想知道的,是纳粹诗人如何从事诗歌创作,他们歌唱什么,怎么写作,怎么生活。我认为这是我们现在的日本诗人共同关心的问题。"就是在德国纳粹诗人的启发下,《四季》派诗人在战争中写下了大量宣扬法西斯侵略的诗歌。

当1937年日本全面发动对华侵略战争以后,法西斯当局掀起了所谓"国民精神总动员运动",整个文坛的法西斯化进一步加剧。前几年是部分文学团体、部分作家鼓吹法西斯主义,而到了这时,绝大多数作家都被"动员"起来,连以前一贯保持不左不右"中立"状态的人,像小林秀雄那样的主张艺术至上的批评家,也倾向于法西斯主义了，他在《关于战争》一文中写道："有一家杂志，问我：作为一个文学家，你对战争有何思想准备。我想不必有什么特别的思想准备，必须拿起枪来的时刻一旦到来，我将高兴地为国捐躯，……无论是谁，战时都要以一个士兵的身份参战。"小林秀雄的这种近乎不假思索的想法，反映了日本文坛大多数人潜在的民族主义情绪在战争状态下的萌动。法西斯当局正想利用这些作家的名声和影响，扩大战争宣传。1938年8月，久米正雄、片冈铁兵、川口松太郎、尾崎士郎、丹羽文雄、浅野晃、岸田国士、泷井孝作、中谷孝雄、深田久弥、林芙美子、白井乔二等十四人作为陆军从军作家启程前往汉口。接着，菊池宽、佐藤春夫、吉川英治、吉屋信子等八人作为海军从军作家也登上了大陆。11月，又有中村武罗夫、长川川伸、关口次郎、北条秀司等近十人作为海军从军作家赴广州。这些从军作家号称"笔杆子部队"。太平洋战争爆发后，日本法西斯当局又仿效纳粹德国，用"征用令"的形式，更多地征用作家赴前线当记者、报道员或"宣抚"人员，分别被派往被他们占领的东南亚等地区，"笔杆子"部队的规模进一步扩大。同时，在法西斯当局的直接授意和"指导"下，成立了规模空前的"日本文学报国会"（1942）。该会会员约4000名，除在国外的武田麟太郎和极个别作家（如中里介山、内田百闲）拒绝入会外，凡称得上"作家"的人几乎都入了这个"报国会"。会长是日本文学、文化界的元老、一贯主张对外扩张的德富苏峰，常任理事有久米正雄、中村武罗夫，理事长有长与善郎等。该会的宗旨首先是"确立作为皇国文学家的世界观"，"协助（当局）制定文艺政策并实行之"。还创办《日本学艺新闻》杂志（不久改名为《文学报国》），编选《爱国百人一首》、《大东亚诗集·歌集》等书，制作"街头小说"、"街头诗"，举办"文学报国运动讲演会"等。该会先后策划召开了三次"大东亚文学者大会"（第一、二次在东京，第三次在中国南京），提出了旨在把日占区的东亚(主要是中国)文坛统一在日本法西斯主义旗帜下的"大东亚文学"的口号。与此同时,日本国内文坛的法西斯主义统治也变本加厉,凡与法西斯侵略无关的文学均被当局扼杀,如 1943 年谷崎润一郎的《细雪》就被指斥为"有闲文学"、"战争旁观"而被勒令中止连载。在这严厉的言论管治之下,只有法西斯文人保田与重郎、浅野晃、龟井胜一郎、芳贺檀、林房雄、中河与一、佐藤春夫、武者小路实笃、藤田德太郎之流的文章充斥杂志报端,法西斯主义把日本文坛变成了一片干涸的沙漠。

那么,那些被派往中国大陆及亚洲其他地区的所谓"笔杆子"部队都干了些什么呢?

法西斯军部给他们的任务就是以战地采访、战争小说等形式,宣扬日本侵略军的"英雄精神",鼓舞士气,煽动国内读者支持侵略战争。法西斯当局给这些作家做了十分明确而又具体的规定和限制。据火野苇平的记述,这些规定和限制主要有:"一、不得写日本军队的失败;二、不能涉及战争中所必然出现的罪恶行为;三、写到敌方时必须充满憎恶和愤恨;四、不能表现作战的整体情况;五、不能透露军队的编制和部队名称;六、不能把军人作为普通人来描写。可以写分队长以下的士兵,但必须把小队长以上的士兵写成是人格高尚,沉着勇敢的人;七、不能写有关女人的事。"(见《火野苇平选集》第四卷·后记,创元社 1958 年版)显然按照这七条来写作,作家就完全失去了自己的创作主体性,完全成了法西斯侵略的"笔杆子"了。首批被派往中国的作家石川达三,在南京大屠杀之后的第 17 天来到南京,亲眼目睹"皇军"杀人、强奸、掠夺的残酷暴行,写成了中篇小说《活着的士兵》,并在《中央公论》杂志三月号上刊出。很快,法西斯书刊检查当局就发现《活着的士兵》背离了他们的要求,于是恼羞成怒,立即将石川达三以及责任编辑逮捕,并以"描写皇军士兵杀害、掠夺平民,表现军纪松懈状况，扰乱安宁秩序"为罪名，判处石川达三四个月监禁、缓期三年执行。然而不久，军部便再次派他到中国前线，让他写肯定侵略战争的书，给他以"恢复名誉"的机会，于是石川达三便在1938年9月来到武汉，并写了《武汉作战》，在1939年《中央公论》一月号上刊载。这部小说和《活着的士兵》截然不同，一开头就为日军侵华辩解，认为战争的原因在于"蒋介石的抗日容共政策"，在于"蒋将军拒绝和平谈判，扬言〔中国〕可取得最后的胜利"。石川达三也以此取得了军部的信赖。另一位"笔杆子部队"的重要作家火野苇平当年是以"伍长"的身份从军，来到"徐州会战"前线的。他的长篇小说《麦子与士兵》完全站在法西斯侵略的立场上，按照军部的要求，美化日本侵略军，把他们描写成勇敢为国捐躯的英雄，壮日本侵略军的声威，长国民好战的气焰。《麦子与士兵》中有这样一段描写："我在这行进的队伍中感到了一种雄壮的力量，觉得那是一股有力的浩荡汹涌的波涛。我感到自己身处在这庄严的波涛之中。来到这广漠的淮北平原，面对的是一望无际的麦田，我为踩在这片大地上的顽强的生命力而惊叹。……我将有力的双脚踏在麦田上，眺望着蜿蜒行进的军队，那充溢的、气宇轩昂而又势不可挡的雄壮的生命力撞击着我的心扉。"正如评论家小松伸六所说，这"是力的赞美，是民族美意识的高扬，是战争协力的口号和形容词"，（《日本文学全集》第67卷，小松伸六：《作家与作品》，集英社昭和46年版）《麦子与士兵》就是这样为法西斯侵略呐喊助威，煽动国民的法西斯狂热，这部作品成为当时日本的最畅销书，发行120万册以上，造成了极为恶劣的影响。然而，日本战败后，火野苇平还为这部法西斯主义作品做辩解，说什么："战争是以杀人为基调的人间最大的罪恶，最大的悲剧，这里集中了一切形式的犯罪、强盗、强奸、掠夺、放火、伤害等等，一切战争概莫能外，即使是神圣的十字军的宗教战争，也可以证明这一点。作为一个作家倘若不立体地表现这一切，那么作为文学就难说是完全的。托尔斯泰的《战争与和平》、雷马克的《西线无战事》，卡罗沙的《罗马尼亚日记》，海明威的《永别了，武器》等作品之所以能打动我们，就在于以高度全面的人道主义精神描写出于这些战争的罪恶……"这话本身并无大错，然而问题是他的小说完全不能与他提到的那些名家名作相提并论，他的立脚点绝不是"高度全面的人道主义精神"，而是为罪恶战争歌功颂德的法西斯主义。接着，火野又写了以日军侵华为题材的《土与士兵》(1938)、《花与士兵》(1939)，这两篇小说与《麦子与士兵》合称"士兵三部曲"，并获"朝日新闻奖"。日军战败后，他也因这三部曲而被作为"文化战犯"受到了开除公职的处分。

不只是小说堕落为法西斯侵略的宣传品，诗歌也成为歇斯底里的法西斯口号。战争期间，日本大多数诗人都染指过"战争诗"，其他题材的诗均遭到压抑和摧残。连日本传统的以景写情、表达内心刹那间感受的和歌、俳句也动辄获罪。如1941年，有一首"秋天到了，一只红柿子留在枝头"的和歌，法西斯当局认为这是同情遭镇压的残存的共产党，下令严厉追查。在这种情况下，诗人们连"菊花枯萎了"这样的句子都不敢写了。只有歌颂、支持侵略战争、对日军的"胜利"高呼"万岁"的"诗"大行其道。如卢沟桥事变后，佐藤春夫立即写了一首《我站在卢沟桥头放声高唱》，为日军入侵中国高唱赞歌。类似的"战争诗"还有加藤爱夫的《从军》(1938)、山本和夫的《战争》(1938)、佐川英三的《战场歌》(1939)、西村皎三的《遗书》(1940)，山本和夫编的《野战诗集》(1941)、佐藤春夫的《战线诗集》(1939)、北原白秋及东京诗人俱乐部编的《战争诗集》(1939)等等。太平洋战争爆发后，这样的"诗"更是聒噪一时，高村光太郎、三好达治等人成为走红的"战争诗人"、"国民诗人"。直到日军宣布投降之际，高村光太郎还

《一亿人的哭泣》中写出了"失去钢铁武器的时候，精神的武器自然会更强大"这样的不服输的诗。1944年，火野苇平在一首赞美日军袭击珍珠港的诗中写道："这个时候/在太平洋的珊瑚环礁/我们的军人/迎击丑恶的敌人，炸碎他们/日本的众神一声怒吼，长毛钩鼻的夷狄们/像傻子似的/沉到赤道下的太平洋里，烂掉。……"杀气腾腾的法西斯主义好战的狂热溢于言表。

在这样严酷的法西斯高压统治下，日本文坛也就难以产生反法西斯文学。事实上，日本文学史家们都承认，在日本的确没有产生反法西斯主义的团体组织，也没有出现欧洲那样的反法西斯主义文学或抵抗文学。没有一部作品像法国的《午夜丛书》那样以反法西斯主义为主题。只有逃亡到中国的极少的作家，如鹿地亘、池田幸子、长谷川英子（绿川英子）和侵华战俘中的少数觉悟者，如坂本胜夫、秋山龙一等创作过明确反对日本侵略的作品，被学者称为"在华日本反战文学"[①]。日本本土的文学中，不积极支持战争，对战争采取消极态度，坚持创作的个性和艺术性，或对法西斯主义不顺从、不合作的作家，就已是难能可贵的了。在这些作家中，首先值得一提的是1933年至1935年间出现的小松清、舟桥圣一、伊藤整等人发起的所谓"行动主义文学"。日本的行动主义文学受法国行动主义文学的影响。法国行动主义文学运动的作家有纪德、罗曼·罗兰、阿拉贡等人，他们的主要组织者是法国共产党，主要纲领是反对法西斯，保卫人类文化。但是日本行动主义却和法国的行动主义有着很大不同，日本的行动主义既反对法西斯主义、军国主义，也反对马克思主义和无产阶级文学，其本质是发挥知识分子"能动精神"的自由主义，企图在法西斯主义文学横行的情况下保持作家的创作自由，因而他们的反法西斯主义是软弱无力的。在行动主义文

[①] 详见吕元明著：《被遗忘的在华日本反战文学》，吉林教育出版社，1993年。

学解体之后，武田麟太郎在1936年创办的《人民文库》杂志也显示出一定程度的反法西斯倾向。它的作者大都是左翼文学的残存力量，同时也团结了不同艺术倾向的其他作家。武田麟太郎在《人民文库》的《致词》中明确提出要"抨击文艺恳话会"，同时，《人民文库》也载文对《日本浪漫派》进行了批判，指出保田与重郎的文学主张是"英雄独裁主义，是与人道主义相对立的"。不过，这些批判和抨击都是在文艺团体流派和文学争鸣的范围内进行的。1936年11月11日，《人民文库》还刊载了由法国作家阿拉贡等人署名的"拥护国际文化著作家协会"的一封来信。阿拉贡本希望武田麟太郎等人能在日本组成作家反法西斯主义文学战线，但在当时的情况下，武田麟太郎不可能直接回答阿拉贡，只有以刊登来信的方式表示回应。即使是这样，《人民文库》仍多次遭到禁止发行的处分，在坚持了近两年后，于1938年停刊。从1938年以后直到二战结束之前，凡与法西斯"国策"不一致的刊物全都被迫停刊了，对法西斯主义文学的不合作，不顺从的"抵抗"只表现在某些有艺术良知的作家的默默的写作中。在这些作家里，属于左翼作家系统的有宫本百合子、久保荣等，属于顽强坚持艺术个性的老作家阵营的有德田秋声、永井荷风、谷崎润一郎等。此外历史小说作家中岛敦，风俗小说作家广津和郎、丹羽文雄、阿部知二、壶井荣、细田佐之助，还有倔辰雄、伊藤整、川端康成等，都算是大节不亏、良心不昧的作家。

总之，在1931—1945年间的十五年战争中，法西斯主义对日本文坛的干预和渗透是严重的、全面的、深刻的，许多作家在法西斯侵略中扮演了不光彩的甚至是丑恶的角色，对法西斯侵略负有一份不可推卸的罪责，所以日本战败后才有那么多的作家被判为"文化战犯"或受到处分。从日本文学发展进程上看，这股法西斯主义潮流，导致了文学的严重的凋敝、萧条和后退。由于依附于反动的法西斯主义政治，文学观念上也严重后退了。在法西斯主义全面统治文坛之前，日本文学是呈全方位开放态势、大力吸收和接受西方文学的。法西斯主义干预文坛之后，为了适应种族主义文化和"皇道精神"的宣传的需要，许多作家狂热鼓吹日本文化的优越，排斥和贬低外国文化与文学，有的作家主张扫除英美文化，连对英美文化很有造诣的岸田国士那样的作家，在《作为力的文化》中也竟扬言："我们的信念是把'英美的'文化从我国、从东亚清除出去，……那种认为英美也有可学之处，而念念于心、徘徊留恋的态度，必须断然抛弃。"这种法西斯主义的文化主张，使日本文坛出现了长时期的封闭、保守、僵化的状态。正如郁达夫在1939年的《抗战两周年敌我的文化演变》一文中所指出的：当时"日本的文化、文学，以及一切，在这20世纪的时代里，是一种完全稀有的反动，与后退的现象"。另一方面，在法西斯主义的禁锢之下，日本现代文学曾经有过的那种团体流派自由竞争、彼此消长的繁荣局面消失了。只有法西斯主义文学是合法的文学，其他思潮流派均遭到压抑和摧残，作家的创作个性也无从发挥。所以在法西斯主义猖獗的十五年中，日本文坛没有产生多少像样的作品。作为该时期最有代表性的"战争文学"，不过是侵略战争的宣传品。曾有人把火野苇平的《麦子与士兵》与托尔斯泰的《战争与和平》相提并论，但在我们看来，不消说它的立场的错误，艺术上也是相当粗糙的，只不过是从军日记的拼凑罢了。郁达夫在《日本的侵略战争与作家》一文中说它"支离破碎"，是一针见血的。倒是与法西斯当局不合作的作家，却写出了一些好的作品，如川端康成的《雪国》、谷崎润一郎的《细雪》等，都显示出超越那个黑暗时代的艺术价值来。法西斯主义对日本文坛造成的恶劣影响和严重危害充分表明：法西斯主义不仅是反正义、反人民、反进步、反和平的，而且也是反文学、反艺术的。这是日本文学的那段历史给世界文学提供的一个深刻教训。

主要参考书目：

1. 朱庭光主编：《法西斯新论》，重庆出版社，1991 年版。

2. 屈恩尔著：《法西斯主义剖析》，邱文、李文起译，北京·军事科学出版社，1992 年版。

3. 依田家著：《日本帝国主义的本质及其对中国的侵略》，卞立强译，北京中国国际广播出版社，1993 年版。

4. 入谷敏男著：《日本人的集团心理——十五年战争狂热的反思》，天津编译中心译，北京·中国文史出版社，1989 年版。

5. 榎木隆司：《近代文学与法西斯主义》，载《日本近代文学大事典》，东京·讲谈社，昭和 52 年版。

6. 唐纳德·金著：《日本文学史·近代现代篇》，东京·中央公论社，昭和 62 年版。

7. 市古贞次等著：《日本文学全史》第 6 卷，东京·学灯社，昭和 53 年版。

8. 久松潜一著：《增补新版·日本文学史》第 2 卷，东京·至文堂，1977 年版。

9. 小田切秀雄著：《现代文学史》，东京·集英社，1975 年版。

10. 小田切秀雄编辑：《讲座日本文学史》，第 4 卷，昭和 32 年版。

11. 平野谦著：《昭和文学史》，东京·筑摩书房，昭和 38 年版。

12. 久保田正文著：《昭和文学史论》，东京·讲谈社，1985 年版。

13. 中村新太郎著：《日本近代文学史话》，卞立强译，北京大学出版社，1986 年版。

14. 佐藤静夫著：《天皇制和日本现代文学》，东京·青磁社，1988 年版。

15. 栗原克丸著：《日本浪漫派及其周边》，东京·高文研，1988 年版。

16. 山田敬三、吕元明主编：《十五年战争和文学》，东京·东方书店，1991 年版。

三岛由纪夫小说中的变态心理及其根源

日本当代著名作家三岛由纪夫(1925—1920)的创作是一种十分复杂的文学现象。从社会学角度看，三岛的小说是对战后日本社会的否定性反映；从文学角度看，它是向日本传统武士道精神的回归；从美学角度看，它宣扬的是所谓"殉教的美学"；而从心理学角度看，三岛的小说则表现了倒错、虐待、嗜血、趋亡等综合性的变态心理。正是这些变态心理的描写构成了三岛小说的基本内容。分析这些变态心理及其根源，是理解和阐释三岛小说的关键。

三岛由纪夫的成名作《假面的告白》(1949)作为自传体长篇小说，以惊人的坦率全面描述了"我"的变态人格。"我"生而为男，却从小就有男扮女装的"装扮欲"，学生时代就爱上了一位同性同学，并因此而拒绝了一位名叫园子的姑娘的求婚，是为性倒错；"我"生来身体孱弱，却崇尚暴力，陶醉于折磨和残暴，是为虐待狂；"我"天性"血量不足"，却有强烈的梦想流血的冲动，视鲜血为"美丽的色彩"，是为嗜血倾向；生在战时，不惧死亡，却对可能突然到来的死亡抱有一种"甜甜的期待"，是为趋亡心理。《假面的告白》与日本近代以告白自我身边琐事和情绪感受的"私小说"大异其趣，其中充满了大量的人格分析和心理分析，具有强烈的自我解剖倾向。它以变态的人物、变态的心理为描写对象，从而奠定了

---

① 本文原载《北京师范大学学报》，1991年第4期。

此后三岛创作的基本方向。

　　三岛由纪夫的第二部重要的长篇小说《爱的饥渴》（1950）更集中地表现了施虐与趋亡的心理。女主人公悦子平日与丈夫并不和睦，但在丈夫患伤寒病生命垂危之际，她却"疯狂地在丈夫龟裂的唇上接吻"。丈夫死后，她每夜接受公公那枯骨一般的手的爱抚，一面思恋着家中的一位年轻的园丁三郎。但当三郎强行求欢的时候，悦子却挥锹将他砍死。在悦子看来，正因为丈夫行将死亡，所以才可爱，正因为三郎可爱，才应该使他死亡。可以说，正是作者的施虐与趋亡心理才促使悦子杀死了三郎。

　　这种施虐心理到了长篇小说《禁色》（1951）更进一步地发展为变态的复仇。一辈子都被女人背叛的老作家桧俊辅，与绝不爱女人的男青年悠一邂逅相识。于是，俊辅以悠一那古希腊式的男性美为诱饵，一个接一个地向女人复仇，尽情地发泄他对女人们的仇恨。失去了"现实存在"资格的悠一，却从俊辅的复仇情感中复活，开始有了生命。当俊辅发现自己爱上了这个美男子的时候，他承认了自己最后的失败，便将自己的大笔遗产赠给悠一后自杀身亡。《禁色》中的俊辅和悠一两个变态的人物，可以说是作者的两个分身。作为一般男性审美与情感对象的女性，却成了他们的恶魔和敌人，成了他们复仇的对象了。

　　从表面上看，三岛以上三部作品表现的只是一种变态的性爱心理，但事情并非这么简单。它们不是一般的反道德的性爱颓废之作，其中有着深刻的社会学根源。表现在男女关系上的这些倒错、施虐、嗜血、复仇与趋亡的倾向，实际上是作者与战后日本社会之间对抗关系的一种象征和隐喻。日本评论家野口武彦在《禁色·解说》中很有见地地指出：在《禁色》中，三岛由纪夫把对战后现实的凶暴的复仇情绪放进这个故事中去了。事实正是，青少年时代就受宣扬大日本民族主义的"日本浪漫派"影响的三岛由纪夫，对日本民族和作为其象征的天皇制抱有一种狂热的信念。日本的战败及新宪法、民主政治的确立，对日本人民来说是值得欢呼的解放，对三岛来说却无异于当头一棒。他对日本战败和战后社会产生了一种深深的灭绝感、对抗意识和悖反心态。这种心态在文学上的表现便是描写和渲染变态的倒错、虐待和毁灭。这种文学主题在他1957年发表的著名长篇小说《金阁寺》中被进一步展开了。《金阁寺》不仅是三岛变态心理表现的集大成，而且也更自觉、更明显地展示了这种心理与战后日本社会之间的关系。

《金阁寺》是受1950年有人放火烧掉日本著名的古建筑金阁寺的犯罪事件的启发而写成的。但作者很大程度地撇开了对事件本身的描述，而着意塑造和表现变态的人格与心理。主人公是一名叫沟口的少年。他患有严重的口吃症。口吃症在他和外界之间设置了一大障碍。语言表达和交际的不畅，不可避免地导致了他的内心世界与外部现实之间的离异，从而造成了他与现实格格不入，甚至是敌对仇视的心理。他喜欢历史上的暴君故事，决心"做一个口吃的、缄默不语的暴君"，让自己的默默无言"使一切残虐正当化"。把不被别人理解看成是最大的骄傲。同时，他内心的孤独也在飞快地膨胀。他目睹了他所爱慕的有为子姑娘背叛了她的情人——一个逃兵，又与自己的情人同归于尽的惊险场面。在那里他亲眼看到了背叛、流血和死亡，并感到那场面中的有为子"澄明而美丽"，"令我心醉"。然而就在他残虐与孤独的心中也有着美的偶像，那就是金阁。沟口的父亲——一位乡下的寺院主持——从小就告诉他：世上最美的要数金阁了。在沟口幼小的心灵中，金阁就是一切的美，是美的实质，是超越现实的海市蜃楼。当沟口遵循父亲遗愿到金阁寺当小和尚后，面对眼前的金阁，他意识到金阁的美早在他存在之外就已经存在了，于是感到了一种被美排斥在外的不安和焦躁。不过那时恰在战争期间，金阁随时都有可能毁灭于战火，想到金阁的毁灭，沟口感到——

> 在这个世界上，我和金阁有着共同的危难，这使我得到鼓舞，因为我在自身与美的天国之间找到了一架虹桥。有了它，美的天国就不能拒我千里，将我置之度外了。
>
> 能摧毁我的火也能摧毁金阁，这个想法真使我心醉，共同逢凶罹祸源于我们共同的厄运，金阁和我厕身的世界属于同一层次，它和我脆弱而丑陋的肉体毫无二致……

可是战争结束了，金阁寺依然故我，它"超越了战败的冲击和民族的悲哀，或者说它是在装作超越"，自此，金阁与沟口的关系发生了变化。虽然金阁比以往任何时候都显得壮美，然而，沟口与金阁同居一个世界的梦想成了泡影，"美在彼而我在此"，金阁作为一种永恒的不变的美，与渴望骚动、施虐和毁灭的沟口形成了截然的对峙。

沟口如何消除这种对峙状态呢？在这里作者依然从人物的变态心理的发展中寻求解决。对沟口来说，消除与金阁的对峙状态的最终手段不可能是与之统一，而是与之"倒错"，即以自己的丑对付金阁的美，以自己虐待的恶行亵渎金阁的神圣，以自己毁灭金阁来消除金阁的永恒。作者细致缜密地描述了沟口这种丑恶而可怕的变态心理的发展过程，并力图表明：沟口和金阁都生活在丑恶、虐待和毁灭的环境中，作为美与善之象征的金阁与这个环境毫不协调，美和善在这里显得苍白无力，而只有行恶的沟口才能感受到恶的可行性和作恶的愉快。正在这个时候，一个美国士兵教唆他踩了一位怀孕的妓女的肚子，他从这次作恶中感到了"一刹那间的甜美"。金阁寺的方丈却对此事不加追究，又使沟口证实了"恶的可能"。进入大学之后，沟口又认识了一位名叫柏木的同学，从此更深深地陷入了恶。柏木具有与沟口一样的外部障碍——严重的跛足。沟口头一眼便发现了柏木的残缺的美，认为他的肉体上的缺陷"具有一种无可匹敌的美"。接着，柏木给沟口讲述了一大通惊世骇俗的行恶的哲学。柏木不以自己跛足而自卑，反而把它视为他的独特的存在，并引申为一种病态的恶魔式的审美观。他"憎恨永恒的美"，因而疯狂地追求瞬间的快乐，他声称自己是"怀着不被人所爱的坚定信条做爱之梦的"，因而用情欲代替爱情；他在与少女的关系中阳痿，却疯狂地蹂躏了一个六十岁的老太婆。只有施虐、亵渎和犯罪才能给他带来兴奋。他一次次地以卑鄙可恶的方式搞到女人，然后再一个个地抛弃。柏木的这些行恶哲学和"现身说法"，又把沟口向恶的道路上推动了一大步，沟口觉得从那以后，"一切都换了一种意味似地出现在眼前"。柏木教给他"一条从里侧达到人生的黑暗通道。这条路乍一看似乎是通往破灭的独木桥"，但"它可以使自卑化为勇气，把世间所称的恶德再度还原为纯粹的力能"。从此，沟口便开始以恶征服美，以瞬间征服永恒，以毁灭征服存在。作为沟口的光明一面的鹤川对行恶的沟口的毫无约束力，自己却脆弱地死亡。鹤川的死吹灭了沟口身边唯一的一点光亮，使他陷入了罪恶的黑暗中。

然而，那金阁却横现在沟口与女人之间，使沟口在低劣的情欲和女人的肉体之前却步，金阁作为一种绝对的静态的观念一次一次地妨碍沟口进入那动态的、享乐的、作恶王国。于是沟口下定决心："总有一天，我要统治你。为了使你不再来干扰我，总有一天我要把你变为我的所有"。正在此时，他因偶然发现了方丈私生活的丑恶秘密而激怒了方丈。方丈宣布将不再把沟口作为继承人。这样，金阁寺与沟口的现实的对立突然形成了。沟口便把由来已久的毁灭、趋亡的冲动转向了金阁。这时，一个在书中多次出现的主旋律又回荡在他的心头："左冲右突、逢人便杀。逢佛杀佛，逢祖杀祖，逢罗汉杀罗汉，逢父母杀父母，逢亲眷杀亲眷，方得解脱，不拘于物，通脱自在。"沟口终于感到，自己过去之所以总是被拒于美的门外，就是因为"杀技不足"，在障碍面前只知退却，不知毁灭。他下定决心，一定要烧掉金阁。终于，在一个月明风急之夜，他点燃了金阁，并在金阁的毁灭中领略了瞬间的辉煌。

如果说，《金阁寺》之前的《假面的告白》、《爱的饥渴》、《禁色》等小说主要是在两性关系的范围内表现变态心理，那么《金阁寺》中主人公沟口的变态心理则主要体现在他与客观的物质的对象——金阁——的关系之中。在这里，金阁已超出了它的物质属性，它是一个象征，它象征着战败之前的日本所有的价值和最高的美。同时，金阁又是"狂乱不安的造化"，它是14世纪末由武士将军足利义满及其幕下建造的，因此，它是日本武士精神的结晶和象征。作者力图表明，由于战败，日本的一切传统的价值、荣耀和骄傲都丧失殆尽了，金阁的存在也变成了一种不合时宜的、静态的，与战后日本社会的和平、民主秩序不相协调的东西。作者在书中明确写道："日本的战败对我意味着什么？……它不是一种解放，断然不是。它只是不变、永恒，是融入日常中的佛教时间的复活。"于是，沟口在战后和平的气氛中感到了一种压抑和窒息的焦躁。他渴望着"行动"，这"行动"便是行恶和毁灭。在作者看来，日本的一切"美"都应随着战败而予以彻底毁灭。与其让象征日本美好传统的金阁静止地，不和谐地存在于战败后的日本，不如让它毁灭，让它作为日本传统武士道精神的祭品，在毁灭中保持它的神圣、纯洁和永恒。在这个意义上，金阁的毁灭就是金阁的永存。为了凸现这种意图，书中两次提到了"南泉斩猫"的禅宗疑难公案。方丈师傅和柏木对这个公案做了两种不同的解释。但统观全书，南泉和尚所斩掉的那只猫与其说是美的诱惑，不如说是静态的美的表征，如同金阁。柏木认为南泉斩猫是因为美可以委身于任何人，同时不能为任何人所私有，"纵令猫死掉了，留下的美感并没有死"，究其实质，它与沟口烧掉金阁是一样的。这种以物质的毁灭求得精神永存的唯意志倾向，难道不正是日本传统武士在失败和绝望面前所惯常采用的自杀手段的一种变相吗？这种自杀是武士道精神的核心，它企图以肉体的毁灭求得精神上的刚正完美与超越。

然而在我们看来，沟口对金阁的焚烧，连传统武士有时还会有的舍身取"义"的"壮烈"都没有了。沟口的行为无疑是作恶、是犯罪。三岛在这里宣扬的是以丑恶征服美，以犯罪对付社会，宣扬的是价值观的倒错和罪恶的可行性。一句话，宣扬的是面对日本的战败而无可奈何的绝望之下的反常规、反理性的疯狂！三岛由纪夫在金阁的毁灭中宣泄了这种悲哀和绝望。这是他早已具有的残暴的虐待心理的一次大爆发。这是一种自虐，不是指向个体的自虐，而是对日本传统民族精神的自虐。小说的主人公沟口，确切地说是作者三岛本人，在烧掉象征民族精神的自虐行为中获得了一种消极的快感。

从这种变态的虐待和趋亡心理入手，我们对三岛60年代以后的小说也可做变态心理学层面的解释。60年代以后，三岛由纪夫公开宣扬军国主义，鼓吹恢复日本传统的武士道精神，鼓吹保卫天皇和以天皇制为中心的历史文化传统。他在短篇小说《忧国》（1960）中直接描写了一位军官在忠义不能两全的矛盾之中剖腹自杀，宣扬了对天皇的忠诚。但在他的最后一部多卷体长篇小说《丰饶之海》四部曲（包括《春雪》、《奔马》、《晓寺》、《天人五衰》，1966—1971）的第一部《春雪》中，却通篇描写了对天皇的"冒渎"。侯爵家的公子松枝清显与伯爵家的小姐聪子自幼要好，后又相互爱恋，但清显却对聪子忽冷忽热、若即若离。聪子把握不住清显的感情，只得接受皇上敕许与亲王订婚。这时的清显反而肆无忌惮地向属于亲王的聪子求爱，与聪子不断幽会，并使她怀孕。这种行为冒犯、亵渎了天皇，但清显却从中尝到了这种"冒渎的快乐"。狂热尊皇的三岛由纪夫在这里让主人公冒犯、亵渎天皇,这并不像是有的评论者所说的"反映了三岛在尊皇这个问题上的矛盾和苦闷"(见《春雪》中译本前言)。实际上,三岛对天皇制的忠诚是不折不扣、决无矛盾的。他让主人公冒犯天皇,如同沟口烧掉神圣的金阁一样,表现了一种无可奈何的自虐心态,消极地宣泄了"神圣的"天皇在战后丧失其神圣性的价值破灭的悲哀。

值得我们注意的是:在《丰饶之海》四部曲里,作者的变态的心理描写同狂热而反动的政治与文化主张是多么密切地联系在一起。《春雪》中冒读了天皇尊严的清显早夭,十八年后在《奔马》中转生,成为一个企图以武力推翻昭和政府的法西斯军人饭沼勋,事败后面对大海剖腹自杀。前期小说的变态的毁灭、趋亡倾向,在这里发展为赤裸裸的政治性的武士道的自裁。在四部曲之三的《晓寺》里,饭沼勋转生的泰国的月光公主到日本留学,又沉溺于丑恶的性倒错、同性恋中。到了四部曲的最后一部《天人五衰》中,一直目睹清显——饭沼勋——月光公主转生秘密的年过半百的本多繁邦,其病态的性欲发展到了嗜虐的程度。他收养了月光公主转世的少年安永透为养子,任凭安永透对他百般虐待和折磨并以此为乐。《丰饶之海》四部曲以佛教转世轮回的构思,形象地展示了作者本人人生与思想的历程——《春雪》中的贵族纨绔少年,发展到《奔马》中的狂热的军国主义者,再发展到《晓寺》中的性变态者,最后是《天人五衰》中的阴沉沉的嗜虐狂。也就是说,狂热的政治热情与倒错、虐待、嗜血、趋亡等变态心理是互为表里、互为因果的。变态心理的根源主要在于反动的政治狂热遭到压抑后的焦虑、悲哀和无可奈何的绝望。这种心理促使他在《丰饶之海》的稿子交出版社的当天,跨入自卫队总部并剖腹自杀。

三岛由纪夫创作的复杂性也正在这里。三岛文学中的变态心理既不是一般的颓废主义,也不是有人所说的"唯美主义"。他被人划为"战后派",但又与反对和揭露战争,期望和平与民主的战争派作家们截然相反。三岛由纪夫的小说在道德的堕落中有着清醒的理智,在唯美的颓废中有着强烈然而又是反动的政治信念和追求。他小说中人物的倒错心理,是他与战后日本社会畸形对抗关系的一种艺术的投射和隐喻;虐待(施虐与自虐)心理是他面对丧失了"神圣"性的日本传统时一种无可奈何的愤恨情绪的发泄;嗜血心理基于他残暴的武士阴魂的复活与冲动;趋亡心理则基于三岛由纪夫以毁灭、死亡求得精神上的永存的"殉教"倾向。一句话,三岛文学的倒错、虐待、嗜血与趋亡等变态心理是日本传统武士道精神在当代社会中的畸变。

日本后现代主义文学与村上春树[1]

一

谈日本的后现代主义文学，首先要澄清的一个问题是：日本有没有后现代主义文学？这个问题在日本国内外都存在着争议。美国后现代主义的先驱理论家丹尼尔·贝尔在1973年出版的《后工业社会的来临》中，按工业化程度把当代世界划分为后工业社会、工业社会和前工业社会三种形态，他认为只有美国属于"后工业社会"，而把日本划为"工业社会"，并且认为后现代文化是后工业社会的产物。言下之意，除美国之外的其他各国——当然包括日本——尚没有产生后现代主义文化。而美国的另一个后现代主义著名理论家弗·杰姆逊则认为当代资本主义是继市场资本主义、垄断资本主义之后出现的"晚期资本主义"时代，而晚期资本主义是一种多国化的、世界性的资本主义，与晚期资本主义相适应的是，后现代主义文化也是一种世界性的文化，而不是某一国的特殊现象。他据此认为，日本基本上是一个后现代主义国家。[2]在日本国内，一直到1980年代之前，"后现代"、"后现代主义"这个词仅在少数学者、

---

[1] 本文原载《北京师范大学学报》，1994年第5期。
[2] 弗·杰姆逊：《后现代主义文化理论》，唐小兵译，陕西师大出版社，1986年，第150页。

理论家中使用,并没有普遍流行。日本的后现代主义文化是在建筑艺术中首先表现出来并逐渐被人认可的。1960年代末,一批年轻的建筑师设计建造出了一些反现代主义的建筑。1978年,竹山实翻译出版了英国学者查尔斯·詹克斯的《后现代主义建筑语言》一书,从而使后现代主义的建筑观念渐渐为人理解和认可。日本的后现代主义建筑集中地表现了后现代主义的无中心、无权威和多声部、多样化、求新求奇的特点。1983年,日本建筑学家矶崎新设计的筑波中心大楼,堪称日本后现代主义建筑的代表,评论家称这座建筑的设计主题就是"权威的崩溃"。到了1980年代以后,后现代主义建筑风格已普遍被理解和接受。不过,在文学领域,情况似乎要复杂得多。因为文学和建筑、绘画等艺术形式不同,许多本质问题往往不是可以凭外在观察就可以下判断的。所以,在日本,人们可以列大半后现代主义建筑及其建筑师的名单,而在文学领域却没有人能够列出这种名单。究其原因,是因为老一代作家、批评家的创作标准、批评标准业已定型化、权威化,他们对1970年代以来出现的诸多文学现象不理解,不满意,不推崇。日本最有影响的几个文学奖(例如芥川奖)的评委大都是这样的作家。他们认为,1970年代以后,日本没有出现什么像样的文学流派,新一代作家的作品证明了日本文坛的不景气、一种萧条甚至是一种堕落。因此,他们自觉或不自觉地拒绝称他们为"后现代主义",因为假如承认新一代作家是"后现代主义"的,那就无疑等于承认了新一代作家的先锋性和创新性。对于这种情况,年轻一代作家也表示了强烈的不满。后现代主义的代表作家村上春树1991年在与美国青年作家约翰·麦克纳尼的对谈中曾说:"20年前我写小说时,他们曾大谈所谓日本文学的衰退。如今,他们仍旧调重弹。然而日本文学并没有衰退,不过是评价的标准发生了变化罢了。不知为什么,许多人讨厌这种变化。那些老家伙,多数生活在封闭狭窄的圈子里,他们的守护神是他们对于'纯文学'的共同认识,至少现在仍是如此。外面的世界正在发生变化,但是他们却对此不感兴趣。"①另一位后现代主义作家岛田雅彦也对文学界的保守愤愤然,他甚至认为:"日本已经回到了陈腐发臭的时代"。②

现在看来,日本属于后现代国家,这一点不但是杰姆逊,而且也是日本人所承认的。一方面,日本在最近二十几年以来,已经发展为和美国一样的"后工业社会"、"信息社会"了。也就是说,它已经具备了后现代主义文学产生的社会基础。早在十年前,日本学者、"内向派"文学批评家柄谷行人就在《批评和后现代》中指出:在日本,"关于后现代的讨论已经形成了一种风暴,它已经超越了少数学者和批评家的范围"。评论家加藤典洋也说:"在'后现代'这个词流行的背后,是中年职员为了不使自己落后于时代,在拥挤颠簸的班车上,皱着眉头拼命地钻研那些电脑和信息科学的入门书、说明书,……"③京大学教授桦山紘一在 1986 年召开的一次"作为文化的尖端技术的考察会"上也指出:"我们正处于后现代社会形成的过程中。我们一直坚信不疑的那些文化构造,事实上已经在所谓后现代社会中被消解,用时下流行的话来说,就是'脱构'或'解构'"。④也就是说,日本当代社会已经发展到后现代社会了。这除了日本社会自身的发展逻辑之外,战后美国后现代文化的大量输入和影响也是日本后现代主义文学形成的必要条件。诚然,后现代主义文学是产生于后工业社会、信息社会基础之上的,但文化本身具有传播性,即使暂时尚不具备后工业社会条件的国家,也不妨通过

---

① 原载日本《昴》杂志,1993 年第 3 期。
② 岛田雅彦:《永劫回归机械的华美》,东京岩波书店,1988 年,第 146 页。
③ 转引自笠井洁著,《游戏这种制度》,日本作品社,1985 年,第 60 页。
④ 林雄二郎编,《尖端技术和文化的变容》,日本广播出版协会,1988 年,第 87 页。

输入和借鉴而出现后现代主义文学，譬如美国的一些学者就认为尼日利亚已经出现了后现代主义作家作品，许多人认为近几年中国也出现了后现代主义文学，道理就在这里。而日本无论在内部条件和外部条件上，都具备了后现代主义发育和成长的充分条件。

我认为，日本后现代主义文学产生于1960年代末和1970年代初。在这一时期，日本已经成为经济高度繁荣的发达的资本主义国家了，绝大多数人认为自己属于中产阶级，社会生产力和社会购买力同步繁荣，劳动生产率的提高，使人们占有了较多的业余时间；在"汽车文化"普及的同时，人们频繁出入高尔夫球场、网球场、棒球场、餐厅、咖啡厅、舞厅、歌厅等，一种高层次的消费文化已经形成。于是，以一种全新的视角、全新的态度描写这种发达繁荣的工业社会、消费社会的文学作品应运而生。日本文学正在悄悄地发生着革命性的转折。

日本的后现代主义文学和欧美国家的后现代主义文学一样，不是一个流派，而是由不同团体流派、不同作家形成的大体一致的创作思潮。大体说来，自1960年代末和1970年代初至今，属于后现代主义的文学流派有：（1）内向派；（2）都市文学派；（3）儿童派。这三个团体流派在时间上先后相续，在创作上具有广泛的共同点。"儿童派"核心作家岛田雅彦承认内向派作家是他们的"父辈"作家，因为"儿童派"和"内向派"在反映当代个性文化丧失这一点上是一致的。其实，如果"内向派"是"儿童派"的"父辈"作家，那么，对"都市文学派"来说，"内向派"则是他们的"兄辈"作家了。这两个流派都以后现代的视角表现当代都市人的生存状态。总之，"内向派"、"都市文学派"和"儿童派"构成了最近二十几年来日本后现代主义文学的主流。

以前，许多评论家都把"内向派"划归现代主义文学的范围。其实，"内向派"是有别于现代主义的。首先，"内向派"的基本特点是创作视野的收缩和内倾。日本的现代主义流派，自20—30年代的新感觉派、新心理主义、直到战后的"战后派"，都是具有强烈的社会意识的，现代主义作家们在人与社会的关系中寻求创作的支撑点。如横光利一的《机械》、安部公房的《墙壁》、《沙女》等现代主义名作，都把人与社会的对立，人的异化作为创作的出发点。然而"内向派"一出现，便呈现出与此前的现代主义迥然有别的特点，这使许多评论家感到不习惯、感到困惑。评论家小田切秀雄是"内向派"的最早发现者，他认为这个新的流派的特点是"只想局限在个人的圈子里"，"脱离意识形态"，所以他不无贬义地称这些作家为"内向的一代"。评论家松原新一也在这一流派出现时，叹息"参与社会的文学正在消失。"现在看来，小田切秀雄当时给这个流派取名为"内向的一代"（内向派），是十分恰切的，正是"内向"这个词，准确地概括和揭示了这个流派的"后现代"性质。美国后现代主义理论家哈桑认为，后现代主义有别于现代主义的特征有很多，但最根本的两个特征是"不确定性"和"内向性"（又译"内倾性、内在性"）。在哈桑看来，所谓"内向性"，就是人对社会环境的适应，是主体的内缩，它不再具有超越性，不再对精神、价值、真理、终极关怀、善恶等问题感兴趣，而是退缩到个人的生活和感觉中。而这些正是日本"内向派"作家的最主要的特点。内向派评论家秋山虔认为：60年代以后，日本的都市社会大规模形成，被称为"团地"的现代化公寓楼群拔地而起，其特点是没有个性，没有人情味，千篇一律。公寓的一层层墙壁和玻璃把人们隔开，把人们孤立开来，那墙壁不只是钢筋混凝土的墙壁，而是一种抽象的墙壁，所有的人都被自己以外的人所抛弃，所有的人都仿佛处在孤独的沙漠里。这样一来，主体、自我便失去了外在对象，失去了自我存在的证据，于是描写自我的迷失（无个性）与价值的消解（无意义）便成为"内向派"作家的共同特色。内向派的代表作品，古井由吉的《杳子》和后藤明生的《夹击》表现的都是这种无个性和无意义。《杳子》中的女主人公、精神失常的杳子是丧失了自我的孤独的存在。而《夹击》则描写了主人公徒然的寻找:"我""丢失了"一件20年前去京都赶考时穿的一伴旧军大衣,找了整整一天,动作上的寻找,思绪的联想回忆,结果一无所获,不了了之。这里实际上表现的是自我与外在的"失去联系",而"寻找"也只是一种没有结果的纯粹的"过程",它所寻找的仅仅是自我的一种感觉,归根到底,是自我在一个封闭的圈子里团团乱转罢了。这样的作品当时许多人抱怨"看不懂",它们和以前的现代主义作品显然不同:现代主义的情节有时尽管荒诞,但却隐含着某种形而上的比较确定的意义,而内向派作家的却一味表现"无意义的人,在无意义的地方,过着无意义的生活";现代主义小说为自我的丧失挣扎和反抗,而内向派却陷入了一种"轻薄的虚无主义"(小田切秀雄语),玩味着内心的感受。

这种"内向性",到了1980年代,在一群更年轻的作家身上就体现得更为明显了。这些青年作家群体被评论家称为"都市文学"派,事实上,从表现都市生活这一角度看,内向派文学同时也是都市文学。所以说,都市文学派是内向派的合乎逻辑的发展。或者说它是日本现代都市社会、消费社会进一步发展的产物。"都市文学"也和"内向派"文学一样,它不是一个具有共同理论主张的文学流派,而是一种不约而同的创作思潮。进入80年代以来,都市文化已形成了一个为数可观的作家群体,现在看来,说整个80年代日本文坛的主潮是都市文学也不过分。这股创作思潮兴盛伊始,评论家川本三郎在1981年就发表了《"都市"中的作家群——以村上春树和村上龙为中心》一文,最早敏锐地提出了"都市文学"这一概念。川本三郎在稍后撰写的题为《都市的感受性》的论文里,认为以村上春树为首的"都市派"文学的特点是符号性、无机性、断片性、非个人化。一般认为，除了村上春树和村上龙之外，属于"都市文化派"的还有田中康夫、中上健次、立松和平、桐山袭等一批新进作家。

在"都市文学"派尚处于鼎盛之时，另一个新的后现代主义创作群体——"儿童派"又登场了。80年代中期，《东京新闻》上的一篇评论文章把60年代以后出生的一些具有创新精神的年轻作家称为"儿童"派。这些作家包括小说家岛田雅彦、小林恭二，诗人城户朱理，评论家富冈幸一郎等。说他们是"儿童"派，本含有年轻稚嫩之意，但该派作家对这个名称，或欣然接受，或表示默认。"儿童派"作家年轻气盛，他们似乎比"内向派"、"都市文学"派更具有"后现代"气质。他们既反对传统旧文坛，同时也对稍早于他们的都市文学派表示不满。岛田雅彦等人曾公开批评村上春树，说他只会写独白，不会写对话；小林恭二则讽刺村上春树只能写过去，不能写未来。总的来看，"儿童派"作家和都市文学派作家的主要不同点在于：儿童派文学摒弃了村上春树那种以个人感受为中心的自传式的写法，他们作品的取材和描写的范围比村上春树要宽广一些。"儿童派"的"后现代"性首先体现在他们试图描写出当代信息社会、高科技社会中人的心理和行为。例如岛田稚彦就致力于描写当代人的无节制的消费、享乐的欲望。并对由此可能带来的毁灭性后果表示了忧虑。"儿童派"的"后现代"性还表现为对文本的"渎犯"。例如岛田稚彦的小说《彼岸先生》是以日本近代作家夏目漱石的名作《心》为范本改写出来的，它体现了后现代主义作品的所谓"互文性"，同时岛田雅彦声称《彼岸先生》是对《心》的"渎犯"，是对原有文本的"解体"。总之，以岛田雅彦为核心的儿童派作家企图在反叛既有叙事方式的基础上，建立自己的新的叙事方式。这一努力在小林恭二的代表作《小说传》和岛田雅彦的代表作《神秘的跟踪者》、《梦游王国的音乐》中都已经表现出来。

日本当代文坛是一个十分复杂的存在,日本的后现代主义文学也是一种十分复杂的文学现象。我们从总体上说内向派、都市文化派、儿童派是日本的后现代主义文学流派,但这并不是说属于这些流派的每一位作家都是典型的后现代主义作家,更不能说在三个流派之外,就没有其他后现代派作品了。事实上,还有一些典型的后现代主义文学,但日本文坛并没有把他们划归于哪一派。例如60年代末期就在文坛成名的小说家丸山健二,堪称是日本后现代主义的先驱作家,他在《现在是正午》(1968)、《我们的假日》(1970)等作品中首先创造了典型的后现代文体,表达了典型的后现代感受。内向派、都市文化派等的最早渊源可以追溯到他。尤其是村上春树,在创作上与丸山健二有十分明显的继承关系。还有80年代在日本文坛成名的高桥源一郎,也是一个不可忽视的日本后现代派的重要人物,他的获1988年度三岛由纪夫奖的小说《优雅而又感伤的日本棒球》是名副其实的后现代主义小说,他大量采用解构、反讽、游戏等后现代写作手法。评论家秋山虔说:高桥源一郎的作品"象玩扑克牌一样把各种故事断片拼接起来,在每个片断中,作者都在做语言的游戏、游戏的文学。"①

二

作为村上春树有关主要作品的中文本译者②,我认为可以把村上春树的作品作为日本都市文学,乃至日本后现代主义文学的典型文本加以解剖。因为他的作品鲜明地、集中地体现了后现代主义作品

---

① 秋山虔:《生的磁场》,小泽书店,1982年,第410页。
② 本文写作时,作者已经译出了村上春树的《1973年的电子游戏机》和《寻羊冒险记》,但接着我国加入《世界版权公约》和《伯尔尼公约》生效,因事先未获得翻译版权许可,而一直未能出版。——作者补注。

的一系列特点。

首先,村上春树的作品充分体现了后现代主义文化的总体氛围:消费性。在那里,主人公都是不知餍足的消费者,以消费的态度面对周围的一切。村上小说中有一些出现频率最高的中心词,如啤酒、咖啡、威士忌;外国游戏机、唱片、电影、电视、外国小说,还有女人。这些东西构成了主人公日常生活中的基本的消费品。村上在他的《听风的歌》中,曾让主人公做了一个饶有趣味的统计:1969年8月15日至1970年4月3日在8个月期间,他在大学听了358次课,性交54次,吸烟6922支。1970年暑期,主人公"我"和朋友"鼠"一起,喝光了足以灌满25米长的游泳池的巨量啤酒。剥掉的花生皮可以铺满数百米长的马路。村上笔下的主人公全部以消费者的姿态,近乎本能地消费现代社会所能提供的一切:物质的、肉体的、文化的。饮食男女、声色口腹之乐,就是他基本的生活内容,完全使自己沉溺于现代都市消费社会的汪洋大海之中。在这里,特别需要指出的是村上作品对"性"的消费性态度,正如美国学者W·墨非所指出的:性是后现代主义所关注的中心,"被保留用作探索有效知识的特点的术语是色情和肉欲,而不是稳定性"。①在村上的作品中,性描写占有极其重要的地位。对于作品中的人物来说,性就是日常,日常就是性,两性交往和交合就如喝一杯咖啡、听一首爵士乐曲一样轻松随便和自然。没有社会规范的束缚,没有内心道德律令的干预,没有责任感,也没有悲剧性或喜剧性,一切都是平平常常,一时需要而已,别无其他。这种对性的消费性态度显然有别于传统现实和现代主义。现实主义中是在性的描写中揭示人的社会关系;现代主义则在性的描写中探究人的生存本

---

① 约翰·W·墨菲:《后现代主义对社会科学的意义》,见王岳川、尚水编《后现代主义文化与美学》,北京大学出版社,1992年,第171页。

质，尤其是形而上的存在本质，而这种后现代主义却"满足于卑微的形而下的愉悦"。为了切断性的现实主义或现代主义性质，使性成为孤立的两性的日常，村上在他所有的小说中都使性超乎家庭束缚之外，他乐意描写那种萍水相逢、邂逅相遇式的不稳定的两性关系。正因为是脱离了社会关系的纯粹的性，村士笔下的性爱描写露骨却又天真，带有儿童游戏似的超然。所有的两性关系都没有悲剧发生，至多不过有失落之后的一丝淡淡的惆怅罢了。这种性爱的不稳性、飘忽性、随意性和重复性，其结果便带来性爱价值的丧失。村上的畅销三百万册的长篇名作《挪威的森林》便集中表现了这一点。这里有女主人公直子的灵与肉的背离，也有"我"的性爱选择的迷失，而永泽的一番话则似乎道出了"后现代"性爱的真谛：和自己睡觉的女孩儿越多，自己越是麻木，越是无感觉。"任凭搞多少都是一个模式"，大多是一次性消费，连对方的长相都懒得记下来。在《世界末日与冷酷仙境》中，主人公甚至认为："在与众多的女子睡觉的过程中，人似乎也越来越具有学术性倾向，性交本身的欢娱随之一点点减退。"这就是后现代的"重复"法则。"重复"使一切都成为"日常"，使一切都符号化、模式化、平板化、麻木化，因此一切也就在这种重复中消解了。

村上的作品另一个重要的特点正是体现在这种"消解"上，——自我的消解，意义的消解。自我的消解也就是自我的迷失，也就是自我失去了外在对象的印证，从而丧失自我存在的证据。这一点显然是与内向派作家后藤明生的《夹击》是一脉相承的。村上的长篇四部曲——《听风的歌》、《1973年的弹球游戏》、《寻羊冒险记》、《舞吧、舞吧、舞吧》——体现的正是"迷失——寻找——迷失"这样一种循环。在《1973年弹球游戏》中主人公怀着若有所失的心情，去寻找一条似曾相识的狗，后来又费尽周折，寻觅一台美国进口的、日本仅存的弹球游戏机，在《寻羊冒险记》

中，主人公"我"又半推半就地受一个右翼组织指派，千里迢迢寻找一个长有星形斑纹的羊，羊好不容易找到了，一直跟随他寻羊的情人、一个高级娼妓却又不翼而飞，可是在《舞吧、舞吧、舞吧》中，"我"又重游故地，寻找昔日的情人。所有的这些寻找，其间似煞有介事、历尽曲折，但无论找到没找到，似乎都看不出非要找到不可的理由，最终不了了之。在这里，"寻找"本身是一个纯粹的过程，这是一个无必然性，也无充分必要性的"过程"，而结果只有茫然，或者说没有结果。这样一来，作者便消解了"寻找"的意义，从而也消解了人物行为的意义。村上春树在《1973年的弹球游戏》中曾表白说，一直不断地寻找点什么，人活着才有点乐趣，在《世界末日与冷酷仙境》中，主人公"我"在"冷酷仙境"中，对着一块独角兽骨"读梦"不止，却不知道这有什么意义。小说的中那个女孩对"我"说："意义那个东西和你的工作本身没有多大关系"。人活着，不在于弄明白为什么要干，重要的是要干点什么，寻找点什么，不管什么都行。这似乎正是村上创作的一个出发点，是典型的后现代主义的人生态度，也是村上的创作态度。这种消解意义的倾向在村上作品中表现为无主题、无中心、无含意。正如他在《为故事冒险》一文中所说的："小说中的所谓主题已经完全失去了意义。也许从结果看，会出现所谓主题，但并不是一开始就确定我要写某一主题。我确信，那种状况下写出的小说毫无意义。说到底，如今的年轻人没有值得描写的对象了，只不过因为活着，才感觉到生存中的苦闷、善恶、矛盾和纷杂，尔后，便产生了表现的欲望。这种表现欲确实具有特殊性质，与想当小说家之类的功名欲与野心不同。人人都想表现点什么，人人都有表现欲"。这是一种近似游戏的、超功利的创作态度，拒绝为某种目的写作，拒绝形而上的意义的探求。事实上，不必说村上的大多数作品确实没有什么传统意义上的主题，而且，就连作品中的许多貌似玄虚、似有深意的荒诞情节，如《大象失踪》中的大象神秘地不翼而飞，《盲柳与睡女》中的公共汽车走的那条莫名其妙的线路，《世界末日与冷酷仙境》中的"影子人"等等，这些荒诞情节与现代主义中的有关荒诞情节迥然不同。现代主义小说寓真实于荒诞，寓哲理于荒诞，而村上笔下的荒诞情节只表现出一种感受，其间真假难辨，庄谐并出，并没有确定的意义，也就无法加以阐释，作者以此来表达一种平面化的都市生活感受：生活在现代都市，每一个人都是一个渺小的个体，在这都市的花花世界里有许多奥秘，有许多不可思议的东西，你无法理解，无法把握，但也不必为此焦虑，你只有去感受，带着一种消费者的眼光，一种好奇的、天真的眼光去感受，去玩味，从而获得一种"轻松和潇洒"。村上的成功之处，就在于成功地塑造了这种"感受型"、"消费型"的后现代人格，其特点是平面化、符号化、无性格化、无逻辑性、无机性和非理性。他们不再像现代主义小说中的人物那样为自我与社会的异化而痛苦，而反抗，恰恰相反，像《寻羊冒险记》中的"我"那样，面对来自社会权威的压力，他们妥协顺从。他们处于一种方向迷失、自体悬空的失重状态中，表现出一种百无聊赖，无可无不可的状态。他总是在紧张嘈杂的现代都市中保持着一种超然的悠闲，在酒巴间、咖啡馆交换着漫无边际的对话，或独自待在公寓里胡思乱想。这就是后现代主义作品中的人物的生存常态：不再为沉重的压迫而喘息，却因轻飘飘的失重而茫然，这就是所谓"生命中不能承受之轻"。处于这种失重状态的人物，没有痛切的感觉，没有深沉的痛苦，没有执着的信念。有的只是一点点哀愁，一点点忧伤，一点点无奈，一点点调侃，一点点惆怅。这就是村上笔下的后现代人的综合感觉。

日本的后现代主义从1960年代末1970年代初初露端倪，到现在已有二十来年的历史了。尽管对后现代主义，日本国内的评论家和研究者还有不同看法，但是日本的后现代主义事实上已经成为日本文坛上不可忽视的创作潮流，它不仅在日本国内拥有众多的读者，而且在世界上也产生了不小的影响。近些年后现代主义作家高桥源一郎、岛田雅彦，特别是村上春树等，已在国际文坛上引起了关注，他们的作品已经成为世界后现代主义文学的一个重要部分。笔者希望对日本后现代主义文学的译介和评论，能为我国的文学创作和文学评论提供一种有益的参照。

后　记

　　本书是我作者日本文学研究的论文集。根据丛书篇幅的限定，选文二十二篇（含代序一篇）。书名《和文汉读》，化用了"汉文和读"这个日文词组，"汉文和读"指的是日本人用自己特有的读音和句法，来注释、理解和阅读汉文。而"和文汉读"中的"和文"，是个日文词，指日本文章，在此我用来借指"日本文学"；"汉读"，是"和读"的仿词，指中国式的读法。"和文汉读"就是"中国人读日本文学"的意思。

　　关于中国人为什么要读日本文学，怎样阅读、理解和研究日本文学，中国的日本研究、乃至日本文学研究的宗旨、观念和方法等问题，我在本书所选的几篇相关相关文章中，在前年出版的论文集《日本之文与日本之美》（新星出版社2012）的自序中，都已经论述过了。这里不再重复。总之，中国人读日本文学，有中国特有的文化背景，特有的立场、特有的视角，因此可以做出日本人所没有的解读。正如日本人对中国文学，可以做出自己的理解一样。学问无国界，无论是"和文汉读"，还是"汉文和读"，无论是你研究我，还是我研究你，都是互看互比，为的是相互发明、相互借镜、相得益彰。

　　我学习和研究日本文学已经三十年了，已经发表的关于日本文学及中日文学关系、中日比较文学的论文已有一百多篇，但其中单纯研究日本文学的文章，只有三十几篇而已。此外的大多数文章，都属于中日比较文学、中日文学关系方面的。即便看上去是单纯论述日本文学的文章，也有明显的比较文学色彩，本书所取的二十几篇文章也是如此。选文时，对十年前乃至二十年前的文章尽可能少选，而以近些年的新成果为主；已经收入集子的作品（如《中日现代文学比较论》、《日本之文与日本之美》两书中的文章）一律不选，单纯的作家作品论也尽可能少选，而侧重选取有鲜明问题意识的文章。

还需要说明一下的是，《比较文学与世界文学名家讲堂》丛书共二十卷，原设计每位作者一卷，但到最后关头有一位作者因故不能交稿，此时再向其他作者约稿已经来不及了，作为主编，我只好临时决定将自己的这本书替补上去，以保证丛书二十卷的完整性。本来，此前复旦大学宋炳辉教授曾希望将我日本文学方面的论文集，收入他和张辉教授主编的《比较文学与世界文学学术文库》中，而现在我却挪用到这里了，在此对炳辉教授表示歉意和谢意；我的硕士生乐曲、苏筱同学帮忙整理几篇早年发表的文章，也一并致谢。

在我这个集子就要编就的时候，正在北师大二附中读高三、眼看就要参加高考的女儿王方宇，就要由学校统一过成人节了，学校希望家长写一封祝愿信。于是我为女儿写了一首诗《致我的就要成人的女儿》，代作祝愿信，如下：

孩子：不论你成了多大的人，
不论你是否走出了家门，
你仍然是我们父母的孩子，
你永远走不出父母的心。

还记得儿时你问过爸爸的一句话：
"我是喝妈妈的牛奶长大的吗？"

还记得爸爸是怎样回答你的么?
那时你自以为你的"小时候"已经过去。

现在你快要十八岁,就要成人,
然而在我们父母眼里,
你仍然不是一个大人,
我愿一辈子牵着你的小手
时而漫步,时而飞奔。

孩子,一直跟我走吧!
等我走不动时,
你拉着我走;
拉也拉不动时,
我就停下来,
看着你
走远
直到看不见,
才放心地
收回自己的目光……

  我把这首诗献给我的女儿,也献给我的学生。我希望,总有一天,自己的这份辛苦而又幸福充实的写书、译书、教书、做学问的事业,能由我的孩子、我的年轻的学生们,一直地承续下去。

王向远

2014 年 4 月 28 日

图书在版编目(CIP)数据

和文汉读/王向远著. —北京:中央编译出版社,
2014.5
(比较文学与世界文学名家讲堂)
ISBN 978-7-5117-2162-4

Ⅰ.①和… Ⅱ.①王… Ⅲ.①日本文学-文学研究-
文集 Ⅳ.①I313.06-53

中国版本图书馆 CIP 数据核字(2014)第 101658 号

和文汉读

出 版 人:	刘明清
责任编辑:	邓 彤
责任印制:	尹 珺
出版发行:	中央编译出版社
地 址:	北京西城区车公庄大街乙5号鸿儒大厦B座(100044)
电 话:	(010)52612345(总编室) (010)52612352(编辑室)
	(010)52612316(发行部) (010)52612315(网络销售)
	(010)52612346(馆配部) (010)66509618(读者服务部)
传 真:	(010)66515838
经 销:	全国新华书店
印 刷:	北京瑞哲印刷厂
开 本:	787毫米×1092毫米 1/16
字 数:	320千字
印 张:	24.5
版 次:	2014年5月第1版第1次印刷
定 价:	68.00元

网 址:	www.cctphome.com 邮 箱:cctp@cctphome.com
新浪微博:	@中央编译出版社 微 信:中央编译出版社(ID:cctphome)

本社常年法律顾问:北京市吴栾赵阎律师事务所律师 闫军 梁勤
凡有印装质量问题,本社负责调换。电话:010-66509618